Nicci French

Heeft iemand Charlotte Salter gezien?

Vertaald uit het Engels door
Lidwien Biekmann en Ireen Niessen

Ambo|Anthos
Amsterdam

MIX
Papier van verantwoorde herkomst
FSC® C014496

Eerste druk april 2023
Tweede druk april 2023
Derde druk april 2023
Vierde druk april 2023

ISBN 978 90 263 5770 1

Oorspronkelijke titel *Has Anyone Seen Charlotte Salter?*
Oorspronkelijke uitgever Simon & Schuster
Omslagontwerp Marry van Baar
Omslagillustratie © Hugh Turvey / Trevillion Images
Foto auteur © Johnny Ring Photography

Verspreiding voor België:
Veen Bosch & Keuning uitgevers nv, Antwerpen

Dertig jaar geleden, in een dorp in East Anglia waar het land wordt opgeslokt door slik en draslanden en waar een harde zeewind waait, raakte een vrouw vermist.

Het was winter, er viel natte sneeuw en het was donker, maar Kerstmis was in aantocht. Er hingen feestelijke lichtslingers in de hoofdstraat, overal stond een versierde kerstboom achter het raam en kringelde er rook uit de schoorsteen. En in een grote schuur aan de rand van het dorp kwamen de mensen samen voor een feest.

Maar één persoon kwam niet opdagen – en daardoor veranderde het leven in dat doodgewone dorpje voor altijd. Haar verdwijning was het begin van een reeks vreselijke gebeurtenissen die het leven van twee families meer dan drie decennia lang vergalden.

Dit is een verhaal over duistere geheimen die een mensenleven geleden werden begraven, maar die hun invloed nooit verloren, over de greep die het verleden op het heden heeft.

Het is het verhaal van de mensen wier leven zich vanaf die winterdag ontvouwde: zoons en dochters, broers en zussen, partners en vrienden.

Het is het verhaal van een vrouw. Ze is echtgenote, moeder, vertrouweling. Ze is impulsief, hartelijk en levenslustig. Als mensen haar beschrijven, gebruiken ze woorden als 'stralend', 'vitaal', 'genereus' en 'optimistisch'. Ze is een vrouw met voorliefdes: ze houdt van eten, van rode wijn, van urenlang in een warm bad liggen. Ze houdt van dansen. Van wandelen, weer of geen weer. Van legpuzzels. Roddelen. Sentimentele films. Mooie kleren. Warme broodjes. Marmelade. Toevallige ontmoetingen. Pioenrozen en lathyrus. Kaarsen. Schurftige honden. Hopeloze gevallen.

Ze houdt van het leven. Ze houdt van mensen. En bovenal houdt ze van haar vier kinderen.

Haar naam is Charlotte Salter.

Hij keek op.

'Was dat goed zo?'

'Heel goed. Sterker nog: het was geweldig.'

'Oké, niks meer aan doen.'

DEEL I

1990

1

'Waar is Lottie?'

Etty verstond het niet. Het feest was net begonnen: er was geroezemoes en Neil Young klonk uit de boxen. Ze streek haar krullen uit haar gezicht en boog zich naar Greg Ackerley toe. 'Wat?' vroeg ze, met een glimlach naar zijn bezorgde gezicht.

Ze was tevreden en vrolijk en voelde een zekere opwinding door haar aderen stromen. Het trimester was achter de rug. Ze begon al in kerststemming te komen en verheugde zich op feestjes, uitstapjes en ochtendenlang lui in bed blijven liggen. Greg glimlachte terug. Ze was zo dicht bij hem dat ze zijn geur kon ruiken en het zweet op zijn voorhoofd zag glinsteren. Hij had hard gewerkt om dit allemaal voor elkaar te krijgen.

Etty had genoeg broers, misschien zelfs wel te veel. Maar Greg was altijd een soort extra broer voor haar geweest. Ze keek naar zijn geprononceerde jukbeenderen, zijn blauwe ogen, zijn ietwat verstrooide houding. Hij was aantrekkelijk, aardig, een tikje verlegen. Als hij niet een soort broer zou zijn... Als hij niet drie jaar ouder was dan zij... Het was allemaal nogal verwarrend. Maar goed, vanavond nam een andere jongen haar gedachten in beslag.

'Wat?' vroeg ze nog eens.

'Waar is je moeder?' vroeg hij, nu duidelijker en langzamer, alsof hij het tegen een dove had. 'Het zou leuk zijn als ze kan zien hoe mooi het eruitziet. Voordat het hier een puinhoop wordt.'

Etty keek de schuur rond. Greg en zijn vader, Duncan, waren de hele vorige dag bezig geweest om de rommel eruit te halen, de vloer te vegen en alles schoon te maken. Nu was de ruimte versierd met bloemen, slingers, linten en gekleurde lampjes. De lange schragentafel waarachter Greg stond, was volgeladen met flessen drank en glazen en een grote kom punch met wat groen eromheen. Aan de andere kant van de ruimte stond een tafel met allerlei quiches, dips en hapjes. 'Is ze er dan niet?'

'Nee.'

Etty snoof geïrriteerd. 'Tegen míj zegt ze dat ik hier vroeg moet zijn en dan komt ze zelf niet eens op tijd. Ze wil waarschijnlijk een grootse entree maken.'

Ze zag de verwondering op Gregs gezicht en voelde zich enigszins schuldig tegenover haar moeder. Maar dat verdrong ze. Haar vrienden wachtten op haar bij de ingang van de schuur. Kim en Rosa waren er, en Robbie, die een klas hoger zat dan zij en van wie Etty wist dat hij hier was vanwege haar.

Er flitste iets en ze knipperde met haar ogen. Haar broer Niall hield een polaroidcamera in de aanslag.

'Hij is van Keith,' zei hij terwijl hij weer richtte. 'De foto's zijn niet heel duidelijk.'

'Ik had mijn mond vol,' zei Etty. 'Je mag geen foto's nemen van mensen die eten.'

Niall keek naar de tafel en wees verbaasd naar de groene omlijsting rond de schaal met punch. 'Is dat een rouwkrans?'

'Die hebben ze per ongeluk bezorgd,' vertelde Greg. 'Hij is voor Doris Winters. Die is vorige week overleden, ze was zevenennegentig. Ze zullen hem morgen wel komen ophalen. Ik dacht dat ze het niet erg zou vinden als wij hem eerst zouden gebruiken.'

'Is dat echt je outfit voor vanavond?' vroeg Niall aan Etty.

Etty keek omlaag, alsof ze haar kleren voor het eerst zag: een kort zwart jurkje met daarover een flanellen shirt en verder haar Doc

Martens. 'Zo te zien wel.' Ze vond niet dat ze zich ervoor hoefde te verontschuldigen. Niall had een grijs pak aan dat een paar maten te klein voor hem leek, en hij droeg een paarse zijden stropdas met een grote, dikke knoop; Greg droeg een met verf bespatte spijkerbroek, een oud overhemd met de mouwen tot aan de ellebogen opgestroopt en op zijn hoofd een flodderige pet van zijn vader.

Ze zag haar andere twee broers een paar meter verderop staan, druk in gesprek. Ze riep hen op luide toon. 'Paul? Ollie? Kom eens!'

Ze sjokten naar haar toe. Ollie stak een hand op naar Greg, die zijn hele schooltijd bij hem in de klas had gezeten, maar met wie hij nooit echt bevriend was geraakt. Als antwoord stak Greg zijn flesje bier omhoog, waarna hij een flinke slok nam.

'Niall vindt dat ik verkeerde kleren aanheb,' zei Etty.

'Hoezo verkeerd?' vroeg Paul.

Ollie grijnsde. 'Leuke stropdas, Niall.'

'Ik ben rechtstreeks van mijn werk hiernaartoe gekomen,' zei Niall, alsof hij hen daarmee alle drie terechtwees.

Nu Etty haar drie broers in deze bijzondere setting bekeek, vond ze dat hun onderlinge verschillen iets komisch hadden. Niall was lang, fors en een beetje log. Zijn zandkleurige haar was kortgeknipt. Hoewel Ollie en Etty nog thuis woonden, had Niall al de berustende, wrokkige uitstraling van het kind dat was achtergebleven, de zoon die het familiebedrijf in was gegaan.

Paul zag er niet alleen anders uit, hij leek zelfs totaal niet verwant aan hen. Hij was klein en tenger, met een zacht, rond gezicht waardoor hij jonger leek dan zijn eenentwintig jaar. Hij was het kind dat het huis uit was gegaan om te gaan studeren. Hij praatte er nooit over, maar Etty had het idee dat het niet goed liep, dat er slecht nieuws in de lucht hing, hoewel Paul daar niets over had gezegd. Hij was niet zo'n prater.

Ollie was de broer die op haar leek. Dat zeiden de mensen tenminste. Zij waren de vrolijke losbollen, de fuifnummers met een leven van seks, drugs en rock-'n-roll. Natuurlijk was het niet zo simpel. Niets is zo simpel. Maar Etty had het gevoel dat dit het beeld was dat de mensen van hen hadden. Niall wekte ergernis op en Paul eerder bezorgdheid. Maar met Etty en Ollie ging het altijd goed.

'Zullen we een foto maken?' vroeg Etty met een gebaar naar haar vrienden om duidelijk te maken dat ze er zo aan zou komen.

'Waarom?' vroeg Niall.

'We zijn nu allemaal bij elkaar. En het is papa's vijftigste verjaardag.'

Ze pakte de camera uit Nialls handen, gaf hem aan een man van middelbare leeftijd die ze niet kende en vroeg hem om een foto van hen te maken. Ze stelden zich op.

'Lachen maar,' zei de man.

'Lachen alsof we op een feest zijn dat we leuk vinden,' zei Ollie spottend.

'Jezus, kom op, zeg,' reageerde Niall.

En op het polaroidkiekje dat tevoorschijn kwam, zag je Niall boos naar Ollie kijken, Paul had een neutrale blik en alleen Etty keek met een glimlach in de camera. Op de achtergrond stond een wazige Greg zijn biertje naar binnen te klokken.

'Perfect,' zei Ollie, 'en nu ga ik naar buiten om wat mensen te begroeten en bezopen genoeg te raken om de rest van de avond aan te kunnen.'

'Gaat het wel?' vroeg Etty aan Paul toen Ollie wegliep.

'Ik ben niet echt in de stemming.'

Etty bedacht dat hij de laatste tijd nooit echt in de stemming was, maar ze antwoordde zo opgewekt als ze kon. 'Dat zijn we allemaal niet volgens mij.'

'Ik dacht dat jij een ander feest had waar je naartoe wilde?'

Ze knikte met haar hoofd naar haar vriendengroepje. 'Klopt, we gaan ervandoor zodra het kan.'

Paul mompelde iets onverstaanbaars, pakte een flesje bier en slenterde weg. Hij was zes jaar ouder, maar zag er nog steeds jong en onvolwassen uit. Vroeger had ze een hechte band met hem gehad, maar nu vond ze hem benauwend. Hij was zo stil, zo waakzaam en op zichzelf. Door hem voelde ze zich schuldig dat ze vriendinnen en vrienden had en plezier maakte, en dat schuldgevoel maakte haar boos.

Kim kwam naar haar toe en legde een hand op haar arm. 'Laten we gaan,' zei ze.

'Wacht even. Niall, heb jij mama gezien?'

Niall fronste. 'Is ze niet samen met jou hierheen gekomen?'

'Ik ben niet thuis geweest, ik kwam bij Kim vandaan. Is Penny hier?'

Penny was Nialls vriendin. Bij het horen van haar naam werd zijn frons nog dieper.

'Ik weet niet of ze komt.'

'Waarom niet?'

'Ik wil het nu even niet over Penny hebben.'

'Dan niet.'

'Als mama hier niet snel is, mist ze pa's speech.'

'Hij gaat toch zeker geen speech houden?' vroeg Etty.

'Jawel, hoor.'

Een paar minuten eerder had de schuur pijnlijk leeg geleken, met her en der wat groepjes verdeeld over de grote ruimte. Nu waren er zoveel mensen dat ze zich tussen hen door een weg naar haar vader moest banen.

Alec Salter droeg een bruin pak met witte krijtstreepjes, bijna flamboyant, en een blauwe stropdas met een rood kringelpatroon. Toen Etty dichterbij kwam, zag ze dat hij met Duncan Ackerley, Gregs vader, stond te praten, en met een man die ze niet kende. Alec legde een arm om haar schouders. Hij leek rechtstreeks van buiten te zijn binnengewandeld, zijn gezicht rozig, zijn lichtbruine haar een beetje krullerig. Ze ving een sterke geur van lavendel en sigaretten op. 'Hoe gaat het met mijn lievelingsdochter?' vroeg hij.

Ze was zijn enige dochter en het was een grapje dat al lang geleden sleets was geworden. Ze duwde zijn arm van zich af. 'Heb jij mama gezien?'

‘Ik ben rechtstreeks van mijn werk gekomen,’ zei hij, zonder een greintje ongerustheid.

‘Ze had hier al moeten zijn.’

Zijn gezichtsuitdrukking hield het midden tussen licht geamuseerd en kritisch. ‘Het voorrecht van de vrouw, hè?’

‘Te laat komen, bedoel je?’ vroeg Etty. ‘Ik dacht telkens van gedachten veranderen. En het is trouwens seksistisch.’

‘Je gaat toch zeker niet de zeur uithangen?’

‘Niall zei dat je een speech gaat houden. Je kunt niet gaan speechen voordat mama hier is.’

‘Waarom niet? Ze heeft het waarschijnlijk allemaal al eens gehoord.’ Alec keek op zijn horloge. ‘Als ze er over een kwartier nog niet is, begin ik gewoon. Als ze het mist, mag jij het haar later navertellen.’

Alec beëindigde het gesprek door zich weer naar zijn vrienden toe te draaien, maar Duncan kwam juist een stap dichter naar haar toe. Hij was blond en stevig gebouwd, en terwijl hij zich naar Etty vooroverboog, zag ze haar gezicht weerspiegeld in zijn bril met hoornen montuur.

‘Hoi, Etty. Hoe gaat het?’

‘Heb jij mama gezien?’

‘Vlak na de lunch, daarna niet meer. Ze kwam nog wat schalen en een soeplepel halen. Heb je al geprobeerd haar te bellen?’

‘Dit is een schuur,’ zei Etty. ‘Er is hier geen telefoon.’

Er waren twee grote houten deuren aan het ene uiteinde van de schuur. Ooit, jaren geleden, werden de koeien daardoor naar binnen en naar buiten gebracht. Aan het andere uiteinde leidde een kleinere deur naar een weiland. Etty stak haar hand weer op naar haar vrienden, ze gebaarde nogmaals dat ze even moesten wachten, en liep via die uitgang het donker in. De decemberkou kwam haar tegemoet. Vanaf hier kon ze het licht zien dat op de brede rivier werd weerkaatst.

De geur van wiet zweefde haar neus binnen van verderop in de duisternis, en ze zag een groepje jongens die een gloeiende joint aan elkaar doorgaven. 'Ollie,' zei ze.

Een van hen draaide zich naar haar om.

'Wat doe jij hier?' vroeg hij, alsof ze een klein meisje was dat het spel van de grotere kinderen verstoorde.

Dat kwam hard aan. Ze waren meestal heel close, maar soms, als hij met zijn vrienden was, hield hij haar op afstand. Ollie was negentien, ruim drie jaar ouder dan zij, en binnen het gezin waren ze altijd twee handen op één buik. Hij had in juni eindexamen gedaan en was een paar maanden gaan reizen. Volgend jaar zou hij naar de universiteit gaan, en niet zomaar een universiteit, maar die van Newcastle. Verder weg van Suffolk kon bijna niet. Etty zag er als een berg tegen op, want dan zou zij nog als enige thuis wonen. 'Ik vraag me af waar mama is.'

'Hoe moet ik dat weten?'

Ze keek naar de jongens die bij Ollie stonden. Ze herkende er twee uit zijn klas, en ook Morgan Ackerley, Duncans tweede zoon. Hij was jonger dan de anderen. Hij zat bij Etty in de klas, maar ze waren niet echt bevriend. Hij was slim, een nerd en pijnlijk onzeker. 'Ze is er niet, volgens mij,' zei Etty. 'En papa gaat zo speechen.'

Ollie glimlachte. 'Dat zal wel de reden zijn waarom ze er niet is.' Hij hield de joint omhoog. 'Nog een beetje hiervan en dan is het alsof ik er ook niet ben.'

'Mag ik een trekje?'

'Jij bent te jong.'

'Ik heb heus wel eerder wiet gerookt, hoor.'

'Vraag maar aan iemand anders.'

Zijn toon veroorzaakte een mengeling van woede en schaamte bij haar, maar ze reageerde er maar niet op. 'Het is gewoon raar,' zei ze. 'Mama praat er al dagen over en ze heeft er heel veel werk in gestoken. Ze zou dit niet willen missen.' Ze hoorde getinkel tegen een glas en iemand die binnen iets riep.

Er verscheen een man in de deuropening. 'Kom gauw naar

binnen!' riep hij. 'Alec gaat speechen.'

'Nee, hè,' kreunde Etty. 'Hij zei dat hij nog een kwartiertje zou wachten.'

'Dit is zijn grote moment,' zei Ollie. 'Hij gaat echt op niets of niemand wachten.'

Samen met Ollie ging ze naar binnen. Ze liepen niet tussen de mensen door maar bleven bij de ingang staan kijken. Robbie kwam naar haar toe en ging vlak naast haar staan, in het halfdonker. Ze voelde zijn warmte en rook nicotine en bier. Haar lichaam tintelde. Ze voelde dat er nog iemand dichtbij was en keek om. Het was Greg weer. Hij had een flesje bier in zijn hand. 'Heb je haar al gezien?' vroeg ze meteen.

'Wie?' vroeg Greg.

'Mijn moeder.'

'Nee.' Hij nam een slok bier. 'Ze zal hier wel ergens rondhangen. Ze zal wel een speciale verrassing voor Alec aan het organiseren zijn. Dat is net iets voor haar, iets speciaals waar niemand anders aan denkt.'

'Uit een taart springen?'

Hij glimlachte en nam nog een slok.

Ollie was al halfstoned en Greg werd langzaam maar zeker dronken, terwijl zij zich vreselijk nuchter voelde. Ze had het gevoel dat ze op het verkeerde feest was. Het was tijd om te gaan.

'Je kunt naar jullie huis bellen,' opperde Greg.

Etty schudde haar hoofd. 'Je zal wel gelijk hebben. Ze hangt hier vast ergens rond.'

Ze schoof wat dichter naar Robbie toe en hij pakte haar hand.

Haar vader begon te praten, maar ze kon hem niet verstaan en ze zag hem ook niet. Iemand riep iets, waarop hij stopte en enigszins wankelend boven de hoofden uit verscheen. Hij stond vervaarlijk op een stoel te balanceren.

Etty wist dat haar vader niet nerveus was. Hij was niet bang dat hij opeens niet meer wist wat te zeggen, zoals veel mensen wel zouden zijn. Hij was ervan overtuigd dat er niets fout zou gaan, en mocht dat wel zo zijn, dan zou hij zich daar evenmin druk om maken.

'Ik vond eigenlijk dat iemand bij een gelegenheid als deze iets zou moeten zeggen,' begon hij, 'en die iemand kan ik maar beter wezen. Dit schijnt een verjaardagsfeest te zijn...' Er werd gelachen, maar Alec lachte zelf niet. Hij wachtte tot het geluid verstomde en ging verder. 'Mijn liefhebbende echtgenote is nog niet gearriveerd. Althans, niet dat ik weet. Als je er wél bent, laat dat dan nu even weten.'

Hij zweeg en het was bijna stil.

Etty voelde Robbie haar hand strelen.

'Geen antwoord,' zei Alec ten slotte. 'Maar ik heb reden om aan te nemen dat de rest van mijn gezin aanwezig is. Mijn kinderen. Mijn kroost. Mijn schatten. Ik bedoel, wat zal ik zeggen? Om te beginnen is er Niall, de telg die het familiebedrijf in is gegaan en wacht tot ik met pensioen ga. Steek je hand eens op, Niall.' Het werd verpakt als een grapje, maar op Alecs gezicht was nog geen spoortje van een glimlach te zien. Niall leek zich niet op zijn gemak te voelen toen de feestgangers zich naar hem omdraaiden.

'En als we het rijtje afgaan, komt dan Paul, die, eh... Wat doe jij ook alweer, Paul? Hij schijnt iets te studeren, ergens. Waar ben je, Paul?'

Etty zag Paul aan de andere kant staan, ook bij de muur. Ze kon zijn gezichtsuitdrukking niet zien, maar ze wist hoe hij keek. Ongelukkig.

'En dan is er nog de jonge Oliver. Hoe zal ik hem eens beschrijven? Artistiek. Creatief.'

'Hij zegt het alsof hij het maar niks vindt,' zei Ollie in Etty's oor.

'Ollie, meld je even.'

Ollie stak zijn hand op, zijn gezicht nu bijna net zo vlammend rood als zijn haar.

'Oké, Oliver, je kunt je hand weer laten zakken. En ten slotte, *last and least*, of bedoel ik *last but not least*, is er mijn kleine bloem, mijn oogappel op mijn ouwe dag, die een vrouwelijke touch in huize Salter brengt, mijn dochter Elizabeth. Waar is ze? Waar ben je? Laat je even zien.'

Heel even was Etty blij dat haar moeder er niet bij was, want die zou dit vreselijk hebben gevonden. Ze liep een paar passen bij Robbie vandaan, sloeg opstandig haar armen over elkaar en keerde haar vader de rug toe. Ze zag Rosa en Kim aan de andere kant van de ruimte grijnzen en theatraal met hun ogen rollen. Snel grimaste ze naar hen.

'Kijk haar eens,' ging Alec verder.

Etty voelde haar wangen gloeien nu enkele aanwezigen daadwerkelijk naar haar keken. Ze wist niet of ze gloeiden van gêne of simpelweg van woede.

'Is het geen plaatje? Maar kijk niet té goed. Ze is pas vijftien en vergeet niet dat ze drie oudere broers heeft.' Hij wachtte een moment. 'Waar was ik? O ja, ik ben vijftig geworden. Vijftig. Een halve eeuw. Waarom vond iemand dat eigenlijk reden voor een feest? Hoe dan ook, dank voor jullie komst.'

Dat was het abrupte einde van de speech. Alec stapte van de stoel af. Er klonk een mager applausje en iemand begon 'Happy Birthday' te zingen, maar dat sloeg niet aan.

'Wat een klootzak,' zei Ollie in Etty's oor.

'Waar is ze toch?'

'Kunnen we al weg?' vroeg Robbie.

Het dansen begon. Etty kon het amper aanzien. Duncan probeerde de gasten op een galante manier aan te moedigen de dansvloer op te gaan. Hij draaide Mary Thorne in het rond en probeerde haar daarna onder zijn arm door te trekken, maar dat ging mis en ze kwamen met elkaar in de knoop. Hij brulde van het lachen terwijl zij haar jurk rechttrok. Intussen zat haar echtgenoot, Gerry, met een glas bier aan de kant mokkend naar ze te kijken.

Haar vader leek te zijn verdwenen.

'Laten we gaan,' zei Rosa. 'Het andere feest is nu vast al in volle gang. Dit is hartstikke saai.'

Er was een eindejaarsfeest bij iemand thuis in een buitenwijk van Glensted. De ouders waren weg en iedereen zou er zijn. Etty had Kim en Rosa overgehaald om onderweg langs te komen op het feest van haar vader.

'Over een paar minuten,' zei ze. 'Zodra mijn moeder hier is en ziet dat ik ben gekomen. Dan gaan we meteen daarna.'

Een paar minuten lang dansten zij en haar groepje met ironische gezichten op ABBA. Etty was dol op dansen, maar niet hier, met het ongemakkelijke gevoel dat haar vader en zijn vrienden toekeken terwijl zij demonstratief de mensen van middelbare leeftijd en ouder lieten zien hoe het was om jong en zorgeloos te zijn.

Duncan kwam langs rennen, wild met zijn armen boven zijn hoofd zwaaiend.

'Ik heb een cassettebandje bij me,' zei Robbie. 'Zullen we de boel eens wat opschudden? Wat dachten jullie ervan? My Bloody Valentine? Zo hard dat hun oren van hun kop knallen?'

'Ik ga liever gewoon,' zei Kim. 'Je zei een uur. Nu lopen we dat feest mis.'

Etty aarzelde. Ze ving een glimp op van Paul, die ellendig voor zich uit keek, en er trok een scheut van boosheid door haar heen. 'Gaan jullie maar,' zei ze. 'Ik kom zo snel mogelijk.'

Ze verwachtte half dat ze zouden protesteren, maar dat deden ze niet, ze haalden hun schouders op en knikten. Kim sloeg haar armen om haar heen en omhelsde haar net wat te stevig. 'Red je je wel?'

'Tuurlijk.'

'Tot straks dan.' Ze gaf Etty een por en wierp een veelzeggende blik op Robbie. 'Het wordt vast een geweldige avond.'

Etty keek hen na en liep toen langs de muur de ruimte door. Haar ogen prikten van de sigarettenrook. Ze verwachtte nog steeds dat haar moeder plotseling zou opduiken, met haar golvende donkerblonde haar hoog opgestoken en de rode jurk waarin ze eruitzag als een filmster, geurend naar Chanel en glimlachend zodat de kuiltjes in haar wangen dieper werden.

Waar was ze? Etty keek op haar horloge. Het was halftien. Lottie was vaak laat, maar niet zó laat.

'Je moeder,' zei Alec – die dronken moest zijn, want Etty had hem het ene na het andere glas punch achterover zien slaan, maar die nog raker wist te sneren dan anders – 'je geliefde moeder staat graag in het middelpunt van de belangstelling. Ze wil dat iedereen vraagt waar ze is.'

'Dat is niet waar.'

'Echt niet?' Alec bracht zijn gezicht dicht bij het hare. 'De laatste tijd ben je nogal een moederskindje, hè?'

Ze liep de schuur uit en zag Niall staan, met Penny, in een baan licht die door het raam naar buiten viel. Penny snikte en stompte hem op zijn borst. Hij bleef maar 'ho, ho!' zeggen, alsof hij een schichtig paard aan het kalmeren was.

Ze keek of ze Paul ergens zag, maar ze kon hem niet vinden.

Ollie zat ineengedoken met gesloten ogen op een stoel naast de geïmproviseerde bar te wiegen en te neuriën. Ze schudde aan zijn schouder en hij deed een oog open, knikte naar haar en sloot het weer. 'Sorry dat ik zo lullig deed,' zei hij, amper hoorbaar. 'Wat een klotefeest, hè?'

Kwart voor tien. Tien uur. Vijf over.

Ze dacht aan het feestje waar ze naartoe wilde, aan de jongen op wie ze een beetje verliefd was.

Er werd nog steeds gedanst. De kaarsen die Greg op de tafel met hapjes had gezet, dropen en walmden.

Etty haalde haar jas. Ze zou in de telefooncel naar huis bellen om te horen of Lottie daar was, en daarna zou ze naar het andere feest gaan – hoewel haar bruisende opwinding was weggeëbd en ze zich nu vooral moe en bedrukt voelde.

Buiten was het waterkoud, met windvlagen die haar in het gezicht sloegen. Alles werd opgeslokt door een dichte duisternis. Ze moest langzaam lopen en goed uitkijken om haar weg te vinden. Ze schuifelde over het hobbelige pad met aan beide kanten massieve bomen die daar als schildwachten opgesteld stonden.

Ze dacht een uil te horen, maar misschien was het iets anders. Misschien was het Penny die huilde of mensen die seks hadden in de bosjes. Toen ze haar hand naar de deur van de telefooncel uitstak, kwam er iemand op haar af.

'Morgan! Je laat me schrikken.'

In de duisternis zag ze zijn gezicht: heel anders dan dat van Duncan of Greg. Hij was dun en bleek, met blinkende brillenglazen en een dikke bos donker haar. Hij had een sigaret tussen zijn vingers, waarvan de punt gloeide toen hij hem naar zijn mond bracht en inhaleerde.

'Ik ga naar huis bellen,' zei ze. 'Mama is er nog steeds niet.'

De telefooncel stonk naar urine en tabaksrook en de hoorn was vettig, dus die hield ze iets van zich af. Ze draaide het nummer en er klonk een beltoon, gevolgd door een statische ruis. Snel duwde ze de munten in de gleuf.

'Hallo?' zei ze.

'Mama?'

De stem aan de andere kant van de lijn klonk krakerig.

'Paul?'

'Etty? Ben jij het? Ik dacht dat het mama zou zijn.'

'Ze is er dus niet?'

'Nee.'

'Waar ís ze toch?'

Aan de andere kant bleef het stil. Ze hoorde Paul ademhalen en ze hoorde de leegte van het huis – zonder Lottie.

Het was gaan regenen. Morgan stond met zijn handen diep in zijn zakken te wachten. Waarom was hij hier eigenlijk, op een feest voor volwassenen, terwijl al zijn schoolvrienden ergens anders het begin van de kerstvakantie aan het vieren waren?

'Ze is er niet,' zei Etty. 'Waarom maakt niemand anders zich zorgen?'

'Je zou het alarmnummer kunnen bellen,' zei hij nogal achteloos.

'Wat?'

'Bel de politie.'

Ze staarde hem aan. De politie: dat zou het angstaanjagend echt maken. Hij keek terug zonder met zijn ogen te knipperen.

Ze trok de deur van de telefooncel weer open, stapte naar binnen, pakte de vettige hoorn opnieuw en belde de politie.

'Het gaat over mijn moeder,' zei ze. Haar stem klonk hoog en kinderlijk. 'Lottie – of eigenlijk Charlotte – Salter. Ik weet niet waar ze is.'

Toen ze uit de telefooncel kwam, was Morgan verdwenen. Ze liep in haar eentje terug naar het feest.

2

De achterdeur van de schuur bood als het ware toegang tot de zelfkant van het feest. In het donker deden mensen dingen die ze binnen niet konden doen. Etty zag een kussend stel tegen de zijmuur staan. Ze rook de geur van wiet en zag dat Ollie weer bij het groepje blowende vrienden stond. Natuurlijk. Morgan stond er ook weer bij, ze voelde een steek van ergernis. Kennelijk waren vijftienjarigen geen probleem voor Ollie zolang het zijn zusje maar niet was. Ze botste tegen Greg aan, die iets onverstaanbaars mompelde. Ze herkende de glazige uitdrukking waarmee dronkenschap gepaard gaat en de zweterige bleekheid van iemand die net had overgegeven of op het punt stond over te geven. Ze mompelde iets onverstaanbaars terug en liep snel bij hem vandaan.

Iemand had een vuurtje aangestoken in een vuurkorf. Terwijl ze naar het flakkerende licht liep, hoorde ze een bekende, luide stem. Haar vader stond tegen de smalle borstkas van Victor Pearce te porren, de eigenaar van het dorpscafé, die bevriend was met Lottie, niet met Alec. Zij bakte de scones en chocolade-walnootcake die er altijd op de bar stonden, en Etty werkte er soms op zaterdag. Hij was kleiner dan Alec, en tenger. Zijn haar zat in een knot en hij droeg een tie-dye-T-shirt en een fluwelen broek.

'Hé, rustig aan,' zei Victor terwijl hij achteruitdeinsde.

Etty tikte haar vader op de schouder. 'Ik heb de politie gebeld.'

Alec keek haar wezenloos aan, maar om de een of andere reden begon haar hart bij het zien van zijn gezicht heftig te bonzen.

'En waarom dan wel?' Ineens klonk zijn stem vriendelijk.

'Omdat verder niemand iets doet.'

'Er is niets aan de hand. Ze is gewoon niet komen opdagen voor het feest ter gelegenheid van mijn vijftigste verjaardag.'

'Ze sturen een agent naar ons huis. Die is er over ongeveer een halfuur.'

Zijn gezicht was nog steeds uitdrukkingsloos, maar Etty voelde zijn woede. Hij liep bij haar en Victor Pearce vandaan en ging de schuur weer in. Hij verdween tussen de mensen. Opeens stopte de muziek. Het dansen stokte en er viel een stilte.

Etty zag haar vader niet, maar ze hoorde hem zeggen dat het feest afgelopen was.

'Althans, in elk geval voor het gezin Salter. Bedankt voor jullie komst en zo. Doe het licht uit als jullie weggaan.'

'Jij mag niet meer rijden,' zei Ollie tegen zijn vader. 'Niet met al die drank op.'

'En jij wel? Na dat spul dat je hebt gerookt?'

'Dat was ik ook niet van plan.'

Alec rukte de deur van zijn auto open. 'Instappen.'

'Ik peins er niet over.'

'Zelf weten. Etty?'

Ze dacht aan het andere feest. Daar waren ze nu aan het dansen, drinken en flikflooien. Ze stopte haar handen diep in haar zakken. 'Ik loop wel terug met Ollie.'

'En waar is Paul?'

'Die is al thuis,' zei Etty. 'En Niall komt met zijn eigen auto.'

'Oké. Dan ga ik dus alleen. Wandel ze.'

Hij stapte in de auto, trok het portier dicht en startte de motor. Ollie en Etty zagen de auto over het pad naar de weg rijden; de rode achterlichten verdwenen in de avond.

Het was maar een kwartier lopen, maar de regen ging over in zachte, natte sneeuw die door de wind in hun gezicht sloeg.

Ze liepen zwijgend naar de hoofdweg, vlak voor de brug over de rivier, en slenterden langs de telefooncel, langs de bushalte waar Etty elke dag op de bus naar haar school in Hemingford stapte en waar nu een groepje pubers met blikjes bier zat, langs de nieuwe wijk met de rijen identieke bungalows, de kronkelende straten van Glensted in, met de gevels van rode baksteen. Ze zagen verlichte kerstbomen achter de ramen. De geur van haardvuur hing in de lucht.

Etty zou zich het liefst ergeren aan Lottie omdat die het begin van haar vakantie had verpest, maar haar groeiende ongerustheid had de overhand. Als ze alleen was geweest, zou ze rennen. Met grote stappen liep ze voort, met Ollie in haar kielzog; haar kistjes klonken zwaar op de stoep. De dorpskern ging over in vrijstaande huizen, waarna ze aankwamen bij het kleine tankstation dat niet meer in gebruik was, en de stacaravans die het grootste deel van het jaar leegstonden. Vanaf hier zagen ze de contouren van hun woonboerderij, met de verlichte vierkante ramen op de benedenverdieping.

Paul deed de deur open en stond als een uitgeknipt silhouet in de gele rechthoek. Zijn ogen hadden de kleur van walnoten. Zijn haar, net zo warm kastanjebruin als dat van Etty, was lang; Alec zei altijd dat hij er daardoor nog verwijfder uitzag. Achter hem in de gang stond de kerstboom van de Salters: kleurrijk en kitscherig. Lottie was niet van de smaakvolle decoraties. Ze had de takken volgehangen met rode, gouden en paarse kerstballen, lichtsnoeren en zilverkleurige kerstslingers. Er lagen al stapels cadeautjes onder; Etty zag ook een klein vierkant pakje met een lint eromheen en haar naam erop. 'Is ze er nog steeds niet?'

Paul schudde zijn hoofd.

Ze gingen naar binnen en deden hun natte jassen uit. Ollie bukte zich en trok zijn doorweekte sportschoenen en toen zijn sokken uit, met zijn hand op de leuning van de trap om niet om te vallen. Zijn voeten waren roze en toen hij weer overeind kwam, zag Etty hoe groot zijn pupillen waren. Water drupte uit haar haren, langs haar hals, en haar wangen prikten van de kou.

'Ik heb de politie gebeld,' zei ze tegen Paul. 'Was dat een domme actie?' Ze wilde dat hij ja zou zeggen.

'Nee.'

De deur naar de zitkamer links van hen ging open en Alec verscheen, met een vol glas whisky in de hand. 'Een zeer memorabele vijftigste verjaardag,' zei hij. 'Met dank aan jullie allemaal.'

Er verschenen koplampen op de oprit. Het waren twee auto's: Nialls oude Honda en achter hem een politiewagen.

'Ik ben behoorlijk stoned,' fluisterde Ollie luid en hij giechelde zenuwachtig. 'Denken jullie dat die agent dat zal merken?'

'Hou je kop,' zei Paul. 'Dit gaat niet om jou.'

Toen Niall binnenkwam, was dat voor Etty een opluchting. Met zijn bruine ogen en die enigszins verwijtende blik, en zijn lichte huid die bloosde als hij zich schaamde of ergerde, was hij geruststellend nuchter en kalm. Met hem erbij leek het ondenkbaar dat Lottie iets ergs was overkomen.

De politieagent zag er niet ouder uit dan Ollie en hij deed Etty denken aan een paar jongens uit haar klas, die onhandig bewogen, kennelijk nog niet gewend aan hun grote lijf. Zijn uniform spande oncomfortabel om zijn lichaam en hij bleef met een vinger langs de binnenkant van zijn kraag strijken. Hij had een permanente glimlach op zijn gezicht, die zelfs niet verdween als hij serieus probeerde te kijken.

'Geoffrey Bealing,' zei hij, hun een voor een even toeknikkend.

Ze gingen hem voor naar de zitkamer, waar hij op de leunstoel met de gesprongen veer ging zitten. Etty en Niall namen tegenover hem plaats op de bank, Paul koos voor de kleine stoel en Ollie leunde tegen de muur bij de haard, waarin een hoopje koude as lag. De verwarming was nog niet aangezet en de kamer deed doods en somber aan.

Alec bleef in de deuropening staan, met zijn bijna lege glas.

'U maakt zich zorgen om uw vrouw?' vroeg Bealing aan Alec.

'Nee.'

Bealing verschoof wat ongemakkelijk in zijn stoel.

Etty sprong op van de bank en ging met gebalde vuisten voor de agent staan. 'Ze is vermist,' zei ze met hoge stem. 'We weten niet waar ze is. Jullie moeten haar zoeken.'

'Ze is pas een paar uur weg,' zei Niall.

Bealing keek van het ene gezicht naar het andere. Zijn blik bleef op Alec rusten. 'Is het ongebruikelijk dat uw vrouw de hort op gaat?'

'De hort op,' zei Ollie. 'Godsamme.'

'Hou op, Oliver,' zei Alec. Hij wendde zich tot de agent en sprak op sussende toon. 'Helemaal niet. Mijn echtgenote is een impulsieve vrouw. Ze duikt vast snel weer op.'

'Hoe weet je dat?' vroeg Etty. 'Heeft ze iets tegen je gezegd?'

'Dat weet ik omdat ik Lottie ken.'

Bealing kwam met enige moeite overeind. 'Zoals al is gezegd is ze pas een paar uur weg. Ik ga ervan uit dat er niets ernstigs aan de hand is. Neemt u alstublieft weer contact met ons op als ze over vierentwintig uur nog niet terug is.'

'Het spijt me dat u hiernaartoe bent geroepen. Mijn excuses namens mijn dochter. Ze is nog maar vijftien.'

'Behandel me alsjeblieft niet als een kleuter. Er is haar iets overkomen. Ze kan wel gevallen zijn. Ze kan wel...' Ze wist niet hoe ze haar zin moest afmaken.

3

Toen Bealing terugkwam op het politiebureau in Hemingford zat de brigadier van dienst met een kop thee de krant te lezen. Hij heette Guy Lock en was weduwnaar. Hij had graag nachtdienst. ‘En?’

‘Een vrouw die niet is komen opdagen op een feest.’

‘Wat is jouw indruk?’

Bealing grijnsde. ‘Ik kon de dochter wel waarderen. Die moeten ze in de gaten houden. Een middelbare scholiere, maar je weet wel, al heel volwassen en vol temperament.’

Lock schudde zijn hoofd. ‘Ik waarschuwde mijn dochter altijd voor mannen als jij. Maar serieus, kijk uit. Hoe oud is ze, veertien?’

‘Nee, ze is volgens mij meerderjarig. Of bijna, in elk geval.’

‘En die moeder, moeten we ons zorgen om haar maken?’

‘Het lijkt me het meest waarschijnlijk dat ze ruzie met haar man heeft gehad. Ze is inmiddels vast alweer thuis een kopje thee aan het zetten.’

De drie broers zaten aan de keukentafel. Etty liep te ijsberen alsof ze een plek zocht om bij te komen maar er geen vond. Het was de eerste keer dat ze allemaal samen waren sinds Kerstmis het jaar ervoor. Toen was Alec dronken geworden en had Ollie zich in zijn kamer teruggetrokken. Etty en haar moeder waren de hele boel ontvlucht en hadden een lange wandeling langs de rivier gemaakt, in de kou, de wind en de zon. Ze hadden niet gepraat over wat ze achter hadden gelaten, maar Lottie had haar dochter gevraagd hoe het met haar ging en ze hadden tijdens het lopen elkaars hand vastgehouden. Dat was genoeg geweest.

'Ik zag al weken tegen dit feest op,' zei Ollie. 'Maar het is toch nog erger geworden dan mijn ergste nachtmerrie.' Hij keek de tafel rond. 'Was er ook maar íéts leuk aan? Nou ja, de bloemen waren mooi.' Hij keek Niall aan. 'Hoe gaat het tussen Penny en jou?'

'Niet zo best.'

'Heb je het uitgemaakt?'

'Ik heb gezegd dat ik vind dat we een tijdje uit elkaar moeten gaan.'

'Dus je hebt het niet uitgemaakt?'

'Ik wilde het voorzichtig brengen.'

'En wat zei ze?'

'Ze was er niet blij mee.'

'Ik ga naar mijn kamer,' zei Ollie. 'Tenzij iemand een idee heeft.'

'Je kunt niet zomaar weglopen,' zei Etty. 'Mama is er niet. Ze is daar ergens buiten.' Ze wees naar de duisternis achter het raam. 'Ik blijf op tot ze thuis is.'

'Ze zal wel bij een vriendin zitten klagen over pa,' zei Niall.

'Welke vriendin?' vroeg Etty. 'Wie denk je, dan ga ik wel rondbellen.'

'Je hebt de politie al gebeld,' zei Niall. 'Daar weten ze hoe ze met zulke dingen moeten omgaan. Had jij de indruk dat die agent zich zorgen maakte?'

'Het leek hem weinig te kunnen schelen, als je dat bedoelt.'

'Ik kan wel een borrel gebruiken,' zei Niall. 'Als pa iets heeft overgelaten.'

'Mama had waarschijnlijk hetzelfde gevoel als wij,' zei Ollie. 'Ze zag als een berg op tegen het feest en bedacht dat ze wel iets beters te doen had. Wat dan ook, als het maar niet in die schuur was. Ik bedoel, wij deden toch ook alsof we er niet waren, ook al waren we er wel, en zij heeft dat gewoon letterlijk in praktijk gebracht. Goed plan.'

'Ben je nog steeds stoned?' vroeg Etty.

'Niet zo stoned als ik zou willen zijn. Ik hoopte dat de geestverruimende middelen me ergens naartoe zouden brengen waar ik me ontspannen en gelukzalig zou voelen, maar dat is me niet echt gelukt.'

Niall liep door de keuken heen en weer en trok kastdeuren open. Uiteindelijk vond hij wat hij zocht en vulde een glas voor de helft met whisky. 'Je moet het mama wel nageven,' zei hij, toen hij een slok had genomen. 'Als je weggaat bij je echtgenoot, kun je dat maar beter in stijl doen en hem bijvoorbeeld verlaten op zijn vijftigste verjaardag.'

'Je hebt het over onze moeder, hoor.' Paul leek moeilijk uit zijn woorden te komen. 'Ze is de liefste persoon ter wereld. Waarom zou ze zoiets doen zonder het iemand te vertellen? Het slaat nergens op.'

'Jawel, hoor,' zei Ollie. 'Want ze is getrouwd met Alec Salter. Als ze terugkomt...'

'En ze kómt terug,' zei Etty dringend. 'Dat weet je zeker, toch?'

'Natuurlijk komt ze terug,' antwoordde Niall.

Zijn geruststellende toon was niet overtuigend, vond Etty. Zo zou hij ook beweren dat de Kerstman echt bestond.

'Hoe dan ook,' ging Ollie verder, 'als ze terugkomt, kan het niet op dezelfde manier doorgaan.'

'Jij hebt makkelijk praten,' zei Etty. 'Jij gaat binnenkort weg. En dan blijf ik in mijn eentje over.' Wat ze ook zeiden, haar broers hadden allemaal hetzelfde gevoel als zij. Er was iets vreselijks gebeurd, alsof er een oorlog was uitgebroken. Niemand van hen wist hoe hij zich moest uiten of wat hij moest doen. Ze zouden allemaal in hun oude rol vervallen. Niall had altijd het idee dat hij de man binnen het gezin was. Hij zou proberen te doen alsof er niets aan de hand was. Paul zou zich in zichzelf terugtrekken, in zijn eigen donkere wereldje. En Ollie leek het meest op haar. Hij zou erover praten. En praten en praten.

Maar zij kon niet alleen maar praten. Ze moest iets doen. 'Ik ga de Ackerleys bellen,' zei ze. 'Daar zou mama misschien wel naartoe gaan.'

'Duncan slaapt natuurlijk al,' zei Niall.

'Dat kan me niet schelen.'

Er was een telefoon in de gang, vlak naast de keukendeur. Etty stond op het punt het nummer van de Ackerleys te draaien toen ze aan de andere kant van de lijn stemmen hoorde. Ze herkende onmiddellijk die van haar vader. Eigenlijk moest ze de hoorn op de haak leggen, maar toen hoorde ze de andere stem. Die klonk haar bekend in de oren. Ze legde haar hand over het mondstuk en bleef luisteren. Ja, het was Mary. Mary Thorne.

Het drong bijna niet tot haar door wat ze zeiden. Het leek wel alsof ze een vreemde taal spraken. Waar ze door getroffen werd, was de toon, de intimiteit die erin zat. Die deed haar denken aan hoe zij weleens met jongens had gepraat. Bijvoorbeeld de dag na een feestje waarop ze hadden gezoend, in het hoekje van een bank of buiten in de tuin, als zo'n jongen dan belde om met haar te praten en ze lange, vreemde gesprekken voerden, bijna fluisterend om niet afgeluisterd te worden. Haar vader was de hele avond sarcastisch geweest, had steeds een luide stem opgezet, en nu sprak hij op een toon die ze nog nooit van hem had gehoord.

Ze legde de hoorn zo zacht als ze kon op de haak en haalde diep adem voordat ze de keuken in liep.

'Wat zeiden ze?'

'Ik heb ze nog niet gebeld. Papa hield de lijn bezet.'

'Op dit late tijdstip?' vroeg Niall.

'Hij was met Mary Thorne aan het bellen.'

Er viel een lange stilte. Etty bedacht dat dat erger was dan wat dan ook. Het zou beter zijn als er iemand kwaad werd.

Toen klonken er voetstappen op de trap, en Alec kwam de keuken binnen met een volle vuilniszak in zijn hand, die hij bij de deur neerzette. Hij pakte de fles whisky van het dressoir, haalde een glas uit de kast, vulde het en nam een slokje. Hoe kon het dat hij niet ladderzat omviel?

Hij keek naar de vijandige gezichten van zijn kinderen en schonk ze een flauw glimlachje. 'Ik heb Mary Thorne net gesproken,' zei hij neutraal. 'Ze maakte zich zorgen om Lottie.'

'Dus jij belde Mary Thorne om één uur 's nachts omdat ze misschien wel bezorgd zou zijn om mama?' Het was Paul die dat zei; zijn stem klonk ongebruikelijk hard.

'Wie zegt dat ik háár heb gebeld?'

'Als zij jou had gebeld,' zei Paul langzaam, 'zouden wij de telefoon hebben horen overgaan. En we hebben niets gehoord.'

Alec dronk zijn glas leeg en zette het in de gootsteen. 'Sla niet zo'n toon tegen me aan,' zei hij. 'Op mijn verjaardag.'

'Je bent niet meer jarig,' zei Paul. 'Je verjaardag is een uur geleden geëindigd.'

'Oké,' antwoordde Alec. 'Sla niet zo'n toon tegen me aan. Ik ben je vader.'

'Je moet verdomme maar durven,' zei Paul.

Er viel een stilte die Etty bijna fysiek voelde, koud en hard tegen haar huid.

'Wát zei je?' vroeg Alec met gedempte stem.

'Ik zei: je moet verdomme maar durven.' Paul sprak deze keer luider. 'We weten hoe jij in elkaar zit. Dat weten we maar al te goed. Dit is jouw schuld. Jij hebt haar aangezet tot wat ze gedaan heeft, wat het ook is.' Hij stond op en schopte zijn stoel opzij, zodat die kletterend omviel.

'Eruit,' zei Alec.

'Nou graag!' schreeuwde Paul, terwijl hij de keuken uit liep. Hij stampte zo hard op de trap dat het huis leek mee te schudden. De deur werd dichtgesmeten.

Alec keek rond. Hij leek totaal niet van zijn stuk gebracht. 'Hadden jullie nóg wat?' vroeg hij. 'Moet iemand anders nog iets van het hart?'

‘Hoe kun je nou zo praten?’ Ollie keek boos.

‘Mama is vermist,’ zei Etty, ‘en wij zitten hier maar.’

‘Jullie moeder is niet vermist.’

‘Is ze terug?’ vroeg Etty vertwijfeld, met een sprankje hoop.

‘Ze is hier niet, nee. Maar jullie weten toch hoe ze is: als ze zich iets in haar hoofd heeft gehaald, doet ze het gewoon.’

‘En wat heeft ze zich dan nu in haar hoofd gehaald?’ vroeg Ollie.

‘Weet ik veel,’ zei Alec. ‘Ik weet niet meer dan jullie. Misschien was ze wel boos. Of had ze geen zin in een feest. Want ík had ook geen zin, dat kan ik jullie wel vertellen.’

‘Boos waarover?’ vroeg Ollie.

‘Hebben jullie ruzie gehad?’ wilde Etty weten. ‘Is ze daarom verdwenen?’

‘Nee, we hebben geen ruzie gehad,’ zei Alec geïrriteerd. ‘Ik gaf maar een voorbeeld. Hypothetisch bedoeld.’

‘Nou, ik ben er klaar mee,’ zei Niall en hij stond op. ‘Ik kan dit niet. Ik blijf hier niet langer. Ik ga haar zoeken.’

‘Waar dan?’ vroeg Alec.

‘Overal en nergens. Ik ga wat rondrijden, mensen vragen of ze haar hebben gezien. Dat is beter dan niets doen.’

‘Ik denk helemaal niet dat dat beter is,’ zei Alec.

Niall kromp ineen, en even dacht Etty dat ook hij tegen zijn vader zou gaan schreeuwen, of hem zelfs zou slaan. Maar hij liep de keuken uit. Niemand zei iets en de stilte werd alleen doorbroken toen Niall zijn auto startte en wegreed in de duisternis.

Het was drie uur ’s nachts en het was stil, op het vertrouwde gekraak van het oude huis na, alsof het zich moest herstellen van de gebeurtenissen van de dag.

Niemand sliep, behalve Alec Salter, midden in het tweepersoonsbed, langzaam ademend.

Sinds Paul was gaan studeren en het huis uit was gegaan, was zijn kamer een soort opslagplaats geworden voor kartonnen dozen en afgedankte meubels. Hij zat op zijn bed, met zijn kleren nog aan en een koptelefoon op zijn hoofd. Hij luisterde tegenwoordig alleen nog naar Cocteau Twins – en soms naar Talk Talk. Muziek waarvan hij in vervoering raakte, waarin hij zichzelf kon verliezen. Elke keer als de plaat was afgelopen, zette hij de naald terug naar het begin. *When you come to me, you come to broke.*

Ook Ollie was op zijn kamer, maar hij lag in bed. Hij had televisiegekeken met het geluid uit. Na het laatste programma had hij de tv aan laten staan in de hoop dat hij bij de grijze ruis in slaap zou vallen. Maar nee.

Een paar kilometer verderop, op de weg naar Hemingford, zat Niall in zijn auto, die hij langs de kant van de weg had gezet. Hij had al een half pakje sigaretten opgerookt en was misselijk. Hij wist dat er geen reden was om niet terug te keren naar zijn kamer en naar bed te gaan, maar hij stak de ene na de andere sigaret op. Naar huis gaan zou een bevestiging zijn dat het leven verderging en dat er zou gebeuren wat er te gebeuren stond. Hij wilde dat moment uitstellen.

Etty zat nog steeds aan de keukentafel. Ze was doodmoe. Haar ogen prikten, ze had last van de felle tl-lampen. Maar ze ging niet naar bed en ze deed de lampen niet uit.

Als het huis donker was, zou haar moeder het niet kunnen zien en zou ze de weg misschien niet terug kunnen vinden.

4

De dag brak aan met een grijs, grauw licht in het oosten en met natte sneeuw die smolt zodra de vlokken de grond raakten. Etty tilde haar hoofd op van de keukentafel. Er zaten slaapkreukels in haar wang, haar ogen brandden en haar linkerhand sliep. Nog steeds droeg ze haar korte zwarte jurkje en flanellen shirt, waardoor ze zich vies voelde en het ijskoud had. Koud tot op het bot. Ze wist niet of ze had geslapen, maar als dat zo was, waren het hazenslaapjes geweest, want telkens als ze op de klok aan de muur boven de oven had gekeken waren de wijzers amper verschoven.

Ze keek nu weer naar de klok, en de grote wijzer bewoog trillend. Het was tien voor zeven op zondag 23 december: twee dagen voor Kerstmis. Het was stil in huis, op het getik van de oude radiator en het gedrup van de kapotte goot buiten na.

Ze stond op.

Er was sinds de vorige avond niets veranderd. De mokken waaruit ze hadden gedronken stonden naast de gootsteen, de bijna lege fles whisky stond op de vensterbank. Pauls jasje hing over een stoel.

Etty liep de gang in. Daar was alles ook nog hetzelfde. Haar moeders laarzen stonden er niet en haar jas hing niet slordig over de trapleuning. De lichtjes in de kerstboom waren nog aan – dat leek totaal misplaatst. Etty ging op haar hurken zitten en bekeek de cadeaus die eronder lagen opgestapeld: ze waren allemaal van haar moeder, in groen papier verpakt en met haar zwierige handschrift op de etiketjes. Het pakje dat er voor haar lag was klein en vierkant. Even hield ze het doosje tegen haar koude wang en toen legde ze het weer tussen de andere cadeautjes. Met een zucht knipte ze de kerstverlichting uit.

Zachtjes liep ze de trap op naar de eerste verdieping, waar de slaapkamer van haar ouders was. Ze legde haar oor tegen de deur, maar ze hoorde niets. Daarna duwde ze de deur open en stapte met ingehouden adem naar binnen. Het was vrij donker in de kamer. Ze sloop naar het bed en legde een hand op het dekbed. Ze rook de lavendelgeur nog, zoet en sterk.

Door de gang liep ze langs de kamer die van Niall was geweest, maar nu als werkkamer en rommelhok diende. Uit Pauls kamer kwam muziek. Ze klopte aan en deed de deur open. Hij zat op zijn bed met een koptelefoon op en staarde haar aan, of door haar heen. Zijn gezichtsuitdrukking beangstigde haar. Snel deed ze de deur weer dicht.

Via een andere, lage trap kwam ze bij Ollies kamer, naast de badkamer. Ze bonsde een paar keer op de deur.

'Wat is er?'

'Ik ben het,' zei ze terwijl ze naar binnen liep. 'Je moet met me meegaan.'

Hij lag op zijn bed in een joggingbroek en een sweatshirt. Zijn huid was krijtwit en zijn ogen waren roodomrand. Zijn rode haar stond alle kanten op.

'Waarheen?'

'Ze is nog niet thuis.'

'Dat weet ik.'

'We moeten haar gaan zoeken.'

'Maar waar?'

'Maakt niet uit. Overal. Kom op.'

Haar eigen kamer was op zolder. Hij was klein, had een laag plafond en een raam dat uitzicht bood op de velden achter het huis. Die hadden ooit bij het boerenbedrijf gehoord dat Alecs vader en grootvader hier hadden gehad, maar waren al tijden geleden verkocht. Er gingen geruchten dat een projectontwikkelaar er huizen wilde bouwen.

Etty poetste haar tanden boven de kleine wastafel onder het raam, deed haar vuile kleren uit en trok een spijkerbroek, een T-shirt met lange mouwen en een dikke trui aan, met mottengaatjes in de mouwen. Even keek ze naar de modderige velden, de hoge populieren die in deze streek in East Anglia zoveel grenzen markeerden en naar de rivier erachter, die zich verbreedde in een bocht naar de brug. Was haar moeder daar ergens? Ze stelde zich haar voor, gewond, roepend om hulp met woorden die door de wind werden weggeblazen, steenkoud, pijn lijdend, wachtend tot iemand haar zou vinden.

Zo had ze zich het begin van haar kerstvakantie niet voorgesteld. Ze was van plan geweest vandaag met Kim naar de film te gaan. Kim wilde *Home Alone* graag zien.

Alles voelde verkeerd. Haar haar zat in de war, haar hoofd bonsde van vermoeidheid en haar keel deed zeer. De pijn in haar onderrug betekende dat ze ongesteld moest worden. Radeloos stapte ze de keuken in, waar Ollie zat. Ze wilde meteen in actie komen, maar Ollie wilde per se eerst geroosterd brood en koffie voor ze zouden vertrekken, en toen belde Niall – ze schrokken allebei hoopvol op van het geluid van de telefoon – om te vragen of er al nieuws was.

Paul kwam de keuken binnen. Hij zag er zwak en angstig uit.

'We gaan haar zoeken,' zei Etty.

Hij vroeg niet waar, knikte een paar keer en zei dat hij thuisbleef voor het geval ze zou bellen of terugkomen.

Etty's Doc Martens waren nog nat, dus trok ze rubberlaarzen aan. In een opwelling pakte ze een oud jack van Lottie. Ze deed het aan en liet haar hand in de zak glijden, waarin een boodschappenlijstje en een paar handschoenen zaten. Die trok ze ook aan.

'Heb je het niet ijskoud?' vroeg ze aan Ollie toen ze op weg gingen.

Hij had nog steeds zijn joggingbroek en sweatshirt aan. Hij haalde zijn schouders op. 'Ik vind het wel lekker zo,' zei hij.

'Waar zullen we heen gaan?'

'Geen idee.'

Etty begreep dat hij niet dacht dat ze Lottie op deze manier zouden vinden: ze zochten omdat ze wel moesten, omdat ze niets anders konden doen.

Maar zij had het gevoel dat het wel resultaat zou hebben als ze maar uit alle macht zochten. Ze speurde de horizon af, half in de verwachting haar moeders vertrouwde gestalte over de heuvel te zien komen aanlopen, met haar lange blonde haar in een knot gedraaid, haar wapperende oude jas, haar mooie, warme glimlach op haar gezicht als ze hen in het oog kreeg. Ze draaide haar hoofd tijdens het lopen telkens van links naar rechts, overal speurend, want misschien was haar moeder wel gevallen en lag ze tussen de bomen langs het smalle pad dat naar de weg leidde.

Etty's sokken zakten steeds naar beneden in haar laarzen en ze voelde dat ze een blaar op haar hiel kreeg. Ollie liep heel snel, met gebogen hoofd en zijn handen in zijn zakken, alsof hij boos was.

Het café aan het plein ging net open. Victor Pearce was de koffiemachine aan het schoonmaken toen ze binnenkwamen. Hij draaide zich om toen de deur dichtging en de windgong klingelde, legde zijn theedoek neer en veegde zijn handen af aan zijn schort, waarop een gele zon was geborduurd. Hij droeg een bloemetjeshemd en oranje sportschoenen, en had een zilveren knopje in zijn ene oor. Zijn schouderlange haar moest nodig gekamd worden en zijn smalle gezicht zag grauw, alsof hij slecht geslapen had.

Etty zag dat hij een stukje had overgeslagen bij het scheren. 'Is onze moeder hier?'

De vraag leek hem te verwarren.

'Lottie? Nee. Heeft ze gezegd dat ze hiernaartoe zou komen?'

'We weten niet waar ze is.'

'Ze is dus niet thuisgekomen?'

'Nee.'

'Dat is raar.'

Etty keek om zich heen alsof Lottie uit het niets zou kunnen verschijnen, naar de stoelen die nog omgekeerd op de tafels stonden, naar de ramen met de metalen luiken er nog voor, naar de lege bar. Haar blik bleef rusten op een van de schilderijen die Victor aan de muur had gehangen en die te koop waren. Victor wilde de lokale kunstenaars ondersteunen. Het was een doek in krullerig groen, blauw en geel, als een bonte imitatie van Van Gogh. Etty's hoofd ging er nog meer van bonzen.

'Heb je haar echt niet gezien?'

'Ik ben nog maar net open. Maakt Alec zich zorgen?'

'Nee,' zei Ollie. 'Die slaapt uit.'

'Misschien hebben ze een afkoelingsperiode.'

'Hoe bedoel je?' Etty's stem klonk hoog. 'Wat heeft ze tegen jou gezegd?'

'Niks. Ik dacht alleen...' Hij zweeg. 'Ik bedoelde eigenlijk helemaal niks. Ik flapte er gewoon iets uit.'

'Ze zou nooit zomaar weggaan,' zei Etty fel. 'Ze heeft ons. En overmorgen is het Kerstmis en zijn we allemaal bij elkaar, al haar kinderen. Daar was ze heel blij om. En er liggen cadeautjes onder de boom.'

'Wanneer heb je haar voor het laatst gezien?' vroeg Ollie bruusk.

'Donderdag, geloof ik. Ja, donderdag. Toen kwam ze een lading scones brengen en hebben we koffiegedronken.' Victor bond zijn haar naar achteren in een paardenstaart. Zijn gezicht leek spitser dan anders, als de snuit van een wezel. 'Ze redt zich wel. Ze is een wijze ziel.'

'Wat een engerd,' zei Ollie terwijl ze zich weer in de wind en de natte sneeuw begaven. 'Een wijze ziel. Waar slaat dat op?'

'Mama mag hem graag.'

'Mama mag iedereen graag,' zei Ollie. 'Zij denkt dat iedereen in wezen aardig is.' Hij haalde een geplet pakje sigaretten uit zijn zak, schudde er eentje uit, boog zich over zijn aansteker en liet er een blauw vlammetje uit opflakkeren. De rook kwam in een dunne pluim uit zijn mond.

'Mag ik er ook een?'

Hij haalde het pakje weer tevoorschijn en ze trok er een uit. Haar vingers trilden. Ollie hield zijn hand om het vlammetje van zijn aansteker en ze stak de sigaret aan en inhaleerde. Ze vond het fijn, de bijtende rook die in haar keel brandde waarvan ze een beetje duizelig werd.

'We moeten bij de Thornes langsgaan,' zei ze.

'Waarom? Vanwege papa en Mary?' Ollie keek haar aan alsof hij haar uitdaagde om beledigd of boos te reageren.

'Ik weet niet waarom. Gewoon daarom.'

Haar huid voelde ruw aan in de wind, en Ollies oren en neus waren rood.

De bungalow van de Thornes lag dicht bij de hoofdweg. Het was een nieuwbouwhuis met een carport aan de zijkant en een voortuin met grind. Etty drukte een paar keer op de bel en hoorde hem binnen klingelen.

Er werd opengedaan door Gemma Thorne, die bij Etty in de klas zat. De twee meisjes konden het niet goed met elkaar vinden. Etty vond Gemma schijnheilig en Gemma vond Etty opvliegend.

'Etty! Waar bleef je gisteravond? Je hebt een geweldig feest gemist.'

Etty haalde haar schouders op.

'Iedereen was er. Hallo, Ollie.' Er gleed een glimlach over haar gezicht.

'We moeten je moeder spreken,' zei Etty.

'Die is aan het koken.'

'Het is belangrijk,' zei Ollie.

Gemma vroeg hun niet om binnen te komen, trok alleen haar wenkbrauwen op, liep door de gang en liet hen voor de deur staan.

Even later kwam Mary Thorne met een vlot geklikklak van haar lakleren schoenen naar de deur gelopen. Ze was vrij klein en had popperige gelaatstrekken: heldere, kleine ogen, een rozenmondje, welgevormde oren die dicht tegen haar hoofd lagen en een wipneusje. Haar haar was in een glanzende bruine bob geknipt.

'Wat een verrassing,' zei ze. 'Wat kan ik voor jullie doen?'

'We zijn op zoek naar Lottie,' zei Ollie. Zijn ogen traanden. 'Hebt u haar gezien?'

'Vanochtend, bedoel je?'

'Ja, of gisteren.'

'Is ze dan nog vermist?'

'Dat weet u best,' zei Ollie.

Etty zag iets bewegen achter Mary en ze realiseerde zich dat Gemma op de trap naar hen zat te luisteren.

Mary wierp een nerveuze blik achterom naar haar dochter en zette toen een stap naar voren. 'Misschien moeten jullie Duncan Ackerley vragen waar jullie moeder is,' zei ze zacht, zodat haar dochter haar niet kon verstaan.

Er viel een korte stilte.

'Hoe bedoelt u?' vroeg Etty ten slotte. 'Waarom zegt u dat?'

Mary Thorne haalde kort haar schouders op. 'Het is maar een idee. Aangezien ze tegenwoordig zo close zijn.'

'Hij is een vriend van de familie,' zei Etty vinnig.

'Luister, jullie zijn duidelijk ongerust en ik snap dat het vreselijk voor jullie is, maar ik weet niets over jullie moeder en ik heb geen idee waar ze kan zijn.'

'En over onze vader?' vroeg Ollie. Zijn klamme sweatshirt plakte aan zijn lijf en zijn natte haar zat plat op zijn hoofd, waardoor zijn gezicht smalletjes leek, met donkere kringen onder zijn ogen. 'Over hem weet u wel dingen.'

'Mary,' klonk een mannenstem vanuit het huis. 'Wie is daar?'

'Niemand!' riep ze terug. 'Nou, ik moet nu echt verder met de lunch.' Ze klonk monter, maar ze oogde gespannen. 'Ik hoop echt dat jullie moeder snel terecht is.' En de deur sloot met een klik.

'Alsof mama een hond is,' zei Ollie woedend.

5

Toen ze de hoek omsloegen, kwamen ze Duncan Ackerley tegen.

'Ik was onderweg om te vragen of Lottie al thuis is,' zei hij.

'Nee,' zeiden ze tegelijk.

'We zijn naar haar op zoek,' voegde Etty eraan toe. 'We vragen rond of mensen haar hebben gezien.'

Duncan had een verweerd gezicht en rook naar houtrook en vochtige aarde. Hij was boomchirurg en Etty zag hem meestal met een helm op en robuuste laarzen aan. Vaak aan een touw in een boom, met een kettingzaag in de hand hoog in de takken. Of hij stond halve boomstammen in de laadbak van zijn pick-up te gooien alsof het twijgjes waren. Hij werkte vaak met Alec aan landschapsprojecten, en in de loop der jaren waren de twee gezinnen bevriend geraakt, met Lottie en Duncan als de spil. Duncans zoons hadden op dezelfde basis- en middelbare school gezeten als de kinderen Salter. Greg had bij Ollie in de klas gezeten, maar ze waren te verschillend om goed bevriend met elkaar te zijn: Ollie was wild en ongeremd, Greg was rustig en gesloten. Morgan en Etty zaten ook bij elkaar in de klas en soms voelde Etty zich schuldig dat ze hem niet beter had beschermd tegen de pestkoppen op school. Het leek haast alsof ze een familielid aan zijn lot had overgelaten.

Duncans vrouw, Frances, was amper in beeld. Ze bracht veel tijd in bed door, dat was al jaren zo. Toen Etty jonger was, dacht ze dat

Frances langzaam aan het doodgaan was, maar later had ze begrepen dat ze depressief was. Ze lag in bed omdat ze zichzelf er niet toe kon brengen om op te staan en de wereld tegemoet te treden. Als ze toch een keer tevoorschijn kwam, kostte haar dat duidelijk moeite. Ze keek de mensen wezenloos aan, met een fronsend gezicht, alsof ze een taal spraken die voor haar lastig te verstaan was. Etty was het schoolconcert van het jaar ervoor nog niet vergeten, toen Morgan een solostuk voor klarinet had gespeeld. Frances was erbij geweest. Ze had met hangende schouders op de voorste rij gezeten en haar dikke, donkere haar naar voren laten vallen; ze had zo'n verschrikkelijk droevige uitdrukking op haar gezicht dat het gênant was om naar haar te kijken, bijna alsof je iemand die naakt was zat aan te staren.

Etty vroeg zich weleens af hoe het zou zijn om haar als moeder te hebben. Misschien was Greg daarom vaak stil en teruggetrokken. En misschien was Morgan daarom altijd zo nerveus, als een hond die verwachtte te worden uitgefoeterd en geschopt. Ze was ervan overtuigd dat het de reden was waarom de jongens zo vaak op de woonboerderij van de Salters waren, samen met hun vader. Lottie was alles wat Frances niet was. Ze was energiek en vrolijk. Ze lachte veel, gooide dan haar hoofd in haar nek en schaterde uitbundig. Ze glimlachte en knikte als iemand tegen haar sprak, leunde naar voren om te luisteren en maakte instemmende geluiden. Haar aandacht zorgde ervoor dat mensen zich speciaal en gekend voelden. Vaak raakte ze hun schouder of arm even aan.

Duncans vriendelijke gezicht stond bezorgd. Hij keek op zijn horloge. 'Tien voor elf,' zei hij. 'Wacht maar tot vanmiddag en bel dan de politie nog een keer.'

Ollie schopte tegen een steentje op straat en ze keken hoe het wegschoot.

'Jullie zien er allebei niet al te best uit,' zei Duncan. 'Hebben jullie vannacht wel geslapen?'

'Niet echt,' zei Etty.

'Jullie moeten proberen te slapen.' Hij keek naar Ollie. 'En jij moet warme, droge kleren aantrekken.'

'Ze komt vast gauw thuis, denk je niet?' Etty wist dat hij dat ook niet kon weten: ze zou het hem kwalijk nemen als hij ja zei, maar ze zou het hem ook kwalijk nemen als hij dat niet deed.

'Bel me als jullie iets horen,' antwoordde hij alleen maar.

Ze liepen langs de boerderij waar graszoden werden geproduceerd. In de vroege zomer waren de velden onnatuurlijk strak en groen, en in de herfst werden de zoden gesneden en in enorme rollen opgehaald om als tapijten in tuinen te worden gelegd. Nu waren de velden kaal en zag de zanderige grond er schraal en onvruchtbaar uit.

In de verte stond de kerk met zijn stompe toren. Daarvoor lagen de sportvelden. Een man trapte een bal naar een jongetje. Een stel liet de hond uit. Een moeder duwde haar kleuter op de schommel.

Er kwam een lijkwagen voorbij op weg naar de kerk, gevolgd door twee auto's.

'Ik dacht dat ze op zondag geen mensen begroeven,' zei Ollie somber. 'Ze willen het zeker nog snel voor de kerst doen.'

Kerstmis kwam eraan, de cadeautjes waren ingepakt, er was een kalkoen besteld, maar Lottie was er niet.

Ze sloegen af naar het noorden tot ze bij de hoofdweg kwamen die naar Hemingford leidde, voorbij de bushalte en de telefooncel waar Etty de vorige avond de politie had gebeld, over de grote brug die de Heming overspande voordat die zich tot een riviermonding verbreedde. Ze zeiden niets tegen elkaar tot ze bij het treinstation kwamen.

De man achter het loket had de dag ervoor geen dienst gehad. Dat was Bernie geweest.

'Hoe laat denken jullie dat ze de trein genomen heeft?' vroeg hij.

Dat wisten ze niet. Ergens in de middag. Of 's avonds. De laatste boemeltrein die op weg naar Londen op kleine stations stopte.

Hij schudde zijn hoofd.

'Bernie heeft vrij tot na de kerstdagen,' zei hij.

'Misschien is ze nu wel thuis.'

Ze liepen terug over de brug en sloegen af naar het weggetje dat naast de rivier liep, langs het pad naar de schuur waar het feest was geweest, langs de grote nieuwbouwhuizen met hun gevels in tudorstijl en hun gazons tot aan de rivier. Die stond hoog, was modderig en lag vol takken die naar zee werden meegevoerd. Ze draaiden alle kanten op, alsof ze verdronken.

We hebben nog niet in het bos gekeken, dacht Etty. We hebben nog niet gekeken in het laantje naar het huis van Ackerley, daar zijn diepe greppels die in de winter vol water staan. Misschien is ze daar wel gevallen. Of bij de oude molen, die verlaten is en vol ratten zit. Of op de heuvel die uitkijkt over de rivier en waar Lottie graag wandelt. We hebben zelfs nog niet in onze eigen tuin gekeken. Daar zou ze kunnen zijn, ergens bij de voordeur, net uit het zicht, tussen de struiken en het onkruid. Ze versnelde haar pas.

Toen ze hun eigen huis naderden, vrijstaand, omringd door modderige velden, kale bomen en bouwvallige schuurtjes met daken van golfplaten, bleef Etty plotseling stilstaan, met een hand op Ollies arm.

Het zag er deprimerend uit: de natte sneeuw die overging in regen, de onverlichte ramen, de schoorstenen waar geen rook uit kwam. Ze wist dat haar moeder er niet was.

6

Het politiebureau van Hemingford bevond zich in een bijgebouw van een negentiende-eeuws pand van rode baksteen met torentjes en gotische ramen. Sommige inwoners van het stadje vonden dat het moest worden afgebroken en vervangen door een modern, functioneel gebouw met voldoende beveiliging en parkeergelegenheid. Anderen vonden dat het zou moeten worden afgebroken zonder vervangen te worden. Want wat deed de politie van Hemingford nou helemaal? Soms waren er op vrijdag- of zaterdagavond vechtpartijen voor de deur van de King's Head. Er werden weleens tuinspullen gestolen. Er zat een verraderlijke bocht in de weg die vanuit Hemingford landinwaarts leidde. Auto's die te snel reden, raakten er soms van de weg, tot er een aantal waarschuwingsbordjes waren geplaatst.

De dag was rustig verlopen, zelfs voor Hemingford. Er was niemand aan de balie geweest. De kerstversieringen waren al in november opgehangen. Het enige urgente probleem was dat de verwarming nog onbetrouwbaarder was dan gewoonlijk. Toen Geoff Bealing op het bureau kwam, lag Ted Vardy op zijn rug te sleutelen aan een ventiel van de radiator.

De brigadier keek op. 'Is de radiator in het kantoor nog steeds koud?'

'Dat zal ik checken,' zei Bealing. 'Ze hebben weer gebeld. De Salters. Die mensen uit Glensted.'

'Waarover?'

'De moeder is nog steeds vermist.'

Met een zucht van inspanning ging Vardy overeind zitten. 'Hoe bedoel je, vermist?'

'Er was gisteren een familiefeestje in de schuur bij Mason's Farm. Ze is niet komen opdagen.'

'Zoiets valt te verwachten met de kerst. Toen mijn oom nog bij de politie zat, bemoeiden ze zich niet met zulke dingen. Die lieten ze gewoon op hun beloop.'

'De dochter zei dat ze zich ongerust maken. Misschien moeten we eens wat rondkijken.'

Vardy zwaaide met de moersleutel. 'Wat wil je dan doen? Een zoekactie op touw zetten? De rivier afdreggen?'

'Ik weet het niet. Beginnen met rondvragen. Ze is nu al een nacht en hele dag weg.'

De brigadier schudde zijn hoofd. 'Die ligt vast ergens op de bank bij een vriendin. Maar prima, als jij per se je best wilt doen, bel dan eerst de ziekenhuizen om te vragen of ze een onbekende dame van middelbare leeftijd hebben liggen.'

'En zo niet?'

'Dan hebben we onze plicht gedaan en kunnen we kerst gaan vieren in de hoop dat er niet te veel dronken bestuurders de weg op gaan.'

'Ik doe het wel voor ik wegga.'

'Ik heb de politie weer gebeld,' zei Etty tegen Paul.

'Wat zeiden ze?'

'Niet veel. Ik kreeg die jonge vent die bij ons thuis is geweest aan de lijn. Die lijkt wel dertien. Ik durf te wedden dat ze wél zouden luisteren als papa zich kwaad maakte.'

De bel ging.

'Ik ga wel,' zei Etty.

Er stond een jonge vrouw voor de deur met kort bruin haar, een bril met schildpadmontuur en een vastberaden uitdrukking op haar gezicht. Ze droeg een dikke jas en een sjaal, maar leek het toch koud te hebben.

'Ja?'

'Mijn naam is Alice Clayton. Ik zou Alec Salter graag even spreken.'

'Die is er niet.'

'Ben jij zijn dochter?'

'Hoezo? Wie bent u?'

'Ik ben van *The Herald*. Ik heb gehoord dat je moeder vermist is. Ik vroeg me af of ik even...'

Etty sloeg de deur dicht. Ze bleef met bonzend hart en haar armen om zich heen geslagen in de koude gang staan.

Waarom had ze de deur dichtgesmeten? Misschien kon die vrouw wel helpen, tenslotte deed niemand anders iets. Ze rukte de deur weer open en zag een kleine auto over het weggetje wegrijden.

7

Etty werd wakker toen het nog pikkedonker was, zonder maan of sterren en zonder geluid, behalve dat van de regen die uit de goten drupte. Ze had een tong van leer en haar ogen prikten van vermoeidheid. Heel even wist ze niet waar ze was of wat er mis was, ze voelde alleen een beklemmende angst.

Ze was in haar kamer op zolder. Om twee uur 's nachts was ze eindelijk naar boven gegaan na een ellendige avond met haar drie broers. Ze hadden allemaal wel iets willen doen, maar er viel gewoon niets meer te bedenken. Er was niemand die ze nog konden bellen, ze wisten niet waar ze nu nog zouden moeten zoeken. De tijd was een kwelling: de klok tikte met een martelende traagheid door.

De telefoon was een aantal keer gegaan. Kim, vol verhalen over het feest dat Etty had gemist, had langs willen komen, maar Etty had nee gezegd, niet nu. Buren hadden vragen gesteld, hulp aangeboden, ideeën aangedragen. Penny had twee keer gebeld: de eerste keer had ze Niall willen spreken en had Niall aan Etty gevraagd te zeggen dat hij niet thuis was. De tweede keer had ze Paul een boodschap voor Niall doorgegeven: dat hij haar nodig had in deze situatie en dat het geen zin had om haar te mijden. Uiteindelijk had Paul voor iedereen kaastosti's gemaakt.

De vettige gele substantie tussen het zwartgeblakerde brood zag er zo onaantrekkelijk uit dat Etty geen hap door haar keel had kunnen krijgen, al wist ze dat ze eigenlijk iets moest eten. Er klonk een vreemd gezoem in haar oren en toen ze haar ogen dichtdeed zag ze lichtjes achter haar oogleden. In de haard lag een hoopje grijze as, de radiatoren waren koud, niemand had de lege blikjes en flesjes opgeruimd, de afwas gedaan of de bladeren en modder die ze de gang in hadden gelopen opgeveegd. De kerstboom liet al naalden vallen op de stapel cadeautjes die Lottie daar had neergelegd. Het huis voelde verlaten.

Alec was laat thuisgekomen en had gezegd dat hij niets hoefde te eten. Etty kon zijn stemming niet peilen: hij was somber, maar af en toe laaide er woede in hem op, die snel weer doofde, waarna hij nog neerslachtiger leek.

Toen Niall had geopperd dat ze Lotties spullen konden doorzoeken om te kijken of er misschien iets ontbrak, was Etty gretig opgesprongen. Ze begreep niet waarom ze daar niet eerder aan hadden gedacht. Maar Alec had op scherpe toon gezegd dat hij naar bed ging en dat het wel tot de volgende ochtend kon wachten. Etty herinnerde zich niet in welke volgorde de dingen zich daarna hadden afgespeeld. Het was een nachtmerrieachtige chaos geweest waarbij zij in huilen was uitgebarsten, Ollie zijn handen voor zijn ogen had geslagen en hard en herhaaldelijk had gekreund, een akelig geluid, en Paul overeind was gekomen en in een dreigende houding voor Alec was gaan staan.

Alec had uitgehaald en Paul een klap in het gezicht gegeven. Geen harde klap, eerder een tik die hem net schampte, maar iedereen was meteen stilgevallen. De stilte was bijna erger geweest dan de herrie die eraan vooraf was gegaan.

'Oké, laten we nu allemaal even kalmeren,' had Niall op hoge toon geroepen. Alec had hen een voor een aangekeken en was naar boven gegaan. Ze hadden de sleutel in het slot horen omdraaien.

'We doorzoeken haar spullen morgen wel,' had Niall gezegd.

Niemand had gereageerd.

Etty was aan de keukentafel blijven zitten, zonder iets te doen. Ze voelde zich niet in staat om op te staan, tot het al heel laat was. Toen ze ten slotte toch naar haar slaapkamer was gegaan, had ze geen pyjama aangetrokken. Het leek verraad om te willen slapen. Ze had zich voorgenomen gewoon een uurtje te gaan liggen. Maar op de een of andere manier had de slaap haar toch overmand en haar meegetrokken in een wereld van naargeestige, onsamenhangende dromen. Toen ze wakker schrok en op haar wekker keek, was het bijna zes uur.

Ze sleepte zich uit bed. Haar hoofd bonkte. Haar ogen deden pijn van vermoeidheid. Ze bleef midden in haar kleine kamer staan wachten tot er iets zou gebeuren. Toen drukte ze haar gezicht tegen het raam, tuurde de natte duisternis in en duwde haar vuist tegen haar bonzende hart.

Het was de dag voor Kerstmis.

Toen Kevin Lofthouse de diagnose diabetes type 2 kreeg, had de verpleegkundige gezegd dat hij minder gefrituurd voedsel moest eten, meer moest bewegen en een hond zou moeten nemen. Hij had de frituur niet vaarwel gezegd, maar was wel naar een dierenasiel in Ipswich gegaan en had daar een hond uitgezocht, een kruising met de afmeting en de droevige ogen van een labrador en de krullende bruine vacht van een poedel. Sindsdien werd hij elke ochtend kort voor zeven uur gewekt door gejank uit de keuken. Dan dronk hij een kop thee terwijl Dennis zijn etensbak leeglebberde en daarna maakten ze hun ochtendwandeling, elke dag hetzelfde rondje van iets meer dan een uur. Zodra ze terugkwamen ontbeet hij.

Deze ochtend verliep net als alle andere: Lofthouse verliet zijn huis in de nieuwe wijk en liep door de hoofdstraat. Hij vertraagde zijn pas om de kerstversiering te bekijken. De lichtjes waren een maand eerder officieel ontstoken door een acteur uit een komische televisieserie uit de jaren zeventig, maar nu, op de dag voor kerst, vond hij ze er voor het eerst echt passen. Hij liep naar de rand van het dorp en ging rechtsaf. Bij de rivier liet hij Dennis los en sloeg hij nog eens rechts af om de Heming te volgen, die naar de zee toe breder werd.

Er waren die ochtend geen zeilboten en het water stond hoog na de regen van de laatste paar weken. Hij draaide zich om naar Dennis, die op hem af rende met iets in zijn bek. Pas toen de hond vlakbij was, zag hij dat het een groot stuk zware stof was, dat kletsnat over de grond sleepte.

Zoals altijd liep hij even later vlak voor de brug het dorp weer in. Daar kwam Jenny Dean hem tegemoet met haar kleine jack russell, die meteen tegen Dennis begon te keffen.

'Dit heeft Dennis bij de rivier gevonden,' zei Lofthouse, en hij hield de vormeloze, druipende bundel omhoog.

'Wat is dat?'

Met enige moeite, omdat hij de hondenriem in zijn linkerhand had, schudde hij het kledingstuk uit.

'Bij de rivier, zei je?'

'Dennis kwam ermee aanzetten.'

De oude vrouw keek er eens goed naar. 'Als je het laat stomen, kan het best mooi blijken te zijn.'

'Ik wilde het gewoon in de vuilnisbak gooien.'

'Volgens mij hebben ze een afdeling gevonden voorwerpen op het politiebureau. Als ik dat was kwijtgeraakt, zou ik het terug willen. En je komt er toch langs.'

8

'Wat gaan we nu doen?' vroeg Bealing. Er klonk enige paniek door in zijn stem.

'Waar heeft hij hem precies gevonden, zei hij?'

'Dat heb ik hem niet gevraagd. Hij zei bij de rivier.'

'Laat iemand er maar naar kijken,' zei Vardy. 'De dochter ligt voor de hand. Zij zal het wel weten.' Hij fronste. 'Kan ze dat aan?'

'Ze leek mij behoorlijk pienter.'

'Waar gaat dit over?' vroeg Etty, toen haar vader haar en Bealing met tegenzin alleen liet in de woonkamer. Haar stem haperde.

'We willen graag dat je even ergens naar kijkt.'

'Waarom ik? Waarom mijn vader niet?'

'Dat zul je wel zien.'

'Is er iets gebeurd? Weten jullie waar ze is?'

'Sorry, we weten niets. We hebben alleen iets wat we je willen laten zien.'

Bealing vertelde haar over Kevin Lofthouse en dat zijn hond iets had gevonden, maar Etty vond het moeilijk om wijs te worden uit zijn woorden, alsof hij een taal sprak die ze niet goed verstond.

'Wat dan?' vroeg ze toen hij was uitgesproken.

'We willen graag dat jij ernaar kijkt. Als je wilt.'

Hij deed de tas open en haalde er iets uit wat Etty niet meteen herkende. Hij wilde het haar aanreiken, maar ze deinsde instinctief terug.

'Deze jas is nat, hij heeft vrijwel zeker in de rivier gelegen. We vroegen ons af of je hem misschien herkent.' Bealing haalde afwachtend zijn notitieboekje tevoorschijn.

Het was alsof haar wereld instortte. Alles verschoof en golfde, en ze voelde een zware, beklemmende druk op haar borst. Ze had moeite met ademhalen.

'Herken je deze jas?' vroeg Bealing weer.

Het vergde enorme inspanning om antwoord te geven. Ze wilde huilen. Ze wilde naar haar kamer rennen en de lakens over haar hoofd trekken en net doen alsof dit allemaal niet gebeurde. 'Die is van mijn moeder,' zei ze, bijna fluisterend.

'Weet je het zeker?' Hij schreef het op in zijn notitieboekje, vooral omdat hij haar dan niet hoefde aan te kijken.

'Ja. Ze is er dol op. Ze draagt hem vaak bij speciale...' Ze stond op het punt te vertellen dat haar moeder de jas in Londen had gekocht toen ze bij vrienden op bezoek was. Lottie had Etty naar boven meegetroond, naar haar slaapkamer, en ze had hem uit de grote tas gehaald, omhooggehouden en gevraagd: wat vind je ervan? Etty had haar de jas laten aantrekken en ze had rondgedraaid als een mannequin op de catwalk. Hij was van zachte tweed, met een riempje op de rug getailleerd, en had grote bruine knopen en een paarse voering. Lottie had gevraagd of ze er niet dik in leek. Doe niet zo raar, had Etty gezegd; ze zag er juist stijlvol en prachtig uit. Haar moeder had hem die herfst en winter gedragen, met een gemêleerde sjaal die ze bij de hals instopte, haar handschoenen in de aanslag in de diepe zakken. Ze liep dan door de straat, op haar enkellaarsjes, met deze jas aan en haar haar hoog opgestoken, naar iedereen te glimlachen, klaar om vriendschap te sluiten.

Etty kon haast niet naar de doorweekte en met modder besmeurde jas kijken. Diep in haar roerde zich iets verschrikkelijks, een hevige misselijkheid.

Voorzichtig deed Bealing de jas terug in de tas. Hij keek naar zijn vochtige handen, haalde een zakdoek uit zijn zak en droogde ze af. Hij knikte naar Etty, die hem ontzet aanstaarde.

'Dat was heel nuttig,' zei hij ongemakkelijk.

Terug op het bureau vertelde Bealing meteen aan Vardy wat Etty had gezegd. 'Wat denk jij?'

'Het ziet er niet goed uit.'

'Zou het zelfmoord zijn?'

'Je bedoelt: ze trekt haar jas uit en loopt de rivier in?' Vardy dacht er even over na. 'Zou kunnen.'

'De jas was niet kapot. Ik heb geen bloedvlekken gezien.'

'Die kunnen er in het water uit zijn gegaan.'

'Zou het lichaam dan niet al ergens zijn aangespoeld?'

'Het kan met de stroom mee naar zee zijn gedreven. Misschien wordt ze nooit gevonden.'

Bealing trok een bedenkelijk gezicht. 'Denk je echt dat ze zoiets kan hebben gedaan? Ze heeft vier kinderen.'

'Nou ja, wij gaan er niet meer over.'

'Hoezo?'

'We halen de grote jongens erbij. Ik bel de recherche in Westlow. En we moeten die ouwe knakker vragen om ons te laten zien waar die jas precies is gevonden.'

9

Het was kil in huis en de wind rammelde aan de schuiframen. Alles was veranderd. Alles was dieper, donkerder, kouder geworden.

Etty zag de angst op de gezichten van haar broers en hoorde de ongerustheid in hun stemmen. Lotties jas, haar mooie nieuwe jas, was gevonden bij de rivier. Niemand zei nu nog dat er niets aan de hand was en dat ze vast snel thuis zou komen.

Ondanks de kilte brak het zweet inspecteur Brian Cobbett uit toen hij met de familie Salter in hun woonkamer ging zitten. Hij was een lange, stevige man met een hoog voorhoofd en een pluk haar over het kale deel van zijn hoofd gekamd. Hij droeg een bril met dikke glazen die er in het lamplicht vettig uitzagen, en een zwart jasje dat iets te krap was, waardoor er spanning op de knopen stond. Zijn rode stropdas was strak geknoopt en zijn zwarte schoenen glommen.

'Ik moet even wat gegevens noteren,' zei hij. 'Over mevrouw Salter.'

Naam: Charlotte Emily Salter.

Leeftijd: 47.

Geboortedatum: 11 mei 1943.

Beroep:

De kinderen keken elkaar aan. 'Ze werkte vroeger voor een modetijdschrift in Londen,' merkte Paul op.

'Dat is jaren geleden. Decennia. En ze stond nog onderaan de ladder,' zei Alec vanuit de deuropening. 'Nu heeft ze eigenlijk niet echt een beroep.'

'Ze doet jouw administratie,' zei Paul. Hij klonk scherp, niet zo weifelend als anders. 'Is dat soms geen werk?'

Alec nam een slok whisky en haalde zijn schouders op.

'Ze bakt scones en cakes voor het café,' zei Etty. 'En ze schrijft nog weleens een artikel. Om het niet te verleren.'

Dat zei Lottie zelf altijd: dat ze het niet wilde verleren. Etty zag haar zo voor zich, voorovergebogen achter de Amstrad-computer met haar stalen leesbrilletje op haar neus, haar tongpunt tegen haar bovenlip, haar gelakte nagels tikkend op de toetsen.

'En ze kookt en maakt schoon, helpt onze vader met zijn bedrijf en zorgt voor ons allemaal,' zei Paul. 'Ze is altijd druk bezig.'

Etty sloeg Cobbett gade terwijl hij notities maakte. Hij was traag. Hij knikte veel en tuitte zijn lippen. Ze zat op het puntje van haar stoel, alsof ze elk moment kon opspringen om de kamer uit te rennen: het was al middag en het zou snel gaan schemeren. Ze moesten haar vinden voor het donker was. Maar inspecteur Cobbett mompelde en mummelde en knikte en schreef alles langzaam op.

Hij kuchte even en duwde zijn bril hoger op zijn neus. 'Ik moet zo nauwkeurig mogelijk nagaan wat mevrouw Salter deed op de dag van haar verdwijning. Misschien kunnen jullie me om de beurt vertellen wanneer en waar jullie haar het laatst hebben gezien en wat je verder zelf hebt gedaan.'

'Vanaf welk moment?' vroeg Niall. 'En tót welk moment?'

'Vertel me gewoon over die dag.' Cobbett liet zijn blik langzaam langs de gezichten glijden. Zijn ogen, vergroot door de jampotglazen, bleven op Paul rusten. 'Wil jij beginnen?'

Paul schraapte een paar keer zijn keel en begon te vertellen. Zijn volledige naam was Paul Owen Salter. Hij was eenentwintig en studeerde biologie aan de universiteit van Bath. 'Het is de bedoeling dat ik komende zomer afstudeer,' zei hij.

Hij had de hele dag in zijn kamer zitten studeren, vervolgde hij, en hij had niet erg op de tijd gelet. Hij wist nog dat Lottie hem rond tien uur thee op bed had gebracht en dat ze samen hadden geluncht. 'Aardappel-preisoep,' voegde hij eraan toe, 'met brood.'

Hij kon zich niet herinneren waarover ze hadden gepraat, zei hij, maar na een korte stilte corrigeerde hij zichzelf: o ja, ze hadden het gehad over zijn tentamens en dat hij zich er moeilijk toe kon zetten om ervoor te leren, het leek wel een fobie. Hij had tetris zitten spelen op zijn gameboy, naar muziek geluisterd en ook achter zijn boeken gezeten zonder er iets uit op te nemen. 'Ik denk erover ermee te stoppen.'

'O, jezus christus,' mompelde Alec.

'En heb je dat aan je moeder verteld?' vroeg Cobbett.

'Ze vroeg ernaar. Ze wist dat het niet denderend ging. Ze weet altijd alles zonder dat het haar wordt verteld. Ze zegt dat dat de vloek van het moederschap is, dat je een zesde zintuig hebt.'

Plotseling leek zijn gezicht te verschrompelen en leken zijn ogen groter te worden. Hij gaat huilen, dacht Etty.

Maar hij huilde niet. Hij zei: 'Ze zei niets over zichzelf, mocht u zich dat afvragen. Ze leek in orde.' Hij fronste. Het was alsof hij nu tegen zichzelf praatte. 'Misschien heb ik niets gemerkt omdat ik zo met mezelf en mijn eigen onbelangrijke problemen bezig was.'

'Wanneer heb je haar voor het laatst gezien?'

Paul beet op de zijkant van zijn nagel. 'Ze riep door de deur heen dat ik het feest niet moest vergeten.'

'Hoe laat was dat?'

'Na de lunch, denk ik? Ik weet het niet meer. De dag ging een beetje in een waas voorbij. Ik heb haar 's middags nog beneden gehoord, geloof ik. Maar toen ik wegging, was ze er niet.'

'Dus je bent in je eentje naar het feest gegaan?'

Paul knikte.

'Is er iemand die dat kan bevestigen?'

'Ik zeg net dat ik in mijn eentje ben gegaan.'

Ollie was de volgende. Zijn volledige naam was Oliver Malcolm Salter en hij was negentien.

'En wat doe je in het dagelijks leven?'

'Ik heb een tussenjaar,' zei Ollie. 'Als u dat bedoelt.'

'Hij gaat volgend jaar studeren en is sinds afgelopen september aan het reizen,' zei Etty. 'Hij is teruggekomen voor Kerstmis.'

Toen Cobbett aan Ollie vroeg wanneer hij Lottie voor het laatst had gezien, trok die een nadenkend, ondoorgrondelijk gezicht.

'Misschien aan het eind van de ochtend,' zei hij. 'Daarna was ik met vrienden.'

'In Glensted?'

'Glensted en omgeving.'

'Wat deden jullie?'

'Gewoon wat rondhangen,' zei Ollie.

Daarna keek Cobbett met een bemoedigende glimlach naar Alec.

Die zei dat hij vijftig jaar oud was en de algemeen directeur was van Salter Landscapes.

'Algemeen directeur,' zei Ollie met een spottende lach. Hij haalde zijn pakje sigaretten tevoorschijn.

'Niet binnen,' zei Alec.

Ollie stond op, beende de kamer uit en sloeg de deur hard achter zich dicht.

'Dit moet erg moeilijk voor u zijn, meneer Salter,' zei Cobbett.

Alec leek even na te denken, alsof hij zich iets probeerde te herinneren. 'Kent u Ralph Chettle?' vroeg hij toen.

Dat had Cobbett niet verwacht en het duurde even voor hij reageerde. 'Hoe bedoelt u?'

'Ik speel golf met hem op de baan van Ditton. Hij is rechercheur.'

'Ja, dat weet ik,' zei Cobbett.

'Inspecteur, geloof ik.'

'Hoofdinspecteur.'

'Een belangrijke functie in elk geval. Is hij uw baas?'

'Hij is een van mijn leidinggevenden.'

Alec lachte. 'Een kleine wereld, nietwaar? Doe hem de groeten als u hem ziet. Zeg maar dat ik aan mijn swing heb gewerkt.'

'Ik zal proberen eraan te denken.' Cobbett keek omlaag naar zijn notitieboekje. Hij bedacht dat hij misschien iets zou moeten opschrijven over wat Alec Salter net had gezegd. De opmerking over Chettle – die toevallig een van zijn meerderen was – klonk als een soort waarschuwing: Alec Salter was een man met connecties.

'Even terug naar de vraag wanneer u uw vrouw voor het laatst hebt gezien.' Opnieuw gedroeg Alec zich anders dan de gemiddelde getuige. Meestal vonden mensen het stressvol om verhoord te worden door de politie. Maar Alec sprak op een afgemeten, pedante manier, alsof de hele gang van zaken hem ergerde.

Hij vertelde de rechercheur dat hij Lottie rond negen uur 's ochtends voor het laatst had gezien. 'We hebben samen ontbeten,' zei hij. 'Daarna ben ik aan het werk gegaan.'

'Op een zaterdag?'

'Ja, op een zaterdag. We hebben een klein familiebedrijf en we werken ook buiten kantooruren. Ik moest dingen afhandelen voor de kerstvakantie.'

'Wat doet u eigenlijk precies?'

'Dat zei ik net. Ik zit in de landschapsarchitectuur,' antwoordde hij. 'We hebben een kantoor aan de rand van het dorp. Tuinen, wijkprojecten, bedrijfsterreinen. Soms in de buurt, soms verder weg. Noem maar op. Niets is ons te groot of te klein. Siervijvers, golfbanen, rotondes...'

Hij klonk, vond Etty, alsof hij reclame maakte. Hoe kon hij het hebben over siervijvers en golfbanen nu Lotties jas bij de rivier gevonden was?

'Veel mensen kunnen alleen in het weekend afspreken,' ging Alec verder. 'Ik ben naar een huis ten noorden van Hemingford gegaan om wat plannen door te nemen.'

'Bent u daar de hele dag geweest?'

'Nee. Ik ben rond het middaguur vertrokken en terug naar kantoor gereden, en daarna ging ik naar mijn enigszins vergalde verjaardagsfeest.'

'Was u alleen op kantoor?'

'Nee, met mijn zoon,' zei Alec. Hij knikte naar Niall. 'Hij is bij mij in dienst – als junior medewerker.'

Nialls gezicht stond strak.

'Hebt u uw vrouw die dag nog telefonisch gesproken?'

'Nee.'

'Dus na uw vertrek in de ochtend hebt u geen contact meer met haar gehad?'

'Nee.'

'En ze gedroeg zich niet anders dan anders?'

'Nee.'

'U kunt niets bedenken wat een licht zou kunnen werpen op haar verdwijning?'

'Nee.'

'Hebt u... eh... Het spijt me, meneer Salter, maar ik moet u dit vragen. Hebt u ruzie met haar gehad, onenigheid?'

'Nee.'

'Dus ze was niet van streek over het een of ander? U weet hoe emotioneel vrouwen op kleine dingen kunnen reageren.'

Paul mompelde iets onverstaanbaars, duidelijk verontwaardigd. Er viel een stilte. Cobbetts dikke gezicht werd rood.

'Mijn echtgenote is een zeer impulsieve vrouw,' zei Alec. 'Ze laat zich vaak leiden door haar hart in plaats van haar hoofd.'

Etty liet een schor kuchje horen, maar niemand merkte het op.

Alec vervolgde: 'Het klopt dat ze snel van slag is. Het zou bijvoorbeeld kunnen dat ze enorm van slag was vanwege het drugsgebruik van haar zoon. Voor het geval u die conclusie nog niet had getrokken toen het ging over Ollies bezigheden op de middag voor het feest. Of dat ze van slag was vanwege een andere zoon, die erover denkt met zijn studie te stoppen.' Hij draaide zich om en keek naar Paul. 'Daar zou ze best overstuur van kunnen zijn geweest, ja.'

Paul vloog zowat uit zijn stoel.

'Ben je wel goed bij je hoofd?' riep Etty uit.

'Maar ik kan u niet helpen. Ik heb niets bijzonders gemerkt.' Hij ging achteroverzitten en sloeg zijn armen over elkaar.

Niall praatte te hard, misschien om de kleine geluidjes die Etty onwillekeurig bleef maken te overstemmen – of het gestamp van Ollie, die buiten woedend over het pad heen en weer liep. Hij was Niall Peter Salter, vierentwintig en de oudste zoon. Hij was projectmanager bij Salter Landscapes. 'Het is maar tijdelijk, ik ben op zoek naar iets anders. Ik heb techniek gestudeerd,' voegde hij eraan toe.

Hij woonde niet meer thuis, maar in een klein appartement aan de andere kant van het dorp. Hij had zijn moeder al een paar dagen niet gezien. Hij was de hele dag aan het werk geweest, had cliënten gebeld en achter betalingen aan gezeten.

'En ben je tussendoor ook weggegaan?'

'Nee.'

'En is er nog iemand anders op kantoor geweest?'

'Mijn vader was er 's middags.'

'Wat heb je gedaan voordat het feest begon?'

'Ik ben naar mijn appartement gegaan en heb gedoucht en me omgekleed.'

'Woon je alleen?'

'Ja.' Hij aarzelde. 'Ik bedoel, tot voor kort sliep mijn vriendin meestal bij mij.'

'Maar nu niet meer?'

'We zijn kortgeleden uit elkaar gegaan.'

Etty herinnerde zich dat Penny bij de schuur tegen Nialls borst had staan stompen.

'Dat spijt me,' zei Cobbett.

'Het doet er niet toe.' Nialls stem klonk niet langer luid. Hij sprak nu op sombere toon. 'Niets doet er nog toe, toch? Behalve dit.'

‘Ik ben Elizabeth Amy Salter en ik ben vijftien. Ik zit nog op school.’

Het lukte Etty niet om zonder haperen te spreken. Ze was misselijk. Ze vertelde Cobbett dat ze haar moeder sinds vrijdagochtend niet had gezien of gesproken. Na de laatste schooldag voor de kerstvakantie was ze rechtstreeks naar het huis van haar vriendin Kim gegaan, waar ze was blijven slapen. Ze hadden zaterdag met een stel meiden gewinkeld in Hemingford en ze was vanaf Kims huis naar het feest gegaan, samen met Kim en nog twee anderen.

‘Dus mevrouw Salter is binnen jullie gezin voor het laatst gezien op zaterdag rond lunchtijd,’ zei Cobbett. ‘En jij dacht dat ze later nog iets naar je heeft geroepen,’ voegde hij eraan toe, met een blik op Paul. ‘Omstreeks twee uur?’

‘Duncan zei dat hij haar ’s middags heeft gezien,’ merkte Etty op. ‘Ze kwam wat dingen lenen voor het feest, een soeplepel en schalen. Ik weet niet precies hoe laat.’

Cobbett schreef het op en staarde toen naar zijn notitieboekje. ‘Misschien kunnen we een foto van mevrouw Salter krijgen,’ zei hij ten slotte.

Niall wees naar de schoorsteenmantel. Tussen een foto van de vier kinderen, toen Etty nog maar twee was, en een van Alec met hun hond, die het jaar ervoor was overleden, stond een portret van Lottie. Ze glimlachte naar hen met een vrolijke blik en een diep kuiltje in haar ene wang.

‘En nog iets,’ zei hij, alsof het hem plotseling te binnen schoot. ‘Ik heb een DNA-monster nodig. Ik zal een van mijn agenten sturen. Voor de tandenborstel of haarborstel van uw vrouw bijvoorbeeld, of een scheermesje.’

Drie kwartier later installeerde Cobbett zich achter zijn bureau. Hij nam een slok thee met melk uit zijn wegwerpbeker en keek zijn twee collega’s aan. ‘Als ik een gokker was,’ zei hij, ‘zou ik durven wedden dat de vrouw in kwestie dood is.’

‘Zelfmoord?’

Cobbett bewoog aarzelend met zijn hoofd. 'Misschien,' zei hij. 'Misschien ook niet. Weten we al waar die jas precies gevonden is?'

'Die ouwe kerel weet het niet meer.'

'Het maakt waarschijnlijk niet veel uit. We moeten uitzoeken wat er in dat huwelijk gaande was.'

'Wat een slechte timing,' zei de agent met het magere gezicht chagrijnig. 'Over acht uur is het Kerstmis. Ik heb geen zin om in de draslanden rond te banjeren in plaats van aan een knalbonbon te trekken en kalkoen te eten.'

'Heb je zin om even met mij en mijn vrienden mee te gaan?' Robbie stond voor de deur en zijn ongedwongen glimlach verdween toen hij Etty aankeek.

'Ik kan niet,' zei ze.

'Oké,' zei hij luchtig, om haar te laten weten dat het hem niet veel kon schelen. 'Gaat het wel? Je ziet er een beetje...'

'Een beetje wat?'

'Een beetje onverzorgd uit.'

Ze zag dat hij haar kritisch bekeek en zijn lippen afkeurend op elkaar klemde. 'Ja, nou, sorry, hoor, maar ik ben even niet bezig met hoe ik eruitzie. Mijn moeder is nog steeds vermist.' *Nog steeds vermist en haar jas is bij de rivier gevonden en ik ben ontzettend bang.* Ze keek hem aan terwijl hij probeerde te bedenken wat hij moest zeggen. 'Echt?' Robbie floot tussen zijn tanden, vol ongeloof en bijna bewonderend.

Ze deed een stap naar achteren.

'Nou, wat vervelend, maar het komt vast goed. En je kunt moeilijk de hele tijd gaan zitten wachten.'

Bijna begon ze tegen hem te schreeuwen. En ze wilde hem het liefst in zijn stomme, zelfgenoegzame gezicht slaan.

'Een andere keer dan maar,' zei hij, en hij draaide zich om.

'Waarschijnlijk niet.'

Hij haalde zijn schouders op en liep weg.

Ze voelde een golf van woede door haar heen gaan. Tranen brandden in haar ogen. 'Klootzak,' zei ze zacht.

Toen hij weg was, sleepte Etty zich de twee trappen op naar haar slaapkamer onder het schuine dak. Ze ging op haar bed liggen en trok het kussen over haar gezicht. Haar keel deed zeer en haar huid jeukte, ze had het gevoel dat ze steeds minder gezond werd.

Er waren twee Etty's, twee afzonderlijke wezens. Er was de zorgeloze Etty: populair en geen kind meer. Zij wachtte op het leven dat zich zou ontvouwen, op dingen waarnaar ze verlangde, maar die ze amper durfde uit te spreken, zelfs tegenover zichzelf. Die zouden gaan gebeuren, en snel, alsof er bijna een nieuw seizoen aanbrak.

En dan was er de Etty van wie de moeder was verdwenen en die in een keiharde wereld was terechtgekomen, waar ze kwetsbaar en bang was. Ze was een onbestemd, angstig kind dat tegelijkertijd te vroeg volwassen was geworden, met vrienden en vriendinnen die plotseling vreemden leken in een wereld waar zij nu buiten stond.

De twee Etty's konden elkaar niet bereiken. Ze dreven van elkaar weg. Het meisje dat het geluk tegemoetging was een schim geworden, iemand die ze had kunnen zijn. Ze zat gevangen in de andere persoon en ze had geen idee hoe ze eruit kon ontsnappen.

10

Etty doorzocht Lotties kledingkast in de slaapkamer van haar ouders. Ze had al gezien dat haar moeders paspoort in het bovenste laatje van het nachtkastje lag, naast haar handcrème, gezichtscrème, een borstel vol Lotties donkerblonde haren, zakdoekjes en een nagelschaartje.

Nu probeerde ze na te gaan of er kleren van haar moeder ontbraken. Ze trok de jurken een voor een van de hangertjes en liet ze op de vloer vallen. Ze haalde de blouses tevoorschijn en legde ze op het bed. Ze schoof de T-shirts en broeken van de planken. Toen ze haar gezicht in een truitje begroef, rook ze haar moeder: een kruidige citrusgeur. Ze kamde de la met ondergoed uit en haalde alle schoenen onder uit de kast.

Ze zocht naar wat er niet was. Ze probeerde zich de kleren van haar moeder te herinneren en daarvoor moest ze zich haar moeder voor de geest halen, als een diashow in haar hoofd. Lottie met een stoer geruit overhemd en een oude spijkerbroek bij het kampvuur dat ze in november hadden aangelegd: check. Lottie op haar verjaardag in een ivoorkleurig zijden shirt en een taps toelopende zwarte broek die ze al jaren had en die ze droeg als ze er leuk wilde uitzien: check. Lottie aan het strand in haar groene zomerjurk: check (maar natuurlijk zou ze zoiets nu niet hebben meegenomen; het was winter). Lottie in een lichtblauwe rok: die was er ook. Lottie buiten in haar afgedragen alledaagse jas. Etty wist dat die beneden hing. Lottie in een Italiaans restaurant, tegenover Etty aan een tafeltje, haar rode lippenstift een beetje uitgelopen en slordig haar terwijl ze licht aangeschoten haar glas hief. Wat had ze toen aangehad? Een zwart jurkje met een hooggesloten hals.

Etty probeerde zich voor de geest te halen wat haar moeder zou dragen als ze op reis zou gaan: een comfortabele broek, dacht ze, en het zwarte leren jack dat ze al had sinds ze begin twintig was en nog in Londen woonde. Niet de mooie tweed jas, zei ze tegen zichzelf en ze probeerde het te geloven, probeerde het vreselijke feit dat de jas bij de rivier was gevonden uit haar gedachten te bannen.

En ze zou een koffer of tas meenemen. Etty ging op haar tenen staan en opende het deurtje boven de kledingkast. Zowel de weekendtas als de handkoffer van canvas lag er nog.

Het geluid van voetstappen op de trap: ze wachtte tot de deur open zou gaan en Alec met een ijzig gezicht zou kijken naar de rommel die ze had gemaakt. Maar hij ging het naastgelegen kamertje binnen, dat als zijn werkkamer diende. Zachtjes sloot ze het hoge kastdeel en toen zag ze tot haar grote teleurstelling dat het zwarte leren jack over de stoel bij het raam hing, onder Lotties ochtendjas. Haar schoudertas lag ernaast.

Ze zonk weg in de berg kleren van haar moeder. Opnieuw hoorde ze voetstappen, deze keer zwaarder. Niall riep Alecs naam, bonkte op de deur van de werkkamer en ging naar binnen.

Ze liep naar de slaapkamerdeur, deed hem zachtjes open en stapte de overloop op.

'Doe even rustig,' zei haar vader geërgerd. Hij had een hekel aan emotionele toestanden.

'Je hebt tegen die rechercheur gelogen.'

Etty verstijfde.

'Je zou het niet begrijpen,' zei Alec.

'Je was helemaal niet de hele middag op kantoor. Je bent er nauwelijks geweest. Waarom heb je dat dan gezegd?'

'Daar had ik zo mijn redenen voor...'

'Je vernedert me en vervolgens verwacht je dat ik voor je insta.'

'Het spijt me dat ik je trots heb gekrenkt.'

'Ik zou gewoon naar de politie moeten gaan om ze te vertellen wat ik weet.'

De deurkruk van de werkkamer bewoog en Etty stapte de slaapkamer weer in.

'Wacht, Niall,' hoorde ze haar vader zeggen. 'Laten we hier verstandig mee omgaan. Ik ben blij dat je me niet hebt tegengesproken. Ik wilde de dingen niet complexer maken. Lottie komt gewoon weer thuis en het is beter om geen slapende honden wakker te maken, oké?'

'Nee, niet oké. Je lijkt niet te begrijpen dat dit een nachtmerrie aan het worden is.'

Hij begon nog iets te zeggen, maar werd onderbroken door luid gebons op de voordeur.

Etty holde naar beneden en trok de deur open. Ze voelde een golf van teleurstelling door zich heen gaan.

'Sorry,' zei Duncan Ackerley toen hij haar gezicht zag. 'Ik ben het maar.'

Hij spreidde zijn armen en ze liet zich kort door hem omhelzen, waarna ze een stap achteruit zette voordat zijn vriendelijkheid haar te veel zou worden.

'Haar jas,' zei ze met een snik. 'Haar jas lag bij de rivier, Duncan.'

'Dat weet ik, lieverd.' Verder zei hij niets. Wat viel er ook te zeggen?

'Wat zullen we doen? We moeten haar vinden. Wil je ons helpen?'

'Ik zal doen wat ik kan,' zei hij. 'Dat weet je.'

Toen ze opmerkte hoe vermoeid en gespannen hij eruitzag, werd ze zelf ook opnieuw overmand door angst. Opeens kon ze bijna niet meer op haar benen blijven staan.

Ollie kwam de keuken uit en ging naast haar staan. Hij pakte haar hand vast en hield die in de zijne, die heel koud aanvoelde. Hij rook zuur, als melk die niet meer goed is.

'Ik wil jullie allemaal voor een kerstlunch bij ons thuis uitnodigen,' zei Duncan. 'Frances en ik vinden allebei dat jullie morgen niet hier moeten blijven.' Hij keek de koude, modderige gang in, naar de kerstboom met de afvallende naalden, de schoenen die her en der lagen. Aan alles zag je hoe snel het leven uit het huis was getrokken.

'Maar we moeten hier wachten,' zei Etty. 'We kunnen niet allemaal weggaan. Als ze terugkomt, weet ze niet waar we zijn.'

'Je kunt toch een briefje achterlaten?'

'Dank je, Duncan,' zei Alec, die de trap af kwam. 'Dat waarderen we zeer.'

'Mooi zo. Aan het begin van de middag?'

11

'Fijne kerst.'

Etty, die in de keuken tussen de troep van de afgelopen dagen stond, keek om naar Ollie. Hij keek waterig uit zijn rode ogen. Was hij sarcastisch of meende hij het echt? 'Weet je wat het ergste is?' vroeg ze. 'Toen ze me mama's jas lieten zien, wilde ik bijna liever dat het haar lichaam was. Dan zou ik het tenminste weten. Want dit...' Haar keel zat ineens dichtgeschroefd. Ze legde haar hand op haar hals.

Ollie trok zijn wenkbrauwen op, niet langer onverstoorbaar en schijnbaar onverschillig. Plotseling leek hij jonger, bijna een kind.

'Dat slaat nergens op. Ze leeft nog.'

Etty had zich altijd het meest met Ollie verwant gevoeld, alsof ze een tweeling waren, niet alleen broer en zus. Ze hadden geheimen gedeeld. Soms gingen ze samen naar een feest. Ze was verliefd geweest op vrienden van hem en had voor het eerst gezoend met zijn beste vriend, die zijn handen onder haar T-shirt had laten glijden, onder haar beha. Zijn lippen waren koel geweest en smaakten naar koffie. Nu, voor het eerst in haar leven, vertelde ze Ollie niet wat ze voelde, wat ze net had willen zeggen: dat hun moeder misschien nooit gevonden zou worden, dat elke dag zo zou kunnen zijn als vandaag, met alleen maar een leegte en geen antwoorden.

'Je hebt vast gelijk,' zei ze mat.

'Wil je iets stoms horen?'

'Wat dan?'

'Ik zou willen dat mama hier was. Zij zou wel weten wat we moesten doen. Dat weet ze altijd.'

Ze keken beiden om bij het horen van voetstappen op de houten trap, waarin ze de gedecideerde tred van hun vader herkenden. Toen hij in de deuropening van de keuken verscheen, was hij niet alleen aangekleed, maar droeg hij ook een waxjas, een muts en handschoenen.

'Ik dacht dat jullie misschien zouden uitslapen,' zei hij.

'Heb je iets gehoord?' vroeg Etty.

'Hoe zou ik iets gehoord kunnen hebben?'

'Op allerlei manieren,' zei Ollie.

'Nou, nee dus. Zijn jullie al begonnen met cadeaus uitpakken?'

'Cadeaus?' vroeg Etty.

'Je weet wel, de kerstcadeaus. Onder de boom.'

'Is dat een macaber grapje?'

'Zie ik eruit alsof ik een grapje maak?'

Met de muis van beide handen wreef Etty hard over haar gezicht. Ten slotte vroeg ze: 'Zullen we samen ontbijten?'

'Wat een aardig idee.' Alec zei het alsof hij het had tegen iemand die hij amper kende. 'Maar ik ga wandelen.'

'Wandelen?'

'Ja.' Hij gebaarde naar zijn kleding. 'Vandaar dit allemaal. Jas. Stevige schoenen.'

'Waar ga je heen?'

'Ik ga gewoon een wandeling maken.'

'Zullen we met je meegaan?'

Alec glimlachte flauwtjes en keek naar Ollie. 'Hij maakt niet de indruk dat hij zin heeft om een eind te gaan lopen.' Toen schudde hij zijn hoofd. 'Nee. Soms moet je alleen zijn. Je hoofd leegmaken.'

Hij liep de keuken uit en ze hoorden de deur dichtslaan. Etty keek uit het raam en zag haar vader weglopen. Hij bleef even stilstaan en keek omhoog. Er kwam een grote V van ganzen over. Hij stond lang te kijken, liep toen het hek uit en verdween uit het zicht.

Etty keek Ollie aan. 'Denk jij dat papa ervan baalt dat hij kinderen heeft en getrouwd is?'

Ollie stak een sigaret op. Hij inhaleerde diep, waarvan hij meteen leek op te leven. 'Nee,' zei hij. 'Ik denk dat hij baalt van deze specifieke kinderen en deze specifieke vrouw.' Hij nam nog een trekje. 'Behalve van jou. Ik denk dat hij ons allemaal zou willen inruilen voor een ander gezin, maar dat hij jou dan zou houden. Denk je niet dat er daarom vier kinderen zijn, ook al baalt hij van ze? Hij is het blijven proberen tot hij er een had die hij leuk vond.'

'Dat is niet grappig.'

'Het is ook niet grappig bedoeld.'

'En wat gaan we nu doen?'

'Hoe bedoel je?'

Etty keek op de klok. 'We worden aan het begin van de middag bij de Ackerleys verwacht. We hebben nog vier of vijf uur. Dus wat zullen we doen?'

'Niets,' zei Ollie. 'Wat dacht je daarvan?'

12

Het was één uur. Etty kon het niet meer verdragen. Ze had Niall gebeld, maar hij had niet opgenomen. Ze was blijven bellen, totdat hij eindelijk opnam. Hij klonk afwezig en zei dat hij rechtstreeks naar de Ackerleys zou gaan.

'Hoe laat?' vroeg Etty.

'Ik kom zodra ik kan.'

Paul had ze nog niet gezien. Ze ging de trap op en klopte op de deur van zijn slaapkamer. Toen er geen reactie kwam, ging ze naar binnen. Hij lag op zijn bed met zijn ogen dicht en een koptelefoon op. Ze liep naar hem toe en tikte hem aan.

'Hé, je kunt niet zomaar binnenkomen!'

'Ik heb aangeklopt. Je reageerde niet. Wat heb je gedaan?'

'Naar muziek geluisterd.'

'Je bent buiten geweest. Je schoenen zijn vies.'

'Ja, ik was even buiten.'

'Waarheen?'

Hij keek haar met waterige ogen aan en gaf geen antwoord.

'Volgens mij moeten we zo weg,' zei Etty.

Paul schopte eerst de ene vieze schoen uit en toen de andere. Ze lieten vegen modder achter op de lichte deken. 'Ik ga niet.'

'Maar we hebben gezegd dat we zouden komen.'

'Ik kan niet toneelspelen. Ik kan niet doen alsof alles in orde is. Voor wie doen we dit eigenlijk?'

'Mama zou willen dat we samen waren.'

'Waag het niet nóg eens om te zeggen wat zij zou hebben gezegd of gedaan. Waag het niet.'

Hij keek alsof hij in huilen zou uitbarsten of haar zou aanvliegen, dus ze liep zijn kamer uit, naar beneden.

Ze voelde zich moederziel alleen. Alec was nog steeds weg, wat een opluchting was, maar Ollie was ook al vertrokken. Hij had gezegd dat hij met iemand had afgesproken, dat hij niet wist hoe laat hij terug zou zijn en dat ze elkaar wel zouden zien bij de Ackerleys.

Etty trok haar lange blauwe jas aan, sloeg een wollen sjaal om en ging naar buiten. Zonder erover na te denken liep ze in de richting van de rivier. Dat was de mooie route naar de Ackerleys, over het pad langs het water, onder de brug door. Maar toen dacht ze aan de natte jas van haar moeder en draaide zich om. Ze liep Glensted in, door Church Street, het plein op. Om bij het huis van de Ackerleys te komen moest ze links afslaan naar het postkantoor en daarna, vlak voor de rivier, rechtsaf het dorp uit, waar lage begroeiing begon. Het huis stond aan het eind van een smal pad.

Morgan deed de deur open. Etty zag aan zijn gezicht dat hij naar woorden zocht die niet tactloos of pijnlijk zouden zijn.

'Hallo. Vrolijk kerstfeest dan maar,' zei ze met een geforceerde glimlach.

'Ik vind het heel erg allemaal.' Hij keek haar aan en wendde zijn blik snel weer af. 'Het is klote.'

'Ben ik de eerste? Of zijn mijn broers er al, en mijn vader?'

'Nee.'

'Paul komt niet.'

'Oké,' zei hij. 'Mijn vader is even weg, maar Greg en mijn moeder zijn in de keuken.'

Etty liep achter Morgan aan, op de etensgeuren en de geluiden uit de keuken af. Greg stond achter het fornuis in een pan te roeren. Hij had zijn regenjas nog aan en een muts op zijn hoofd, en ze zag dat de zomen van zijn broekspijpen vochtig waren. Hij concentreerde zich op zijn taak, met het puntje van zijn tong tegen zijn bovenlip en een lichte frons op zijn voorhoofd. Frances zat met een schaal spruitjes voor zich aan tafel, maar ze deed niets.

Greg stak een pollepel op om haar te begroeten.

'Sorry. Ben ik te vroeg?'

'Iemand moet de eerste zijn,' zei Morgan.

'Nog geen nieuws?' vroeg Greg.

'Ik wil er liever niet over praten, goed?'

'We zijn een beetje laat met alles, vrees ik,' zei Frances, die van Etty naar de nog niet schoongemaakte spruitjes keek, en weer terug. 'We lopen een beetje achter, maar Greg helpt nu mee.'

Toen leek ze het zich te herinneren. 'Och, arm kind. Arm kind toch.' Ze stond op en sloeg haar armen om Etty heen. 'Ik heb geen oog meer dichtgedaan sinds ik het hoorde. Ik lig almaar wakker en het spookt steeds door mijn hoofd. Dan vraag ik me af wat er gebeurd kan zijn en dan denk ik aan jullie. Arme, arme kinderen.'

Etty bleef stokstijf staan tot Frances ten slotte haar armen liet zakken.

Greg ging Etty voor naar de woonkamer. Er brandde een vuur in de haard en de lampjes in de kerstboom waren aan. Het raam bood uitzicht op de draslanden met daarachter de rivier, die naar de zee toe breder werd. Het was hoogwater en het zou snel eb worden, dan zou het slik verschijnen.

Etty plofte neer op een van de banken; ze voelde ineens hoe verschrikkelijk moe ze was. Haar ogen deden nog steeds pijn en haar keel voelde steeds rauwer aan, alsof ze geschreeuwd had. Ze keek naar haar handen op haar schoot en zag ook dat ze moddervlekken op het tapijt had gemaakt.

'Geeft niets,' zei Greg voor ze er iets over kon zeggen. 'Het is maar modder.'

Ze keek hem aan, maar wist niets te zeggen.

Hij beet op zijn lip. 'Ik vind het vreselijk voor je, Etty,' zei hij uiteindelijk, en eventjes zag hij eruit en klonk hij als zijn vader. 'Echt heel erg. En ik had je beter moeten bijstaan op het feest toen ze niet kwam opdagen, maar ik reageerde me af door stomdronken te worden.'

Eigenlijk wilde ze het liefst dat hij zou ophouden met praten, dat hij weg zou gaan, maar ze wist dat hij net als iedereen alleen maar probeerde te helpen. Ze keek naar zijn knappe, bezorgde gezicht. Hij leek net als iedereen niet meer te weten hoe hij zich tegenover haar moest gedragen. Opeens begonnen ze allebei tegelijk iets te zeggen. En ze stopten allebei tegelijk weer met praten.

'Mag ik een kop thee?' vroeg ze.

Hij ging de kamer uit en ze bleef in haar eentje naar de dansende, knetterende vlammen zitten kijken.

De voordeur ging open en weer dicht. Ze hoorde Nialls stem. Te luid en te joviaal, in een poging normaal over te komen.

Hij kwam de woonkamer binnen en ging naast haar zitten. Hij had een tweed jasje aan dat hem te klein was en een roze overhemd dat hem te groot was. Hij had zijn haar gekamd, zodat het plat tegen zijn hoofd lag.

Toen hij een klopje op haar hand gaf, staarde ze ingespannen naar het vuur, want ze wilde niet gaan huilen.

Morgan kwam binnen met een kop thee met melk voor Etty. Hij gaf Niall een glas wijn met bubbels, dat Niall in één keer achteroversloeg, alsof hij erge dorst had.

'Het ruikt hier heerlijk,' zei hij daarna op geforceerd opgewekte toon.

'Mijn vader zal zo wel thuiskomen,' zei Morgan. 'Hij gaat over de kalkoen.'

Toen Ollie arriveerde, was hij overduidelijk onder invloed. Hij ging in kleermakerszit op de grond zitten en keek rond. Zijn neus was rood van de kou en hij blies in zijn handen om ze te verwarmen.

'Waar zijn de vaders?' vroeg hij.

'Die van ons is waarschijnlijk de tijd vergeten,' zei Morgan.

'Ik ga kijken waar hij blijft,' zei Greg.

'Ik ga met je mee.' Etty stond op. Ze wilde buiten zijn, in de kou, onder de weidse hemel. Ze trok haar jas aan en ze gingen samen naar buiten, de vlagerige wind in. Haar sjaal wapperde en haar haar zwiepte in haar gezicht. Het was een beetje nevelig en het was alsof het nu alweer begon te schemeren. De kruinen van de populieren waren nauwelijks zichtbaar, en de brug die links over de Heming leidde, doemde als een spookachtige vorm op.

'Hij zou het kampvuur voorbereiden, dat gaan we aansteken als het donker wordt,' zei Greg.

Door de tuin liep Etty achter hem aan. Er lag inderdaad een stapel hout voor het kampvuur klaar om aangestoken te worden, maar Duncan was nergens te bekennen.

Greg riep hem, maar het geluid verwaaide in de wind.

Er prikten kleine regendruppeltjes tegen Etty's wangen.

Greg ritste zijn regenjas dicht en liep door.

'Waar ga je naartoe?'

'Naar de rivier,' antwoordde hij. 'Volgens mij zei hij dat hij de boot verder omhoog wilde trekken. Er wordt later vannacht heel hoog water verwacht.'

Hij liep naar het houten hek achter in de tuin. Dat bood toegang tot de draslanden, waar een ruig pad doorheen liep naar de rivier. Daarvandaan kon je bij eb naar de zee lopen, en in de tegenovergestelde richting voerde het pad landinwaarts langs de rivier, die in die richting geleidelijk smaller werd en door dorpen, velden en bossen slingerde. Etty liep achter hem aan over de moerassige grond naar de oever. Het water stond vrij laag en er lag een brede strook modder tussen hen en het water. De houten boot was omhooggetrokken tot in het hoge gras en ondersteboven gelegd, maar Duncan was nergens te zien.

Etty liet haar blik over het slik glijden, tot aan de waterkant. 'Wat is dat?' Ze wees.

'Wat?'

'Daar. Bij die oranje boei.'

Greg tuurde. Toen zag Etty dat hij verstijfde, roerloos bleef staan in de zilte aarde terwijl hij naar de vorm in de rivier staarde.

'Greg, wat is dat?'

'Ga terug naar binnen, Etty.'

'Nee.'

'Alsjeblieft.'

'Nee!'

Hij draaide de houten boot om en sleepte hem naar het water, zijn voeten soppend in de modder. Er viel een riem uit de boot. Etty pakte hem op en rende Greg moeizaam achterna, steeds wat wegzakkend in het donkere slib, haar ogen samengeknepen om de vorm beter te kunnen zien. Het gammele steigertje dat Duncan had gebouwd stond half weggezakt in de modder.

'Ga terug, Etty. Toe nou.'

'Nee.'

Ze duwden de boot de ijzig koude rivier in, tot het water tot hun knieën kwam, en klommen erin, waarbij ze steeds weggleden op het glibberige hout terwijl de wind in hun gezicht striemde en de meeuwen en watervogels krijsten. Toen ze zaten stak Greg de riemen in de dollen. Er zaten vegen donkere modder op zijn gezicht. Hij had geen handschoenen aan.

Het roeien ging moeilijk, de bladen plonsden door de ruige golven en Gregs handen zagen er ruw en rood uit van de kou. Etty zat bij de boeg en tuurde over het water naar de oranje boei met de vorm ernaast.

Greg stopte met roeien, waardoor het tij de boot meetrok.

'Nee!' riep Etty. 'O nee, nee!'

'We moeten teruggaan. De politie bellen.' Maar hij ging weer verder met roeien.

Ze moest kijken, maar dat durfde ze niet. Ze wiegde heen en weer. Uit haar keel ontsnapte een huiveringwekkende kreet.

'Niet kijken,' zei Greg. 'Een lijk dat in het water heeft gelegen, dat wil je niet zien.'

Maar ze dwong zichzelf, hoe moeilijk het ook was, om een blik te werpen op de vorm die aan de ketting van de boei was blijven haken en met de deining op en neer bewoog. Ze keek, ademde opgelucht uit, en voelde zich zo slap dat ze even dacht dat ze in het water zou vallen. 'Ze is het niet, het is mama niet!'

Hij zei iets, maar zijn woorden werden door de wind weggerukt.

'Dat zijn niet haar kleren. Nee.'

'O, jezus.'

'Greg, wie is het?'

13

Duncan Ackerley staarde hen met opengesperde ogen aan. Zijn rechterslaap was blauw, zijn gezicht was gezwollen en onthutsend wit. Zijn mond stond een beetje open; het leek wel of hij naar hen probeerde te glimlachen. Etty werd misselijk.

'Misschien leeft hij nog,' zei Greg. 'Snel, we moeten hem het water uit zien te krijgen! Help me, Etty.'

Etty wist dat Duncan niet meer leefde, maar ze nam de riemen over van Greg zoals hij haar opdroeg en probeerde de boot zo stabiel mogelijk te houden. Greg leunde over de achterkant en stak zijn handen naar zijn vader uit. De meeuwen krijsten en de rivier golfde en deinde onder hen.

Hij kreeg Duncans regenjack te pakken en trok eraan. Het lichaam kwam eerst niet in beweging, maar uiteindelijk lukte het Greg om het met een ruk los te trekken van de dikke ketting waar het achter was blijven haken en het naar de roeiboot toe te trekken. Toen kon hij zijn handen onder zijn vaders oksels steken. Hij probeerde hem aan boord te hijsen. De boot deinde vervaarlijk en er spoelde water over de rand. Etty was doodsbang dat ze zouden omslaan, dat ze in het water terecht zouden komen, bij Gregs vader.

'Het gaat niet!' riep Greg ten slotte. 'Hij is te zwaar. Jij moet ons terug naar de oever roeien, dan hou ik hem vast.'

Uit alle macht probeerde Etty tegen de stroom in te roeien, maar het bootje reageerde nauwelijks. 'Het is te zwaar!' riep ze.

'Oké. Dan hou jij hem vast en ga ik roeien.'

Ze glibberde naar de achtersteven en pakte Duncan vast terwijl Greg de riemen overnam. Langzaam bewogen ze naar de oever, met de door het water verzwaarde massa achter zich aan. Etty wilde het liefst haar ogen dichtknijpen of de andere kant op kijken, maar haar blik werd op de een of andere manier toch naar Duncans gezicht getrokken, naar zijn ogen die in het niets staarden. Ze had hem nog nooit zonder bril gezien. Ze zag dat hij zich die ochtend niet had geschoren.

Ten slotte konden ze niet verder en sprong Greg in het water, dat tot zijn bovenbenen reikte. Hij nam het lichaam in zijn armen en sleurde het snikkend naar de kant.

Etty klom ook over de rand en trok de boot mee.

Greg legde zijn vader op de modder. 'Ga hulp halen, snel!' snauwde hij, en hij begon op Duncans borst te duwen. 'Kom op,' zei hij, terwijl Etty door de modder naar stevigere grond ploegde. 'Kom op, pap!'

Etty rende met haar armen zwaaiend en schreeuwend de tuin in. Ze stormde het huis binnen en zag dat iedereen geschrokken opkeek. Frances was er, en Morgan ook. Ze gaapten haar aan.

'Bel een ambulance! Er moet hulp komen, Duncan...'

'Wat is er met Duncan?' vroeg Frances met trillende stem.

Alec belde het alarmnummer. Ollie had zijn sigaret laten vallen op het vloerkleed, die daar bleef liggen walmen. Ze rook de kalkoen, de geur van cognac en de stinkende modder waarmee ze onder zat.

'Waar is papa?' Morgan trok aan haar arm.

Ze zag zijn grote ogen in zijn smalle jongensgezicht, angstig achter zijn bril. 'O, Morgan,' snikte ze.

'Waar? Breng me naar hem toe!'

'Ze kan zo niet weer naar buiten,' zei Alec.

Maar ze draaide zich meteen om, weg van Frances en de anderen, en rende terug naar de rivier, met Morgan, Niall en Ollie achter zich aan. Haar doorweekte broek schuurde tegen haar bovenbenen en haar gezicht deed pijn van de kou. Niemand zei iets; ze hoorde alleen dat de anderen hijgend achter haar aan renden.

Door de tuin, door het hek, het pad af. De rivier sloeg zuigend op de modder, maakte obscene, slurpende geluiden. De meeuwen krijsten nog steeds.

Toen bereikten ze Duncan, die uitgestrekt in de modder lag. Zijn hoofd lag op Gregs schoot.

Greg aaide over zijn haar, alsof hij hem wilde troosten. 'Hij is dood.' Hij keek op. 'Papa is dood.'

Het regende nog steeds en het begon al te schemeren. Morgan viel op zijn knieën in de modder naast zijn vader en begon met hoge, hese stem iets onverstaanbaars te schreeuwen. Greg bleef over zijn vaders haar strijken en keek naar hem alsof hij zijn kind was.

Frances was er nu ook; ze stond een eindje verderop ineengedoken zachtjes te jammeren.

Etty zag de blauwe zwaailichten het eerst. Er kwamen mannen aanrennen, ploeterend door de modder. Met Nialls arm om zich heen keek ze toe terwijl ze zich over Duncans lichaam bogen.

Greg werd overeind geholpen. Er lag een verbijsterde uitdrukking op zijn met modder bespatte gezicht.

Het water kwam op: het kroop over het slib naar hen toe en zou Duncan snel bereiken.

Ze zag dat Duncan op een brancard werd getild. Iemand sloeg een deken om haar heen.

Alec legde zijn hand op haar arm: ze had niet eens gemerkt dat hij er ook was. 'Kom,' zei hij. 'Wij kunnen hier niets doen.'

Frances wilde bij haar man blijven en hem niet loslaten, ze moesten haar bij hem wegtrekken.

Achter elkaar aan ploeterden ze terug naar het huis.

Greg had zijn arm om zijn jongere broer heen geslagen. Het leek wel alsof hij hem overeind hield, dacht Etty.

Er waren steeds meer agenten bij de rivier. In de schemering zag Etty het schijnsel van lampen, en af en toe het licht van een zaklantaarn over het water zwaaien. Met een politiewagen werden ze naar huis gebracht; Alec volgde in zijn eigen auto. Etty's handen zaten onder de modder en haar kleren waren kletsnat. De modder in haar haren en op haar gezicht droogde op tot korsten donker slib. Ze probeerde te vertellen hoe ze het lichaam hadden gevonden, maar er viel eigenlijk heel weinig te vertellen. Ze waren op zoek gegaan naar Duncan. Ze waren naar de rivier gelopen en hadden iets in het water zien liggen. Ze waren erheen geroeid en hadden Duncans lichaam aangetroffen.

Het huis was donker en koud en vies. Paul was nergens te bekennen.

Kerstmis was voorbij.

14

Cobbett keek om toen hij de deur van het lab hoorde opengaan. De patholoog, Mike Stackpole, had zijn groene operatiekleding nog aan. Hij was kaal, had een baard en een rond, blozend gezicht. 'Nog een fijne kerst gewenst,' zei hij.

'Sorry,' zei Cobbett. 'Jouw dag is verpest.'

'Mijn schoonzus en haar gezin logeren bij ons. Bordspellen. Hints. Restjes van gisteren. Ik ben veel liever hier. Wil je een kijkje nemen?'

'Kun je me niet gewoon even verslag uitbrengen?'

Stackpole lachte. 'Een zwakke maag? Jullie krijgen het verslag over een dag of twee, maar ik kan je de korte versie wel vast geven.'

'Waaraan is hij gestorven?'

'Simpel. Hij is verdronken. Maar dat wist je. Alle details komen in het verslag te staan. Uitgezette longen, water in maag en slokdarm. Ik heb bloed afgenomen en ik weet nu al wat de tests zullen uitwijzen.'

'Nog meer?'

Stackpole bracht een hand naar zijn hoofd en wees naar een plek boven zijn rechteroor. 'Hij had een snee aan de rechterkant van zijn hoofd. Behoorlijk diep, met huid en weefsels en bloedvaten doorgedrongen tot in het bot.'

'Kan hij zijn gevallen en zijn hoofd hebben gestoten voordat hij in het water terechtkwam?'

Stackpole haalde zijn schouders op. 'Dat zou kunnen.'

'Kun je zeggen of hij bewusteloos was toen hij in het water viel, of dat hij misschien met zijn hoofd op een steen of iets anders in de rivier is terechtgekomen?'

'Ik kan je vertellen dat hij er al niet best aan toe was toen hij in het water belandde, wat suggereert dat de verwonding daarvóór al was veroorzaakt.' Stackpole stak zijn handen in de lucht om te illustreren wat hij ging zeggen. 'Mensen die verdrinken hebben de neiging om dingen vast te grijpen, zoals wier of stenen of modder, en die greep blijft in stand na de dood. Daar was niets van te zien, en er zat bijvoorbeeld niets onder de nagels.'

'Kan de verwonding door een ander zijn toegebracht?'

'Dat is mogelijk.'

'Kun je niet zeggen wat precies de verwonding heeft veroorzaakt?'

Stackpole schudde langzaam zijn hoofd. 'Als iemand met een houten voorwerp is geslagen, tref je soms splinters aan. Maar als dat het geval was, heeft het water het weggespoeld.'

'En het tijdstip van overlijden?'

'Een poosje in het koude water maakt dat een stuk lastiger vast te stellen. Hij had toen hij werd gevonden al een uur dood kunnen zijn of nog maar enkele minuten.'

'Het kan dus een ongeluk zijn geweest.'

'Ja.'

'Maar ook moord.'

'Of doodslag. Ja.'

Cobbett stond op. Hij had het gevoel niets wijzer te zijn geworden.

15

Hoofdinspecteur Ralph Chettle zat voor een groot haardvuur in de lounge van een landelijk gelegen hotel in Yorkshire toen hij aan de telefoon werd geroepen. Cobbett begon met zich te verontschuldigen omdat hij hem stoorde tijdens de feestdagen, maar Chettle onderbrak hem. 'Vertel nou maar wat er aan de hand is.'

Cobbett begon te vertellen wat er in Glensted was gebeurd.

'Jaja, dat weet ik al. Heb je mij daarvoor nodig?'

'Later vandaag geef ik een persconferentie,' zei Cobbett. 'Ik hoopte te kunnen aankondigen dat we een uitgebreid onderzoek starten naar de verdwijning van mevrouw Salter en vervolgens de dood van meneer Ackerley, en dat we een crisiskamer inrichten...'

'Wacht even, Brian. Niet op de zaken vooruitlopen. Laten we deze twee incidenten even afzonderlijk van elkaar bekijken. Die vermiste vrouw. Is er bewijs dat er sprake is van een misdrijf?'

'Nou ja, die jas die is gevonden.'

'En waar was dat precies? Dat lijkt nog wat onduidelijk.'

Cobbett voelde het zweet op zijn voorhoofd parelen en zijn oksels nat worden. 'Helaas is dat door een onervaren agent afgehandeld en weten we de exacte locatie van de vondst niet.' Hij deed zijn best om zich te herinneren wat Bealing hem had verteld. 'Voorbij de brug in elk geval.'

'Wat zegt degene die de jas heeft gevonden?'

'Helaas is er iets misgegaan en... eh... is zijn naam niet genoteerd. Maar we vinden hem nog wel.'

'Dus nu ben je bezig met het opsporen van de persoon die jullie enige bewijsstuk heeft gevonden?'

'Niet het enige bewijs. Er is meer.'

Er viel een stilte. Cobbett schraapte zijn keel een paar keer, maar zei niets.

'Goed,' zei Chettle ten slotte, 'jullie hebben een vermiste vrouw en haar jas die bij de rivier is gevonden. Dat is misschien verdacht, maar je kunt er geen zaak op bouwen.'

'Ik wilde niet...'

'En wat meneer Ackerley betreft: met Kerstmis worden er in het hele land mensen ladderzat en lopen een hoofdwond op door een val, en als ze dan toevallig in het water vallen, overlijden ze. Wat was de doodsoorzaak?'

'De lijkschouwing wees uit dat hij is verdronken, maar hij heeft een harde klap tegen zijn hoofd gekregen, en dat was zeer waarschijnlijk voordat hij in het water terechtkwam.'

'Mm. Hebben jullie kunnen vaststellen waar hij precies in het water is terechtgekomen?'

'Niet exact.'

'En de plek waar hij is aangetroffen? Valt daar nog iets uit af te leiden?'

'Dat is ook wat problematisch. De twee jonge mensen die hem hebben gevonden zijn hulp gaan halen, dus er kwamen meer mensen bij vanuit het huis en toen kwam de ambulance. En er zijn misschien ook nog voorbijgangers geweest. Bovendien was het daar modderig en regende het de hele tijd.'

'Dus het antwoord op mijn vraag is nee?' stelde Chettle vast.

'Vooralsnog wel, vrees ik.'

Chettle liet weer een stilte vallen.

'We gaan nog allerlei mogelijkheden na, natuurlijk,' zei Cobbett met een ietwat gesmoorde stem. 'We zijn nog maar net begonnen.'

‘Het begin is heel belangrijk. Charlotte Salter wordt al vijf dagen vermist. Dat is lang. En wat de andere zaak betreft, die man is met Kerstmis met een hoofdwond in de rivier gevonden. We zijn achtenveertig uur verder en jullie hebben nog niets.’

‘Wat we hebben is een onverklaarbare verdwijning en een onverklaarbare dood.’

‘Met niets tastbaars wat beide zaken aan elkaar verbindt.’

‘Een vrouw raakt vermist en een paar dagen later wordt een man die haar kende dood gevonden. Kan dat toeval zijn?’

‘Ik weet het niet, Brian, zeg jij het maar. Ik heb meer nodig dan dit als je wilt dat ik er geld aan besteed uit een budget dat we al hebben overschreden en er mensen op zet die we midden in de kerstvakantie niet hebben. Wat was de relatie tussen Charlotte Salter en Duncan Ackerley? Waarom zou Charlotte Salter met de noorderzon vertrekken of, in het slechtste scenario, waarom zou iemand haar willen vermoorden? Waarom zou iemand Duncan Ackerley willen vermoorden, áls hij vermoord is? Of waarom zou hij zichzelf van het leven beroven? Wie waren hun vijanden? Welke stappen onderneem je om antwoord op die vragen te krijgen?’

‘Daarvoor wilde ik juist een crisiskamer inrichten,’ zei Cobbett bedrukt. ‘Ik heb mensen en middelen nodig.’

Weer een stilte.

‘Goed dan. Ik ken het politiebureau van Hemingford,’ zei Chettle. ‘Er is daar vast wel ergens een extra bureau te vinden, of een kamer waarin je hiermee aan de slag kunt gaan.’

‘Ik hoopte eigenlijk op meer.’

‘Nee, luister, Brian, ik vertrouw nu eerst op jou. Je hebt geen groot team nodig. Nog niet. Niet tot ik ervan overtuigd ben dat er inderdaad een misdrijf is gepleegd. Als zich nog iets belangrijks voordoet, praten we verder.’

‘En de persconferentie? Wilt u dat ik die afgelast?’

‘Nee, laat maar doorgaan. Maar kijk uit met wat je zegt. Klopt het dat je nog nooit een moordonderzoek hebt geleid?’

‘Nee. Of ik bedoel, ja, dat klopt,’ zei Cobbett bedrukt.

Cobbett wist dat Chettle daar al van op de hoogte was voordat hij het vroeg. In feite had Cobbett in zijn huidige functie sowieso niet veel ervaring met moordonderzoeken. Een jaar eerder was er de zaak-O’Malley geweest, waarin een man zijn vrouw had vermoord en vervolgens de hand aan zichzelf had geslagen. En daarvoor was er de zaak-Dunn, niet veel meer dan een vechtpartij op de parkeerplaats bij een pub.

‘Als het überhaupt moord is,’ zei Chettle nog eens. ‘Is er nog meer wat ik moet weten?’

‘De echtgenoot van de vermiste vrouw, Alec Salter. Ik geloof dat u hem kent. Hij vroeg me u zijn groeten over te brengen en te zeggen dat hij aan zijn swing had gewerkt. Of zoiets.’

‘Aan zijn swing gewerkt? Hoezo heb je het nu over golf?’

‘Hij begon erover.’

‘Richt jij je nou maar op je werk, Brian, en zorg dat we niet voor gek staan.’

Toen Chettle had opgehangen bleef Cobbett nog even naar de hoorn staren voor hij die langzaam teruglegde.

16

Achter in het politiebureau van Hemingford lag inderdaad een vertrek dat niet werd gebruikt, behalve als opslagruimte.

'U weet hoe dat gaat,' zei brigadier Jukes toen hij Cobbett de ruimte liet zien. 'Ze dachten waarschijnlijk dat die dingen nog weleens van pas zullen komen.'

Cobbett bekeek het afgedankte kantoormeubilair, de opgerolde snoeren, het kapotte faxapparaat en de oude lampen. 'Kan iemand dit allemaal naar de vuilstort brengen?'

'Die is gesloten tot het nieuwe jaar.'

'In elk geval naar buiten dan?'

'Is er haast bij?' vroeg Jukes.

Cobbett keek de brigadier aan. Het was een ernstige, goedbedoelende jonge man met springerig haar met een middenscheiding en een permanent bezorgde uitdrukking op zijn gezicht.

'Regel het nou maar.'

Een uur later stond alles buiten, behalve een bureau, een tafel en wat stoelen die – na een paar klappen met een hamer – nog bruikbaar waren. Er was een telefoonaansluiting aanwezig en Cobbett stuurde een van de geüniformeerde agenten op pad om een telefoontoestel te gaan kopen.

'Vergeet het bonnetje niet!' riep hij hem na.

Acht mannen en een vrouw kwamen die middag in de crisiskamer bij elkaar voor Cobbetts eerste briefing. Hij keek ze wat ongemakkelijk aan, schoof wat met zijn papieren en duwde zijn bril hoger op zijn neus voordat hij begon. 'We onderzoeken twee zaken. De verdwijning van Charlotte Salter op 22 december en de dood van Duncan Ackerley op kerstochtend. We weten nog niet of het hier om misdrijven gaat, of in het ene geval wel en het andere niet, of... Nou ja, jullie begrijpen wel wat ik bedoel.'

Hij wachtte even en probeerde zich te herinneren wat hij van plan was geweest te zeggen. Hij had het opgeschreven op een van de vellen papier die hij in zijn hand hield, maar dat kon hij zo snel niet vinden. 'We moeten zo veel mogelijk over deze twee personen te weten zien te komen,' vervolgde hij.

Er stond een flip-over met enkele grote vellen papier erop geklemd, maar hij zag nergens de viltstift die hij erbij had gelegd. Hij zou het later allemaal moeten opschrijven. 'Ik ga jullie opdelen in twee teams,' ging hij verder. 'Een voor hem, en een voor haar. Jullie: een-twee-drie-vier-vijf. Jullie houden je met háár bezig. Hoe zit het met manlief, haar kinderen, haar vrienden en vriendinnen, haar dagelijks leven? Was het huwelijk goed of slecht? Ga haar gangen na. Daarin ligt de oplossing.'

Hij draaide zich naar rechts. 'En jullie gaan met hém aan de slag. We moeten weten hoe die ochtend verliep – waar hij op welk moment is geweest. Spreek met getuigen. Kijk naar bankafschriften, telefoontjes, praat met buren.'

Hij bladerde weer even door zijn papieren en keek toen rond. 'Nog vragen?'

Een jongeman die in de hoek van de kamer stond, stak zijn hand op. 'Voor het geval hij zich van het leven heeft beroofd moeten we misschien nagaan hoe zijn stemming de laatste maanden was?'

'Wat? Ja, ja. Dat wilde ik nog zeggen.'

'En,' opperde een ander, 'moeten we niet zoeken naar schakels tussen de twee personen, om uit te vinden of beide zaken verband met elkaar houden?'

Cobbett werd rood. 'Nou, uiteraard. Dat lijkt me vanzelfsprekend.' Hij keek op zijn horloge. 'Ik moet ervandoor.'

De persconferentie werd gehouden in het zaaltje van de Anchor. Er stond een kerstboom in de hoek en er waren kerstslingers om de schilderijlijsten gedrapeerd. Cobbett was verrast door de opkomst. Er waren lokale verslaggevers uit de regio aanwezig, en er was zelfs een team van een plaatselijke nieuwszender. Een vermiste vrouw, een dode man: zoiets was nog nooit voorgekomen in Glensted. Cobbett zat naast Jukes en legde een korte verklaring af waarin hij de gebeurtenissen en het onderzoek beschreef. Hij dacht aan zijn baas en probeerde zo serieus en voorzichtig mogelijk te zijn. Toen hij klaar was, vroeg hij of er vragen waren.

'Gaat het om een moordonderzoek?'

Cobbett kuchte. 'We houden in dit stadium alle mogelijkheden open. We sluiten niets uit. We maken ons wel ernstig zorgen over mevrouw Salter.'

'David Field van *Anglia News*,' zei een man met een microfoon in zijn hand. 'Houden de zaken verband met elkaar?'

'Ik wil geen voorbarige conclusies trekken. Maar als iemand informatie voor ons heeft die nuttig kan zijn, verzoek ik diegene contact met ons op te nemen via het politiebureau van Hemingford.'

'Alice Clayton,' zei een jonge vrouw vooraan. 'Is het waar dat de politie fouten heeft gemaakt? We hebben gehoord dat de plaats waar de man is aangetroffen niet goed werd afgezet.'

'Ik weet niet met wie u hebt gesproken. Zoals ik al zei, personen die over relevante informatie beschikken, kunnen contact met ons opnemen.'

17

Het was al donker tegen de tijd dat Cobbett en Jukes aankwamen bij het huis van de Ackerleys. Van een afstand zag het er gezellig uit: er kwam rook uit de schoorsteen en beneden waren de lampen aan, waardoor er vierkanten warm licht de kille nacht in schenen. Maar toen Greg hen meenam naar de woonkamer, zag Cobbett dat er nog steeds strepen modder op het tapijt zaten en dat er een hoopje doorweekte kleren in een hoek lag.

Frances Ackerley zat ineengedoken in een leunstoel bij de haard met een dikke deken om haar schouders. Haar donkere haar hing over haar gezicht. 'Goedenavond, rechercheur,' zei ze. Ze sprak onduidelijk.

'De dokter heeft mama wat valium gegeven,' zei Greg.

Cobbett knikte en ging op een hoek van de ingezakte bank zitten terwijl Jukes bij de deur bleef staan.

'Wilt u iets drinken?' vroeg Greg.

'Nee, bedankt.' Hij probeerde in gedachten te houden wat hij allemaal te weten moest komen, maar de ineengedoken vrouw werkte hem op de zenuwen.

'Zal ik Morgan erbij halen?' vroeg Greg. 'Ik weet niet wat de bedoeling is.'

'Ik moet ook met hem praten,' zei Cobbett. 'Met jullie allemaal. Maar het hoeft niet lang te duren.'

Greg liep de kamer uit en Cobbett sloeg zijn notitieboekje open en schraapte zijn keel. 'Ik begrijp hoe pijnlijk dit voor u is, mevrouw Ackerley.'

Ze keek op. 'O ja?'

Morgan slofte binnen met een gameboy tegen zich aan geklemd; hij ging op de vloer onder het raam zitten. Zijn gezicht was opgezet en zijn schouderlange haar was vettig. Greg kwam ook weer binnen en nam op een hoek van de bank plaats. Hij zag er moe uit, verfomfaaid, van slag. De zoom van zijn bruine trui rafelde. Hij wreef een paar keer met zijn knokkels in zijn ogen.

'Wat komen jullie doen?' vroeg Morgan, niet opkijkend van zijn gameboy.

'We proberen erachter te komen hoe je vader is overleden,' zei Cobbett.

'Het was gewoon een stom ongeluk.'

'Dat moeten we zien uit te vinden. Mevrouw Ackerley, kunt u mij vertellen wanneer u uw echtgenoot voor het laatst hebt gezien?'

Frances Ackerley keek niet naar hem, maar naar haar handen, die ze samenwrong. 'Dat weet ik niet.'

'Hebt u hem 's ochtends nog gezien?'

Ze sprak op afwezige, dromerige toon. 'Ik lag in bed. Hij zei dat ik moest opstaan. Hij zei dat het Kerstmis was. Hij was al uren op.'

'En toen?'

'Toen ben ik opgestaan.' Het kostte haar zichtbaar moeite om het zich te herinneren. 'Ik ben opgestaan en naar beneden gegaan, en hij had geroosterd brood met marmelade voor me gemaakt. Hij zei dat ik moest beginnen met het eten.'

'Hoe laat was dat?'

'Dat weet ik niet.'

'Ongeveer halftien,' zei Morgan vanaf zijn plek op de vloer.

'Was je erbij?' vroeg Cobbett.

'Ik was in mijn kamer, maar ik heb ze gehoord.'

'Dus hij heeft een ontbijtje voor u gemaakt,' zei Cobbett. 'Hoe laat heeft hij het huis verlaten?'

'Ik weet het niet.' Ze wrong opnieuw haar handen. 'Hij heeft de kalkoen in de oven gezet en aan mij gevraagd de aardappels en spruitjes te doen. Daarna ging hij weg.'

'Zei hij waar hij naartoe ging?'

'Hij ging een opwarmmaaltijd naar mevrouw Williams brengen.'

'Mevrouw Williams?'

'Die woont in dat bouwvallige oude huisje bij de brug,' zei Greg. 'Ze heeft niemand om kerst mee te vieren. Ze kwam altijd bij ons, maar nu is ze bedlegerig.'

'Hoelang zou hij daarover hebben gedaan?'

'Niet lang. Misschien een kwartier.'

'En hij wilde de boot omhoogtrekken voordat het vloed zou worden,' zei Morgan. 'Dat zei hij de avond ervoor. En het kampvuur voorbereiden voor na de lunch.'

Er viel een stilte. Cobbett keek naar zijn notitieboekje. Jukes stond driftig te schrijven.

'Hebben jullie je vader die ochtend nog gezien?'

Morgans ogen vulden zich met tranen. Hij deed zijn bril af en veegde ze weg met zijn handpalm. 'Nee. Ik hoorde hem beneden met mama praten en ik hoorde hem weggaan en de deur achter zich dichtdoen. Maar ik heb hem niet gezien.'

'Wat heb je daarna gedaan?'

'Niet veel.' Morgan haalde zijn schouders op en hield zijn gameboy omhoog. 'Dit, eigenlijk. En ik ben misschien wel weer even in slaap gevallen.'

'En jij?' vroeg Cobbett aan Greg.

'We hebben samen koffiegedronken.'

'Je vader en jij?'

'En mijn moeder.'

'En daarna?'

'Dat weet ik niet. Ik ben weggegaan voordat hij wegging.'

'Waarheen?'

'Ik heb een eind gewandeld. Ik wilde een frisse neus halen voordat iedereen er zou zijn.'

'Dus hoe laat heb jij je vader voor het laatst nog gezien?'

'Dat zal tegen tien uur geweest zijn. Ik heb niet op de tijd gelet, maar ik hoorde de klokken voor de kerstdienst luiden. Ik heb het pad naar de kust genomen, weg van het dorp, en ik heb bijna een uur gelopen.' Hij huiverde alsof hij nog steeds buiten door het slechte weer liep. 'Ik ben via dezelfde weg teruggegaan.'

'Heb je nog iemand gesproken?'

'Gesproken? Nee. Ik ben wel de familie Bowden tegengekomen, met z'n zessen, en hun hond. Ze gingen de andere kant op. Dat kunt u navragen.'

'En daarna?'

'Daarna ben ik teruggekomen en heb ik mijn moeder met het eten geholpen.'

'Je hebt je vader niet meer gezien?'

'Nee,' zei Greg. 'Pas toen ik hem dood aantrof.'

Vervolgens gingen Cobbett en Jukes naar het huis van de Salters. Het hele gezin was thuis, hoewel Alec zich had opgesloten in zijn werkkamer en Paul in zijn slaapkamer met de gordijnen dicht muziek aan het luisteren was. Niall stond eieren met spek te bakken. Hij zei dat ze op krachten moesten blijven.

Alec kwam de trap af toen Etty de rechercheurs binnenliet. Hij had ze blijkbaar door het raam zien aankomen. Niall kwam met zijn schort voor de keuken uit. Zijn gezicht was rood aangelopen. Voordat iemand de kans kreeg om iets te zeggen riep hij: 'Hij heeft gelogen!'

'Sorry?'

Niall wees naar Alec, die op de trap was blijven staan. 'Mijn vader heeft gelogen. Hij was niet op kantoor, die middag dat mijn moeder verdween. Ik heb hem die dag amper gezien.'

Cobbett wreef krachtig over zijn wang. 'Dat is een ernstige

beschuldiging,' zei hij ten slotte. 'Misschien kunnen we u even alleen spreken, meneer Salter.'

'Ik geef toe dat ik niet op kantoor was,' zei Alec. 'Ik had afgesproken met een vriendin. Dat had ik u eerder moeten vertellen, maar ik wilde haar niet in verlegenheid brengen.'

'Mary Thorne,' sneerde Ollie. 'Zo heet ze.'

'En zij kan dat bevestigen?'

'Ja,' zei Alec. 'Al zal ze er niet blij mee zijn.'

'Wacht even,' zei Jukes. Hij nam Cobbett apart en fluisterde iets in zijn oor.

Cobbett wendde zich weer tot Alec. 'Hebben we uw toestemming om het huis en de tuin te doorzoeken?'

'Jullie doen maar,' zei Alec. 'Maar als jullie het niet erg vinden, ga ik weg. Ik hoef niet te zien dat jullie in mijn spullen neuzen.'

18

De volgende ochtend kwam brigadier Jukes al vroeg terug naar het huis, nu samen met vier agenten in uniform. De agenten deden wegwerphandschoenen aan en trokken groene hoesjes over hun schoenen. Paul, Ollie en Etty bleven in de keuken zitten en luisterden naar de geluiden die ze maakten terwijl ze van kamer naar kamer gingen.

'Kijk,' zei Paul en hij wees uit het raam. Er stonden mannen met stokken in de tuin.

'Wat doen zij nou?'

'Ze gaan in de vijver dreggen.'

'Ik kan dit niet verdragen,' zei Ollie. 'Ik ga weg.'

'Waarnaartoe?'

'Maakt me niet uit.'

Etty stond op. 'Ik ga mee.'

Toen ze twee uur later terugkeerden, was de politie nog steeds in huis bezig. Niall was er nu ook. Hij had boodschappen bij zich: brood, eieren, pasta, potjes pesto en een grote zak aardappels die al uitlopers kregen.

'Jullie moeten toch wat eten,' zei hij terwijl hij het allemaal in de keuken opborg. Ollie kwam binnen. 'Het is maar dat je het weet: Penny komt eraan.'

‘Zeg maar dat ik er niet ben,’ zei Niall met zijn hoofd in de ijskast.

‘Nee.’

‘Ik wil haar niet zien.’

‘Dat ga je haar dan zelf maar zeggen,’ zei Ollie. ‘Ik doe het niet.’

‘Etty,’ zei Niall. ‘Wil jij het dan doen? Ik ga wel met haar praten, maar niet nu. Ik kan het gewoon niet.’

Etty keek naar de stoppels op Nialls wang die hij bij het scheren had gemist en de smoezelige manchetten van zijn overhemd, en ze liep met tegenzin naar de voordeur om open te doen. Ze zag Penny met deinend bobkapsel, zwaaiende armen en haar kin omhoog op het huis afstevenen. ‘Niall is er niet,’ zei ze.

‘Hij verstopt zich daarbinnen voor mij,’ zei Penny kalm.

Ze had sterke witte tanden, bruine ogen en een betrouwbare uitstraling: ze was iemand die wist wat ze deed.

‘Ik denk dat hij gewoon niet...’

‘Juist in deze situatie heeft hij me nodig,’ zei Penny en ze beende langs Etty het huis in.

Etty bleef in de gang staan en zag Niall en Penny de tuin in lopen. Haar broer wierp haar een verwijtende blik toe, maar ze haalde alleen maar haar schouders op. Een van de politieagenten verscheen bovenaan de trap en wenkte haar.

‘De baas zegt dat je hier even naar moet komen kijken,’ zei hij. ‘Aangezien jij een meisje bent.’

Hij ging haar voor naar haar ouders’ slaapkamer. Haar moeders handkoffer stond op de grond en een van de agenten had hem opengeritst. ‘We hebben deze gevonden,’ zei hij. ‘Herken je de inhoud?’

Etty ging op haar hurken zitten. De kleine koffer was keurig ingepakt met ondergoed, T-shirts, een zwarte spijkerbroek en een flanellen pyjama. Het zag er allemaal gloednieuw uit. Er zat ook een toilettas in. Na een instemmend knikje van de agent maakte ze die open. Ze zag deodorant, een tandenborstel en tandpasta, maandverband en een stuk zeep. ‘Ik begrijp er niets van,’ zei ze.

‘Het lijkt erop dat ze plannen had om te vertrekken.’ De agent schraapte een paar keer zijn keel. 'Maar dat niet heeft gedaan,' voegde hij eraan toe.

Etty pakte de katoenen onderbroeken en gestreepte sokken. Eronder lagen twee beha's. Ze keek ernaar, legde ze terug, haalde de zwarte spijkerbroek eruit en toen de pyjama, waar het prijskaartje nog aan zat.

Er kwam een herinnering in haar op: ze had nieuwe kleren aangepast die ze die dag had gekocht, en Lottie had een hand op haar schouder gelegd en haar aandachtig bekeken, op een manier waarbij Etty zich ongemakkelijk had gevoeld. 'Volgens mij groei je niet meer,' had ze gezegd, en Etty had niet goed begrepen waarom ze plotseling ernstig, zelfs bijna droevig had gekeken. 'Ik denk dat je deze lengte ongeveer houdt.'

'Die kleren zijn niet in haar maat,' zei ze.

'Pardon?'

'Ze zijn haar maat niet. Ze zijn *míjn* maat.'

'Snappen jullie het niet?' vroeg Etty aan haar broers, overvallen door het gemis van haar moeder. 'Ze ging dus weg bij papa. En ze was van plan om mij mee te nemen.'

Ze zaten in het café omdat Niall beslist niet in het huis had willen blijven. Victor stond achter de bar glazen af te drogen. Verder waren er drie moeders, ieder met een baby in een buggy, aan de grote tafel voor het raam.

'Waarom jou alleen? En wij dan?'

Etty keek Ollie aan. 'Waar heb je het over? Jullie zijn alle drie al ongeveer het huis uit. Jullie zijn volwassen. Ik ben nog maar vijftien.' Ze bedwong haar tranen. 'Ze wilde niet vertrekken en mij bij papa achterlaten. Bij het woord "thuis" denk je niet echt aan hem, toch? Maar aan haar. Waar mama is, zijn we thuis.' Ze voelde nu toch tranen over haar wangen rollen, maar deed geen moeite ze weg te vegen.

Victor kwam naar hen toe en zette drie koffie en een thee op de tafel. 'De wortelcake krijgen jullie van mij,' zei hij vriendelijk terwijl hij het bordje neerzette. Hij rook naar patchouli en zijn pas gewassen haar zat vandaag niet in een paardenstaart, maar viel los over zijn schouders.

'Dank je,' zei Niall.

'Hoe gaat het met jullie?'

'Ja, wat denk je zelf?' vroeg Ollie bot.

Victor zette een stap achteruit en stak zijn handen even op, met de handpalmen naar voren. 'Hé,' zei hij. 'Ze is een vriendin van me. Ik vroeg het alleen maar.'

'Sorry,' zei Niall.

Victor knikte en liep weer weg.

'Oké,' zei Paul met gedempte stem. Hij leunde over de tafel zodat ze hem konden horen. 'Ze was van plan om weg te gaan, maar waarom heeft ze ons dat niet gewoon verteld?'

Ze keken elkaar aan. Etty voelde haar hart bonzen, te snel en te hard.

'Ze was bang,' ging Paul verder. 'Zo bang dat ze zich in het geheim voorbereidde op haar ontsnapping.'

'Bang waarvoor? En aan wie zou ze moeten ontsnappen?' Ollie beet op zijn duimnagel. 'Of is dat een domme vraag?'

Het vertrek achter in het politiebureau van Hemingford begon inmiddels enigszins op een crisiskamer te lijken. Er stonden een dossierkast en een faxapparaat. Er waren al wat telefoontjes binnengekomen, en agent Sally Peck had de taak toebedeeld gekregen om de telefoon te beantwoorden en notities van de gesprekken te maken. Ze had een speciale map voor meldingen van mensen die beweerden Charlotte Salter te hebben gezien.

Er was één telefoon, die voortdurend overging en het vertrek vulde met een schrille beltoon. Sally Peck had het gevoel dat ze het niet meer goed onder controle had. Er waren te veel aanwijzingen, een wirwar van aanknopingspunten en losse flarden informatie, en niemand hield de grote lijnen in de gaten.

Cobbett nam een slokje van de koffie die op een plaatje in het kantoor warm werd gehouden. Hij sprak zijn team toe en telde de punten af op zijn vingers. 'We weten dat Duncan Ackerley door verdrinking om het leven is gekomen en dat hij waarschijnlijk al bewusteloos was toen hij in het water terechtkwam. Hij had een flinke hoofdwond. Hij is op kerstochtend rond tien uur voor het laatst gezien door mevrouw Williams, toen hij haar een maaltijd bracht, hoewel ze niet helemaal zeker was van het tijdstip. Hij bleef geen praatje maken en leek haast te hebben. We weten dat Charlotte Salter niet meer is gezien sinds de middag van zaterdag 22 december en dat er een kledingstuk – waarvan we aannemen dat ze het droeg toen ze van huis ging – is gevonden bij de rivier.'

Hij nam nog een slokje koffie en trok een vies gezicht. 'We moeten een fatsoenlijk koffieapparaat aanschaffen als we hier nog een tijdje blijven. Maar ter zake. We weten dat de Salters huwelijksproblemen hadden. Uit het koffertje met ingepakte kleren voor haar dochter kunnen we opmaken dat ze in het geheim plannen maakte om haar man te verlaten en Elizabeth mee te nemen. We weten ook dat Alec Salter heeft gelogen over waar hij was op de dag dat zijn echtgenote vermist raakte. Nu beweert hij dat hij samen was met Mary Thorne, die we te pakken proberen te krijgen om zijn alibi te checken.'

'Dan is hij het dus,' zei een agent achterin.

Cobbett fronste afkeurend. 'Laten we niet op de zaak vooruitlopen,' zei hij. 'Maar inderdaad, ja, meneer Salter is onze hoofdverdachte. We moeten alleen nog wel het bewijs zien te leveren.' Hij glimlachte naar de agenten. 'Laten we proberen om dit voor het nieuwe jaar af te ronden.'

19

‘Wat vinden jullie ervan?’ vroeg Paul.

Hij had Etty en Ollie gevraagd naar zijn slaapkamer te komen. Hij hield een A4’tje omhoog om het hun te laten zien. Etty pakte het en las de grote letters die hij erop had geplakt: HEEFT IEMAND CHARLOTTE SALTER GEZIEN? Eronder was ruimte opengelaten en stond in een kleiner lettertype: VERMIST SINDS 22 DECEMBER. Daaronder werd het telefoonnummer van de Salters vermeld.

‘Ik ga er een foto van mama tussen plakken,’ zei Paul. ‘En dan ga ik naar de copyshop en maak ik honderd kopieën. Die kunnen we op straat opplakken, op muren en lantaarnpalen.’

‘Serieus?’ vroeg Ollie.

Etty keek naar Paul, die rood aanliep, van woede of vernedering. ‘Ik vind het een goed idee,’ zei ze. ‘Goed gedaan.’

‘En jij?’ vroeg Paul aan Ollie.

‘Wat wil je dat ik zeg?’

‘Gewoon wat je ervan vindt.’

‘Nou,’ zei Ollie, ‘ik vind zoiets een goed idee voor een weggelopen hond of een kat, omdat die na een paar dagen nog ergens kan ronddwalen. Iemand geeft zo’n dier misschien wel voer. Heeft het in huis genomen. Maar hier gaat het om een mens. Wat verwacht je nou? Denk je dat iemand deze poster zal zien en dan zegt: O ja, ik vroeg me al af waar die vrouw die ineens in onze achterkamer woont vandaan komt?’

Etty wilde dat Paul boos zou worden en ruzie zou maken of gewoon iets zou dóén, maar hij leek verslagen. 'Ik vind het geweldig,' zei ze. 'Zo'n poster kan iemand ergens aan herinneren. En dat hoeft maar één iemand te zijn.'

Gerry Thorne deed open. Hij leek niet verbaasd te zijn dat er twee rechercheurs voor zijn deur stonden. Hij liet ze binnen en er volgde een ongemakkelijk moment terwijl ze daar gedrieën in de gang stonden. Thorne had pantoffels, een groene corduroy broek en een bruin vest aan. De kleding van een oudere man, leek het. Hij had een wat uitgezakt, vormeloos gezicht, was kalend en zijn ogen waren klein en donker, als twee krenten die in deeg waren gedrukt.

'We ondervragen de mensen die Charlotte Salter kennen,' zei Cobbett. 'In het kader van het onderzoek.'

'Natuurlijk,' zei Thorne. 'Kom verder.' Hij ging ze voor naar de woonkamer. De televisie stond aan. Gemma zat op de bank naar *The Wizard of Oz* te kijken.

'Heb jij geen huiswerk of zo?' vroeg Thorne aan zijn dochter.

Ze rolde met haar ogen, protesteerde dat het kerstvakantie was en verliet de kamer.

'Ze is nogal van slag door dit alles,' vertelde Gerry Thorne. 'Ze is goed bevriend met de dochter.'

'Is uw vrouw thuis?' vroeg Jukes.

'Ze is in de keuken, geloof ik.' Er viel een stilte. 'Wilt u haar ook spreken?'

'Zeker.'

Hij slofte de kamer uit en kwam terug met zijn vrouw. Ze leken niet bij elkaar te passen: hij in zijn ouderwetse kleren en met die verslagen uitstraling; zij fris en netjes, met een gele blouse op een strakke spijkerbroek, gouden oorringen en discrete make-up.

Ze keek de agenten wantrouwig aan. 'Is er iets gebeurd? Is er nieuws?'

'We zijn hier alleen om wat vragen te stellen.'

‘Ik denk niet dat we u veel verder kunnen helpen.’

Gerry Thorne wees naar twee leunstoelen voor de rechercheurs en deed de televisie uit. Hij ging op de bank zitten, vlak naast zijn vrouw. Ze schoof een stukje bij hem vandaan. Hij legde een hand op haar knie. Ze keken allebei recht voor zich uit.

‘We willen u graag ieder afzonderlijk spreken,’ begon Jukes.

‘O, ik dacht dat het tijd zou besparen om het samen te doen.’

‘Individueel is beter.’

Gerry Thorne dacht erover na. ‘Wilt u graag eerst met mij praten?’

‘Eerst met uw vrouw. Als u daar geen bezwaar tegen hebt.’

Thorne kwam niet in beweging. Zijn hand lag nog op de knie van zijn vrouw, maar nu tilde ze die eraf alsof het een oude handschoen was die ze nu pas opmerkte. ‘Met mij alleen,’ zei ze geïrriteerd tegen hem.

Even keek hij haar aan, zijn zwarte ogen leken nog kleiner dan eerst. Toen stond hij op en liep naar de deur. ‘Thee? Koffie? Of iets sterkers misschien?’

‘Nee, dank u,’ antwoordde Cobbett.

‘Geef maar een gil als ik moet komen.’

‘Wilt u de deur dichtdoen?’ vroeg Jukes.

Toen hij weg was, wendden de twee rechercheurs zich tot Mary Thorne. Ze maakte geen oogcontact en bleef voor zich uit staren. ‘In het kader van dit onderzoek moeten we nagaan waar mensen waren in het tijdsbestek dat mevrouw Salter vermist raakte,’ vertelde Cobbett. ‘We hebben uiteraard al met Alec Salter gepraat.’

Ze reageerde niet.

‘Hij had er enige moeite mee zich te herinneren waar hij was, maar nu heeft hij gezegd dat hij bij u was op de middag van 22 december.’

Mary Thorne leek wat bleker te worden, maar reageerde nog steeds niet.

Cobbett fronste. ‘Mevrouw Thorne?’

'Ja?'

'Wat hebt u hierop te zeggen?'

'Hoe bedoelt u?'

Cobbett zuchtte. 'Was Alec Salter 's middags of in de vroege avond van 22 december inderdaad bij u?'

'Ik begrijp niet waarom hij dat zou zeggen.'

'Dat is van later zorg. Allereerst: hebt u hem die dag gezien?'

Ze haalde diep adem, alsof ze zich schrap zette. Haar gezicht was nog bleek, afgezien van twee rode blosjes op haar wangen. 'Nee.'

'Weet u dat heel zeker?' vroeg Jukes. 'Het is heel belangrijk. U zegt dus dat u Alec Salter de middag voor het feest niet hebt gezien?'

'Ik weet het zeker.'

'En bent u bereid dat in een verklaring te bevestigen?'

Ze likte langs haar lippen en knikte met tegenzin. 'Oké. Maar niet hier.'

'U kunt naar het politiebureau komen.'

'Is dat alles?'

Cobbett bladerde door zijn notitieboekje alsof hij misschien iets belangrijks was vergeten, dus stelde Jukes de volgende vraag. 'Waarom heeft Alec Salter u gebruikt voor zijn alibi?'

'Dat weet ik niet.'

Jukes keek even naar Cobbett, die aan zijn wang krabde en toen zei: 'Mevrouw Thorne, hebt u een verhouding met Alec Salter?'

'Een dergelijke vraag wil ik niet beantwoorden. Waarom zou ik? Jullie weten niet eens zeker of er een misdrijf is gepleegd en toch steken jullie je neus in andermans zaken. Dat hoort niet. Het gaat jullie niets aan. Bovendien is het niet relevant.'

'Dat bepalen wij wel,' zei Cobbett meteen.

'Zelfs het feit dat jullie hier zijn en mij vragen stellen... In een dorp als dit gaat zoiets als een lopend vuurtje.'

'We kunnen discreet zijn,' zei Cobbett. 'Maar ik vrees dat u onze vragen moet beantwoorden. Anders moeten we er via andere mensen achter zien te komen.' En hij keek naar de gesloten deur. Ze hoorden gerammel van borden vanuit de keuken.

'Goed dan,' zei Mary Thorne, die de strijd plotseling opgaf en achteroverleunde. 'Als u het zo nodig moet weten, nee, ik heb geen verhouding met Alec. We hebben...' Ze gebaarde met haar handen. 'Een paar keer maar. Ik ben er niet trots op. We hadden het toen allebei nogal moeilijk. Het was een soort troost.'

'U bent met elkaar naar bed geweest.'

'Ik heb een hekel aan die uitdrukking.'

'Wist Charlotte Salter ervan?'

'Nee,' zei ze op scherpe toon. Ze slikte iets weg. 'Ik denk het niet.'

'Waarom denkt u van niet?'

'Omdat ik ervan uitga dat Alec discreet is als het gaat om zijn...' Ze keek minachtend. '... slippertjes.'

'Het kan zijn dat ze er op de een of andere manier toch achter is gekomen. Een echtgenote heeft zoiets door.'

'Ik geloof niet dat Charlotte er de vrouw naar was om zoiets lijdzaam te ondergaan.'

'Ze heeft het niet lijdzaam ondergaan,' zei Cobbett. 'Ze is verdwenen.'

Hij stond op, klaar om te vertrekken, maar herinnerde zich iets. 'Heeft Alec Salter u gebeld?'

'Hoe bedoelt u?'

'U zegt dat hij ons een vals alibi heeft opgegeven.'

'Ik ben er niet, eh, zeker van...' begon ze en ze stopte weer. Ze streek over haar haar en friemelde aan de kraag van haar gele blouse.

'Als hij wilde dat u zijn leugen zou bevestigen, had hij u moeten waarschuwen. Heeft hij dat gedaan?'

Het bleef lang stil.

'Nee,' zei ze toen.

Cobbett lachte kort. 'Denk er nog eens over na. Als u van gedachten verandert, of als u iets te binnen schiet wat u ons niet hebt verteld, laat het ons dan weten. Het gaat hier misschien om een moordonderzoek, mevrouw Thorne.'

Toen hij de deur van de woonkamer opende, kwam Gerry Thorne er meteen aan. 'Alles in orde?' vroeg hij met een blik op de rechercheurs en vervolgens op zijn echtgenote.

'Ja, hoor,' zei Mary Thorne opgewekt. 'We zijn klaar.'

'We hebben alleen wat routinevragen gesteld,' zei Cobbett.

'En ben ik nu aan de beurt?'

'Wat?'

'Nu gaat u met mij praten. U hebt mijn vrouw ondervraagd en nu is het mijn beurt, toch?'

'Is er iets wat u aan ons kwijt wilt?'

'Is het niet jullie taak om vragen te stellen? Wat willen jullie weten?'

'Op dit moment zijn we geïnteresseerd in het doen en laten van mensen op de dag van Alec Salters feest.'

'Ik was hier. Cadeaus aan het inpakken, dingen klaarmaken voor Kerstmis. Wat dingen ordenen. Klusjes doen.'

'En was u alleen?'

Gerry Thorne keek naar Cobbett en vervolgens naar zijn vrouw. Ze staarde terug. 'Ik was hier met Mary,' zei hij ten slotte.

'Ze was bij u? De hele tijd terwijl u de cadeaus inpakte?'

'Ja,' zei hij. 'Ze was bij mij.'

De twee rechercheurs stapten in de auto en Jukes startte de motor.

'Wat denk jij ervan?' vroeg Cobbett terwijl hij zijn gordel vastklikte.

'Arme kerel.'

'Wat?'

'Thorne. Dat zijn vrouw hem zo bedondert.'

'Dat boeit me niet. Ik bedoel met betrekking tot de zaak?'

'Het lijkt nogal voor de hand te liggen. Alec Salter heeft gelogen over waar hij was op de middag dat zijn echtgenote verdween. Twee keer zelfs. Charlotte Salter was in het geheim bezig met plannen om Alec Salter te verlaten; ze was blijkbaar bang voor hem. En toen verdween ze. Hij heeft haar vermoord.'

'Daar lijkt het wel op.'

'Maar Duncan Ackerley dan? Waar past die in deze puzzel?'

'Laten we maar eens gaan horen wat meneer Salter daarover te zeggen heeft.'

20

Er hing een feestelijke sfeer in de crisiskamer. Er waren blikjes bier uitgedeeld en weddenschappen afgesloten over de datum waarop de tenlastelegging zou plaatsvinden. Er werd al gepraat over waar ze het zouden vieren.

Cobbett had geregeld dat Alec Salter door een zij-ingang naar binnen gebracht werd, zodat hij niet geconfronteerd zou worden met de verslaggevers die zich merkwaardig genoeg al voor het bureau hadden verzameld.

Hij zat op de rand van zijn bureau te kletsen met een groep jonge agenten in uniform toen Jukes naar hem toe kwam lopen en hem in het oor fluisterde dat Salter met zijn advocaat in de verhoorkamer zat.

'Welke advocaat?'

'Tony Fry.'

'O, die. Dat komt wel goed. Waar is Sally?'

Sally Peck zat aan de telefoon en zag er gestrest uit.

'Vier thee, graag,' riep hij luid. 'In verhoorkamer 1.'

'Koekjes erbij?' vroeg ze boos.

'Nee, het is hier geen hotel.' Halverwege de trap naar beneden hield Cobbett Jukes even tegen. 'We hebben hem waar we hem willen hebben,' zei hij. 'We weten dat zijn alibi niet klopt. We pakken het een tikje achteloos en vriendelijk aan, tot ik ermee op de proppen kom op een moment dat hij het niet verwacht. Als we het goed doen, zal hij waarschijnlijk breken en ons alles vertellen.'

'Dus methode *nice cop* en *nice cop?*'

Cobbett keek hem afkeurend aan. 'Laat het maar aan mij over, Ben. En hang niet de wijsneus uit.'

Ze liepen de verhoorkamer binnen. Alec Salter en Tony Fry zaten achter de tafel. Salter droeg een geruit overhemd en een waxjas. Hij zag eruit of hij was gestoord tijdens een wandeling door de natuur. Fry was zakelijk gekleed, in een grijs pak met een donkerblauwe stropdas. Zijn dunne slierten haar waren over zijn kale hoofd gekamd.

Cobbett en Jukes gingen tegenover hen zitten. 'Het leek me goed om elkaar even te spreken,' zo opende Cobbett. Hij wendde zich tot Alec Salter. 'Hebt u de gelegenheid gehad om met uw advocaat te overleggen?'

'Ja,' antwoordde Salter. Hij leek rustiger dan de vorige keer dat Cobbett hem had gezien.

'Ik neem aan dat hij u heeft verteld dat u niet bent gearresteerd en dat u vrij bent om op elk gewenst moment te vertrekken.'

'Ja.'

'En hij heeft u waarschijnlijk verteld wat ik u nu ga meedelen. Dat klinkt erger dan het is, maar het hoort erbij. Daar gaat-ie.' Hij schraapte gewichtig zijn keel. 'U hoeft niets te zeggen, maar alles wat u zegt kan tegen u gebruikt worden.'

Er werd op de deur geklopt en Sally Peck kwam binnen met vier thee op een dienblad. Ze deelde ze uit met zakjes suiker en kuipjes melk erbij.

'Ziet u wel?' zei Cobbett. 'We gaan gewoon even een gesprekje voeren.'

'Wij willen graag iets zeggen,' zei Tony Fry. 'Even iets rechtzetten.'

'Zegt u het maar.'

'Alec heeft me verteld dat hij nogal van slag was toen hij door u werd ondervraagd. Ik geloof dat hij ten onrechte de indruk heeft gewekt dat hij op de middag van het feest met een vriendin samen was, ene mevrouw Thorne.'

'Hij wekte niet die indruk,' zei Cobbett. 'Hij vertelde ons dat hij bij haar was. Een vrouw met wie hij een verhouding had.'

'Meneer Salter wil graag melden dat hij het zich verkeerd had herinnerd.'

'Verkeerd herinnerd? Hoezo?'

'Hij was die middag niet bij mevrouw Thorne.'

Cobbett wendde zich tot Alec. 'Als u niet bij Mary Thorne was, waar was u dan wel?'

'Volgens mij ben ik alleen maar een wandeling gaan maken.'

'Volgens u.'

'Ja.'

'U bent nogal een wandelaar.'

Alec Salter gaf geen antwoord, maar glimlachte flauwtjes.

'Bent u samen met iemand gaan wandelen?'

'Nee.'

'Bent u iemand tegengekomen?'

'Niet dat ik me kan herinneren. Het zou kunnen. Het is moeilijk om de ene wandeling van de andere te onderscheiden.'

'Hebt u mevrouw Thorne onlangs nog gesproken?'

'U zult wat preciezer moeten zijn. Uiteraard heb ik wel gesprekken gevoerd met Mary.' Hij lepelde alles monotoon op, alsof hij een script voorlas.

'Hebt u haar gevraagd om uw valse alibi te bevestigen? En heeft ze u verteld dat ze dat niet zou doen?'

Alec Salter keek opzij naar zijn advocaat, die een licht hoofdknikje gaf. 'Ik heb een prettig gesprek met Mary gehad en ik realiseerde me dat ik me vergiste in de dag van onze ontmoeting. Dat lijkt me in deze omstandigheden niet zo gek.'

'Hebt u een seksuele relatie met mevrouw Thorne gehad?' Cobbett legde lichte nadruk op het woord 'mevrouw'.

Alec leek erover na te denken, alsof hij het een interessante vraag vond. 'Ik denk dat u het antwoord daarop al weet. We hebben een soort relatie gehad, ja.'

'Wist uw vrouw daarvan?'

Opnieuw leek hij even na te denken. 'Nee. Maar het kan zijn dat ze het vermoedde.'

'Denkt u dat er een verband geweest kan zijn tussen uw verhouding met mevrouw Thorne en de verdwijning van uw echtgenote?'

'Is het belangrijk wat ik denk dat er is gebeurd?'

'Ja.'

Alec haalde zijn schouders op. 'Ik weet het niet. Meer kan ik er niet over zeggen.'

Jukes kwam tussenbeide. 'Luister, meneer Salter, u lijkt zich niet te realiseren dat u zich in een benarde positie bevindt. U had een verhouding. U hebt ons twee valse alibi's gegeven. U zegt nu dat u zich niet kunt herinneren wat u deed op de dag dat uw vrouw verdween. U had een ongelukkig huwelijk...'

'Hoe kunt u nou weten of ik een ongelukkig huwelijk had?'

'U bedroog haar,' zei Cobbett.

'En ze was van plan u te verlaten,' voegde Jukes eraan toe.

'Hoe komen jullie daarbij?' Het was de eerste keer dat Alec Salter zijn zelfbeheersing verloor.

'Wist u dat niet?'

'Wat niet?'

Tony Fry legde een waarschuwende hand op zijn arm, maar die schudde hij ongeduldig af.

'Ik dacht dat u het wel zou weten,' zei Cobbett. 'Ze had een koffer met kleren ingepakt. Kleren voor uw dochter.'

'Voor Etty?'

'Ja.'

Alecs gezicht betrok. 'Ze zou het lef niet hebben.'

'Zegt u dat u niet wist dat ze van plan was bij u weg te gaan?'

'Ik wist het niet,' antwoordde hij langzaam. 'En ze zou Etty niet van me hebben afgepakt.'

Het werd stil in de kamer. Cobbett nam slurpend een slokje thee. 'U zult dus wel begrijpen waarom we u verhoren. U hebt huwelijksproblemen. U hebt een verhouding. U liegt tegen de politie.'

'Dat heb ik allemaal uitgelegd.'

'Alleen omdat wij erachter zijn gekomen,' zei Jukes.

'U hebt uw vrouw vermoord,' zei Cobbett.

'Nee.'

'U hebt haar vermoord en haar lichaam gedumpt.'

'Dat is niet waar.'

'Het is beter als u het ons vertelt. Denk aan uw kinderen en wat zij moeten doorstaan.'

'Ik heb Lottie niet vermoord.'

'Denkt u dat een jury u zal geloven?'

'Ik heb haar niet vermoord en u hebt geen bewijs om aan te tonen dat ik dat wél heb gedaan.'

Cobbett deed zijn mond open en weer dicht. Hij keek Jukes even aan.

'Hoe was uw relatie met Duncan Ackerley?' vroeg die.

'Met Duncan? Prima.'

'En wat voor relatie had uw vrouw met hem?'

'Ze waren bevriend.'

'Alleen maar bevriend?'

'Ja.'

'Zoals u en mevrouw Thorne?'

'Nee, niet voor zover ik weet. Lottie was bevriend met iedereen. U hebt mijn vrouw nooit ontmoet, maar ze gaf je altijd het idee dat je de belangrijkste persoon ter wereld was. Ze keek mensen aan, legde haar hand even op de hunne en ontfutselde hun vol medeleven hun geheimen. Iedereen was dol op Lottie.'

'U klinkt wat verbitterd,' merkte Jukes op.

'Waar was u op kerstochtend?' vroeg Cobbett.

'Buiten,' zei Alec. 'Vanaf ongeveer negen uur in de ochtend. Tot ik naar huis ging om me om te kleden.'

'Maakte u weer een wandeling?'

'Inderdaad.'

'Waar?'

Alec Salter haalde zijn schouders op. 'Ik liep in de richting van de kerk, geloof ik. Ik weet het niet meer precies. Ik loop nooit een vaste route.'

'Bent u bij Duncan Ackerleys huis in de buurt geweest?'

'Niet tot ik er aankwam voor de lunch.'

'Hebt u hem gezien?'

'Nee.'

'Hebt u iemand anders gezien tijdens het wandelen?'

'Niet dat ik me herinner.'

'Hebt u hem vermoord?'

Alec schonk hem een zuinig glimlachje. 'Jullie hebben helemaal niets, hè? Nou, ik kan jullie niet verder helpen.'

21

De telefoon in de overvolle crisiskamer bleef rinkelen en Cobbett moest zijn stem verheffen om zich verstaanbaar te maken. ‘Leg dat verrekte ding even van de haak!’

‘Het kan belangrijk zijn,’ zei Sally Peck.

‘Ik probeer hier verdomme mijn dagelijkse briefing te houden. Waar zijn we? Wat weten we inmiddels over Alec Salter?’

Hij ging het vertrek rond en liet de agenten om beurten hun verhaal doen. Hij had hoofdpijn. De vorige avond had hij te veel gedronken nadat Alec Salter was vertrokken, en daarna had hij de halve nacht wakker gelegen en nagedacht over alle vragen die hij hem niet had gesteld.

Dat kwam omdat er twee zaken speelden, waarvan hij niet eens wist of ze verband met elkaar hielden. En hij wist zelfs niet zeker of het om misdrijven ging: de vrouw die was verdwenen en die waarschijnlijk dood was, dat kon bijna niet anders, en de man die mogelijk was verongelukt, of misschien zichzelf wel van het leven had beroofd, of misschien ook door Salter was omgebracht. Alles was met elkaar vervlochten, alle data en tijden en alibi’s. Hij zou een spreadsheet moeten hebben of iets om een overzicht te krijgen, in plaats van dat anderen hem steeds nieuwe irrelevante informatie gaven.

Hij wist dat hij zijn man had, dat Alec Salter schuldig was, maar hij had bewijs nodig, en geen overbodige informatie die het onderzoek alleen maar vertraagde.

'Waar is Duncan Ackerley in de rivier beland? Heeft iemand zich daarmee beziggehouden?'

Het werd stil in het vertrek.

'In godsnaam, ik ben jullie kindermeisje niet,' zei Cobbett. 'Kam het gebied uit rondom de plek waar hij gevonden is. Er moet iets te vinden zijn. Ja,' zei hij geïrriteerd tegen Jukes, die zijn hand had opgestoken. 'Wat is er?'

'Nou, ik vroeg me af wat we moeten met die oude vrouw.'

'Welke oude vrouw?'

Jukes zwaaide met een velletje papier. 'Gwyneth Mayhew, ze woont in een bungalow aan Hazelwood Avenue.'

'Wat is er met haar?'

'Ik heb Sally geholpen de getuigenverklaringen te ordenen. En die vrouw heeft Charlotte Salter op de dag van haar verdwijning aan het begin van de avond nog gezien.'

'Wat? 's Avonds? Dat kan niet kloppen. Waarom weet ik daar niets van? Niemand heeft me dat verteld.'

'Jawel, hoor.'

Sally Peck zat met een hoop papieren om zich heen in een hoekje. Ze bloosde. 'Dat heb ík u verteld.'

'Ik heb nog nooit van die vrouw gehoord.'

'Ik heb het u wel gezegd, gisterochtend, maar u had het heel druk, dus...' Ze zag de blik op zijn gezicht en hield haar mond.

'Nou?'

'Ze heeft gebeld om te zeggen dat ze zeker weet dat ze mevrouw Salter op zaterdag 22 december aan het begin van de avond heeft gezien.'

'En?'

'Ze was niet helemaal zeker van het tijdstip. Maar na zes uur, zei ze, en voor kwart voor zeven, want dan eet ze haar avondmaaltijd.'

'Dat is onmogelijk.'

Het bleef stil in het vertrek, op de rinkelende telefoon na.

'Hoe oud is die vrouw? En haal die verdomde telefoon van de haak.'

'Ja, sorry. Eenennegentig.'

'Nou, dat verklaart een hoop. Hoeveel geloof moeten we hechten aan de verklaring van een eenennegentigjarige vrouw? Ze zal wel halfblind zijn. Hoe dan ook, wat was ze op dat moment aan het doen?'

'Ze zat aan het raam. Ze zei dat ze haar dagen daar doorbrengt om de wereld aan zich voorbij te zien glijden.'

'Ik ben hier niet over geïnformeerd,' hield Cobbett vol. Opeens had hij het bloedheet. Iedereen keek naar hem, afwachtend wat hij zou gaan zeggen. 'Ze is niet bepaald een betrouwbare getuige, toch? Als ze haar tijd doorbrengt met uit het raam kijken, is de ene dag precies hetzelfde als de andere. We weten allemaal hoe dat gaat met oudjes. Ze kan wel hartstikke seniel zijn.'

'Maar als ze gelijk heeft,' zei Jukes verontschuldigend, 'nou, dan zijn alle alibi's die we hebben verzameld niet meer relevant en...' Hij viel stil.

'Als ze gelijk heeft,' zei Cobbett nijdig, met een boze blik naar Sally Peck, 'dan zal "iemand" zich voor haar nalatige gedrag moeten verantwoorden.'

'Maar ik heb...'

'Ik heb geen tijd voor smoesjes. We moeten achter fucking nieuwe alibi's aan. En wel meteen.'

22

De bewoners van Glensted waren inmiddels gewend geraakt aan de aanblik van agenten die ergens aanbelden, in een groepje op een hoek stonden of in hun reflecterende jassen met walkietalkies en politiehonden bij de rivier liepen.

Er stonden twee agenten op de brug over de Heming. Ze waren eroverheen gelopen, richting Hemingford, en bukten onderweg steeds om naar voorwerpen te kijken en alles wat een aanwijzing kon zijn op te rapen: de dop van een balpen, sigarettenpeuken, een leeg colaflesje, een papieren bekertje met een restje koffie erin dat op de brugleuning stond. Nu liepen ze langzaam dezelfde weg terug.

'Wat is dit?' vroeg een van hen terwijl hij met een hand langs de leuning streek, tastend naar dingen die buiten het zicht waren.

'Laat eens zien.'

De agent hield een bril met hoornen montuur omhoog.

'Doe maar in een zakje. Kom, dan brengen we al die troep naar het bureau.'

Er stonden vijf vriendinnen van Etty bij de deur. Ze keken ernstig en bleven elkaar ongemakkelijke blikken toewerpen. 'Ga je met ons mee?' vroeg er een.

'Nu niet.'

‘Mogen we dan even binnenkomen?’ Rosa hield een cd omhoog die Etty niet herkende. ‘We kunnen er op je kamer naar luisteren en je hoeft niet eens iets te zeggen.’

‘Liever niet.’

‘We maken ons zorgen om je.’

‘Is dit een... hoe noem je dat? Een interventie?’

‘We zijn je vriendinnen. We zijn er voor je.’

Etty keek van de een naar de ander. ‘Ik kan het niet,’ zei ze. Ze zette een stap naar achteren. ‘Ik kan het gewoon niet.’

Snel ging ze naar binnen en sloot de deur voor haar vriendinnen. Ze hoorde bonkende muziek uit Ollies kamer komen en liep eropaf. Toen ze de deur openduwde, zag ze hem met twee vrienden op de bank zitten. Ze zaten te roken en dronken blikjes bier. ‘Hoi,’ zei ze, maar ze voelde zich een indringer.

‘We hebben het over Thailand,’ zei Rick, de eerste jongen met wie ze ooit had gezoend.

Ze staarde hem niet-begrijpend aan.

‘We gaan er in het nieuwe jaar naartoe,’ zei Ollie. ‘Dat weet je toch.’

‘Dat was ik vergeten. Maar stel dat...’

‘Stel dat wat?’

‘Laat maar.’ Ze liep de kamer uit.

23

Etty zat met Morgan aan de keukentafel terwijl Greg thee voor hen zette. Ze was bij hen langsgegaan omdat ze thuis even weg wilde en geen andere plek kon bedenken om naartoe te gaan. Maar zodra ze er was, wilde ze alweer weg. Morgan gluurde telkens door zijn groezelige bril naar haar en haalde zijn smalle schouders op bij alles wat ze zei. Greg deed duidelijk zijn best om aardig voor haar te zijn, maar hij leek moe en afwezig: mijlenver weg met zijn gedachten. En boven liep Frances door haar kamer te ijsberen.

Greg hoorde iets en liep naar het raam om te zien wat het was. Zijn silhouet tekende zich af tegen de koplampen van een naderende auto.

'Wat nu weer?' zei hij.

Toen ze de keuken in kwamen, voelde Etty een sprankje hoop, dat snel omsloeg in angst. Jukes werd vergezeld door een agente die ze nog niet eerder had gezien. Hij stond van de ene voet op de andere te wiebelen. Wat het ook was, het was geen goed nieuws.

'Hebben jullie iets ontdekt?' Morgans stem klonk angstig.

'Dat weten we niet,' zei Jukes. 'We willen iets laten zien wat we gevonden hebben.'

'Wat dan?' Greg zette een stap naar hen toe. 'Waar dan?'

Jukes gaf geen antwoord, maar haalde een bril uit het koffertje dat hij bij zich had en legde hem – nog in het doorzichtige zakje – op de keukentafel.

Meteen versnelde Gregs ademhaling, hoorde Etty. Ze wilde niet naar hem of Morgan kijken; dat voelde onfatsoenlijk.

'Nou?'

'Waar hebben jullie die gevonden?'

'Herken je hem?'

'Hij ziet eruit als mijn vaders oude bril,' zei Morgan pijnlijk traag.

'Ja,' zei Greg. 'Misschien wel, maar de meeste brillen lijken op elkaar, toch?'

'Maar hij lijkt op die van jullie vader?'

'Ja,' zei Morgan. 'Precies.'

'Misschien herkent jullie moeder hem wel.'

'Wat moet ik herkennen?' vroeg Frances vanuit de deuropening. Niemand had haar horen binnenkomen.

'Mevrouw Ackerley,' zei Jukes. 'Herkent u deze bril?'

Frances Ackerley liep naar de tafel. Ze droeg een dikke ochtendjas en haar gezicht was gezwollen. Ze boog voorover en tuurde naar de bril. Toen ging ze weer rechtop staan.

'Die is van Duncan,' zei ze.

'Daar bent u zeker van?'

'Ja. Hij heeft hem al jaren.'

'Dank u.'

'Waar hebben jullie hem gevonden?' vroeg Greg.

'Op de brug,' zei Jukes. 'De brugleuning.'

Etty wist niet hoelang de stilte precies duurde. Ze hield haar adem in.

Toen slaakte Frances een gesmoorde kreet en duwde ze haar hoofd tegen de muur.

'Nee,' zei Morgan. 'Als dat is wat jullie denken... nee.'

Greg staarde zwijgend naar de bril.

Etty zag het voor zich en voelde een knagende pijn diep in haar maag. Hoe hij naar de brug liep en vervolgens naar het midden ervan. Natuurlijk had Duncan zijn bril afgezet, om het bruine kolkende water onder hem maar niet te hoeven zien. Hij was op de leuning geklommen en vervolgens gesprongen; de lucht was uit zijn longen geduwd en langs zijn ogen gestroomd. De rivier had hem meegenomen, had zijn grote, sterke lichaam weggevoerd, mee met de takken en het afval, in de richting van de zee. Als hij niet aan de ketting van de boei was blijven haken zou hij misschien nooit zijn gevonden. Maar waarom? Waarom zou Duncan zich van het leven beroven?

'Dit is uiteraard van belang. Ik weet zeker dat inspecteur Cobbett jullie graag wat vragen wil stellen,' zei Jukes. 'Mag ik jullie telefoon gebruiken?'

'Nu?' zei Morgan.

'Moet dat meteen?' Greg gebaarde naar Frances.

'Kunnen jullie ze niet even met rust laten?' Etty viel woedend uit. 'In elk geval vanavond. Als wat jullie suggereren waar is, wat maakt die twaalf uur dan uit?'

'We komen morgenochtend wel terug,' zei Jukes, ongelukkig met de situatie.

Greg loodste Frances mee de keuken uit. Morgan zat nog steeds aan tafel, met zijn hoofd op zijn armen. Voorzichtig raakte Etty zijn schouder aan, maar hij reageerde niet. Zachtjes trok ze haar jas aan en verliet de keuken.

24

'Mevrouw Ackerley.' Cobbett kuchte luid. 'Hebt u enig idee of uw echtgenoot een reden kan hebben gehad om zich van het leven te beroven?'

Ze schudde langzaam haar hoofd.

'Had hij zorgen of was hij depressief?'

'Ik begrijp het niet.' Ze sloeg haar armen om zich heen en wiegde heen en weer. 'Ik begrijp het niet,' herhaalde ze. 'Ik zal het nooit begrijpen.'

'Had u het vermoeden dat uw echtgenoot een verhouding had met mevrouw Salter?'

Ze lachte bitter. 'U denkt dat hij zelfmoord heeft gepleegd omdat zij was verdwenen?'

'Nou ja, er gaan geruchten...'

'Dat heb je als je in een klein dorp woont.'

'Dus uw antwoord is nee?'

'Ik heb geen idee,' zei ze. 'Ik zou het hem niet kwalijk nemen. Wat moest hij anders? Ik bedoel, kijk mij nou.'

Cobbett keek naar haar. Ze was een grofgebouwde vrouw, maar onnatuurlijk dun. Haar kleren slobberden om haar lijf en haar ogen leken te groot voor haar magere gezicht. Ze had iets onverzorgds, alsof ze zichzelf al lang geleden had opgegeven.

'Ik ben ziek,' zei ze ongeduldig.

'Wat erg voor u.'

'Ziek in mijn hoofd.'

Cobbett mompelde iets. Hij wilde dat hij Sally Peck had meegenomen. Ze was een tegendraads type, maar zij zou wel hebben geweten wat ze moest zeggen.

'Ik zou het háár ook niet kwalijk hebben genomen,' vervolgde ze. 'Iedereen zag dat dat een slecht huwelijk was. Hij is een nare, wrede man,' voegde ze er vol walging aan toe.

'U bedoelt meneer Salter?'

'Natuurlijk bedoel ik meneer Salter. Weet u wat het laatste is wat hij tegen me heeft gezegd?'

'Meneer Salter?'

'Duncan.'

'Nee.'

'Hij zei: "Misschien moet je op zijn minst je haar borstelen, Frances. Doe voor de verandering een beetje moeite voordat onze gasten arriveren; doe het voor de jongens, niet voor mij." Dat was het laatste wat hij tegen me zei. Zo zal ik me hem altijd herinneren: dat hij tegen me zei dat ik me moest vermannen.'

'Ik begrijp dat dit pijnlijk voor jullie moet zijn,' zei Jukes tegen Greg. 'Was jullie vader de laatste tijd depressief?'

'Hij hield van het leven. Het slaat nergens op.'

'En had je vader iets met Charlotte Salter?'

'Hoe kunt u dat vragen?'

Jukes wachtte af. Buiten klonk het gekrijs van meeuwen. Het was een grijze, natte dag; de hemel was staalgrijs.

'Ze waren goed bevriend, meer niet. Je kunt toch ook gewoon vrienden zijn?'

'Weet je het zeker?'

Greg fronste zijn wenkbrauwen, keek langs Jukes uit het raam naar de rivier, waar hij het lichaam van zijn vader had gevonden. Hij zag er plotseling jong en onzeker uit. 'Weet u,' zei hij uiteindelijk, 'eigenlijk leken ze op elkaar, mijn vader en Lottie.'

'Ze leken op elkaar?'

Greg sprak langzaam, zoekend naar de juiste woorden.

'Ze waren sociaal. Hielden van plezier maken. Ze lachten graag. Ze vrolijkten elkaar op.' Hij dempte zijn stem alsof zijn moeder, die naar haar slaapkamer was gegaan, hem anders toch zou kunnen horen. 'Ik denk dat ze elkaar hielpen.'

'Op welke manier hielpen ze elkaar dan?'

'Ik bedoel...' Hij aarzelde. 'Ze hadden het allebei moeilijk.'

'Moeilijk?'

'U weet wel, in hun huwelijk.'

Opnieuw wachtte Jukes af tot Greg de stilte verbrak.

'Mijn moeder... eh... Het gaat niet goed met haar. Mijn vader is – was – min of meer haar mantelzorger.' Hij keek omlaag naar zijn eeltige handen. 'De afgelopen maanden heb ik het meer dan eens gezien. Ik werk momenteel met hem tot ik ga studeren. We kappen bomen, maaien de sportvelden, dat soort dingen.' Eindelijk rolden de woorden uit zijn mond. 'Het is vermoeiend en het kan eentonig zijn. Maar hij werkt...' Hij viel even stil en verbeterde zichzelf. 'werkte... de hele dag en daarna kwam hij thuis en zorgde voor mijn moeder. Hij was altijd zo opgewekt tegen haar, maar het moet hem heel veel moeite...'

'Nee!' riep Morgan.

Zijn bril was zo vies dat Jukes zijn ogen niet goed kon zien. Zijn kleren zaten onder de modder. Zijn haar was ongekamd. Hij zag er vreselijk slecht uit.

Zacht zei Jukes: 'Ik weet dat het pijnlijk is...'

'Het is niet zo! Het is afschuwelijk om zoiets te zeggen. Het kan me niet schelen of zijn bril op de brug lag. Mijn vader heeft mijn moeder niet bedrogen en hij heeft geen zelfmoord gepleegd. Zo zat hij niet in elkaar. Het was gewoon een stom ongeluk. En wie iets anders beweert, lult uit zijn nek.'

'Er is gisteren een brief voor mama gekomen,' zei Etty tegen Paul. Ze stak de rechthoekige envelop met Lotties naam en adres erop getypt omhoog.

'Heb je hem opengemaakt?'

'Nee, dat kon ik niet opbrengen.'

'Geef eens hier.'

Ze gaf hem de envelop, die hij met zijn vinger onder de plakrand openscheurde, waarna hij er een opgevouwen vel stevig wit papier uit trok.

'Wat is het?' vroeg Etty, die naar zijn gezicht keek.

'Een uitnodiging voor een sollicitatie.'

'Waar? Wat voor baan?'

'Bij een vakblad. *Hair and Beauty*. In Londen. Ze zijn verheugd haar te melden dat ze op dinsdag 8 januari om 11.30 uur een sollicitatiegesprek heeft.'

'Ze zocht werk,' zei Etty bijna dromerig. 'In Londen. Daar heeft ze niets over gezegd.' Ze liet Paul achter en liep de tuin in zonder een jas aan te trekken. De wind sloeg haar in het gezicht, liet haar haren wapperen, haar ogen tranen.

Traag liep ze langs de schuurtjes, langs de kleine vijver met eendenkroos, de vijver waarin de politie had gedregd, langs de appelbomen en de houten schommel. Ze dacht aan de koffer in Lotties kast, keurig ingepakt met kleren in haar eigen maat. Ze dacht aan de sollicitatie. Lottie was van plan geweest Alec te verlaten en had haar mee willen nemen. Ze had het allemaal in het geheim voorbereid, had dingen in gang gezet om een nieuw leven te beginnen, weg van Alec en Glensted – en toen was ze spoorloos verdwenen.

Met pijn in het hart besefte Etty dat haar moeder en zij maar een paar dagen verwijderd waren geweest van een nieuw leven.

25

Cobbett zette zijn mok op zijn bureau. Te dicht bij de rand. Hij viel eraf en kletterde op de vloer aan scherven.

'Nou,' zei Cobbett. 'Is er iemand die dat gaat opruimen? Sally?'

'Ja?'

'Veeg je dat even op?'

'Ik?'

'Ja, Sally, jij. En vlug een beetje, ik wil beginnen.'

Sally Peck stond op, haar hoofd een beetje gebogen. 'Waarom?'

'Pardon?'

'Waarom moet ik dat doen?'

'Omdat ik het zeg.'

'Ik heb u wel gehoord, maar...' Ze zweeg. Iedereen keek naar haar. Een van de mannen grinnikte. Ze liep het vertrek uit, stampend over de houten vloer.

'Oké,' zei Cobbett. Hij stond tegen zijn bureau geleund en achter hem hing een grote kaart van het gebied. Automatisch duwde hij zijn bril omhoog en hij liet zijn blik een tikje gespannen door het vertrek gaan.

Het groeit hem boven het hoofd, dacht Sally Peck tevreden toen ze terugkeerde met stoffer en blik. Met veel kabaal begon ze de scherven op te vegen.

'Het lijkt nu waarschijnlijk dat Duncan Ackerley zichzelf om onbekende redenen van het leven heeft beroofd. Misschien had zijn vermoedelijke zelfmoord te maken met Charlotte Salters verdwijning en misschien ook niet, maar het lijkt er dus niet op dat we in verband met zijn dood nog naar iemand op zoek zijn.' Hij keek geïrriteerd naar Ben Jukes, die nerveus zijn hand opstak. 'Wat is er?'

'En die hoofdwond dan? Dat is toch heel...'

'Niet belangrijk,' zei Cobbett luchtig. 'Die wond kan ons op het verkeerde spoor zetten. Het kan best dat hij zijn hoofd aan de brug heeft gestoten bij zijn sprong, of aan een steen of zoiets toen hij in het water terechtkwam.'

Het bleef stil.

Cobbett keek geërgerd de kamer rond. 'We hebben nog steeds een verdachte verdwijning,' zei hij, 'en we hebben nog steeds een hoofdverdachte.'

Hij zweeg even en keek nijdig naar Sally Peck, die op de grond gehurkt zat.

'Helaas, vanwege een aantal...' Hij zocht naar de juiste formulering. '... problemen met het ordenen van de zaak moesten we opnieuw beginnen met het natrekken van alibi's. Jim is verantwoordelijk voor het opzetten van een tijdlijn van de betreffende dag; alles wat jullie uitzoeken zal hij erin verwerken, zodat we een compleet beeld krijgen van wat er allemaal gebeurde in Glensted op de avond dat Charlotte Salter verdween.'

Hij sloeg zijn armen over elkaar en leunde achterover.

'Laten we bij jou beginnen, Ben, en bij de familie Salter.'

Ben Jukes las de verklaringen voor die hij had opgetekend.

Alec Salter was rond halfzeven bij de schuur aangekomen. Hij had toegegeven dat hij ongeveer twintig minuten weg was geweest en naar het huis van Victor Pearce was gegaan omdat hij dacht dat zijn vrouw daar misschien was. Maar er had niemand opengedaan en er brandde geen licht. Niall Salter was ook om halfzeven gearriveerd. Hij had ruzie gehad met zijn vriendin – inmiddels zijn exvriendin – en was om ongeveer negen uur naar buiten gegaan om een luchtje te scheppen. Hij had vaag gedaan over de vraag of er iemand met hem mee was gegaan. Paul Salter was rond dezelfde tijd aangekomen, maar hij was vroeg vertrokken, om kwart over negen, en rechtstreeks naar huis gegaan, terwijl Ollie Salter een halfuur later kwam, omstreeks zeven uur, en was gebleven tot het einde van het feest, maar wel een tijdje met wat vrienden buiten had gestaan.

'En het meisje?' vroeg Cobbett.

'Zij was er vroeg, met een groepje vrienden en vriendinnen, en ze is de hele tijd gebleven, ze is alleen even naar de telefooncel aan het einde van het pad gelopen.'

'Oké. We gaan verder. Trev, wat heb jij?'

Trevor Gilchrist stond op. Hij hield zijn notitieblok tegen zich aan geklemd.

Allereerst was hij naar Hazelwood Avenue geweest. De oude vrouw hield voet bij stuk dat zij Charlotte Salter aan het begin van de avond had gezien. Daarna had hij Victor Pearce ondervraagd. Die had bevestigd dat hij bevriend was met mevrouw Salter: ze bakte cakes en scones voor zijn café.

'Jaja,' zei iemand, en er werd gelachen.

Maar hij had ontkend dat hij een relatie met haar had, ging Gilchrist verder, al wist hij dat er geruchten gingen. Hij zei dat hij vermoedde dat Charlotte Salter eenzaam en rusteloos was, en hoewel ze het hem niet met zoveel woorden had verteld, had hij de indruk dat ze zich ongelukkig voelde in haar huwelijk. Hij beweerde dat hij haar op vrijdag 21 december voor het laatst had gezien. Ze had gezegd dat er een misverstand was dat ze moest ophelderen, maar had niet verteld waar het om ging. Hij had verondersteld dat ze zinspeelde op haar relatie met haar echtgenoot. De volgende avond was hij thuis geweest tot hij om ongeveer halfnegen naar het feest was vertrokken.

'Alec Salter zei dat er geen licht brandde bij Pearce toen hij daarnaartoe ging,' zei Ben Jukes. 'En Pearce beweerde dat hij thuis was, dus óf hij liegt óf Alec Salter is er niet geweest. Hij zei ook dat Alec

Salter op het feest ruzie met hem zocht en hem de schuur uit had geduwd.'

'En met Kerstmis?' vroeg Cobbett.

Op kerstavond was Victor Pearce naar Reading gegaan, waar zijn bejaarde ouders wonen. Hij was na Kerstmis weer thuisgekomen. Zijn moeder had dat bevestigd.

'Ik dacht dat Kerstmis niet meer van belang was,' mompelde Sally Peck.

Vervolgens stond Simon Foxall op, met een nerveuze grijns op zijn gezicht. Hij was teruggegaan naar het huis van de Thornes, zei hij, en hij had ze tegen elkaar horen schreeuwen voordat hij aanbelde. Hij was niet vriendelijk ontvangen. Ze hadden allebei gezegd dat ze de uren voor het feest en op het feest zelf samen hadden doorgebracht. En ze waren met Kerstmis ook de hele dag bij elkaar geweest.

Cobbett fronste ontevreden. 'Is er nog iemand anders die iets te zeggen heeft?'

'Ja.' Sally Peck stond bij de deur met de stoffer en blik nog in haar hand.

'Ga je gang.'

'Ik ben de deuren langsgegaan, zoals u had gevraagd. En ik ben een paar dingen te weten gekomen.'

'Zoals?'

'Nou, Niall Salter heeft een van de vriendinnen van zijn zusje staan aflebberen op het feest. Ze is nog maar vijftien. Ik denk dat hij daarom ontwijkende antwoorden heeft gegeven over zijn doen en laten die avond. En ik heb zijn ex gesproken, Penny Anderson. Hij heeft het de dag voor het feest met haar uitgemaakt. Ze zei dat hij zich de laatste tijd raar gedroeg. Hij was de hele middag niet op zijn werkplek, in tegenstelling tot wat hij beweerde. Ze was ernaartoe gegaan omdat ze met hem wilde praten.'

'Maar het doet er dus niet meer toe wat hij toen aan het doen was.'

'Het doet er wel toe dat hij heeft gelogen,' zei Sally Peck koppig.

‘En ik heb een man gesproken, Keith Palmer, die ook op het feest was. Hij had een polaroidcamera bij zich en daar hebben verschillende mensen foto’s mee gemaakt. Het zijn er heel veel en hij heeft ze mij allemaal gegeven. Ik heb ze nog niet bekeken, maar er kan iets op staan waar we wat aan hebben.’

‘Wat dan?’

‘Dat weet ik dus nog niet.’

‘Nou, jij bent lekker grondig te werk gegaan.’

Het klonk alsof dat onwenselijk was. Ze kreeg een kleur. ‘Het is ook zo druk. De telefoon blijft maar rinkelen en we hebben geen tijd voor iedereen die denkt relevante informatie te hebben. Ik heb geprobeerd de verklaringen die we tot nu toe hebben verzameld zo goed mogelijk op een rijtje te zetten zodat we er wijs uit kunnen worden, maar eerlijk gezegd is het een beetje een puinhoop, en u hebt tegen ons gezegd dat we een hoofdverdachte hebben, maar is het niet een punt van aandacht dat we het misschien in de verkeerde hoek zoeken? Want als dat het geval is, missen we...’

Ze zweeg. Cobbetts gezicht vertoonde onheilspellende paarse vlekken.

‘Vertel jij mij nou hoe ik mijn onderzoek moet leiden?’

‘Nee, helemaal niet. Ik wilde alleen maar...’

‘Als het je niet lukt om de dingen bij te houden weet je wat je te doen staat.’ En hij beende het vertrek uit.

26

Sally Peck en Simon Foxall hingen de polaroidfoto's op het prikbord, naast de tijdlijn en de grote kaart van de omgeving. Het waren er tientallen, sommige overbelicht of onscherp: de schuur van buitenaf, een donkere massa met eromheen een heleboel wazige lichtjes; kleine groepjes die poseerden voor de camera; Alec Salter van opzij, zonder glimlach; Alec Salter, op de rug genomen met zijn hand op de onderrug van een vrouw; drinkende of dansende mensen; gezichten van te dichtbij genomen waardoor de gelaatstrekken vervormd waren en de ogen rood van de flits. Duncan breed grijnzend. Er was een foto van de kinderen Salter, van wie alleen Etty gehoorzaam glimlachte. Op andere foto's leek Etty zich er niet van bewust dat ze werd gefotografeerd. Op één foto praatte ze met een oudere man en trok ze haar neus op; op een andere danste ze met drie andere jonge mensen; op de derde keek ze gespannen en ongerust.

Het was eenvoudig na te gaan welke foto's vroeg op de avond waren genomen en welke later. Sommige leken wel genomen door iemand die dronken was: je zag alleen een paar voeten of een middenrif, een half gezicht, een handtas die op de vloer lag. Sally Peck vroeg zich zelfs af of op enig moment een klein kind de camera te pakken had gekregen, want er waren foto's bij van een wazige groene krans, een grote soeplepel met uitgedrukte peuken erin, een onscherpe opname van het plafond en verschillende foto's die onmogelijk te duiden waren.

Ze hing ze toch allemaal op en daarna zetten Foxall en zij een stap achteruit om naar de niet bepaald veelbelovende collage te kijken.

'Ik geloof niet dat dit veel gaat helpen,' zei Foxall. 'Het zijn allemaal foto's van mensen van middelbare leeftijd die zich klem aan het zuipen zijn.'

'Ja, ik denk dat je gelijk hebt.'

'Rot voor je dat je het zo voor je kiezen kreeg.'

Ze haalde haar schouders op en probeerde nonchalant te klinken. 'Maakt mij niet uit,' zei ze, hoewel dat natuurlijk niet waar was.

27

De dag voor oudjaar stond er een onbekende vrouw op de stoep toen Etty de deur opende. 'Ja?' Ze verwachtte haar moeder al niet meer.

'We hebben elkaar al eerder even gesproken. Ik ben Alice Clayton van *The Herald*. Ik vroeg me af of je al van gedachten was veranderd en me nu wel wilt spreken. Of misschien dat je broers graag de kans zouden krijgen om hun kant van het verhaal te vertellen.'

'Waarom zouden wij met jou willen praten? Wat heeft dat voor zin? We krijgen haar daar toch niet mee terug.'

'Misschien niet. Maar haar verdwijning wordt zo wel onder de aandacht van het grote publiek gebracht. We kunnen foto's van haar plaatsen. Het kan zijn dat mensen zich herinneren haar te hebben gezien.'

Etty knikte weifelend.

'En de politie is nog niet bepaald ver gekomen, toch?'

'Nee,' zei Etty somber. 'Dat klopt.'

'Dus wat dacht je ervan?'

'Hoe gaat zoiets dan?'

'Wij praten gewoon wat met elkaar. Je vertelt me over je moeder, over wat je voelt, over het onderzoek. Ik publiceer niets zonder jouw toestemming.'

Etty kauwde twijfelend op haar onderlip. Ze droeg een gescheurde wijde spijkerbroek en een flanellen shirt over een katoenen coltruitje. Haar haar zat in een slordige vlecht. Alice Clayton zag dat haar nagels afgekloven waren.

'Het kan niet hier.'

'Geen probleem. Dan gaan we ergens anders heen.'

Etty knikte. 'Misschien naar het huis van mijn vriendin Kim,' zei ze aarzelend.

Maar nee, ze herinnerde zich toen pas dat Kim haar die ochtend had gebeld om te zeggen dat ze zou gaan winkelen. Ze had Etty meegevraagd, maar die had de gedachte aan de vrolijke lichtjes en drukke winkels niet kunnen verdragen en nee gezegd.

'Of in het café,' zei ze. 'In het centrum. Er is een zaaltje achterin, daar mogen we vast wel zitten van Victor.'

Ze gingen aan de tafel zitten en Victor bood hun, met grote, nieuwsgierige ogen, thee of koffie aan, maar ze wilden allebei alleen maar een glas water. Toen hij weg was en de deur achter zich had gesloten, legde Alice Clayton een kleine cassetterecorder op de tafel. Etty wierp er een nerveuze blik op.

'Dat is gemakkelijker. Zo hoef ik je niet te vragen te stoppen terwijl ik opschrijf wat je zegt. Mijn steno is niet zo best.'

'Oké.'

'En zoals ik al zei: ik publiceer niets zonder jouw toestemming.'

Ze drukte twee knoppen van de cassetterecorder in en boog zich naar voren om te controleren of hij het deed.

'Goed,' zei ze. 'Dat ding vergeten we nu gewoon. Misschien wil je eerst eens iets over je moeder vertellen, en over jullie samen.'

Het gesprek verliep in het begin nogal stijfjes, het was alsof Etty het over een vreemde had toen ze vertelde over Lotties familie, haar werk, haar interesses, haar mooie uiterlijk. Maar geleidelijk aan werd het minder ongemakkelijk en vertelde ze honderduit. Ze merkte dat ze het fijn vond om over haar moeder te praten tegen de journaliste, een jonge vrouw met een intelligent, sympathiek gezicht, die met haar hoofd een beetje schuin geïnteresseerd naar haar luisterde en af en toe een aanmoedigend geluid maakte.

Ze vertelde Alice Clayton dingen waarvan ze niet eens meer wist dat ze zich die nog kon herinneren: Lottie in een gele bikini die haar leerde zwemmen in Cornwall; Lottie die samen met haar zus Caroline, die was overleden toen Etty negen was, aangeschoten raakte, tot ergernis van Alec; Lottie die altijd moest huilen als ze samen naar *Dumbo* keken; Lottie die met Etty naar het huis van een vriendinnetje was gestapt dat haar op de basisschool had buitengesloten en had gezegd dat ze haar excuses moest aanbieden; Lottie die voetbalde met de jongens en Paul een keer zo hard had getackeld dat ze met hem naar de dokterspost moest; Lottie die een keer gigantisch kwaad op hen allemaal was geworden omdat ze van haar verwachtten dat ze alle rotzooi achter hun kont opruimde; Lottie die zich opmaakte voor de badkamerspiegel terwijl Etty op de rand van het bad zat toe te kijken; Lottie die Etty's voorhoofd vasthield terwijl die over de wc-pot gebogen zat te kotsen toen ze voor het eerst dronken was geweest; Lottie die met de vader van haar vriendin had geflirt, waarna Etty dagenlang geen woord meer tegen haar had willen zeggen; Lottie, op wie ze altijd apetrots was als ze haar bij de andere moeders op het schoolplein zag staan wachten, trots dat ze háár moeder was. En Etty wist ook nog dat ze op een avond was thuisgekomen en Lottie aan de keukentafel had zien zitten met zo'n verdrietig gezicht dat ze haar bijna niet herkende.

Ze vertelde Alice Clayton over de avond van het feest, over de verschrikkelijke dagen erna toen de politie het huis doorzocht en in de vijver dregde, ze vertelde wat er met Kerstmis was gebeurd, toen zij en Greg het lichaam van Duncan uit het water hadden gehaald, over de koffer waar kleren voor haar in zaten, over Lotties sollicitatiegesprek in Londen; ze zei dat ze zeker wist dat haar moeder nog leefde, dat ze zeker wist dat ze dood was, dat ze het zo erg vond om te gaan slapen omdat ze wist dat het dan de volgende ochtend als ze wakker werd opnieuw tot haar zou doordringen dat Lottie er niet meer was; ze vertelde over de dromen die ze had, dat dat soms nachtmerries waren waar ze met een schok en zwetend uit wakker schrok, maar dat haar moeder in andere dromen juist nog leefde, en dan soms heel griezelig deed. In een van die dromen had Etty haar kopje-onder getrokken om haar te verdrinken, ze zag nog steeds Lotties gezicht voor zich dat haar van onder water aanstaarde.

Ze had niet gemerkt dat ze huilde, maar toen ze stopte met praten was haar gezicht nat en plakkerig van de tranen.

'Ach, Etty,' zei Alice Clayton. 'Dat was heel mooi.'

'Bedoelde je zoiets?'

'Dit is nog veel beter zelfs.'

'Ik hoop dat mijn broers het niet erg vinden dat ik met je heb gepraat.'

'En je vader?'

'Dat kan me niet schelen. Ik haat hem. Zet dat er ook maar in als je wilt.'

'Dat kunnen we misschien beter niet doen.' Alice Clayton aarzelde even, maar toen zei ze: 'Het is zeker wel extra moeilijk voor jullie dat hij de hoofdverdachte is.'

'Weet je wat ik het allerergste zou vinden?' zei Etty geëmotioneerd. 'Als mijn moeder nooit wordt gevonden en ik nog twee jaar alleen met mijn vader hier moet wonen. En dat we er nooit achter komen of ze nog leeft of dood is, en ik haar de rest van mijn leven elke dag moet missen. Ik denk niet dat ik daar tegen zou kunnen.'

Alice Clayton reageerde niet. Ze zaten een tijdje zwijgend bij elkaar, met op de achtergrond het geroezemoes in het café dat door de dichte deur drong.

'Ik heb nu alleen nog een paar gegevens van je nodig. Je volledige naam is zeker Elizabeth?'

Etty knikte.

'En hoe oud ben je?'

'Vijftien.'

'Wat? O, shit.'

'Wat is er?'

'In de krant stond dat je zestien was.'

'Ja, een van de kranten had het verkeerd en nou schrijven ze dat allemaal.'

'Maar dan kan ik dit interview niet plaatsen. Je bent minderjarig.'

'Wat heeft dat er nou mee te maken? Ik heb toch zelf gezegd dat ik het wilde?'

'Het spijt me vreselijk, Etty, maar ik kan daar problemen mee krijgen. Het kan echt niet.'

'Dus ik heb al die dingen helemaal voor niks gezegd?'

'Luister, misschien kan ik toestemming vragen aan je...'

'Vergeet het maar,' zei Etty. Ze stond op en zette zich af tegen de tafel, waardoor het water over de rand van het glas klotste. 'Laat maar. En laat ons met rust.'

De foto van Lottie die Paul voor de poster had uitgekozen was vrij recent. Ze droeg geen make-up en poseerde niet, zoals anders. Ze glimlachte zelfs niet. Ze keek met een onderzoekende blik langs de camera. Haar donkerblonde haar zat in een losse staart en ze droeg haar tweed jas – de jas die bij de rivier was gevonden.

Etty en Paul liepen met de stapel posters door Glensted. Het was vroeg op de zondagavond, de dag voor oudjaar, en het was behoorlijk druk in het centrum. Er stonden mensen voor de pub te roken en alle tafels in het restaurant waren bezet. Toen Etty aan de overkant een groepje schoolvriendinnen zag, trok ze Paul snel mee een zijstraat in. 'Ik wil niemand tegenkomen,' zei ze gespannen. Kim was er ook bij, zag ze toen ze om de hoek keek. Ze had donkere oogschaduw op en een dikke laag mascara. Ze lachte. Etty bekeek haar alsof het iemand was die ze niet kende.

Ze hadden tape, spijkertjes, een hamer en een zaklantaarn bij zich. Ze plakten de posters op lantaarnpalen en hingen ze met de spijkertjes op bomen en hekken. Steeds opnieuw zag Etty het gezicht van haar moeder in een vaag schijnsel opdoemen uit het donker, onder de vraag HEEFT IEMAND CHARLOTTE SALTER GEZIEN?, tot die woorden geen betekenis meer hadden en het gezicht op de een of andere manier steeds mysterieuzer werd.

'Stel dat het weer gaat regenen? Dat zou kunnen. Of sneeuwen zelfs?'

Paul haalde zijn schouders op. 'Dan hangen we gewoon nieuwe op.'

Ze eindigden hun rondje Glensted bij de bushalte.

'Morgen doen we Hemingford,' zei Paul.

Op weg naar huis kwamen ze langs de posters. Hun moeder staarde langs hen heen, alsof ze een glimp opving van iets wat zij allemaal over het hoofd zagen.

Thuis ging Etty in de gang zitten, naast de misplaatste kerstboom. Ze keek naar het kleine pakje met haar naam erop, in het handschrift van haar moeder; pakte het en scheurde langzaam het papier eraf. Er zat een klein blauw doosje in. Ze maakte het open. Op de fluwelen voering lag een rond, gouden medaillon. Ze hield het een poosje in haar handpalm. En deed het toen om haar hals.

28

Oudjaarsavond brak aan en ging weer voorbij. In Glensted gooiden een paar dronken pubers een vuilnisbak door het raam van het restaurant en een meisje van veertien werd met een alcoholvergiftiging naar het ziekenhuis gebracht.

Alec zat whisky te drinken in zijn werkkamer, maar hij werd niet dronken, hij leek juist steeds nuchterder te worden. Hij werkte de stapel papieren op zijn bureau weg en ging naar bed voordat het twaalf uur was. Paul ging ook vroeg naar bed, voor acht uur al. Hij schoof de ladekast voor zijn deur zodat niemand hem kon storen, kroop onder de dekens en lag uren wakker; hij luisterde naar de muziek die ergens in de verte klonk en daarna naar het vuurwerk.

Niall was van plan om naar vrienden in Londen te gaan, want hij hield het bij zijn familie niet meer uit. Maar hij kreeg autopech op de A12. Toen het oude jaar plaatsmaakte voor het nieuwe, zat hij in de berm te huilen, terwijl er vrachtwagens langsraasden. Hij huilde nog steeds toen er iemand van de wegenwacht kwam.

Ollie was bij een groepje vrienden, oude klasgenoten. Ze begonnen in het huis van een vriend en stonden om twaalf uur op de brug. Ollie was erg stoned. Hij boog zich over de brugleuning heen en keek naar het kolkende bruine water in de diepte. Een meisje op wie hij altijd al een beetje verliefd was geweest legde haar arm om zijn schouders en vroeg hem waar hij aan dacht. 'Dat ik mijn moeder nu nooit meer terug zal zien,' zei hij. Ze schoof dichter tegen hem aan en drukte haar lippen op de zijne.

Etty was op een feest. Daar wilde ze niet zijn, maar alles was beter dan samen met haar vader thuiszitten. Haar vriendinnen deden erg hun best, maar hun medelijden en bezorgdheid maakten het allemaal alleen maar erger. Ze had een groenfluwelen T-shirt van Lottie aangetrokken en zich opgemaakt, maar toen ze voor de spiegel stond, vond ze dat ze net een clown leek. Kim wilde met haar dansen, maar Etty voelde zich zwaar en onbeholpen; ze kon gewoon niet goed op de muziek bewegen. Robbie lag in een hoek te zoenen met Gemma Thorne. Toen hij haar zag, keek hij weg. Ze had te veel gedronken en liep de tuin in, waar ze zich even liet zoenen door een jongen die een klas hoger zat, maar toen duwde ze hem keihard van zich af, vol walging. Ze wilde hem slaan, ze wilde kotsen, ze wilde wegkruipen in het donker en zich oprollen tot een bal. Toen weer iemand op zo'n afschuwelijk medelijdende manier vroeg hoe het ging, gromde ze iets en draaide zich om. Ze wist gewoon niet hoe ze de tijd door moest komen. Minuten leken eindeloos lang te duren, een kwelling was het. 'Gewoon stap voor stap,' zei haar moeder altijd als iets haar te veel werd. 'Niet te ver vooruitkijken.'

Maar ze kon het niet laten om ver vooruit te kijken; ze zag een lege, dreigende en onafzienbare toekomst voor zich. Lottie was weg. Niall, Paul en Ollie zouden ook weggaan. Dan bleef ze alleen achter met haar vader in hun huis, met die beangstigende leegte.

Ze dronk te veel, maar Morgan, die ook op het feest was, had zelfs nog meer gedronken. Hij lag buiten onder een rozenstruik te kotsen. Iemand moest naar hun huis hebben gebeld, want vlak voor twaalf uur kwam Greg hem ophalen. Hij hees Morgan overeind en trok hem mee naar binnen, waar iedereen net aan het aftellen was en juichend het nieuwe jaar begroette. Etty stond in een kring met feestgangers die elkaars hand vastpakten en 'Auld Lang Syne' begonnen te zingen. Ze zag dat Greg zijn schriele broertje meetrok naar de voordeur. Zijn gezicht stond grimmig. Hij zag er jaren ouder uit dan op de avond van het feest, negen dagen geleden.

Negen dagen geleden nog maar. Lottie was verdwenen en Duncan was dood en Etty wist niet hoe het leven ooit weer gewoon zou kunnen worden.

Alec werd opnieuw verhoord en opnieuw vrijgelaten.

De dorpsbewoners zagen Frances Ackerley langs de rivier lopen, schreeuwend, met haar losse haren wild wapperend in de wind. Sommigen vonden dat ze opgenomen zou moeten worden.

Geleidelijk aan droogde de stroom ovenschotels, koekjes, cakes en bloemen die werden gebracht op. Er kwam steeds minder post. En de media hadden steeds minder belangstelling.

In de crisiskamer in Glensted werd het minder druk. Het onderzoek dreigde vast te lopen. Er werden mensen van de zaak gehaald. Cobbett begon weer te roken. Hij schreeuwde vaker tegen zijn mensen dan anders en zijn vrouw was bang dat hij nog eens een maagzweer zou krijgen.

Sally Peck probeerde het papierwerk bij te houden en begon dingen in kartonnen dozen onder haar bureau te stoppen. Als de anderen naar huis waren, zat ze vaak nog documenten en getuigenverklaringen door te nemen, fronsend, ze kon er totaal geen wijs uit worden. De polaroidfoto's op het prikbord begonnen om te krullen.

Het ging sneeuwen, eerst alleen wat poedersneeuw die makkelijk wegwaaide, maar al snel dwarrelden er dikke vlokken naar beneden die de daken, de heggen en de velden bedekten, waardoor alles er ongerept en onherkenbaar uitzag.

De posters van Charlotte Salter raakten doorweekt en onleesbaar. Er werden andere posters overheen geplakt, over vermiste katten of aankomende concerten in Hemingford. Na een tijdje was er niets meer van te zien, behalve wat flarden die nog op een boom of een lantaarnpaal waren achtergebleven. Een half gezicht, een vrouwenmond, een paar woorden. Heeft iemand? iemand...

29

Halverwege de ochtend van de laatste maandag van januari liepen hoofdinspecteur Chettle en inspecteur Cobbett langs de oever van de Heming, op het punt waar de riviermonding breder werd en het land drassiger, waar het veranderde in een doolhof van slikken en stroompjes. Cobbett wilde dat hij van tevoren had geweten waar ze naartoe gingen, maar Chettle was zonder aankondiging op het politiebureau verschenen. Hij had een dikke jas aan en toen ze op een parkeerplaats vlak bij de rivier waren gestopt en uitgestapt, had hij daar zijn schoenen verruild voor rubberlaarzen uit de kofferbak van zijn jaguar. Cobbett droeg zijn grijze pak en leren schoenen.

Chettle snoof de frisse buitenlucht diep op. 'Heerlijk om buiten te zijn, hè?'

Cobbett keek naar zijn vieze schoenen en de modderspatten op zijn broekspijpen. 'Ik ben er niet echt op gekleed.'

'Het leek me goed om even weg te zijn van het bureau. Geen pottenkijkers. Niks officieels, hoor, alleen een openhartig gesprekje over waar we staan.'

Cobbett kreeg een knoop in zijn maag. Hij was al een tijd bang voor een dergelijk gesprekje. 'Ik hoop dat ik u goed genoeg op de hoogte heb gehouden.'

'Het duurt nu al een maand. Meer dan een maand.'

'Ja, het is heel frustrerend,' zei Cobbett.

Het pad versmalde, ze moesten achter elkaar lopen, Chettle liep voorop. Hij bleef staan en draaide zich om. 'In welk opzicht?'

Cobbett keek uit over het water. Er scharrelden een paar zeevogels in de modder. Het schiereiland stond bekend als vogelparadijs, mensen kwamen er speciaal voor naartoe, maar Cobbett kon de bijzondere vogels niet onderscheiden van de gewone alledaagse. 'We hebben ons vooral op Alec Salter geconcentreerd.'

'Denken jullie nog steeds dat hij zijn vrouw heeft vermoord?'

'Hij leek totaal niet van slag door haar verdwijning. En hij veranderde steeds zijn alibi, uiteindelijk had hij er zelfs geen. Ze hadden huwelijksproblemen. Het zou kunnen dat ze erover dacht om bij hem weg te gaan.'

'Leek,' zei Chettle. 'Zou kunnen.' Hij snoof. 'En verder?'

'Zijn kinderen denken dat hij ertoe in staat is.'

'Hebben ze dat gezegd?'

'Die indruk wekten ze.'

'Hebben jullie concreet bewijs dat ze dood is?'

'We hebben haar jas gevonden bij de rivier.'

'Dat weet ik, van die jas. Maar verder?'

Cobbett wilde dat hij tijd had gehad om zich voor te bereiden op dit kruisverhoor. Hij stond er nu alleen voor, zonder aantekeningen, zonder dossiers, zonder zijn mensen die hem konden helpen.

'Volgens haar gezin had ze geen kleding meegenomen. Haar paspoort lag nog thuis.'

'En haar handtas?'

'Haar portemonnee was wel weg, maar volgens de familie had ze die altijd bij zich.'

'En hoe zit het met die andere zaak?' vroeg Chettle.

'Duncan Ackerley. Ja, het lijkt nu vrijwel zeker dat dat zelfmoord was.'

'Motief?'

'Dat weten we niet. Maar het lijkt verdacht dat het zo kort na de verdwijning van mevrouw Salter was.'

'Hadden ze een verhouding?'

'Daar werd wel over geroddeld in het dorp. We houden rekening met alle mogelijkheden.'

'Alle mogelijkheden,' herhaalde Chettle. 'Godallemachtig. Is er niks concreters? Veelbelovende aanwijzingen?'

'Charlotte Salter zou een paar keer zijn gesignaleerd, dat zijn we aan het natrekken.'

'Ja, dat heb ik gehoord, dat ze is gezien. Een keer in Schotland en een keer op Mallorca.'

'Er hoeft er maar eentje te kloppen,' zei Cobbett.

Chettle wees om zich heen. 'Daarom wilde ik dus hiernaartoe, als twee spionnen die bang zijn te worden afgeluisterd. Hier kunnen we vrijuit praten. Zonder verslaglegging. We kunnen openhartig zijn, de ongezouten waarheid zeggen. Laat ik je eens vertellen wat een buitenstaander van dit onderzoek zou vinden. Wat de verdwijning van Charlotte Salter betreft: de lokale politie heeft het onderzoek zo laat opgestart dat de kansen om de zaak op te lossen vrijwel zeker zijn verkeken.'

Cobbett wilde hierop reageren, maar zijn baas stak zijn hand op en vroeg: 'Of vind je dat een onterechte samenvatting?'

'We moeten het doen met het bewijs dat we in handen hebben.'

'Dat is een algemene wijsheid waar de hoofdcommissaris waarschijnlijk niet erg enthousiast over zal zijn. Maar goed, we staan waar we staan, dus we kunnen er maar beter het beste van maken. Ik heb een paar ideetjes die ik met je wil delen. Als je die wilt horen tenminste.'

'Ja, natuurlijk, graag.'

'Er zijn verschillende mogelijkheden. Het kan zijn dat Charlotte Salter ervandoor is gegaan of dat ze is gaan zwemmen en is verdronken.'

Op een ijskoude decemberavond terwijl het feest dat ze had georganiseerd bijna zou beginnen, dacht Cobbett. 'Dat lijkt mij onwaarschijnlijk,' zei hij alleen maar, zonder een spier te vertrekken.

'Er is ook een andere mogelijkheid. Toen ik nog een groentje was, zei een oude rechercheur een keer tegen me dat je de zaken nooit onnodig moet compliceren. Dat de simpelste oplossing meestal de juiste is.'

Cobbett reageerde niet. Hij wist niet goed wat hij daarmee aan moest. En vooral niet wat de simpelste oplossing in deze twee zaken was.

'Begrijp je waar ik heen wil?' vroeg Chettle.

'Niet helemaal.'

'Ik wil jullie niet voorschrijven wat er moet gebeuren. Wat de conclusies moeten zijn. Het is jullie onderzoek.'

Dat woord 'jullie', dacht Cobbett zuur. Dat zou hij vast niet zo zeggen als ze de zaak hadden opgelost. Het voelde alsof hem iets in de maag werd gesplitst. 'U zei dat er nog een andere mogelijkheid was?'

'Zoals we weten zouden Charlotte Salter en Duncan Ackerley een verhouding gehad kunnen hebben.'

'Dat wordt beweerd, ja.'

'En trof Charlotte Salter heimelijk voorbereidingen om weg te gaan.'

'Daar lijken aanwijzingen voor te zijn.'

'Weg bij haar echtgenoot. Zo wordt het in elk geval geïnterpreteerd. Maar misschien wilde ze ook weg bij Ackerley. En misschien beviel hem dat niet.'

'Bedoelt u dat hij haar heeft vermoord?'

'Ik stel een bepaalde denkrichting voor. Het is het oudste motief dat er bestaat. Als ík jou niet kan krijgen, dan kan iemand anders dat ook niet.'

Cobbett kreeg het koud. Hij wilde dat het gesprek afgelopen was. 'Als hij Charlotte Salter heeft vermoord, wie heeft hém dan vermoord?'

'Hij heeft zich in een vlaag van wroeging van het leven beroofd. Zoiets heb ik tientallen keren gezien.'

Op dat ogenblik herinnerde Cobbett zich ineens dat Alec Salter had verteld dat hij golf speelde met Chettle. 'Wilt u dat we dat nader onderzoeken?'

'Ik wil dat jullie alles onderzoeken,' antwoordde Chettle. 'Dat spreekt voor zich. Maar ik krijg de indruk dat dit onderzoek vastloopt. Jullie geven gas, maar komen niet vooruit. Het kan natuurlijk zo zijn dat er in de komende twee weken belangrijke bewijzen opduiken. Misschien komt Charlotte Salter ineens weer thuis. Maar dat lijkt steeds onwaarschijnlijker. Op een bepaald punt moet er een einde aan het onderzoek komen, hoe dan ook. En het zou kunnen dat we er met de theorie die ik net heb ontvouwd min of meer een streep onder kunnen zetten.'

Cobbett keek achterom, alsof hij bang was dat iemand meeluisterde. 'Maar hoe doen we dat, in de praktijk?'

'Ik draag jullie natuurlijk niet op om dat te doen.'

'Nee, natuurlijk niet.'

'Maar op een bepaald moment kun je – tactvol – laten weten dat jullie ervan uitgaan dat Charlotte Salter dood is, vermoedelijk vermoord; dat jullie denken dat Duncan Ackerley door eigen hand om het leven is gekomen. En dat er niet naar andere verdachten wordt gezocht. Dat is een simpele manier om succes te claimen en het af te ronden. Maar dat is natuurlijk aan jullie. Nogmaals: het is jullie onderzoek.'

Cobbett dacht aan alles wat hij hierop zou kunnen zeggen, maar één blik van Chettle legde hem het zwijgen op.

'Dat is de vriendelijke versie,' ging Chettle verder. 'Dit is een informeel gesprek, officieus. Zodra wij weer terug zijn, is het openbaar, on the record. Mensen, ik niet uitgezonderd, zouden vragen kunnen gaan stellen over de voortgang van het onderzoek. Lastige vragen.' Hij sloeg zijn handen in elkaar, alsof hij ze warm probeerde te krijgen. 'Goed, dat zijn mijn overwegingen over de wending die het onderzoek zou kunnen nemen. Laten we maar eens teruggaan. Het wordt koud.'

30

Begin februari kwamen de vier kinderen Salter en de twee broers Ackerley bij elkaar in de boerderij.

Dat was Gregs idee geweest en hij nam blikjes bier en een paar pizza's mee die hij in een supermarkt in Hemingford had gekocht. Etty keek naar de gezichten van de anderen toen ze in de keuken zaten, bier dronken en slappe punten pizza naar binnen werkten.

Greg was afgevallen de laatste maanden en zijn blonde haar was langer. Hij streek het steeds uit zijn gezicht, dat bij een bepaalde belichting zo sterk op dat van zijn vader leek dat Etty's hart ervan oversloeg. Dat laatste beeld van Duncan Ackerley kon ze niet vergeten, het zou haar altijd bijblijven. Ze meed de rivier, zelfs de aanblik van de grote brug vond ze onheilspellend.

Ze had Morgan wel op school gezien, waar ze allebei met medeleven en gretige nieuwsgierigheid werden bejegend, maar ze deden hun uiterste best om elkaar te ontlopen. Ze wilde niet op hem lijken, zo overduidelijk verscheurd door verdriet: een nerveuze, puisterige, magere puber, die een paar jaar jonger leek dan hij werkelijk was. Nu zat hij over de keukentafel gebogen, zijn donkere haar viel voor zijn ogen. Sinds zijn binnenkomst had hij nauwelijks een woord gezegd.

De volgende ochtend vroeg zou Paul weggaan, naar de universiteit. Zijn koffers stonden gepakt in de gang en hij leek te zijn veranderd, alsof hij al onderweg was. Hij had een schoon blauw overhemd aan met opgerolde mouwen en zijn haar was pas gewassen. Hij had zich geschoren. Hij was klaar voor vertrek.

Ollie was die avond vrij mat. De voorgaande week was hij minder druk geweest dan anders, hij maakte vooral een uitgeputte indruk. Zo nu en dan wierp hij Etty een heimelijke blik toe, en ze wist waarom: hij voelde zich schuldig. Over twee dagen vertrok hij met drie vrienden naar Thailand. En dan bleef zij alleen achter met hun vader.

Niall was laat, en toen hij binnenkwam en tussen de anderen ging zitten, die allemaal jonger waren dan hij, leek hij niet op zijn gemak, niet op zijn plaats. Hij kwam niet meer elke dag even langs. Etty had hem al bijna een week niet meer gezien. Ze vroeg zich af of de dingen altijd zo gingen. Dat iets ondraaglijks verandert in iets wat je langzamerhand doorstaat. Omdat alles doorgaat.

'Het leek me een goed idee om af te spreken, omdat, nou ja, omdat het beter is om open kaart te spelen,' zei Greg. Hij klonk nerveus, schor. 'Ik had jullie ook wel bij ons willen uitnodigen, maar onze moeder is niet helemaal in orde. Maar goed, hier zitten we dus.'

Hij leek even niet goed te weten hoe hij verder moest gaan. Het bleef een tijdje stil.

Morgan keek op. 'De politie is bij ons geweest,' zei hij, ineens nogal fel. 'Fucking klootzakken.'

'Ze zijn ook bij ons geweest,' zei Ollie.

'Ze zeggen nu dat ze ervan overtuigd zijn dat onze vader zelfmoord heeft gepleegd,' zei Greg.

'En dat is echt achterlijk,' zei Morgan met overslaande stem. 'Het was een ongeluk.'

'En ze zoeken ook niet meer naar iemand die iets met de verdwijning van Lottie te maken heeft,' ging Greg verder. Hij balde zijn vuisten, ontspande ze weer. 'Ze zeggen dat ze een verhouding hadden en dat onze vader Lottie heeft vermoord en dat hij toen zelfmoord heeft gepleegd, uit wroeging.'

'Dat is echt gelul,' zei Morgan. Hij keek gespannen naar de Salters. 'Dat snappen jullie toch ook wel, hè? Dat hij Lottie niet heeft vermoord. Echt niet.'

Niemand zei iets. Niall schraapte zijn keel, wilde iets gaan zeggen, maar deed het niet.

'Volgens mij weet niemand echt iets,' zei Greg. 'Toch? Over alles. Dat maakt het alleen nog maar verschrikkelijker.'

'Ik geloof jullie,' zei Etty. Iedereen keek naar haar. Het gaf haar een gevoel van opluchting om dat te zeggen. Instinctief bracht ze haar hand naar het medaillon dat Lottie voor haar had gekocht en dat ze nooit afdeed. 'Ik geloof ook niet dat ze iets met elkaar hadden en dat ze iedereen bedrogen. Zo waren ze helemaal niet. En ik geloof ook niet dat Duncan haar heeft vermoord. Hij was een vriend van haar. Hij was ónze vriend. Ik denk dat degene die haar heeft vermoord...'

'Ze is niet dood,' onderbrak Paul haar. 'Ze is nog ergens.'

'Ze is dood,' zei Ollie. 'Jezus.'

'Ik denk dat degene die haar heeft vermoord,' zei Etty, harder nu, met een snik in haar stem, 'dat die boven in zijn werkkamer zit en dat hij denkt dat hij ermee wegkomt.'

Alec Salter zat in zijn werkkamer met de deur open en hoorde wat zijn dochter zei. Hij keek op van de papieren die hij aan het uitzoeken was en staarde uit het raam. Er bloeiden sneeuwklokjes in het natte gras, ze lichtten op in de schemering. Het zou al snel weer lente worden. Hij glimlachte.

Etty liet de broers Ackerley uit. In de gang trokken ze hun laarzen en jas aan. Morgan liep al de donkere avond in, met opgetrokken schouders, voorovergebogen tegen de oostenwind. Maar Greg talmde nog even. 'Komt het wel goed?' vroeg hij. 'Met jou, hier, bedoel ik?'

Etty keek hem lange tijd aan. 'Ga jij soms ook weg?'

'Ik denk het wel. Dat was ik steeds al van plan.'

'O nee, niet jij ook, hè!' flapte ze eruit. 'Wat moet ik dan?' Ze sloeg haar armen om hem heen, onder zijn dikke jas, en drukte haar gezicht tegen zijn borst. Ze rook de geur van houtvuur en voelde het regelmatige bonzen van zijn hart.

'Etty,' zei hij en hij streelde haar haar.

Ze hief met gesloten ogen haar gezicht op om te worden gekust, alleen al uit een behoefte aan troost, een verlangen om minder alleen te zijn.

Hij bracht zijn hoofd naar haar toe, maar maakte zich abrupt los, met een geëmotioneerde blik op zijn gezicht.

'Toe,' zei ze. 'Alsjeblieft. Niet weggaan.'

'Je redt het wel,' zei hij. Hij bukte zich en raapte iets van de vloer achter Pauls koffers op en gaf het aan haar: het engeltje dat op de top van de kerstboom had gestaan. Het had roze vleugels, een wit gazen jurkje met daaronder de klem waarmee het aan de boom werd bevestigd, en een geborduurde glimlach op het gezichtje.

'Tot ziens,' zei hij en hij liep de deur uit.

Etty keek hem na. Hij liep naar zijn broer: twee gedaantes die samen in het donker verdwenen. Ollie kwam de gang in en ging naast haar staan, en Paul en Niall ook. Geen van vieren zei iets.

De tranen stroomden over Etty's wangen, ze liet ze gaan, veegde ze niet weg. Ze draaide zich om en liep langzaam de trap op. Met het lachende engeltje in haar hand geklemd wenste ze dat ze dood was.

DEEL II

2022

31

'Wat zullen we hiermee doen? Weggooien?'

Etty keek naar het verfomfaaide engeltje dat Ollie omhooghield. Er ging zo'n krachtige golf van herinneringen door haar heen dat het bijna pijn deed.

'Nee, dat kunnen we niet weggooien,' zei Niall. 'Dat zette mama altijd op de top van de kerstboom als we die hadden opgetuigd.'

Met moeite verdrong Etty de herinnering aan Lottie die op een stoel stond en vol concentratie het engeltje vastklemde.

'Het is wel een beetje kapot,' zei Ollie. 'Maar we kunnen het misschien wel repareren.'

'We kunnen echt niet alles bewaren waar we herinneringen aan hebben,' zei Etty. 'Anders krijgen we het huis nog niet voor de helft leeg.'

Ollie haalde zijn schouders op en gooide het engeltje in een vuilniszak die al halfvol was.

'Zo gaat dit veel te lang duren,' zei Etty met een blik op haar horloge.

Ze waren in de woonkamer, die na tientallen jaren van verwaarlozing meer op een stationswachtkamer leek: gebarsten stucwerk aan het plafond, stoelen die op een rijtje stonden, de oude doorgezakte bank. Maar het raam stond wagenwijd open om de warme lentelucht binnen te laten, en Etty kon vanaf de plek waar ze stond de bloeiende kersenboom zien, en de oude kweeperenboom, en de strakblauwe lucht.

Alles was nog hetzelfde – de foto's op de schoorsteenmantel, de afbeeldingen aan de muren, de gele gordijnen die Lottie nog had genaaid, het kleed, al was het nu nog versletener – en toch was alles vreemd en onwerkelijk.

Ze kon zich niet eens herinneren wanneer ze voor het laatst in deze kamer was geweest. Twintig jaar geleden? Vijfentwintig? En nu waren ze er met z'n drieën in plaats van met z'n vieren. Nialls haar werd dunner en hij was dikker geworden, hij was sneller buiten adem als hij zich inspande. Ollie was nog steeds dun, maar beniger, hoekiger.

'We moeten een systeem verzinnen,' zei ze.

Niall legde een fotoalbum op tafel en blies het stof van de nepleren kaft.

'Was Paul er maar,' zei Ollie. 'Het voelt verkeerd om dit zonder hem te doen.'

Ze wilde iets terugzeggen, maar dat werd verhinderd door een boze stem van boven. 'Lottie! Waar ben je?'

Zonder iets te zeggen keken ze elkaar aan. Toen liep Etty de woonkamer uit, naar de trap. Ze keek omhoog. Ze had een beklemd gevoel in haar borst, haar ademhaling was onregelmatig en ze greep instinctief naar het ronde gouden medaillon om haar hals, alsof het een talisman was.

Haar vader kwam moeizaam de trap af, met één trede tegelijk. Hij hield met zijn ene knokige hand de leuning vast. De andere hand hield hij voor zich uit, alsof hij onzichtbare obstakels uit de weg wilde duwen. Zijn veters zaten los. Hij had een dik vest aan, hoewel het zacht weer was, en zijn witte haar moest nodig worden geknipt.

'Lottie?' vroeg hij.

Ze rechtte haar rug, stak haar kin naar voren en keek naar de man die ze al zo lang geleden uit haar leven had gebannen. 'Ik ben het, Etty.'

Het voelde vreemd om die naam uit te spreken. Zo heette ze al drie decennia niet meer: ze was Elizabeth, of Lizzie, voor de weinige mensen die ze in haar nabijheid duldde. Alleen hier, in dit leven dat ze was ontvlucht, was ze nog steeds Etty Salter.

'Etty? Etty is mijn dochtertje.'

'Ik ben jouw dochter.'

Hij fronste zijn wenkbrauwen. 'Ik ben niet gek.'

'Het is alleen lang geleden dat je mij hebt gezien.' Heel lang geleden, dacht ze. Ik ben gevlucht voor een bruut en kom terug bij een boze, aftakelende oude man.

'Beter laat dan nooit,' zei hij.

Er verscheen een jonge vrouw bovenaan de trap, slank, met donker haar. 'Alec!' zei ze en ze liep snel naar hem toe. 'Ik dacht dat je sliep!'

'Wie ben jij?'

Ze pakte hem bij de arm zodat hij wat stabieler stond. 'Ik zal even je veters strikken,' zei ze. 'Anders val je nog. Ik wist niet dat je wakker was geworden. Wil je naar beneden? Het is wel tijd voor een kopje thee.'

Hij keek haar aan, bijna verbaasd. 'Waar kom jij vandaan?'

'Dat weet je toch wel, Alec. Ik ben van het bureau.'

'Dat bedoel ik niet. Uit welk kloteland?'

'Ik kom uit Spanje. Dat weet je best.'

'Niet zo onbeschoft doen, papa,' zei Etty.

'Konden ze niet iemand uit Engeland vinden?'

Hoe dementer en asocialer hij werd, hoe meer hij leek op de vader van vroeger, dacht Etty. 'Hallo,' zei ze tegen de jonge vrouw, die zich naar haar omdraaide en naar beneden keek.

'O, ik zie je nu pas. Jij bent zeker Alecs dochter, Etty?'

'Klopt.'

'Ik ben Lucia, van de thuiszorg. Ik zorg voor je vader. Hè, Alec?'

'Nee. Waarom wil niemand me vertellen waar Lottie is?'

'Aangenaam, Etty,' zei Lucia. 'Niall heeft me al over je verteld.'

Ze liep voorzichtig met Alec verder de trap af.

'Lottie is dood,' zei Etty tegen haar vader. 'Ze is dertig jaar geleden verdwenen en niemand heeft haar sindsdien nog gezien.'

'Ga jij maar weg,' zei Alec boos. Hij schuifelde aan de arm van Lucia naar de keuken.

Etty ging niet terug naar haar broers, maar liep langzaam de trap op. Ze keek in Alecs oude werkkamer en zag dat dat nu een rommelhok was, vol met afgedankte spullen, stapels oude tijdschriften en boeken, kapotte meubels. Het was er zo vol dat het raam bijna niet zichtbaar was. Boven de troep zag ze dat een van de ruiten was gebarsten en dat er tussen het glas en het kozijn een rank klimop naar binnen was gedrongen.

Alecs slaapkamer sloeg ze over, dat kon ze niet aan. Ze liep over de overloop naar Ollies kamer, waar hij zijn tassen al had neergezet, langs Pauls kamer, waarvan ze de deur niet opende, en de trap op naar de zolder, naar haar oude kamer onder het schuine dak.

Het smalle ijzeren ledikant stond er nog, en naast de kleine wastafel stond dezelfde oude klerenkast, met lege hangertjes die rammelden toen ze de deur opende. Onderin lagen een paar oude witte gympies van lang geleden en een gekreukeld flanellen hemd. Haar poster van een vuurtoren hing half los, en achter de spiegel geklemd zat nog de strip foto's van Kim en haar, gemaakt in een fotohokje toen ze vijftien was. Het kleedje zag er aangevreten uit, misschien door muizen. De dunne blauwgeruite gordijnen zaten onder het stof.

Het uitzicht uit het kleine raam verbaasde haar. Waar vroeger de weilanden waren, stonden rijen nieuwbouwhuizen. De tuin achter de boerderij was verwilderd. Lotties moestuin en haar kruidentuin waren overwoekerd, maar de rozenstruiken bloeiden nog, een weelde van roze en wit.

Toen haar blik op de bocht van de rivier viel, draaide ze zich om.

In de woonkamer leken Ollie en Niall niet erg te zijn opgeschoten. Aandachtig bekeken ze een fotoalbum, waarvan ze de stugge bladzijden langzaam omdraaiden.

'Kom eens kijken, Etty,' zei Niall. 'Hier kijk je echt zo eng boos in de camera.'

'Nee, bedankt.'

'Is dat Morgan Ackerley?' vroeg Ollie. 'Ik herinner me die dag nog. Toen was jij met hem in de beukenboom geklommen en durfde hij er niet meer uit.'

Etty bleef staan waar ze stond. Ze wilde de foto's van de Ackerleys al net zomin zien als die van haarzelf.

'Heb je die laatste documentaireserie van hem gezien?' vroeg Ollie. 'Dat die Morgan zo beroemd is geworden. Wie had dat nou gedacht?'

'Hij heeft me een paar dagen geleden een appje gestuurd,' herinnerde Niall zich. 'Daar had ik nog op moeten reageren.'

'Waarover?' vroeg Ollie.

'Hij is hier. Met Greg. In Glensted. Ze willen met ons afspreken. Ik wist niet wat ik moest antwoorden.'

'Waarom wilde hij afspreken?'

'Hij zei dat hij dat beter persoonlijk kon zeggen.'

'Zou best interessant kunnen zijn,' zei Ollie.

'Zullen we dat doen?' vroeg Niall. 'Kijken wat ze willen?'

'Wat mij betreft niet,' zei Etty. 'Ik ga zondag terug.'

'Laten we dan vanavond afspreken.' Niall klonk weer als de grote broer die het voortouw nam. Hij pakte zijn mobiel en begon een berichtje te schrijven. 'Ik kom Frances weleens tegen,' vertelde hij toen hij het bericht had verstuurd.

'Hoe gaat het met haar?' Ze herinnerde zich Frances nog goed uit die afschuwelijke maanden na Duncans dood, toen ze radeloos en angstaanjagend verdrietig was.

'Ze is hertrouwd.'

'Dat vroeg ik niet.'

'Volgens mij gaat het best goed met haar.'

Zijn telefoon pingde en hij keek op het schermpje. 'Dat is snel. Morgan zegt dat ze vanavond kunnen. Hij zegt dat we wel bij Frances kunnen afspreken.'

'Nee,' zei Etty snel. 'Liever ergens in Glensted.'

'Bij Victor?' vroeg Niall.

Ollie keek op. 'In het café? Bestaat dat nog steeds?'

'Hij noemt het nu een wijnbar. Nog steeds van Victor Pearce inderdaad, en hij doet nog steeds alsof hij een hippie is.'

'Daar ook maar niet,' vond Etty.

'Veel meer keus is er niet in Glensted,' zei Niall. 'Het restaurant is al heel lang dicht. Of we kunnen naar de Anchor.'

Etty draaide zich om naar het raam en keek naar de woestenij die vroeger de tuin was. 'Oké, dan maar bij Victor,' zei ze na een korte stilte. 'Halfzeven?'

'Moet je deze van mama zien,' zei Ollie. Hij haalde een foto uit het doorzichtige hoesje en hield hem omhoog.

'Zo krijgen we het nooit af,' zei Etty, zonder te kijken.

'God, wat was ze toch mooi,' zei Ollie. 'Volgens mij ben ik dertig jaar op zoek geweest naar een vrouw zoals zij. Geen wonder dat mijn beide huwelijken op de klippen zijn gelopen.'

'Ik droom nog vaak over haar,' zei Niall plotseling. 'Jullie ook?'

'We hebben iemand nodig die ons helpt om door al die rotzooi heen te komen,' zei Etty en ze pakte haar mobiel.

'Ik dacht vroeger vaak dat ik haar zag,' merkte Ollie op. 'Dan reed ik ergens en dan dook ze ineens op, zag ik een glimp van haar op straat. Ik ben weleens achter haar aan gerend, en als zo'n totaal onbekende vrouw zich dan omdraaide, was ik verschrikkelijk teleurgesteld. Maar dat gebeurt nooit meer. Dat lijkt me een goed teken, toch?'

'Oké,' zei Etty. 'Volgens mij heb ik iemand gevonden.'

Ze wendde zich van haar broers af en toetste een nummer in. Toen ze de kamer uit liep, hoorden ze dat ze haar naam noemde. En toen ze een paar minuten later terugkwam, zei ze dat ze een vrouw had gebeld, Bridget Wolfe, die huizen en kantoren ontruimde en die grote en kleine klussen aannam en de volgende ochtend wel wilde komen kijken. 'Want dit gaat ons alleen niet lukken. We hebben amper een begin gemaakt.'

'Je had het eerst even met ons moeten overleggen,' zei Niall.

'Jullie hebben de afgelopen jaren al zoveel gedaan. Dat moet ook geen pretje geweest zijn.'

Niall begon te blozen. 'Iemand moest het doen. En eerlijk gezegd heeft Penny meer gedaan dan ik.'

'Ja,' zei Etty. 'Ik ben blij dat je Penny hebt.'

32

'Ik ben een beetje zenuwachtig.'

Greg Ackerley – brede schouders, blauwe ogen, blond haar dat al wat grijs begon te worden, ronde bril – leek tegenwoordig zo sterk op zijn vader dat Morgan soms dacht dat hij terug was in het verleden als hij hem zag.

'Kom op, we kennen ze al zo lang,' zei hij. 'Ik heb nog steeds het gevoel dat het een soort familie van ons is, niet alleen maar vrienden. Ook al zijn we ze uit het oog verloren.'

'En toch voelt het gek.'

De oude kroeg van Victor Pearce was nu een bar waar lokale tapas, wijn uit Suffolk en een paar cocktails werden geserveerd. Er hingen nog steeds aquarellen die te koop waren en Pearce was er ook nog steeds, maar hij was magerder en grijzer. Morgan had gezegd dat ze met z'n vijven kwamen, dus Pearce had twee tafeltjes tegen elkaar geschoven, bij het raam. Morgan zat met zijn rug naar de straat.

'Wil je niet herkend worden?'

'Doe niet zo gek.'

'Vinden de mensen vast leuk. Een plaatselijke beroemdheid.'

Morgan glimlachte. 'Vergeet het maar. Ze komen naar me toe en dan vragen ze wie ik ben. En als ik mijn naam zeg, vragen ze of ze mij laatst in een kookprogramma hebben gezien. En dan zeg ik nee en dan vragen ze waar ze mij dan wél van kennen. En dan zeg ik misschien van die serie over Rusland? En dan zeggen ze teleurgesteld van niet. Dus daarom zit ik met mijn rug naar het raam.'

Morgan werd er met de jaren alleen maar knapper op, dacht Greg met een licht gevoel van jaloezie. Dat schriele knaapje met zijn donkere bos haar en die trieste ogen achter de altijd smoezelige brillenglazen was uitgegroeid tot deze strakke vent met donker, artistiek warrig haar en een stoppelbaardje van een paar dagen. Hij droeg nu lenzen, en zijn spijkerbroek en katoenen overhemd waren schoon, fris en overduidelijk duur.

Hij keek over Morgans schouder. 'Volgens mij komen ze eraan. Niet omkijken, dat is zo opvallend.'

'Hoezo?'

'Ik zou haar nooit hebben herkend.'

'Etty?'

'Ze is slank, mooie kleren, volwassen en ze kijkt serieus. Iemand van middelbare leeftijd.'

Morgan lachte. 'Zijn wij dat niet soms?'

De deur ging open en de Salters kwamen binnen. Opeens leek de ruimte vol en levendig. Greg en Morgan stonden op, en heel even stonden de twee groepjes tegenover elkaar, bijna alsof ze van hun stuk waren gebracht door de vreemde, ongemakkelijke en wat onnatuurlijke situatie. Maar dat duurde niet lang: de mannen omhelsden elkaar aarzelend, Morgan stapte op Etty af, met gespreide armen, maar ze deinsde terug en stak haar hand uit, die hij schudde.

'Ach ja, dat hebben we door de pandemie wel geleerd,' zei hij. 'Dat we niet meer iedereen omhelzen.'

'Dat deed ik voor de pandemie ook niet, hoor,' zei Etty.

Het leek een grappige reactie, maar ze lachte er niet bij.

Voordat ze gingen zitten kwam Victor Pearce achter de bar vandaan naar hen toe. 'Ik hoorde al dat jullie terug waren!'

Etty keek Victor aan met die ogen van haar die zo sterk op die van Lottie leken, vond Greg. Ze leek verder niet op haar moeder, die vriendelijk en blond was en altijd lachte, maar tegelijkertijd was ze toch ook onmiskenbaar de dochter van haar moeder.

'Van wie hoorde je dat?' vroeg Ollie.

'Dat weet ik niet meer precies.' Victor keek naar Etty en was zichtbaar geroerd. 'Wauw. Hoelang is dat wel niet geleden?'

'Behoorlijk lang.'

'Je bent nooit afscheid komen nemen.'

'Etty vindt afscheid nemen overgewaardeerd,' beweerde Ollie.

'Je lijkt heel erg op...' begon Victor, maar hij slikte de rest van zijn woorden in.

'Nee, hoor,' zei ze. 'Niet echt.'

'Wat dachten jullie van een fles witte wijn?' vroeg Victor. 'Uit de buurt. Dat is iets nieuws, sinds...'

'Sinds onze tijd?' vroeg Ollie.

'Leuk om eens te proberen,' zei Morgan. 'Wij trakteren trouwens.'

'Wat heb je nog meer?' vroeg Etty aan Victor.

'We hebben ook rood, en de cocktail van de week is een speciale Glensted-negroni.'

'Voor mij een gin-tonic,' zei Etty.

'En willen jullie er iets bij?' vroeg Victor. 'Een vleeswarenplankje of een kaasplankje? Allemaal lokaal.'

'Prima,' zei Morgan. 'Doe maar allebei.'

'Uitstekend. Ik heb trouwens laatst op tv een documentaire van je gezien. Heel goed, vond ik.'

'Die over Rusland?' vroeg Morgan.

'Nee, volgens mij niet. Het ging over iets anders.'

Toen hij weg was, volgde er een ongemakkelijk gesprek over koetjes en kalfjes: sinds wanneer waren ze terug in Glensted, hadden ze al gezien dat er een nieuwbouwwijk verrees aan de rand van het dorp, wat was de kroeg veranderd en sinds wanneer was dat al zo?

Niall vroeg wat Greg deed, waarop die zijn schouders ophaalde en zijn ogen neersloeg. 'O, van alles,' zei hij, terwijl hij met zijn vinger over een noest in het tafelblad streek. 'Allerlei klussen.'

'Hij is te bescheiden,' zei Morgan. 'Hij helpt mensen uit de penarie als er iets met hun huis is. Lekkages, overstromingen, problemen met de elektriciteit, omgewaaide bomen. Hij doet alles. Hij kan alles fixen en daar heeft hij zijn beroep van gemaakt.'

'Ik zou het geen beroep willen noemen,' zei Greg.

'Doe je ook loodgieterswerk?' vroeg Niall. 'Want wij hebben een probleempje met...'

'Niall!' zei Etty fel. Niall bloosde beschaamd.

'Tuurlijk,' zei Greg. 'Zolang ik nog hier in de buurt ben, wil ik jullie best helpen.'

'Waar woon je nu?' vroeg Ollie.

'Een kilometer of tachtig naar het noorden, aan de kust. Heel mooi daar.'

'Zijn vrouw is adjunct-directeur op een school,' zei Morgan. 'En ze hebben een zoon, Mark, die studeert antropologie aan de universiteit. Ze hebben een erg leuke cottage aan zee. Die heeft Greg heel mooi opgeknapt.'

'Zien jullie wel?' merkte Greg lachend op. 'Morgan mag dan beroemd zijn, hij heeft nog steeds waardering voor de kleine man zoals ik.'

'Ja, ik wil mijn nederige afkomst niet verloochenen.'

Etty wierp een blik op Greg. Het was ineens alsof ze weer tieners waren, met die plagerige opmerkingen tussen de twee broers. Het leek wel of ze altijd op het randje van ruzie balanceerden. Ze had Morgans succesvolle carrière van een afstand gevolgd en was bijna vergeten dat hij de jongste van de twee was.

'En wat doe jij?' vroeg Morgan aan Ollie.

Ollie glimlachte als een boer met kiespijn. 'Wil je dat echt weten?'

'Dat wil ik echt weten.'

'Oké, ik werk voor een bedrijf dat spullen levert aan andere bedrijven.'

'Zoals wat?'

'Dat wil je niet weten, geloof me.'

Victor bracht de wijn en de gin-tonic, en daarna de borrelplankjes. Hij vertelde hoe alle kazen en vleeswaren heetten en waar ze vandaan kwamen. Hij had er ook wat lokale chutneys bij gezet. Toen hij weg was, schonk Morgan de wijn in en nam een slokje. 'Beter dan je zou verwachten,' zei hij. 'In elk geval beter dan het bocht dat ze hier vroeger schonken.' Hij liet de wijn in zijn glas walsen en kreeg een ernstige blik in zijn ogen. 'Het is ongelooflijk, maar volgens mij zijn wij voor het laatst allemaal samen geweest bij de begrafenis.'

'Toen waren we er niet allemaal,' zei Niall neutraal. Hij keek niet naar Etty, maar iedereen wist wie hij bedoelde. Ze reageerde niet, haar gezicht stond ijzig kalm.

'Ik kan het nog steeds niet geloven,' zei Morgan. 'Paul was zo bijzonder. Het is bij hem heel hard aangekomen, denk ik.'

'Het is bij ons allemaal heel hard aangekomen,' zei Ollie.

Morgan zuchtte. 'En nu zijn jullie dus hier vanwege jullie vader.'

'Klopt,' antwoordde Niall. 'Nou ja, ik woon hier natuurlijk nog steeds, maar Etty en Ollie zijn inderdaad daarvoor teruggekomen.'

'Lijkt me ook best een moeilijke situatie,' zei Morgan.

'Ja,' antwoordde Niall stug.

Morgan streek met zijn hand over zijn stoppelbaard en vervolgde wat zachter: 'Het is allemaal zo lang geleden, er is sindsdien heel wat water naar de zee gestroomd. Ik heb het gevoel dat er zoveel te bespreken valt dat ik niet goed weet waar we moeten beginnen, maar ik dacht dat het goed zou zijn om een toost uit te brengen om stil te staan bij dit moment. Maar waar we op zullen toosten weet ik niet zo goed.'

Etty nam een teug van haar gin-tonic en zette haar glas terug op tafel. Ze keek Morgan aan. 'Jij hebt contact gezocht met Niall. Je zei dat je wilde afspreken.'

Morgan glimlachte even. 'Grappig eigenlijk, jullie zitten allemaal aan die kant van de tafel en wij aan deze kant. Het lijkt wel een sollicitatiegesprek.'

'Ik vind het zo vreemd dat we elkaar helemaal uit het oog zijn verloren,' merkte Greg zacht op. Hij zag er terneergeslagen uit. 'Na alles wat er is gebeurd.'

'Wij moesten hier echt weg,' zei Ollie. 'En toen Paul...' Hij zweeg, kon het niet over zijn lippen krijgen. 'Het was alsof er een vloek op de familie rustte.' Hij keek opzij, naar Niall. 'Maar ik voelde me wel schuldig tegenover Niall. Omdat hij bleef. En de scherven moest opruimen.'

Etty dronk haar glas leeg en stond op. 'Ik ga even naar buiten.'

Ze zagen door het raam dat ze buiten op de stoep een sigaret opstak.

'Het verbaasde me dat ze niet op de begrafenis was,' zei Morgan. 'Ik dacht altijd dat Paul en zij zo close waren.'

Niall en Ollie keken elkaar even aan. 'Het ging toen niet zo goed met haar,' zei Ollie. 'Ze was niet echt in staat om een openbare gebeurtenis bij te wonen, wat een begrafenis natuurlijk is.'

'Ik heb haar een paar keer gegoogeld,' zei Morgan. 'Ik vond alleen dat advocatenkantoor waarvoor ze werkt. Zo te zien heeft ze het heel goed gedaan.'

'Ja, het is een slimme meid, onze Etty,' zei Ollie.

'Ik vroeg me af of ze getrouwd is, kinderen heeft. Dat stond niet op die website.'

'Nee, allebei niet.' Gespannen keek Ollie naar zijn zus buiten. 'Ik vind het een beetje ongemakkelijk om over haar te praten. We hebben tegenwoordig niet zoveel contact. Maar ze heeft al een hoop gedaan hier, ze heeft van alles geregeld voor onze vader. Zonder haar zouden we een stuk minder ver zijn. Al die juridische zaken en formulieren en zo. Heeft ze allemaal uitgezocht.'

'Ja, we hebben het gehoord, over Alec,' zei Greg. 'Dus hij gaat naar een verpleeghuis?'

'We dachten eerst dat we het wel met thuiszorg konden redden,' zei Niall. 'Maar hij is altijd al lastig geweest.' Hij keek moedeloos. 'Wisten jullie natuurlijk al. Lucia van de thuiszorg is geweldig, maar hij is nu nog lastiger dan vroeger.'

Etty kwam weer binnen, bestelde nog een gin-tonic en ging zitten.

'Ik vind het fijn dat we konden afspreken,' zei Morgan, die de draad weer oppikte. 'Want we zijn hier allemaal door getekend. Ik denk dat jullie en wij eigenlijk de enigen zijn die echt snappen wat onze gezinnen hebben doorgemaakt.'

Zonder een glimlach of knikje vroeg Etty: 'Je bedoelt dat we ons allemaal hebben moeten afvragen of onze vader een moordenaar is? Is dat de overeenkomst?'

'Jezus, Etty!' Ollie keek Morgan verschrikt aan. 'Niall zei dat je ons wilde spreken, persoonlijk. Was dat alleen om elkaar weer eens te zien?'

Morgan nam een slok wijn. Toen hij antwoordde, zat hij helemaal in zijn rol van presentator, zoals ze die van tv kenden: ervaren, welbespraakt. 'Ik ben inderdaad blij om jullie weer eens te zien. We hebben jullie gemist. Maar we willen jullie ook iets vertellen voordat jullie het op een andere manier te horen krijgen. Dertig jaar geleden is er iets verschrikkelijks gebeurd, zijn er twee mensen overleden, en in beide gevallen is daar nooit duidelijkheid over gekomen. De politie heeft het onderzoek gewoon stopgezet. Ze hebben tegen ons gezegd dat ze na het overlijden van onze vader niet meer verder zochten. Ik denk dat Greg en ik dat eigenlijk nooit goed hebben kunnen verwerken. We waren enorm aangeslagen, getraumatiseerd of hoe je het ook wilt noemen, en we zijn daarna elk onze eigen weg gegaan, hebben ons eigen leven geleid, een eigen carrière opgebouwd. Maar het was er altijd, het zat altijd in ons achterhoofd.' Hij keek naar de anderen aan de overkant van de tafel. 'En ik denk dat jullie dat ook zo hebben gevoeld.'

Niemand zei iets. Etty keek uit het raam, niet naar hem.

'We hebben het er in al die jaren vaak over gehad hoe we wat er is gebeurd moesten verwerken,' ging hij verder. 'Hoe we het een plekje moesten geven, om die afschuwelijke uitdrukking maar eens te gebruiken.'

'En hoe moeten we dat dan doen?'

'We hadden een idee en we willen jullie daar graag bij betrekken, voor zover jullie daar tenminste toe bereid zijn. We zouden het fijn vinden als jullie eraan meewerken. We zijn een podcast aan het maken.'

Niall en Ollie keken elkaar aan. Etty bleef stoïcijns voor zich uit kijken.

'Een podcast?' vroeg Niall. 'Hoe dan? Wat voor podcast?'

'We willen het verhaal vertellen van wat er is gebeurd, maar niet alleen dat. Het gaat er eigenlijk om dat we het op een of andere manier voor onszelf willen begrijpen, als een manier om verder te kunnen.'

'Je bedoelt dat jullie met z'n tweeën in een microfoon gaan zitten praten?'

Morgan glimlachte. 'Daar zou niemand naar willen luisteren. Nee, we willen alle betrokkenen gaan interviewen. Dit is niet alleen ons verhaal. Het is de tragedie van onze twee gezinnen, maar ook een tragedie van een hele gemeenschap én van een systeem dat ons in de steek heeft gelaten.'

Voor het eerst verscheen er een heel vage glimlach op Etty's gezicht. 'Maar wat willen jullie dan van ons?'

'Het is net zo goed jullie verhaal als het onze. Het zou heel fijn zijn als we jullie ook konden interviewen. We willen iedereen zijn eigen kant van het verhaal laten vertellen, zodat alle betrokkenen goed aan bod komen.'

'Worden jullie daarvoor betaald?' vroeg Ollie.

Morgan schudde zijn hoofd. 'We doen het voor onszelf. En voor jullie, natuurlijk. We vinden het gewoon een verhaal dat verteld moet worden. Misschien hebben we er allemaal iets aan. Misschien werkt het therapeutisch. Dat hoop ik tenminste.'

'Wanneer willen jullie dat gaan doen?' vroeg Etty.

'Eerlijk gezegd hebben we al een paar gesprekken gevoerd. We hebben met wat mensen in het dorp gesproken, wat voorbereidend werk gedaan. Maar de hoofdlijn is uiteraard de verdwijning van jullie moeder. We zullen heel respectvol en empathisch te werk gaan en we zouden het fantastisch vinden als jullie zouden willen meewerken. Als jullie daar comfortabel mee zijn.'

'Het overvalt me wel, zeg,' zei Niall verbluft. 'Weten jullie zeker dat jullie dat allemaal willen oprakelen?'

'Wij hebben nooit kunnen geloven dat onze vader een moordenaar was,' zei Morgan. 'Toch, Greg?'

Greg aarzelde. Etty zag dat hij de juiste woorden probeerde te vinden, net zoals vroeger. Iedereen wachtte af wat hij zou gaan zeggen.

'Laat ik eerlijk zijn,' zei hij na een tijdje. 'Ik weet niet wat er is gebeurd en ik weet ook niet goed wat ik ervan vind. Toen Morgan met dit idee kwam, schrok ik daar eerst nogal van, om te gaan spitten in het verleden. Maar toen bedacht ik dat ik op mijn gevoel af moest gaan, en dat ik er dus aan mee moet doen. Want onze vader was een goed mens.'

'We moeten gewoon maar kijken wat we kunnen ontdekken,' merkte Morgan op.

'Maar als jullie vader niet de moordenaar is,' zei Ollie langzaam, 'bedoel je dan dat het onze vader was? Wordt dat de clou van de laatste aflevering?'

'Ik heb nog helemaal niet nagedacht over de laatste aflevering.'

Etty dronk haar glas leeg en stond op. 'Ik ben hier wel klaar,' zei ze. Ze keek naar haar broers. 'Ik ga naar het huis.'

'En die podcast?' vroeg Greg.

'Daar wil ik niks mee te maken hebben.'

'Maar we willen jou ook de gelegenheid geven om jouw kant van het verhaal te vertellen.'

'Ik heb geen verhaal.' Ze trok haar jas aan en liep weg, maar draaide zich nog even om. 'Je kunt de doden niet aanklagen. Ik neem aan dat jullie dat hebben gecheckt. Maar kijk goed uit met wat jullie gaan beweren over iedereen die nog leeft.'

'We willen alleen de waarheid weten,' zei Greg.

Etty schudde langzaam haar hoofd. 'De waarheid,' zei ze. 'Echt, hè.' Ze deed de deur open en beende weg, met wapperende jaspanden.

'Wat is ze is veranderd,' zei Morgan toen ze terugliepen naar het huis van Frances. 'Ze was altijd zo hartelijk en...' Hij aarzelde, dacht na. 'Zo sprankelend.'

Greg zei niets terug. Hij dacht aan het tienermeisje dat haar armen om hem heen had geslagen en haar gezicht naar hem had opgeheven om te worden gekust, aan haar betraande ogen.

'Ze heeft er erg onder geleden,' zei Morgan. Het was alsof hij oefende voor wat hij in de podcast wilde gaan zeggen. 'Ze heeft moeten leren om zich staande te houden in een wrede wereld.'

'Ze was nog maar een kind,' zei Greg. Het klonk alsof hij het tegen zichzelf had.

'Ik was ook nog maar een kind. Maar wij tweeën zijn er uiteindelijk doorheen gekomen. En zij allemaal niet, dat gevoel krijg ik tenminste.'

33

Etty werd de volgende ochtend al wakker toen het licht begon te worden. Ze had de gordijnen niet dichtgedaan en het kleine raam was een helder zilverblauw vierkant. Ze bleef een paar seconden heel stil liggen en keek de kamer rond waarin ze bijna dertig jaar geleden voor het laatst had geslapen.

Abrupt kwam ze overeind, ze zwaaide haar benen over de rand van het bed, liep naar het raam en deed het open om frisse lucht binnen te laten. Het begon nu al warm te worden. In de verte stonden de populieren zacht te glinsteren in de ochtendbries.

Snel trok ze een spijkerbroek en een T-shirt met lange mouwen aan, poetste haar tanden boven de kleine wastafel, pakte haar notitieboekje en een pen en ging naar beneden. Het was nog stil in huis, maar toen ze langs de kamer van Alec kwam, hoorde ze zijn stem.

'Nee,' zei hij. 'Rot op.'

Etty bleef even staan, met haar hand op de trapleuning.

'Schijterd,' schold hij, bijna onverstaanbaar. Hij maakte een laag keelgeluid dat het midden hield tussen een lach en een kreun.

Zachtjes liep ze verder naar beneden. Dezelfde trede die nog steeds kraakte. Dezelfde klok aan de muur, die haar nu vertelde dat het vijf voor halfzes was. Ze trok de stevige schoenen aan die ze in de gang had laten staan, deed geluidloos de voordeur open en ging naar buiten.

Van Lotties tuin was niets meer over. Natuurlijk niet. In de laatste anderhalf jaar dat Etty hier nog had gewoond, met alleen Alec, had de natuur het al gewonnen, waren de bloembedden al overwoekerd met onkruid en stond de moestuin vol brandnetels en kruiskruid. Nu was de tuin één grote wildernis. De appelboom was dood en overal stonden verwilderde braamstruiken.

Ze liep door de tuin, langs de stinkende vijver, die bedekt was met een laag eendenkroos, langs de bouwvallige schuurtjes. Ze vond de kweeperenboom, waar nog wat slappe roze bloesems in zaten, en ging eronder zitten, ook al was de grond nog vochtig.

Met een zucht sloeg ze haar notitieboekje open en ze haalde de dop van de pen, maar bleef een tijd zo zitten, zonder iets te schrijven. Ze stak een sigaret op en nam een paar trage trekjes; de rook kringelde en verdween tegen de blauwe lucht. Allerlei gedachten en beelden kwamen in haar op. Daarom was ze hier nooit meer teruggekomen: alles wat ze zag, bracht herinneringen naar boven en elke herinnering was een valkuil.

Ze wist dat ze zich de vorige avond onaangenaam had gedragen. Greg en Morgan hadden verbluft gereageerd: de vrolijke, levenslustige Etty van vroeger was veranderd in een bruuske, koude en harde vrouw. Maar ze had het tenminste overleefd.

Snel bladerde ze naar het to-dolijstje, genoteerd in haar nette schuine handschrift. Makelaars bellen. Laatste afspraken met pleeghuis. Laatste rekening thuiszorg betalen. Volmachten regelen voor haar en haar broers. Gas en licht opzeggen.

Ze keek naar de boerderij, naar het dak, waaruit een paar dakpannen ontbraken, naar het afbrokkelende pleisterwerk, de lekkende goten, de afbladderende verf van de kozijnen. Het huis zag er zo verwaarloosd uit dat het nu al leeg en verlaten leek.

In de keuken was Lucia bezig met het ontbijt voor Alec. Ze had een wijde witte badjas aan en vlechtjes in haar haar. Ze zag er jong en fris uit, niet op haar plaats in het verwaarloosde huis.

'Hoelang werk je al in de zorg?' vroeg Etty, terwijl ze in de keukenkastjes op zoek was naar de koffie.

'Nog maar een halfjaar. Ik spaar voor een wereldreis met mijn vriend.'

'Bevalt het werk je?'

Lucia haalde haar schouders op. 'Soms. Het hangt helemaal af van de cliënt.'

'En hoe vind je het hier?'

Lucia brak een ei boven een kom en keek Etty met een openhartige blik aan. 'Jullie vader is niet altijd makkelijk.'

'Nee.'

'Soms zegt hij afschuwelijke dingen.'

'Wat naar voor je.'

'Maar dan zeg ik tegen mezelf dat dat door zijn ziekte komt. Hij heeft een hersenaandoening. Hij is het niet zelf en het is niet persoonlijk bedoeld.'

'Hij is nooit makkelijk geweest,' zei Etty.

'Hij heeft het heel vaak over jou.'

Etty huiverde inwendig. Ze draaide zich om en schepte koffiebonen in de oude koffiemolen, nog steeds dezelfde.

'Hij heeft meer door dan je zou denken. Hij vraagt vaak wanneer je thuiskomt.'

'Tja, en nu ben ik er.'

Door het keukenraam zag ze een auto te hard de oprit op rijden en met opspattend grind tot stilstand komen. Een jong meisje zat met een gezicht als een donderwolk achter het stuur. Niall zat naast haar en was haar zo te zien aan het uitfoeteren. Etty zag dat er een bordje met een grote letter L voor op de auto was bevestigd.

Ze stapten uit, sloegen allebei keihard het portier dicht. Daarna ging een van de achterportieren open en stapte er nog iemand uit. Etty zou Penny overal herkennen: ze droeg haar haar, dat inmiddels grijs was geworden, nog steeds in een bob, ze had nog dezelfde wilskrachtige uitdrukking op dat sprekende gezicht met die scherpe kaaklijn, en ze liep nog steeds kaarsrecht, met zwaaiende armen, alsof ze een inspannende wandeltocht maakte. Etty had haar altijd graag gemogen, en nu ze haar langs haar boze echtgenoot en dochter op het huis af zag stappen, kreeg ze de indruk dat dat nog niet was veranderd.

'Hallo, Etty,' zei Penny toen ze de keuken binnenkwam, alsof ze elkaar de vorige week nog hadden gezien. 'Ha, Lucia. Alles goed?'

'Prima.'

'Jawel, hoor,' zei Etty. 'Wil je koffie?'

'Graag. Het was een onrustig ritje hierheen, en dat is nog zacht uitgedrukt. Onze jongste, Mia, heeft haar voorlopige rijbewijs en moet binnenkort rijexamen doen. Als je het over de duvel hebt... dit is Mia. Mia, dit is je tante Etty.'

Mia had een bos ongekamd haar en een gezicht vol piercings. Ze had een naveltruitje aan, waardoor je kon zien dat ze ook een piercing in haar navel had. Ze keek woedend. 'De verloren gewaande tante.'

Etty glimlachte niet en stak haar hand niet uit. Ze staarden elkaar aan, maar toen brak er een grijns door op Mia's gezicht waardoor ze er ineens heel jong en lief uitzag. 'Cool,' zei ze.

Zwetend en met een rood gezicht kwam Niall binnen. 'Zijn we erg laat?'

'Vroeg juist. Ollie is nog niet op.'

'Jawel, hoor!' klonk het vanuit de gang.

Ollie kwam de keuken binnen, met een slaperig, ongeschoren en pafferig gezicht en in een overhemd dat half openstond. Hij zag Penny, Mia en Lucia en zwaaide even. 'Goeiemorgen allemaal. Lang niet gezien, Penny.'

'Heel lang,' zei ze.

'Is er nog koffie?'

'Nee.' Etty voelde aan de koffiepot. 'Maar er zijn nog wel bonen.'

'Ik zet wel even nieuwe,' zei Lucia.

'Nee, hoor,' zei Etty. 'Een disfunctionele familie bedienen valt niet binnen je functieomschrijving.'

'En, wat is het plan?' vroeg Penny.

'Er komt zo een vrouw langs, Bridget Wolfe. Ze doet allerlei soorten boedelopruimingen. Ze komt eerst even kijken om in te schatten hoeveel werk het is en dan zal ze wel een offerte maken, neem ik aan.'

'Ik dacht dat we het meeste zelf zouden doen,' merkte Penny op.

'Nee. Want dan zou het weer op jou en Niall neerkomen, net zoals bijna alles de afgelopen dertig jaar. Waar we jullie trouwens ontzettend dankbaar voor zijn, hè, Ollie?'

'Jezus, nou en of,' zei Ollie met volle mond; hij had net een hap van een dikke snee witbrood genomen.

'Mag ik die oude olielamp voor op mijn kamer?' vroeg Mia.

'Nee,' zei Penny.

'Waarom niet?'

'Omdat er heel veel andere gegadigden zijn en omdat die lamp brandgevaarlijk is.'

'Alleen omdat...'

Niall wees naar haar. 'Hou toch eens één keer even je mond.'

'Lottie!' klonk het gesmoord en klagerig van boven. 'Lottie, waar ben je? Ik ben het zat om zo lang te wachten!'

Bridget Wolfe kwam aanrijden in een grote witte bus met een roestige achterklep en zonder nummerbord. Toen ze uit de auto stapte, zag Etty dat het een kleine vrouw was van een jaar of vijfenveertig, met kortgeknipt haar en donkere, bijna zwarte ogen. Ze droeg een kakikleurige jumpsuit met een riem eromheen en stevige zwarte schoenen met blauwe veters. Ze pakte een canvastas en hing die over haar schouder.

'Bridget?' vroeg Etty, die naar buiten was gelopen.

'Ja, en jij bent Etty Salter, de jongste van de beroemde familie Salter. En jij,' zei ze tegen Ollie, die ook naar buiten kwam en de oprit op liep, 'moet dan Ollie Salter zijn.'

'Klopt.'

'Ik heb altijd geweten dat wij elkaar nog eens zouden tegenkomen. Het was voorbestemd.'

'O,' zei Ollie. 'Echt?'

'Ik ben er voor jullie,' zei Bridget beslist en ze liep door naar binnen. 'Hallo, jij bent Niall.'

'Ja,' zei Niall, 'ja, klopt.'

Penny kwam naast Niall staan.

'En ik ben Penny.'

'Ja,' bevestigde Bridget. 'Heel goed. Mooi, dus we zijn er allemaal.'

Ze ging aan de keukentafel zitten en keek iedereen om beurten aan.

'Mia,' zei Mia aarzelend toen Bridget haar aankeek. 'Maar ik ben er niet echt. Let maar niet op mij.'

'We dachten,' begon Etty, 'dat we het best eerst...'

Bridget stak haar hand op. Etty zweeg. 'Ik ga een paar suggesties doen en dan zeggen jullie maar wat jullie ervan vinden. Ik werk heel vaak met families, dus jullie zijn bij mij in goede handen. Beschouw mij maar als jullie steun en toeverlaat.'

Ollie grinnikte en Niall knipperde een paar keer met zijn ogen.

'Op de eerste plaats zijn er natuurlijk spullen die mensen willen hebben. Soms willen jullie hetzelfde, dus hoe kom je dan tot overeenstemming? Dat zal ik jullie vertellen. Jullie maken allemaal afzonderlijk, zonder te overleggen...' – hierbij zwaaide ze vermanend met haar vinger – '... een lijstje van spullen die je het liefst wilt, genummerd van een tot tien, of in dit geval is van een tot twintig misschien beter. Daarna gaan jullie bij elkaar zitten en noemen jullie een voor een op wat jullie willen hebben, ding voor ding. Duidelijk? Dat werkt fantastisch. Dan hoef je niet te denken: o, ik wilde dat hebben, als iemand iets heeft uitgekozen, want dat wilde je niet echt. Anders had je het wel op je lijstje gezet. Ik weet dat spullen een soort avatar kunnen worden – zeg ik dat goed? Dat ze dus symbool staan voor veel meer – en daarom is mijn werk zo moeilijk en is het zo belangrijk om het goed te doen. Jullie nemen afscheid. Jullie kijken naar het verleden en jullie laten het los. Laten... het... los.' Ze maakte een wegduwend gebaar, alsof ze het verleden het raam uit schoof.

Niall mompelde iets onverstaanbaars.

'We kunnen post-its plakken op alles wat jullie op je lijstje hebben gezet,' ging Bridget verder en ze legde een paar blokjes post-its op tafel. 'Wat er overblijft, neem ik voor mijn rekening. Ik heb pennen en papier voor jullie allemaal meegenomen.'

Ze haalde wat vellen papier uit haar tas en zocht naar een paar pennen en potloden, die ze vervolgens uitdeelde.

'Wil je dat we dit nú gaan doen?' vroeg Ollie.

'Ik hoef helemaal niks,' zei Etty meteen.

'O, pas op, misschien kom je er nog achter dat dat niet waar is. En ja, doe het maar meteen. Terwijl jullie daarmee bezig zijn, loop ik even door het huis om vast rond te kijken en dan komen we daarna weer samen.'

Niall, Ollie en zelfs Etty pakten een vel papier en een pen. Niall begon meteen verwoed te schrijven. Ollie stond op en zei dat hij even ging rondkijken om zijn geheugen op te frissen.

Mia lachte schor. 'Moet je jullie nou zien! Jullie zijn net kinderen op een feestje die een spelletje doen, maar niet precies weten wat de spelregels zijn.'

'Penny,' zei Niall. 'Wil je me helpen?'

'Dat is tegen de regels!' riep Mia. 'Niet overleggen, zei ze!'

Etty keek uit het raam. Er dreven wat schapenwolkjes door de blauwe lucht. De populieren bewogen zacht in de wind. Ze stelde zich de wervelingen in de rivier voor, de zachte golfjes op de oever. Ze pakte haar pen en schreef: *Eén sieraad van Lottie*. Toen legde ze de pen weg en vouwde het papier dubbel.

Ze dacht aan de eenvoudige gouden ketting waar Lottie zo dol op was geweest. De ring met de maansteen die ze altijd om haar middelvinger droeg. De armband van gedraaid zilver, of de kleine oorbellen die ze altijd op regendruppels vond lijken.

'De tijd is om!' zei Bridget toen ze de keuken weer binnenkwam.

'Ik heb meer dan twintig dingen opgeschreven,' zei Niall.

'Denk je dat je het hele huis leeg kunt halen?' vroeg Etty aan Bridget. 'Je bent in je eentje?'

Bridget glimlachte. 'Dit is nog niks. Ik bedoel, er is best veel, en ik kan zien dat het meeste in geen jaren is aangeraakt, maar dat hindert niet. Ik ben enorm geïnteresseerd in archeologie en dit huis bevat lagen en lagen geschiedenis. En ik doe het niet alleen, hoor. Ik heb een paar sterke kerels die me helpen sjouwen. Maar het kan nog wel even gaan duren.'

'Hoelang?'

'Wat dachten jullie van een week of twee, drie? Dat is dan nog wel even doorwerken.'

'Oké.'

'Blijft jullie vader hier dan nog wonen?'

'Alleen de komende week nog.'

'Prima, wat mij betreft, als hij het tenminste zelf niet erg vindt. Ik werk wel om hem heen. Maar mensen kunnen soms wel moeilijk doen.'

'Stuur je ons een factuur?'

'Nee.'

'Nee?'

'Zo werk ik niet. Ik reken geen vaste bedragen. Ik zoek alles uit. Sommige dingen gooi ik weg, sommige dingen zet ik in mijn winkeltje, en er zijn spullen die misschien naar de veiling gaan. Alles wat minder opbrengt dan vijfhonderd pond is voor mij. Alles daarboven is voor jullie, minus de veilingkosten. En daarna, als jullie vader is verhuisd, ruim ik alle rotzooi op en maak ik het huis verkoopklaar. Hoe lijkt dat jullie?'

'We zullen even overleggen,' zei Niall.

'Mij lijkt het een redelijk voorstel,' zei Etty.

'Maar het is best een grote beslissing, dus ik vind dat we het met elkaar moeten bespreken.' Niall klonk geagiteerd.

'Ja,' zei Penny. 'Natuurlijk.'

'Als ik nou eens even een sigaretje ga roken in de tuin,' stelde Bridget opgewekt voor terwijl ze een verbogen sigaret uit de zak van haar jumpsuit opdiepte, 'dan kunnen jullie overleggen.'

Een kwartier later keken de kinderen Salter de witte bus na die in een wolk uitlaatdamp de oprit af reed.

'Ik mag haar wel,' zei Ollie. 'Ze zei dat het een verwerkingsproces voor ons zou zijn. Dat kunnen we wel gebruiken.'

'Laten we die post-its maar gaan opplakken,' zei Niall.

34

Op maandagochtend, iets voor zevenen, verliet Etty haar appartement in het Londense Clerkenwell en liep – zoals altijd – naar haar kantoor bij het Barbican. Veel mensen vonden dit geen fijne buurt. Ze vonden dat er geen ziel in zat, geen geschiedenis. Dat was niet helemaal waar. De buurt hoorde bij de middeleeuwse City of London. Shakespeare had er gewoond. Maar dit middeleeuwse deel van de stad was grotendeels verwoest door de grote Londense brand, en wat niet was verbrand, was platgebombardeerd tijdens de blitzkrieg. Er waren kantoren en betonnen flats voor in de plaats gekomen. Etty vond het een fijne buurt. Clean, kaal, een plek waar je anoniem door het leven kon gaan zonder te worden lastiggevallen.

De zaak waaraan ze werkte was op het eerste gezicht vrij eenvoudig: haar cliënt, een bekende voetballer, eiste een schadevergoeding wegens inbreuk op zijn privacy, misbruik van persoonlijke informatie en een vertrouwensbreuk. De volgende ochtend had ze een afspraak met de collega-advocaat die zou pleiten, en vandaag ging ze met het dossier en een beker koffie aan haar bureau zitten om de zaak voor te bereiden. Ze wist nu al dat ze er tot laat in de avond mee bezig zou zijn. Daarna zou ze naar huis gaan met een afhaalmaaltijd en er een fles wijn bij leegdrinken, en de volgende ochtend begon alles weer van voren af aan. Ze zou geen tijd hebben om over de afgelopen dagen na te denken. En dat vond ze alleen maar fijn.

Ollie was na zijn scheiding in Bristol blijven wonen om in de buurt te zijn van Lindy en de twee jongens, die inmiddels groot waren, en die het beste waren wat hem was overkomen in zijn leven, dat anders gelopen was dan hij had gedacht en gedroomd. Hij woonde bij de Downs, maar, zoals hij altijd half voor de grap zei, aan de verkeerde kant. Niet aan de kant van Clifton, met de negentiende-eeuwse huizen en het uitzicht op de grote hangbrug. Hij had alleen een kleine, nieuwe maisonnette kunnen betalen, maar je kon mooie wandelingen in de buurt maken en bovendien moest hij voor zijn werk zoveel reizen dat hij bijna nooit thuis was. De komende week moest hij naar Coventry, naar Plymouth, en daarna naar Birmingham. Hij had gehoopt dat ze nog een tijdje konden blijven zoomen, maar er stonden nu weer fysieke vergaderingen op de planning. Ze moeten ons vertrouwen, had zijn baas gezegd, en je kon mensen pas echt vertrouwen wanneer je ze in levenden lijve had ontmoet.

De eerste avond na zijn thuiskomst zat hij in zijn woonkamer met de gebruikelijke Mexicaanse afhaalmaaltijd en een biertje. Na twee jaar was zijn appartement nog steeds erg onpersoonlijk. Hij dacht aan de post-its die hij op een paar dingen had geplakt: het schilderijtje van een bos, de leunstoel, het kleine houten kastje uit de keuken, de oude olielamp. Hij zou ook graag de tafel hebben geclaimd, maar die was te groot. Groter dan zijn hele keuken. Hij zou er een busje voor hebben moeten huren. En wilde hij eigenlijk wel die dingen van vroeger om zich heen?

Greg ging die avond ook naar huis, voor een nachtje maar. Hij had Morgan beloofd dat hij de volgende dag terug zou komen.

Zijn vrouw Katherine zat aan het bureautje in de woonkamer toen hij thuiskwam, met haar bril op het puntje van haar neus. Haar intelligente gezicht met de geprononceerde jukbeenderen stond uiterst geconcentreerd.

Hij zette zijn weekendtas op de grond bij de deur, liep naar haar toe en legde een hand op haar schouder. Ze draaide zich om en lachte naar hem, maar stak haar hand op en zei dat ze even iets moest afmaken. En dus wachtte hij. Ze vond het fijn dat hij altijd zo rustig en geduldig was.

Toen ze haar pen neerlegde, boog hij zich over haar heen en kuste haar. 'Hallo,' zei hij.

'Hoe was het?'

'Ik weet het niet. Vreemd. Echt vreemd om iedereen weer te zien.'

'Ja, dat kan ik me voorstellen.'

'Ik ben blij dat ik weer thuis ben. Het was daar zo triest.'

'Ja, het is ook heel triest wat jullie is overkomen. En je hoeft dit niet te doen, hè.'

'Ik heb tegen Morgan gezegd dat ik hem zou helpen.'

'Ach, Morgan,' zei ze op een warme maar ook licht spottende toon. 'Die redt zich in zijn eentje ook wel.'

Diezelfde avond zaten Niall en Penny aan tafel met een campari-tonic, zoals elke zondag.

'Dus de verloren schapen zijn weer terug en er ook meteen weer vandoor.'

'Dat is niet eerlijk,' zei Niall. 'Ze hebben ook hun eigen leven.'

'Jij verdedigt ze altijd. Jij hebt toch ook een eigen leven? Je hebt een baan, je hebt een gezin, en toch moet jij altijd klaarstaan als er weer eens een crisissituatie is met Alec. Als hij 's nachts uit bed valt, ben jij niet degene die heel handig honderd kilometer ver weg woont.'

Niall pakte zijn glas, maar zette het weer neer zonder een slok te nemen. Ik hou niet eens van campari, dacht hij. Hij streek met zijn wijsvinger over de rand van het glas en probeerde door rustig te ademen kalm te blijven. Dat lukte hem steeds beter. Een paar jaar geleden zou hij er met stemverheffing tegen in zijn gegaan en dan kwamen ze op het hellende vlak dat onvermijdelijk tot geruzie leidde. Nu klonk hij bijna overdreven kalm. Maar hij vermoedde dat Penny daardoor juist nog kwader werd omdat het moeilijker was om erop te reageren.

'We hebben het er nu al een jaar over dat hij eigenlijk naar een verpleeghuis moet omdat het niet meer gaat,' zei hij. 'En we wisten allemaal dat het huis dan moest worden verkocht en dat we dus alle spullen moesten gaan uitzoeken. Maar daar zijn we gewoon nooit aan toegekomen.'

'Je bedoelt dat jíj daar nooit aan bent toegekomen.'

'Ja, ik bedoel dat ik er nooit aan ben toegekomen,' zei Niall, nog steeds ijzig kalm. 'Er kwam steeds weer iets tussen. Maar toen Etty en Ollie er waren en we het erover hadden, ging Etty iemand bellen en ze pakte door en nu is het geregeld. Daar ben ik haar heel dankbaar voor.'

'Lekker makkelijk. Niet te vergelijken met wat wij dag in dag uit op ons bordje hebben gekregen. Jij bent niet degene die hier weg is gegaan. Ze moeten jou dankbaar zijn.'

Niall schudde langzaam zijn hoofd. 'Je weet toch nog hoe het jarenlang was? Dat we dachten dat het met Etty net zo zou aflopen als met Paul? Toen haar leven zo in puin lag... ik had niet gedacht dat ze er weer bovenop zou komen. Maar dat is haar wel gelukt. Ze heeft het heel goed gedaan.'

'Ze is zo taai als een ouwe schoen,' beweerde Penny. 'Ik heb altijd wel geweten dat ze het zou redden.'

'Maar toen ik haar had opgezocht in dat kraakpand dacht ik echt dat we elk moment ook over haar het bericht zouden krijgen dat ze dood was gevonden.'

'Dat zeg je steeds. Je hebt het vaker over haar dan over je eigen kinderen.'

'Ollie en Etty moesten hier gewoon weg. Anders hadden ze het misschien niet eens overleefd.'

'En ze hebben alles op jouw bord geschoven.'

Niall zou kunnen zeggen dat hij altijd had gedacht dat hij maar tijdelijk in het familiebedrijf zou werken, maar nu was het dertig jaar later en hij zat er nog steeds. Hij zou van alles tegen haar kunnen zeggen, maar deed dat niet. 'Laten we er nu maar over ophouden,' zei hij, op een naar hij hoopte verzoenende toon.

'Ik probeer gewoon voor je op te komen,' zei Penny. 'Wie moet dat anders doen?'

'Dat weet ik wel. En ik ben je er heel dankbaar voor.'

35

'Hoe gaan we dit doen?' vroeg Greg en hij keek om zich heen.

Ze stonden bij de rivier, bij de steiger, precies op de plek waar het lichaam van hun vader op de oever was getrokken.

'Dit moet een van de sleutelmomenten worden,' zei Morgan. 'Het moet spontaan overkomen. Ik bedoel: het moet spontaan zíjn.'

'Ben je hier al eens terug geweest?'

'Op deze plek bedoel je?'

'Als ik in Glensted ben, ga ik hier altijd even naartoe,' vertelde Greg. 'Ik had het idee dat deze plek me daardoor uiteindelijk minder in zijn greep zou houden.'

Morgan keek op. Hij had zijn draagbare audiorecorder uit zijn leren schoudertas gehaald en de microfoonkabel erin geplugd. 'Stop,' zei hij.

'Wat bedoel je?'

'Dat was fantastisch, wat je zei. Maar je had het moeten bewaren voor de opname. Zulke momenten moeten we vastleggen.'

'Waait het niet te hard?'

'Met deze microfoon maakt dat niet uit. Mag ook wel voor dat geld. Maar als jij aan het woord komt, hou ik hem vlak voor je neus. Daar moet je verder niet op letten.'

'Kun je makkelijk zeggen.'

'Het is echt niet moeilijk. Je moet er niet bij nadenken. Doe maar alsof wij gewoon een gesprekje met elkaar hebben. Niet te hard gaan praten. En niet aan de luisteraars denken.' Hij keek naar zijn recorder en toen weer naar Greg. 'Klaar?'

'Ik denk dat het toch beter is dat je dit alleen doet.'

'Maar het gaat over ons beiden,' zei Morgan. 'Over onze reis. Een reis die hier is begonnen en hier eindigt, hoe dan ook. Laten we kijken hoe het gaat. Als je het niks vindt, doen we het over of doen we iets heel anders.'

'Maar hoe moeten we beginnen?'

'We zijn al begonnen,' zei Morgan. 'Niet vergeten: we zijn gewoon met elkaar aan het praten.' Hij schraapte zijn keel. 'Mijn broer en ik staan op deze prachtige dag in mei bij de rivier de Heming. Een rivier met een geschiedenis. We leerden over deze rivier op school. Twaalfhonderd jaar geleden kwamen de Vikingen hier met hun schepen, ze roofden en plunderden en vestigden zich hier. Zeshonderd jaar geleden werd hier wol in schepen geladen die naar België en Holland voeren. Dit was het rijkste deel van Engeland. Van de opbrengst werden kerken en landhuizen gebouwd. En dertig jaar geleden hebben Greg en onze vriendin Etty Salter hier het lichaam gevonden van onze vader, Duncan, op de plek waar we nu staan. Hier is alles begonnen, vanaf dat moment was niets meer hetzelfde.' Hij keek naar Greg. 'Nu zijn we hier weer, Greg. Hoe voelt dat voor jou?' Hij hield de microfoon voor Gregs mond.

'Nou,' zei Greg. 'Eh... als ik hier ben, ik bedoel, altijd als ik hier kom, probeer ik even hierheen te gaan, altijd eigenlijk, omdat eh... het is moeilijk uit te leggen, het is alsof ik wil dat deze plek... dat die mij niet als het ware in zijn greep heeft. Snap je wat ik bedoel?' Hij keek zijn broer hulpeloos aan. 'Het is alsof hier een vloek op rust en dat wil ik niet.'

Morgan trok de microfoon terug en drukte op een knop van de recorder. 'Dat was een goed begin,' zei hij. 'Vooral het laatste stuk. Mooi wat je zei over dat er een vloek op deze plek rust. Maar misschien moeten we het even overdoen.'

'Ik wist ineens helemaal niks meer. Ik probeerde me te herinneren wat ik daarnet zei, maar dat lukte niet goed. En toen ik begon te praten, was het net alsof ik buiten mezelf trad. Alsof ik luisterde naar iemand anders die aan het praten was, en toen ging ik daar te veel op letten.'

'Het ging prima,' zei Morgan. 'Maar je moet niet gaan toneelspelen en ook niet buiten jezelf treden. Praat gewoon zoals we nu praten.' Hij zette terloops de recorder weer aan. 'Grappig,' zei hij in de microfoon. 'Ik geloof niet in magisch denken. Ik zeg tegen mezelf dat het gewoon een rivier is, die hier al stroomde voordat wij werden geboren en hier ook zal blijven stromen als wij er niet meer zijn. Maar als ik hier ben, is dat toch anders. Dan voelt het bijna alsof er een vloek op rust.' Hij hield de microfoon snel voor de mond van zijn broer.

'Ik wil dat het weer gewoon een rivier is,' zei Greg. 'Daarom ga ik er ook telkens naar terug. Maar ik zie steeds weer het beeld voor me van mijn vader die in het water terechtkomt, zijn lichaam dat wordt meegevoerd naar zee en dan blijft haken, precies hier.'

Morgan knikte aanmoedigend, maar zei niets, dus na een paar seconden ging Greg verder.

'Misschien wilde hij liever niet gevonden worden. Misschien wilde hij wegdrijven en voor altijd verdwijnen.'

Morgan bleef nog even zo staan, in gedachten verzonken, maar leek toen plotseling weer te beseffen waar hij was. 'Dat was heel goed,' zei hij. 'Maar wel vreemd. Want toen je dat laatste zei, dacht ik ineens: Waarom hebben wij het hier nooit eerder over gehad? Was daar echt een podcast voor nodig?' Hij dacht even na. 'We kunnen de fragmenten ook omdraaien. Wat jij zei over naar zee worden meegevoerd, dat zou een geweldig einde van deze aflevering zijn. Daar houden de luisteraars het vast niet droog bij.'

36

'Glensted is een heel gewoon dorp in Suffolk. Het is geen toeristische plaats. Het ligt niet op een route ergens naartoe. Aan de ene kant ligt een klein bos. Aan de andere kant de rivier de Heming, die uitmondt in de Noordzee. Mijn naam is Morgan Ackerley en ik ben hier opgegroeid.'

'En mijn naam is Greg Ackerley. Ik ben hier ook opgegroeid. We zijn broers.'

'Het is een rustig dorp. Er gebeurt nooit veel. Totdat, vlak voor Kerstmis 1990, alles veranderde. Er raakte een vrouw vermist en een paar dagen later werd er een dode man gevonden in de rivier. Die vrouw heette Charlotte Salter. Ze verscheen niet op het verjaardagsfeest van haar man en niemand heeft haar sindsdien nog gezien.'

'Die dode man heette Duncan. Duncan Ackerley. Hij was onze vader.'

Etty reed door de drukke vrijdagavondspits en zette de auto op een parkeerplaats langs de kant. Ze had de podcast een paar dagen eerder gedownload, maar zich er nog niet toe kunnen zetten om ernaar te luisteren. Nu ze terugreed naar Glensted, dwong ze zich om dat toch te doen, alleen om te weten wat er precies over hen werd gezegd. Ze hield zich voor dat dat niet uitmaakte, wat het ook was, maar zodra ze de bekende stemmen hoorde, begonnen haar handen te trillen en vertroebelde haar blik. Ze durfde niet meteen verder te rijden, dus bleef ze in de auto zitten luisteren terwijl de vrachtwagens voorbijraasden, te dichtbij voelde dat, de auto schudde ervan.

In de podcast was een fragment van een persconferentie te horen waarin de politie om informatie over Charlotte Salter vroeg. Een oude vrouw, van wie Etty de naam niet herkende, vertelde hoe het in die tijd was: '*Vroeger deden we zelfs nooit de deur op slot. We waren allemaal vrienden en buren van mekaar. Opeens wisten we niet meer wie we konden vertrouwen.*'

Daarna hoorde je Morgan en Greg die al pratend door de hoofdstraat liepen. Ze spraken een paar mensen aan en vroegen of ze iets over de zaak wilden vertellen. Een jongen had er nog nooit over gehoord.

'*Er is een gat in ons leven geslagen,*' zei Morgan tot slot. '*We weten niet eens hoe we het moeten noemen. Het is een tragedie. Maar is het ook een misdrijf? We zijn allebei weggevlucht uit Glensted. Voor deze podcast zijn we teruggekomen, om te proberen de dingen op een rijtje te zetten. Wie weet wat we zullen ontdekken?*'

Het was donker toen ze de oprit van de woonboerderij op reed. Boven de schoorstenen zag ze een smalle maansikkel. Ollies auto stond er al. Toen ze naar de voordeur liep, zag ze een grote hoeveelheid spullen naast de voordeur opgestapeld staan: stoelen en emmers, opgerolde kleden, een salontafel, twee dozen serviesgoed, keukenspullen, een verweerde spiegel en een aantal propvolle vuilniszakken.

De gang was leeg, op de staande klok na, die Niall wilde hebben. De vloer was kaal, zonder kleed, en er lag een dikke laag stof op de planken. Haar voetstappen klonken hol.

'Hallo!' klonk een onvaste stem.

Ze keek omhoog. Alec stond in een geruite pyjama bovenaan de trap, met een angstige blik in zijn ogen.

'Ik ben het maar,' zei ze.

'Wie ben jij?'

'Etty.'

'Niet!'

Toen ze de trap op liep, deinsde hij terug en stak zijn handen afwerend uit.

'Hoor jij niet in bed?'

'Ik wacht op Lottie. Die doet nooit wat ik zeg. Ze bezwijkt.'

'Bezwijkt?'

'Heb jij het meegenomen? Ik weet wel wat hier gaande is. Ik wil dat mijn dingen worden teruggezet waar ze horen. Alles. Ze nemen alles mee.'

Etty knikte. 'We zijn het huis aan het leeghalen,' verklaarde ze. 'Het spijt me als je daar last van hebt. Ga maar weer in bed.'

'Het is hier veel te donker.'

Etty keek naar de deur van de kamer waar Lucia sliep. Het leek haar niet goed om haar wakker te maken. Met tegenzin pakte ze Alec bij de arm en probeerde hem terug te brengen naar zijn kamer, maar hij trok zich los.

'Wie denk jij wel dat je bent!'

'Ik ben je dochter.'

Zijn blik was afwisselend wazig en scherp, en hij trok een pruilmond. Even vroeg ze zich af of hij zou gaan huilen. Ze kon zich niet herinneren dat ze hem ooit in tranen had gezien en vreesde dat dat nu ging gebeuren; dan zou hij alleen maar een zielige, eenzame oude man zijn, die bang was in het donker. Daar moest ze zich tegen wapenen. Ze pakte hem weer vast en trok hem mee.

'Er is iets aan de hand,' zei hij. 'Wie weet nog meer waar ze is?'

'Bedoel je Lottie?'

'Lottie?'

'Alec!' Lucia kwam gehaast over de overloop op hen af en bond ondertussen de ceintuur van haar badjas dicht. 'Sorry, Etty, ik dacht dat hij sliep.'

'Hindert niet,' zei Etty. 'Sorry dat we je wakker hebben gemaakt.'

'O, ik sliep niet.'

'Is Ollie hier?'

'Volgens mij is hij weggegaan.'

'Oké.'

Etty liep de zoldertrap op naar haar oude kamer. Daar stond niets meer, alleen het smalle ijzeren ledikant en de spiegel. Het kleed was weg en de wanden waren kaal, met hier en daar lichtere plekken waar iets had gehangen.

Ze trok haar kleren uit, poetste haar tanden en kroop in bed. Het voelde alsof ze in een gevangeniscel lag.

37

'Wat vinden jullie ervan?'

Bridget Wolfe stond met een stralend gezicht in de woonkamer. Ze droeg een kakikleurige broek en een zwart, mouwloos hemdje, haar armen glommen van het zweet.

De vorige keer dat Etty hier was geweest, leek de woonkamer een armoedige, overvolle wachtkamer. Nu stonden er alleen nog een kleine leunstoel met een post-it met Ollies naam erop en een grote dichtgeplakte kartonnen doos.

'Ongelooflijk,' zei Ollie. 'Ik snap niet hoe je in vijf dagen zoveel hebt kunnen doen.'

'Als ik zeg dat ik een klus doe,' zei Bridget, 'dan doe ik dat ook. De jongens hebben geholpen met tillen. Mijn winkel staat stampvol, dus ik heb het grootste deel in mijn schuren gezet tot ik tijd heb om alles uit te zoeken. In de keuken ben ik trouwens nog maar amper begonnen. Keukens zijn altijd het meeste werk. En in de kamer van meneer Salter ben ik nog niet eens geweest.'

'Hij gaat over een week weg,' zei Etty. 'Kun je zolang wachten?'

'Natuurlijk. Hij heeft trouwens meestal niet in de gaten dat ik er ben. Hij is altijd op zijn kamer of in de keuken. En die aardige jongedame die voor hem zorgt gaat minstens één keer per dag met hem wandelen. Maar gisteren kwam hij kijken terwijl ik aan het werk was, in de kamer van...' Ze stokte, haar vrolijke lach verdween.

'Van Paul,' zei Etty.

'Ja. Jullie arme broer. God hebbe zijn ziel. Jullie vader was erg van streek. Hij vroeg aldoor wat ik zocht.'

'Je hebt ons gevraagd hierheen te komen,' zei Niall. 'Mia zit buiten in de auto te wachten, dus ik kan niet lang blijven.'

'Ja, klopt.' Bridget keek hen met een ernstig gezicht aan. 'Mijn werk bestaat voor een deel uit verhuizen. Dat is het makkelijkste deel. Een ander deel van mijn werk is archiveren, dingen bij elkaar zoeken en ordenen, catalogiseren, een verhaallijn aanbrengen in de voorwerpen die een heel leven symboliseren. Maar ik moet soms ook geheimen bewaren. En die kunnen best heftig zijn.'

'Ja, dat kan ik me voorstellen,' zei Etty. Ze had enorm veel zin in koffie en een sigaret.

'Ik ben dingen tegengekomen waar jullie naar moeten kijken, en waarvan jullie moeten bedenken wat ermee moet gebeuren. Dat kan best emotioneel zijn, oude wonden openrijten.'

'Wat voor dingen?' vroeg Ollie.

Bridget bukte zich en haalde een pak papieren uit haar tas. 'Deze brieven bijvoorbeeld, die zijn aan je vader geschreven. Ik denk niet dat hij ze nog zou begrijpen, maar het is niet aan mij om brieven of persoonlijke paperassen weg te gooien.'

'Brieven?' vroeg Niall. 'Wat voor brieven?'

'Ik heb ze niet gelezen, maar ik heb wel een blik op een paar ervan geworpen. Je zou het liefdesbrieven kunnen noemen.'

'Van Lottie?' vroeg Ollie zacht en een beetje schor.

'Nee.'

'O, ik snap het.' Etty lachte bitter. 'Brieven van andere vrouwen.'

'Klopt.'

'Gooi maar weg,' zei Ollie. 'Waarom zouden we die willen lezen?'

'Geef eens hier?' vroeg Etty.

Ze nam de stapel brieven aan en keek ze door.

'Van verschillende vrouwen, en uit verschillende jaren,' zei ze. Met een van die vrouwen had ze op school gezeten, maar dat zei ze niet. Ze verfrommelde de brieven. 'Ik verbrand ze wel, of willen jullie ze nog lezen?'

'Nee,' zei Niall.

'Fuck, nee,' zei Ollie en hij trok vol afschuw zijn neus op.

'Zijn er nog meer geheimen?' vroeg Etty.

Bridget knikte. Ze haalde twee schriften met een groene kaft uit haar tas. Etty kreeg een knoop in haar maag toen ze die zag.

'Deze zijn van jullie broer geweest,' zei Bridget. 'Ik heb ze evenmin gelezen, ook alleen even een blik erin geworpen, maar ik heb wel genoeg gezien om te kunnen concluderen dat hij hier al zijn verdriet in heeft uitgestort.'

Het bleef een tijdje stil in de kamer. Etty voelde het bloed in haar slapen kloppen.

'Ik wil dat niet lezen,' zei Niall ten slotte, met een scherpe, harde stem. 'Ik wil het niet weten. Ja, jezus, Paul was ongelukkig, hij heeft zelfmoord gepleegd. Maar ik hoef daar nu niks meer over te lezen. We kunnen daar nu niks meer aan doen, we zijn een kwarteeuw te laat. We zouden ons alleen maar weer helemaal opnieuw ellendig en schuldig gaan voelen. En dat geldt voor alle geheimen die je nog tegenkomt. Gooi alles maar weg.' Met die woorden draaide hij zich om en beende de kamer uit.

'Ik ben het geloof ik met hem eens,' zei Ollie. 'Sommige dingen kunnen beter verborgen blijven.' Zijn gezicht betrok. 'Het is je zeker wel duidelijk dat het niet zo bijster goed is gegaan in ons gezin. Mijn moeders verdwijning, Pauls zelfmoord: dat heeft ons allemaal op de een of andere manier kapotgemaakt.'

Hij wierp een heimelijke blik op Etty, die strak voor zich uit bleef kijken.

'Maar we zijn er nog, en het is ons allemaal gelukt om ons leven toch weer op de rails te krijgen. Alleen lijkt het wel alsof we er opnieuw aan onderdoor kunnen gaan nu we hier weer terug zijn en in het verleden graven. Dus ik ben het eens met Niall.' Hij liep ook de kamer uit.

Bridget richtte haar donkere ogen op Etty. 'En jij?'

'Ik neem ze wel mee,' zei ze na een lange aarzeling.

Ze zette sterke koffie en nam haar beker mee naar buiten. De auto's van Ollie en Niall waren weg en Alec en Lucia wandelden langzaam over de oprit, gearmd, de oude man schuifelde moeizaam.

Ze liep om het huis heen, langs de wildernis die ooit Lotties tuin was geweest, en vond een stukje gras vol madeliefjes waar ze kon gaan zitten, in de warme zon. Eerst nam ze een slok koffie en stak een sigaret op, toen keek ze naar de schriften op haar schoot en streek met haar vinger over de kaft. Het voelde alsof het bommen waren die elk moment af konden gaan. Pas toen ze haar sigaret ophad, sloeg ze een van de schriften zomaar ergens open. Ze kreeg een droge mond toen ze Pauls handschrift zag – klein en netjes, heel herkenbaar – en de adem stokte in haar keel. Ze keek weg, zich afvragend waarom ze dit deed.

Bovenaan de bladzijde stond de datum, 18 juni 1993. Tweeënhalf jaar na Lotties verdwijning, tweeënhalf jaar voordat hij zichzelf van het leven beroofde. Al zijn spullen moesten na zijn overlijden hierheen zijn gebracht. Ze vroeg zich af of Alec deze woorden ooit had gelezen.

Het gaat niet ... de ene voet voor de andere ... dit heeft geen zin ...

Ze bladerde door het schrift.

Het is weer terug, ik dacht dat ik het ergste achter de rug had, maar dat is niet zo...

Het was duidelijk dat Paul er alleen in schreef als hij er heel erg doorheen zat. Soms was er wekenlang niets, en dan waren er weer een paar dagen waarop hij schreef dat hij van zichzelf walgde (op een bepaald moment noemde hij zichzelf een worm) en dat hij alles zinloos vond. En hij had het over iemand die hem had verlaten.

Ze zag het woord 'mama' en legde haar duim op het papier.

Ik heb niet aan haar verwachtingen kunnen voldoen.

Etty kneep haar ogen dicht en wachtte tot het gevoel wegebde.

Het voelde onfatsoenlijk om deze woorden te lezen waaruit zo'n onverholen eenzaamheid en verlangen spraken. Waarom had hij nooit bij haar aangeklopt?

Maar misschien had hij dat wel gedaan en had ze niet thuis gegeven. Ze was zelf ook lange tijd niet in staat geweest om iemand te helpen. Ze herinnerde zich nog dat hij haar een keer was komen opzoeken op de universiteit en dat hij toen zo mat was geweest, zo emotieloos, dat ze kwaad op hem was geworden, waarna hij abrupt was vertrokken. Ze vond het verschrikkelijk om daaraan terug te denken en probeerde het te verdringen, heel diep weg te stoppen, ergens waar ze het niet kon voelen, of alleen als een ondefinieerbare pijn.

Ze ging op het gras liggen en keek naar de kleine witte wolken die voorbijzeilden. Zou ze hem hebben kunnen redden? Ze wist dat iedereen die met een zelfmoord te maken krijgt daarover piekert. Maar zou ze dat hebben gekund? Ze hadden elkaar allemaal in de steek gelaten, zij en Ollie en Niall en Paul.

Ze ging weer zitten en pakte het andere schrift, bladerde erdoorheen, waarbij ze het vermeed om te lezen wat hij had geschreven, tot ze bij de dag van Lotties verdwijning kwam: 22 december 1990. Er stonden maar een paar regels.

Weer een van mijn slechte dagen. Ik zit op mijn kamer en kijk naar de boeken die geopend voor me liggen, maar de woorden zijn betekenisloze krabbels. Ik hoor mama beneden, ze is bezig en loopt rond. Ze probeert er steeds achter te komen hoe ik me voel. Ik kan er niet meer tegen. Als dit zo doorgaat, word ik gek.

Etty staarde lange tijd naar die zinnen. Ze herinnerde zich nog hoe Paul op die dag was geweest, heel somber en stil, terwijl er intussen een storm in zijn binnenste woedde. Zoveel geheimen.

38

'De montage is het halve werk,' beweerde Morgan. Hij had zijn pyjama nog aan en zat over zijn laptop gebogen, met een grote koptelefoon op, die hij afdeed toen Greg binnenkwam.

'Dat begin ik ook door te krijgen,' zei Greg.

'Wat klinkt dat afkeurend.'

'Ik dacht dat het gewoon zeg maar begin, midden en einde zou zijn.'

'Dat klinkt heel saai.'

'Die eerste aflevering leek bijna niet over papa te gaan.'

'We moeten de luisteraars er vanaf het begin in trekken,' zei Morgan. Hij leunde achterover en rekte zich uit. 'We hebben al heel veel materiaal, maar nu moeten we nadenken over de structuur, over wat we nog moeten achterhouden. We hebben ook personages nodig. Die vrouw die het huis uitruimt klinkt veelbelovend. En dan hebben we natuurlijk ook de emotionele reis. Ik hoop nog steeds dat een van de Salters bij ons aan boord wil komen. Wat we tot slot ook nodig hebben is een soort...' Hij dacht na. 'Een soort klik aan het eind, als alle radertjes in elkaar passen en het verhaal compleet is.'

Greg lachte hoofdschuddend.

'Wat is er?' vroeg Morgan.

'Wat een grootheidswaanzin. Je denkt toch niet echt dat ons gaat lukken wat de politie in die dertig jaar niet is gelukt?'

'Het hoeft niet per se de oplossing zelf te zijn. Maar een soort emotionele afsluiting.'

'Dat klinkt een beetje te vaag wat mij betreft. Hoelang duurt je sabbatical ook alweer?'

'Ik heb zes weken vrij genomen, dus ik heb nog een maand. Kun jij ook zo lang blijven?'

'Ik heb beloofd een paar klussen te doen, maar geen grote. Ik kan wel even heen en weer, het is maar anderhalf uur. Dus ik ga af en toe naar huis, en misschien kan Katherine een weekendje hier komen. Maar heb je eigenlijk wel iets aan me?'

'Jij bent van cruciaal belang,' antwoordde Morgan. 'Het is een zoektocht van twee broers.'

'Ik vond dat ik een beetje gekunsteld klonk.'

'Het wordt vanzelf makkelijker.'

'Ik hoop het. Koffie?'

'Heel graag.'

Greg liep naar beneden, naar de keuken. Door het raam zag hij zijn moeder in de tuin bezig, ze snoeide de rozen met een snoeischaar die nog van Duncan was geweest. De borderterriër die Lester en zij uit het asiel hadden gehaald liep met haar mee. Ze was nu negenenzeventig en haar lange haar, dat ze in een knot droeg, was bijna wit. Maar ze was stevig en energiek. Greg kon er niet goed aan wennen dat ze zo was veranderd. In zijn hoofd was ze nog steeds die ineengedoken vrouw in een stoel, met dan weer een smartelijke en dan weer een matte, verslagen uitdrukking op haar gezicht. Nu liep ze kaarsrecht en maakte ze een zelfverzekerde en vredige indruk. Het was een vrouw die met zichzelf in het reine was gekomen.

Na het overlijden van Duncan, en nadat Morgan en hij waren weggegaan, was Frances volledig ingestort. Ze slikte antidepressiva en werd een aantal keren opgenomen. Totdat haar leven een onverwachte wending nam: ze bemachtigde een baan als financieel assistent bij een architectenbureau in Norfolk en drie jaar later hertrouwde ze met Lester, met wie ze in hun tienerjaren verkering bleek te hebben gehad. Inmiddels was ze met pensioen. Ze werkte in de tuin, ging met Lester naar concerten, maakte lange wandelingen met de hond langs de rivier, ze las enorm veel, vulde cryptogrammen in... Duncan had vroeger weleens trots beweerd dat Frances, die wiskunde had gestudeerd in Cambridge, de slimste van haar jaar was geweest. Greg vond het moeilijk om dat allemaal te rijmen met hoe ze zijn hele jeugd was geweest. Hoe had Duncan al die jaren zo opgewekt en lief voor haar kunnen blijven?

Alsof ze voelde dat hij naar haar keek, draaide Frances zich om en zwaaide naar hem. Hij zwaaide terug en ze lachten naar elkaar. Soms kon hij het zich haast niet voorstellen dat ze zijn moeder was.

Een halfuur later was haar gezichtsuitdrukking totaal veranderd. Toen Morgan haar vroeg of ze misschien wilde worden geïnterviewd voor de podcast was het alsof hij haar een klap in het gezicht had gegeven.

Ze keek hem ijzig aan. 'En waarom zou ik dat willen?'

'Misschien is het goed om erover te praten,' zei hij zacht. 'Het is een wond in je leven en we hebben het er eigenlijk nooit echt over gehad.'

'Hou die praatjes maar voor je.'

Morgan schrok.

'En kijk me niet zo treurig aan. Als ik erover zou willen praten – wat ik niet wil – denk je dan echt dat ik dat in het openbaar zou doen? Mijn wond, om jouw woord te gebruiken, is geheeld. Moet die nu worden opengereten? Ik snap niet waarom je per se wilt doen waar je mee bezig bent, maar het zijn jouw zaken en ik kan je niet tegenhouden. Misschien hebben Greg en jij er iets aan. Dat hoop ik natuurlijk voor jullie. Als je maar niet denkt dat ik er iets mee te maken wil hebben.'

39

Bridgets huis lag buiten het dorp. Etty liep ernaartoe, langs de sportvelden, de kerk met de stompe toren en de bemoste grafzerken, en over een modderig paadje tussen de bomen door. Toen ze het huis zag, dacht ze even dat ze verkeerd was. Het zag er vervallen uit en was omringd door allerlei schuurtjes, verwilderde struiken en hoog opgeschoten onkruid. Een van de ramen was kapot, op een paar andere zat aangekoekt vuil van jaren. De schoorsteen, waaruit een paar bakstenen ontbraken, leek op instorten te staan. In de muur naast de voordeur zat een onheilspellende scheur.

Maar toen ze aanklopte deed Bridget meteen open en ze begroette Etty alsof ze oude vriendinnen waren. Ze ging haar voor naar de keuken en schonk koffie in. Etty keek om zich heen.

'Ik weet wat je denkt,' zei Bridget grinnikend.

'Wat denk ik dan?'

'Je denkt dat dit allemaal spullen zijn die ik in de huizen van anderen heb buitgemaakt.'

Etty wist niet goed hoe ze daarop moest reageren: het was inderdaad ongeveer wat ze dacht. Elk plekje was gevuld met een allegaartje aan aardewerk, snuisterijen, beeldjes en glaswerk. 'Ja, wat een verzameling!' zei ze.

'Sommige mensen zijn me dankbaar,' zei Bridget. 'Maar er zijn ook mensen die denken dat ik een halve crimineel ben. Dat ik op zoek ben naar verborgen schatten en die stiekem voor heel veel geld verkoop. Maar ik hanteer daar strikte regels voor. Als ik iets waardevols vind, vraag ik alleen een commissie.'

'Ja, dat zei je al.'

'En ik kom trouwens bijna nooit iets tegen. Daar hebben de mensen een heel verkeerd idee van. Ze hebben te veel tv-programma's gekeken. En tegenwoordig willen de meeste mensen geen oude meubels, geen tweedehands boeken, en ze willen ook je oude videobanden niet.'

'Nee, dat weet ik. Wij hebben bepaald geen hoge verwachtingen.'

'Er zijn een paar jachttaferelen die waarschijnlijk best wat waard zijn. Dat laat ik jullie natuurlijk nog weten.'

Het duurde even voordat Etty begreep dat Bridget het had over de schilderijen die in de werkkamer van haar vader hadden gehangen. Het soort voorstellingen dat je in een gerenoveerde plattelandspub zou verwachten.

Toen Bridget Etty rondleidde was het alsof ze in een andere wereld terechtkwam. Haar eigen appartement, dat ze tien jaar eerder had gekocht, had ze heel sober ingericht. Al haar spullen waren opgeborgen in kasten en laden, er stonden geen planten, geen accessoires, geen snuisterijen.

In Bridgets grote, oude huis stond elk vertrek vol met de overblijfselen van het leven van andere mensen. Er hingen zoveel schilderijen dat er bijna geen stukje muur meer zichtbaar was. De vloeren lagen vol kleden. Elk oppervlak was bedekt.

'Ik probeer soms wel dingen weg te doen, maar dat lukt me nooit,' vertelde Bridget. 'Ik vind altijd wel ergens een plekje voor, en als ik dat niet vind, maak ik ruimte. Of ik zet het buiten. Wacht, ik laat het je zien.'

Ze liepen met hun beker koffie naar buiten. Het huis was ooit een boerderijtje geweest, vertelde ze, maar in de jaren zestig was het leeg komen te staan, zoals zoveel kleine boerderijen in die tijd.

'Toen ik hier kwam wonen, was het totaal verwaarloosd. Er zaten gaten in het dak. En ik zal maar niet zeggen wat er hier allemaal aan levende wezens woonde.'

'Waar gebruik je die schuurtjes voor?' vroeg Etty.

'Daar zoek ik dingen uit en sla ik spullen op voordat ik ze in de winkel zet of laat veilen of in mijn eigen huis neerzet. Het lijkt soms wel een museum, al weet ik niet goed wat voor museum.'

'Een museum van het leven van anderen,' zei Etty.

'Ja, zoiets. Misschien moet ik rondleidingen gaan geven.'

Bridget liep naar het grootste bijgebouw, met een schuurtje van golfplaten ernaast en een houten deur die met een touw was dichtgemaakt. Ze maakte het touw los. 'Kijk maar eens.'

Etty tuurde naar binnen. De ruimte stond propvol met meubels, oude tafels, stoelen waaraan één of twee poten ontbraken, een oud bad, een bank waarvan de vulling uit de zitting kwam, een bed op z'n kant…

'Wauw,' zei ze. 'Dat is nog een hoop werk.'

'Ja, maar daar ben ik niet bang voor.'

'Voel je je hier nooit eenzaam?'

Bridget lachte. 'Ik ben niet altijd alleen, hoor. Ik heb soms herenbezoek. Maar na een tijdje geef ik die kerels weer door, ze zijn niet voor eeuwig, zoals niets voor eeuwig is. Wil je nog koffie?'

'Graag. En waarover wilde je me spreken?'

Ze liepen terug naar binnen, waar Bridget koffiebonen maalde en er heet water op goot, terwijl ze honderduit kletste. Etty was er met haar gedachten niet bij.

Bridget gaf Etty een beker koffie en keek haar doordringend aan. 'Soms voel ik me in mijn werk bijna een soort priester of een dokter. Ik kom bij mensen thuis, ik kom hun geheimen te weten en soms kan ik troost bieden.'

Etty reageerde niet. Ze wist niet of ze wel zin had in het soort gesprek waar Bridget op aan leek te sturen.

'Jullie gezin heeft een groot verlies geleden.'

'Daar hoef je niet ons huis voor uit te ruimen, om dat te weten.

Onze moeder is dertig jaar geleden verdwenen. Dat is landelijk in het nieuws geweest. En mijn broer heeft een paar jaar later zelfmoord gepleegd op de datum waarop ze verdween. Dus je kunt inderdaad wel zeggen dat ons gezin een groot verlies heeft geleden.'

'Ik bedoelde meer dan dat. Soms krijgen familieleden door tragische gebeurtenissen een hechtere band. Maar jij bent weggegaan en lange tijd niet teruggekomen. Je hebt de banden met je familie verbroken. Een van je broers heeft ongeveer hetzelfde gedaan. Ik voelde zoveel verdriet in dat huis. En dat niet alleen: ik voelde ook verdriet dat diep was weggestopt.'

Er verscheen een vaag ironisch glimlachje op Etty's gezicht. Ze kon het bijna niet geloven. De vrouw die ze had ingehuurd om het huis leeg te ruimen probeerde het soort intieme gesprek met haar te voeren dat ze zelfs met haar eigen broers nooit had gehad. Ze werd niet boos op haar, maar ze wilde die vrouw niet het idee geven dat die haar 'begreep' op een manier waarop andere mensen dat niet deden. Ze wilde niet emotioneel worden. Ze probeerde op een zo vlak mogelijke toon antwoord te geven. 'Ik denk dat je hier te veel achter zoekt,' zei ze. 'Mijn vrienden en vriendinnen van vroeger zijn ook bijna allemaal weggegaan. Die zitten in Manchester of Londen, of in het buitenland. Mijn broer Niall is een uitzondering. Maar je belde om te vragen of ik langs kon komen. Waar wilde je me precies over spreken?'

'Sorry,' zei Bridget, 'ik laat me misschien een beetje meeslepen. Wacht even.' Ze liep de keuken uit en kwam terug met een kleine kartonnen doos. 'Dit zijn brieven die ik heb gevonden achter het luik bovenaan de trap naar jouw kamer. Ik moest half over het trapgat hangen om erbij te kunnen, maar dat is me gelukt. Ze zijn aan jou geadresseerd, ik dacht dat je ze wel zou willen hebben. Ze zijn nogal intiem.'

Ze haalde de deksel van de doos.

Nogal intiem. Etty keek in de doos en zag meteen welke brieven het waren. Haar gezicht begon te gloeien. Ze hoopte dat niet te zien was dat ze bloosde, zoals vroeger. Het was minstens vijfentwintig jaar geleden dat ze zelf met de hand brieven had geschreven. De laatste jaren stuurde ze al helemaal geen persoonlijke brieven meer, hooguit een paar zinnen in een appje.

Deze brieven waren zo privé dat Etty ze had verstopt op een plek waar ze volgens haar nooit zouden worden gevonden. Zoals je een schat begraaft die je later, als je terugkeert, hoopt op te graven. Maar dat was nooit gebeurd en die brieven was ze in de loop der jaren vergeten.

Tot iemand anders ze had gevonden.

Nu moest ze zich enorm inspannen om kalm te blijven. 'Hoe weet je dat ze intiem zijn?'

'Ja, dat hoort bij mijn werk,' zei Bridget onverschillig. 'Ik moet alles uitzoeken, bekijken wat rommel is en wat niet mag worden weggedaan. Ik ben stapels papieren tegengekomen, folders, oude rekeningen, dat soort dingen die allemaal weg konden, maar ik moest dat natuurlijk wel allemaal even bekijken. Ik heb die brieven niet allemaal gelezen, hoor.'

'Ze zijn privé.'

'Je hebt me ingehuurd om dit te doen. Maak je geen zorgen, Etty. Ik kom in mijn werk onvoorstelbare dingen tegen. Niet altijd prettige.'

Etty kreeg het plotseling ijskoud. 'Dit is al van heel lang geleden,' zei ze. 'De persoon in die brieven, dat ben ik niet meer.'

'Dat moet je niet zeggen. Er blijft altijd iets van over. Als jaarringen in een boom.'

Etty schudde haar hoofd. 'Als je nog meer brieven van me vindt, hoef je me niet te waarschuwen. Doe ze dan maar gewoon weg.'

Bridget keek verbaasd. 'Als het allemaal zo weinig voor je betekent, waarom ben je hier dan?'

'Dat weet je toch? Mijn vader kan niet meer voor zichzelf zorgen en er moet heel veel worden geregeld. Afspraken maken, bureaucratisch gedoe. Dat soort dingen kan ik heel goed.'

'Het klinkt als iets heel moois wat je voor je vader kunt doen. Liefdevol.'

'Als je dat denkt, heb je niets van ons gezin begrepen.'

'Grappig,' zei Bridget. 'De laatste tijd komen er wel meer mensen terug naar Glensted om af te rekenen met het verleden.'

'Bedoel je soms Greg en Morgan Ackerley? Heb je ze gesproken?'

'Morgan heeft contact met me opgenomen, ze zijn met een of ander radioprogramma bezig.'

'Een podcast. Wat wilde hij dan van je?'

'Het is zo'n kleine wereld. Ze hadden een paar mensen gesproken die ik ook had gesproken en daardoor hadden ze over mij gehoord. Hij is hier langs geweest. Hij is precies zoals op tv.'

Opnieuw moest Etty moeite doen om zich in te houden. Ze vond het een vreselijk idee dat Bridget mensen in Glensted had 'gesproken' en vroeg zich af wat voor persoonlijke dingen over hun familie ze die mensen had verteld. 'Ik weet niet of het wel een goed idee is als jij aan die podcast gaat meewerken.'

Bridget lachte op een vreemde manier.

'Wat is er?'

'Dat heb ik al gedaan.'

'Dat...' Penny zocht naar het juiste woord. 'Klotewijf.'

Etty zat bij Niall en Penny aan de keukentafel. Ze hadden geluncht met brood, kaas en paté. De tafel was nog niet afgeruimd.

'Penny...' begon Niall.

'Ga het nou niet goedpraten.'

'Dat doe ik niet. Waarom zou ik?'

'Ik snap echt niet hoe je dat mens binnen hebt kunnen halen.'

'Dat heb ik gedaan,' zei Etty.

'Jullie hadden het natuurlijk niet kunnen weten. Ze is echt totaal niet professioneel. Ze loopt tegen iedereen in Glensted over de familie te roddelen. Een vriendin van me, Ruth, kwam haar op straat tegen, toen zei ze dat er een paar mooie meubels in het huis stonden. Mooie meubels.'

'Dat mag ze van mij zeggen, maakt mij niks uit,' zei Niall.

'Maar daar blijft het niet bij. Als ze het zelfs al over de meubels van je vader heeft, waar lult ze dan nog meer over? En nou moeten we van Etty horen' – ze wees naar haar op een manier die Etty het gevoel gaf dat ze een of ander vreemd dier was dat het huis was binnengedrongen – 'dat ze in die walgelijke podcast over allerlei familiegeheimen gaat praten.'

'Dat gaat ze heus niet doen.' Niall keek Etty bezorgd aan. 'Nee toch zeker?'

Etty wist niet wat ze moest zeggen. Ze had hem en Penny verteld dat Bridget aan die podcast zou meewerken, maar niet dat ze haar brieven had gelezen. 'Ik heb geen idee. Ze zal vast niet indiscreet zijn.'

'Hoe kun je dat nou weten?' riep Penny uit, die zich steeds meer begon op te winden. 'Ze heeft in het postkantoor tegen Antonia gezegd dat ze medelijden had met jullie moeder, maar dat ze er verder niets over kwijt wilde.'

'Dus eigenlijk heeft ze niet echt iets gezegd?'

'Nee, maar geloof maar dat ze popelt om dat wel te doen. God mag weten wat ze in die podcast allemaal beweert.'

'Waarschijnlijk niks bijzonders,' zei Niall. 'En zelfs al is dat wel zo: het is maar een stom hobbyprojectje waar bijna niemand naar luistert.'

Penny keek Etty aan. 'Jij doet dat soort dingen toch?'

'Wat voor soort dingen?'

'Kun je ze niet voor de rechter slepen?'

'Wie?'

'Morgan en Greg. En dat mens van die boedelruiming.'

'Maar op grond waarvan dan?'

'Omdat ze familiegeheimen doorvertelt. Omdat ze...' Ze maakte een wild armgebaar. 'De privacy schendt. Jullie hebben toch recht op privacy? Kun je haar niet namens de familie aanklagen?'

Etty schudde haar hoofd. 'Ik ben de helft van de tijd bezig om mensen ervan te overtuigen dat ze juist géén rechtszaak moeten beginnen. Het is duur, het is een afschuwelijk gedoe en uiteindelijk maak je het er alleen maar erger door.'

'En luisteren ze dan naar je?'

'Soms. Soms niet.' Ze dacht na. 'Ik denk niet dat we Greg en Morgan kunnen tegenhouden als ze een podcast willen maken over de vermissing van onze moeder. Het is niet zeker dat ze recht heeft op privacy. Als ze niet meer leeft in elk geval niet. En het is net zo goed hun verhaal als het onze. Als we heel veel geld hadden en het niet erg vonden om dat eraan te besteden, konden we het ze wel heel moeilijk maken, maar uiteindelijk zouden nog veel meer mensen erover horen dan wanneer we helemaal niets doen.'

'Dus jij vindt het wel best dat iedereen van alles over jullie moeder hoort en over wat er met haar is gebeurd en wat dat met de familie heeft gedaan?'

'Er is heel weinig wat ik wel best vind.'

'Maar je gaat hier gewoon zitten afwachten wat er gebeurt?'

Etty stond op. 'Ik ga hier helemaal niet zitten afwachten. Ik ga terug naar Londen, ik ga verder met mijn leven. En die podcast komt er toch wel, hoe dan ook.'

Penny keek haar man aan. 'En jij dan? Kun jij niet naar ze toe gaan? Om te proberen ze op andere gedachten te brengen? Of anders Ollie? Wil hij dat niet proberen?'

Niall leek plotseling niet op zijn gemak. Hij keek even naar Etty en toen weer naar Penny. 'Volgens mij heeft Ollie gezegd dat ze hem ook wel mogen interviewen.'

40

'Een glas witte wijn, graag,' zei Etty.

'Groot of klein?'

'Groot.'

'Komt eraan.'

Victor Pearce draaide zich om en pakte een fles uit de koeling achter de bar. Etty keek naar hem. Victor was mager en pezig, zijn grijze haar zat in een nette staart en hij droeg een oorknopje. Toen hij zich weer naar haar omdraaide, zag ze zijn smalle, doorgroefde gezicht en zijn enigszins scheve gebit.

Deze sprongen in de tijd brachten haar erg van haar stuk. Ze zag Victor zoals hij nu was, een jaar of zeventig, maar met zijn lange haar en dat lenige lichaam zag hij eruit als een overjarige jongere. Ze dacht aan de Victor die ze had gekend toen ze nog een puber was, met zijn tie-dye-T-shirts en zijn verzameling kant-en-klare aforismen over karma, spiritueel bewustzijn, over dat het donkerste uur ook maar zestig minuten telt en het echte leven zich in het nu afspeelt. Alec had hem een charlatan genoemd, maar Lottie had geprotesteerd, gezegd dat hij een idealist was met een goed hart.

'Hoe gaat het met je, Etty?' vroeg hij toen hij het glas wijn voor haar neerzette. 'Lang geleden.'

Ze nam een slok. 'Niet super. Het is heel ontregelend om hier terug te komen en te merken dat alles is veranderd, maar tegelijkertijd nog hetzelfde is. Toen ik sigaretten ging kopen in de kiosk stonden er twee vrouwen die ik niet herkende over mij te fluisteren.'

'Jij bent dit dorp tenminste ontvlucht,' zei hij.

'Ja, en nu ben ik er weer, Victor.'

'De mensen hier hebben nooit kunnen vergeten wat er is gebeurd.'

'Wat sneu voor ze.'

'Glensted is erdoor getekend. Er gebeurde hier nooit iets en plotseling die dubbele tragedie die nooit is opgehelderd. Plaatsen hebben een ziel, net als mensen. En deze plaats is nog steeds verbijsterd en in rouw.'

'Wat vind jij in dat verband eigenlijk van die podcast? Zou dat helpen of doet het meer kwaad dan goed?'

'Ik denk dat Greg en Morgan met iets bezig zijn wat veel meer consequenties zal hebben dan zij denken. Het is niet niks om oude wonden open te rijten.'

'Ik dacht dat je daar juist in geloofde. Dingen aan het licht brengen. Maar je keurt het dus af?'

'Helemaal niet. Ik ben zelf ook al door ze geïnterviewd.'

'Waarom verbaast me dat niks? Waarover precies?'

'Over de invloed op het dorp. Maar vooral over mijn herinneringen aan Duncan en Lottie. Ik hield van je moeder, dat weet je. Kijk me niet zo aan. Ik hield op een platonische manier van haar. Ze was een verwante ziel.'

'Jaja.'

'Ze bakte taarten en zo voor het café, weet je nog, dus ik zag haar regelmatig.'

'Natuurlijk weet ik dat nog.'

Zij had haar moeder in de weekenden vaak geholpen en de herinneringen daaraan kwamen in een flits terug, voordat ze zich ertegen kon wapenen. Boter en suiker mixen, de eieren er een voor een bij doen, met haar vinger van het beslag proeven, Lottie die met haar grote schort voor naast haar stond, bloem zeefde, kletste, de zon die door het keukenraam viel, moeder en dochter.

'Ik wil je iets laten zien, wacht even.'

Hij verdween in de keuken en Etty nam een slok wijn. Het was vroeg in de avond en er was verder niemand in de zaak. De tafeltjes waren al gedekt; op elk ervan stond een vaasje met een takje eucalyptus en een kaars, klaar om aangestoken te worden.

'Kijk.' Victor legde een vierkante map met een ringband voor haar neer.

Ze schrok, want het leek een fotoboek.

'Kijk er maar eens in,' zei Victor.

Ze deed de map open en herkende het handschrift van haar moeder. Het waren recepten. Koffie-walnoottaart, scones, Iers sodabrood, lemon drizzle cake, brownies, gember-havermoutkoekjes... Ze bladerde de map door, zonder iets te zeggen.

'Ze heeft in de loop der jaren allerlei recepten opgeschreven en toen ze was verdwenen – jaren later zelfs – heb ik ze allemaal bij elkaar gezocht en in deze map verzameld. Als een soort aandenken.'

Etty staarde naar een recept voor custardtaartjes zonder echt te zien wat er stond.

'Ik weet dat je heel veel van je moeder hield,' zei Victor zacht. 'Als je wilt kun je met mij over haar praten. Dat weet je toch, hè? Je kunt alles aan me kwijt. We kennen elkaar al zo lang.'

Ze bekeek hem eens goed: een man die niet wist hoe hij oud moest worden. Hij leek niet op zijn gemak onder haar onderzoekende blik, maar hij glimlachte en legde zijn hand op de hare.

Ze schrok en trok haar hand met een ruk terug. 'Ik heb ook iets wat ik aan jou wil laten zien,' zei ze, maar dat besluit nam ze nu pas, zonder aarzelen, aangewakkerd door haar giftige woede. Ze haalde de brieven die Bridget had gevonden uit haar tas en smeet ze met een klap op de bar. 'Dit,' zei ze.

Victor verstijfde. Hij keek naar de brieven en toen weer naar haar. Hij likte heel even met het puntje van zijn tong langs zijn bovenlip, als een hagedis.

'Nou?'

'Wat wil je dat ik zeg? Het was intens. Het was heel intens tussen ons. En toen ging je weg, zonder afscheid te nemen. Ik heb je heel erg gemist, Etty, god, wat heb ik je gemist...'

Etty leunde naar voren over de bar. 'Ik was zéstien,' zei ze. 'Zestien. En jij? Veertig? Vierentwintig jaar ouder dan ik.'

'Leeftijd,' zei hij, met zijn handpalmen omhoog als een teken van kalme berusting. 'Daar ging het toch helemaal niet om.'

'Mijn moeder was net verdwenen. Mijn broers waren het huis uit. Ik was ontzettend...' Ze zweeg. Want welk woord kon omschrijven hoe ze eraan toe was, zo bang, zo verlaten, zo verstoken van elke hoop?

'We vonden troost bij elkaar.'

'O, noem je dat zo?' Ze had zin om hem te slaan, om te gaan schreeuwen.

'En verlangen.' Hij knikte naar haar. 'Vergeet dat niet, hè. Jij wilde mij net zo goed als ik jou wilde.'

'Rot toch op. Ik wilde alleen maar dat mijn moeder thuiskwam.' Etty was bijna in tranen. 'De rest was alleen maar smerige, waardeloze shit.'

'Nee,' zei hij.

'Wel waar. Waardeloze shit, Victor. Net als jij bent.'

'Waarom heb je dan al die jaren mijn brieven bewaard?'

'Die zaten in een doos die Bridget Wolfe heeft gevonden.'

'Ik begrijp je woede, maar...'

'Hou op.' Ze keek naar haar glas en zag dat er nog maar een bodempje in zat. 'Mag ik nog een glas wijn? Nu rood, graag. Een groot glas. Doe maar je goedkoopste wijn.'

Hij keek verbaasd bij haar abrupte verandering van toon, maar schonk een glas voor haar in.

Ze pakte het vast en smeet de inhoud over hem heen, in zijn verbijsterde gezicht, over zijn belachelijke paardenstaart, over zijn dure zijden overhemd.

'Wat kinderachtig,' zei hij.

'Ja, dat is het eeuwige kind in me, Victor.' Ze trok haar neus op. 'Ik had verwacht dat dit me goed zou doen, maar dat is niet zo. Want jij bent iemand die nooit enig zelfinzicht zal krijgen, die nooit de werkelijkheid zal inzien.' Ze zag dat zijn blik veranderde. 'Wat heeft mijn moeder zich in jou vergist.'

Ze pakte het glas witte wijn, waar nog een bodempje in zat, en gooide dat als een laatste, zinloze gebaar in zijn gezicht.

'Nou ja, zeg!' klonk het scherp achter haar.

Toen ze zich omdraaide zag ze een ouder echtpaar binnenkomen. Ze keken met open mond verbluft naar haar en naar Victor, die onder de wijn zat. Toen leek het kwartje te vallen bij de vrouw. 'Etty? Etty Salter?'

Het duurde even voordat Etty haar herkende.

'Mary Thorne,' zei de vrouw.

'Dat zie ik.'

De tijd heelt niet alle wonden, dacht Etty, wat Victor daar ook over zou zeggen. Ze voelde nog steeds een diepe walging voor Mary Thorne, hoewel ze dat eigenlijk niet terecht vond. Ze had er altijd een hekel aan gehad als een vrouw de andere vrouw de schuld gaf van overspel in plaats van haar eigen man, en bovendien had ze geen enkel recht van spreken. Ze had in de loop der jaren zelf ook verhoudingen met mannen gehad van wie ze wist dat ze getrouwd waren. Misschien had ze zich wel tot hen aangetrokken gevoeld juist omdat ze dat wist, omdat het daardoor veilige, afgebakende relaties waren, waarin haar verdedigingsmechanisme niet in gevaar werd gebracht.

En toch, nu ze Mary Thorne weer zag – nog steeds slank en opgedoft, met roze lippenstift, een kralenketting en oorbellen, maar met haar dat nu staalgrijs was in plaats van bruin, en rimpels in haar hartvormige gezicht – haatte ze haar nog steeds. Ze wist nog hoe koel ze had gereageerd op die afschuwelijke dag waarop Ollie en zij bij haar waren gekomen. Ze wilde dat er nog wijn in haar glas zat.

'Ik zou jullie een drankje willen aanbieden,' zei ze. 'Maar ik denk dat Victor zijn gezicht gaat wassen en een ander overhemd gaat aantrekken.'

Victor maakte zich uit de voeten en Mary Thorne keek hem na terwijl haar ogen schitterden van opwinding. Binnen een paar uur zou het hele dorp hier ongetwijfeld van op de hoogte zijn.

'Hoe gaat het met je?' vroeg Mary's echtgenoot.

Gerry, wist Etty opeens weer. Ze zou hem niet hebben herkend: hij was kaal en ongelooflijk mager geworden. Zijn kleren slobberden om zijn lijf en hij had een ingevallen gezicht. Hij zag er ziek uit. 'Prima.'

'We hebben natuurlijk al gehoord dat je terug was,' zei Mary Thorne.

'Natuurlijk.'

'Die arme vader van je.'

'Wat is er met mijn arme vader?'

'Ik bedoel... ik wil alleen maar mijn medeleven betuigen.'

'Dank je.' Etty zette met een klap haar glas neer en stond op. 'Ik moet ervandoor.'

'Ben jij ook betrokken bij dat programma?'

'Welk programma? O, die podcast? Nee.'

'Heel verstandig.' Mary Thorne keek opgelucht. 'Maar als je de broers Ackerley ziet, wil je dan tegen ze zeggen dat Gerry en ik ze graag even willen spreken?'

'Ik denk niet dat ik ze nog zie. Ik ben hier alleen om het huis leeg te ruimen.'

'Wij willen namelijk even wat dingen rechtzetten,' zei Gerry.

'Jullie willen niet dat ik met ze praat, maar wel dat zij jullie gaan interviewen?'

'Alleen maar omdat er nare roddels worden verspreid in het dorp,' zei Mary Thorne. 'We dachten dat dat allemaal achter de rug was, maar nu zij met iedereen praten en jullie ook weer terug zijn, begint alles weer opnieuw. Het lijkt wel alsof er weer iets vreselijks zou kunnen gebeuren. En het is dertig jaar geleden.'

'Ga dan zelf naar ze toe,' zei Etty.

'Waarom doe je zo vijandig?' vroeg Mary. Gerry legde waarschuwend zijn hand op de arm van zijn vrouw, maar ze weerde hem af en ging verder. 'Het is al zo lang geleden en je haat me nog steeds.'

'Ik moet nu echt gaan.'

'Ik heb een fout gemaakt. Eén fout. Heb jij nooit iets verkeerd gedaan in je leven, ben je zelf echt zo zuiver en onschuldig?'

'Natuurlijk niet,' zei Etty. Ze probeerde eerlijk te zijn tegen deze oude vrouw met haar dappere make-up en haar zieke man. 'Maar als ik jou zie, ben ik weer vijftien en is mijn moeder verdwenen en weet ik niet hoe ik verder moet met mijn leven.'

41

Brian Cobbett liep moeizaam de brug op, waar Morgan en Greg al stonden te wachten. De jaren hadden hem geen goed gedaan. Hij was vroeger al vrij stevig geweest, maar nu had hij ernstig overgewicht en zijn gezicht was ongezond rood. Hij had alleen nog een paar plukjes wit haar. Toen hij eindelijk bij hen was, transpireerde hij hevig.

'Fijn dat u dit wilt doen,' zei Greg.

Cobbett keek hem wantrouwig aan. 'Ik weet niet wat ik ervan vind,' zei hij. 'Dat jullie het verleden weer oprakelen.'

'Sommige dingen kun je niet achter je laten,' zei Morgan, die de recorder aanzette en de microfoon voor Cobbetts mond hield. 'Onze vader heeft niet alleen een einde aan zijn eigen leven gemaakt, maar hij werd ook verdacht van moord. En u leidde het onderzoek, inspecteur Cobbett.'

Greg keek naar zijn broer: hij was al gewend geraakt aan de snelle veranderingen in zijn manier van praten. Als hij niet interviewde klonk hij zachter en vriendelijker. Nu was hij strenger, de zoon die op zoek was naar antwoorden op de vragen rond de dood van zijn vader.

Cobbett keek geschrokken naar de microfoon. 'Zijn we al begonnen? Ik ben er nog niet klaar voor. Je zei toch dat we alleen wat zouden kletsen?'

‘Neem uw tijd. Als u ergens niet tevreden over bent, knippen we dat er gewoon uit.’

Het bleef even stil. Cobbett haalde een vinger langs de binnenkant van de boord van zijn overhemd. ‘Wat willen jullie weten?’

‘Er waren nogal wat twijfels over het onderzoek,’ zei Morgan. ‘En over hoe dat destijds is afgerond. Het werd nergens met zoveel woorden gezegd, maar er werd duidelijk gesuggereerd dat onze vader de moordenaar van Charlotte Salter was.’

Cobbett wreef met de rug van zijn hand over zijn mond. ‘Ik dacht dat jullie wilden praten over hoe moeilijk die twee zaken waren, dat jullie er als kind zoveel last van hebben gehad, dat soort dingen. Ik ben al heel lang geen inspecteur meer. We hebben ons best gedaan, meer kan een mens niet doen. Ik ben hierheen gekomen om jullie een plezier te doen.’

‘Ik wilde het graag eerst over de brug hebben,’ kwam Greg tussenbeide. ‘Daarom zijn we hier. Hier is onze vader vanaf gesprongen, dat klopt toch, inspecteur Cobbett?’

‘Ja,’ zei Cobbett, opgelucht dat ze weer op veilig terrein waren. ‘We hebben zijn bril gevonden op de leuning, op het hoogste punt van de brug.’

De drie mannen keken naar het kolkende water in de diepte.

‘Ja, het is heel hoog,’ zei Morgan. Hij keek naar Greg.

‘Zeker,’ zei Greg gehoorzaam. ‘Een heel eind om te vallen.’

‘Een paar uur later is zijn lichaam verder stroomafwaarts gevonden, het was achter een boei blijven haken. Anders zou hij misschien nooit meer teruggevonden zijn,’ ging Cobbett verder. ‘Dat hoeven jullie me niet te vertellen. Verschrikkelijk. Een verschrikkelijke tragedie voor de familie.’

Hij praatte verder, met zijn zware stem, terwijl de twee broers naar het water in de diepte bleven kijken.

‘Vraagt u zich weleens af of jullie het misschien bij het verkeerde eind hadden?’ vroeg Morgan.

‘Het is natuurlijk vervelend,’ zei Cobbett gewichtig, ‘maar er zijn zaken die niet zo lopen als je zou willen.' Zijn blik werd harder, het kostte hem duidelijk moeite. 'Je stelt me een rechtstreekse vraag en ik zal een rechtstreeks antwoord geven: ik was en ben er nog steeds van overtuigd dat jullie vader Charlotte Salter heeft gedood en zichzelf in een vlaag van wroeging van het leven heeft beroofd.'

42

‘Wat wil je dat ik zeg?’

‘Het gaat er niet om wat íк wil,’ zei Morgan, ook al was dat niet helemaal waar. ‘Het gaat erom wat je zélf wilt zeggen. Of zelfs wat je moet zeggen.’

‘De vraag is vooral óf ik wel iets wil zeggen.’ Ollie keek weifelend. ‘Het leek me eerst een goed idee, maar nu weet ik het niet meer zo zeker. Ik denk niet dat Etty er blij mee zal zijn.’

‘Volgens mij is Etty nergens blij mee,’ zei Greg. ‘Ze lijkt me zo...’

‘Misschien lucht het je op,’ onderbrak Morgan hem. ‘Ik stel gewoon een paar vragen en dan kijk je zelf maar hoe je erop wilt reageren. Het is niet erg als je aarzelt of fouten maakt. We gaan alles nog monteren.’

‘Oké.’ Ollie streek zijn dunner wordende haar naar achteren. ‘Begin maar.’

‘Op deze mooie warme dag staan we bij een oude schuur aan de rand van Glensted,’ zei Morgan met zijn sonore stem.

Ollie stond zenuwachtig van zijn ene op zijn andere voet te wippen en trok een beetje met zijn mond, alsof hij moest lachen.

Morgan keek hem fronsend aan, maar praatte verder. ‘Jaren geleden stonden hier koeien. Nu wordt deze schuur verbouwd tot een luxueuze woning met uitzicht op de rivier de Heming. De schuur heeft jarenlang leeggestaan, nadat op vrijdag 22 december 1990

Alec Salter hier zijn vijftigste verjaardag had gevierd.'

'Zaterdag,' zei Greg.

'Wat?'

'Het feest was op een zaterdag.'

'O, geen probleem, dat corrigeer ik later wel.'

Hij kuchte en haalde diep adem. 'Er kwamen ongeveer honderd mensen, maar de echtgenote van Alec Salter kwam niet, en niemand heeft haar ooit nog gezien.'

'Dat weten we niet,' zei Greg.

'Wat?'

'Dat kun je niet zeggen, want dan is het alsof ze dood is. Maar het kan best zijn dat iemand haar daarna nog wel heeft gezien.'

'Iedereen weet toch dat ze dood is,' zei Morgan.

'Let maar niet op mij,' zei Ollie.

'Sorry. Weet je wat, ik doe het intro later wel, we beginnen meteen met de vragen, oké?'

'Oké.'

'Naast ons staat de jongste zoon van Charlotte Salter, Oliver. Hallo, Oliver.'

'Hallo,' zei Ollie en hij grijnsde even naar Greg.

'Die avond ligt je zeker nog wel vers in het geheugen?'

'Niet echt.'

'Sorry?'

'Alleen heel vaag, eerlijk gezegd. Ik was stoned.' Hij zweeg even. 'Maar dat was jij ook, Morgan, als ik het me goed herinner. Ontzettend stoned.' Hij wees naar Greg. 'En ik ken ook iemand die heel erg dronken werd en buiten stond te kotsen.'

Morgan en Greg glimlachten een beetje zuur en probeerden het interview voort te zetten.

'Dat klopt,' zei Morgan. 'Ik was vijftien en ik vond jou en je vrienden ontzettend cool. Ik weet nog dat ik probeerde te doen alsof ik al veel vaker een joint had gerookt, maar ik moest enorm mijn best doen om niet te gaan hoesten.'

'Ja,' zei Ollie. 'Je was een vreemd joch.'

'Ik had het als puber niet naar mijn zin,' zei Morgan. 'Ik was heel serieus, een echte nerd.'

'Wie heeft het als puber nou ook wel naar zijn zin? Meestal doen we alleen maar alsof we het leuk hebben.'

'Zullen we weer terug naar de avond van het feest?' vroeg Greg.

'Oké. Van dat feest zelf kan ik me dus niet veel herinneren,' zei Ollie. Hij leek inmiddels te zijn vergeten dat hij werd opgenomen. 'Maar ik zal vertellen wat ik nog wel weet. Ik herinner me dat het mijn vader niks kon schelen dat mijn moeder er niet was. En ik weet nog dat ze ABBA draaiden en dat al die oude mensen stonden te springen en met hun armen stonden te zwaaien. En ik weet nog dat ik met Etty naar huis ben gelopen en dat ik de bomen steeds afwisselend heel scherp en dan weer heel wazig zag. En ik weet nog dat het thuis donker en koud was, alsof het leven eruit weg was getrokken.' Hij dacht even na. 'Dat drong denk ik pas later tot me door, toen ze al weg was. Als ze thuis was, was het altijd alsof er een haardvuur brandde dat warmte gaf en een prachtig, stralend licht.'

'Mooi,' zei Morgan. 'Dat was mooi.'

'Maar wat ik me vooral herinner zijn de dagen daarna. Jezus.'

'Ga door, vertel maar wat je in die dagen hebt gedaan.'

Ollie haalde zijn schouders op. 'Vooral gewacht. Met Etty door het dorp gelopen in de natte sneeuw. De tijd leek stil te staan. Elke minuut leek een eeuwigheid te duren. Ik ben een keer met Etty naar de Thornes geweest, dat was afschuwelijk. Mary Thorne was zo... ongevoelig voor wat wij doormaakten dat ik haar wel kon wurgen. En ik kreeg natuurlijk ruzie met mijn vader. Wij allemaal, trouwens, vooral Paul. We gaven mijn vader overal de schuld van.'

'Is dat nog steeds zo?'

Ollie dacht na, vroeg zich af hoe ver hij kon gaan.

'Hij had verhoudingen, hij bedroog mijn moeder; misschien zou ik dat niet moeten zeggen, maar hij luistert deze podcast toch niet. Bovendien is het een publiek geheim en ik neem aan dat andere mensen dat jullie ook al hebben verteld. Hij maakte haar ongelukkig. Maar ik ben nu even oud als hij toen was. Ik weet inmiddels dat er zoveel mensen zijn die een puinhoop van hun leven maken. Kijk maar naar mij. En toch heb ik hem dat nooit kunnen vergeven. Ik heb nog steeds het gevoel dat als hij een betere echtgenoot was geweest, ze nu nog zou leven en dat het met ons allemaal misschien heel goed zou gaan. Etty heeft het hem ook niet vergeven, zij is nog veel feller dan ik. En Paul...' Zijn stem stokte.

'Paul?'

'Ik wil het eigenlijk niet over Paul hebben. Laten we hem maar met rust laten.'

'Ik zal je iets anders vragen. Vertel eens wat voor iemand je moeder was?'

Ollie verstijfde.

'Je hoeft geen antwoord te geven, hoor,' zei Greg. 'Als je niet wilt, hoef je niks te zeggen.'

'Soms weet ik het niet eens meer,' zei Ollie. 'Ik moet naar een foto kijken om me haar gezicht weer voor de geest te halen. Wat willen jullie horen? Ze was mijn moeder.'

'Natuurlijk,' zei Greg.

'Maar weet je, ik zal zeggen hoe ze was. Ze was lief. Ze was lief voor me toen ik een boze, blowende puber was. Ze was lief voor de vrouw van de buurtwinkel en voor de oude man die altijd door het dorp liep met die schurftige hond van hem waar altijd iets mee was. Ze was lief voor iedereen. Ze gaf mensen het gevoel dat ze bijzonder waren. Soms vatten mensen, en daarmee bedoel ik mannen, dat verkeerd op. Maar eigenlijk was ze gewoon ontzettend aardig.'

'Ollie,' zei Greg. 'Wat is er volgens jou dertig jaar geleden met je moeder gebeurd?'

Ollie keek hem aan, daarna keek hij naar Morgan, die rustig naast zijn broer stond en de microfoon vasthield.

'Iemand heeft haar vermoord,' zei hij ten slotte. 'Misschien was het mijn vader. Misschien was het jullie vader. Misschien was het iemand anders. Maar ze is die avond gestorven. We hebben ontzettend lang op haar gewacht, naar haar gezocht, gedaan alsof ze nog thuis zou komen. Vooral Paul, die bleef volhouden dat ze terug zou komen. Maar ze was al die tijd al dood.'

'Wil je niet alsnog heel graag weten wie haar heeft vermoord?'

Ollies gezicht verstrakte. 'Dat hele proces hebben we dertig jaar geleden doorgemaakt en we hebben het maar ternauwernood overleefd. Behalve een van ons. Waarom zouden we dat nu allemaal weer willen oprakelen?'

'Maar dat is wat we nu aan het doen zijn,' zei Morgan kalm. 'Of het nu wel of niet goed is: we hebben het gevoel dat het verleden nog niet afgerond is, en dat we het aan onze vader verplicht zijn. Daarom roeren we in het verleden om te kijken wat er boven komt drijven.'

43

Op woensdag, toen Etty op kantoor was en net een zoomgesprek met een paar cliënten had afgerond, werd ze opgebeld door Penny.

'Is er iets aan de hand?' vroeg Etty.

'Ja, inderdaad.'

'Met papa?' Dat woord voelde vies in haar mond, te intiem.

'Met Lucia. Ze heeft haar achillespees gescheurd en kan niet werken.'

'Ik neem aan dat het bureau wel voor vervanging zorgt?'

'Dat is het hem juist. Ze kunnen op zo'n korte termijn niemand vinden. Ze hebben gezegd dat dat pas in het weekend gaat lukken.'

'Wat vervelend.'

'Is dat alles wat je kunt zeggen?'

'Ik zou niet weten wat ik eraan kan doen.'

'Nee? Dus hoe moet het dan verder? Zal ik je eens vertellen hoe het verder moet? Het komt natuurlijk weer op Niall en mij neer, zoals altijd.'

'Over ongeveer een week zit hij in dat tehuis.'

'Wij zouden naar Lissabon gaan, voor onze trouwdag. We gaan nooit samen weg.'

Etty liep naar het raam van haar kantoor en keek naar de blauwe hemel boven de kantoorgebouwen. Ze kon dit niet aan.

'Nou?' vroeg Penny.

'Je verwacht toch niet dat ík voor hem ga zorgen?'

'Niall zei al dat je dat niet zou willen. Dat het geen zin had om je te bellen. Maar Ollie heeft griep.'

'Ik moet werken.'

'We moeten allemaal werken.'

Fuck, dacht Etty, fuck fuck fuck. Ze haalde diep adem. 'Goed dan,' zei ze.

'Doe je het?'

'Dat zei ik toch?'

'Dan moet je vandaag nog komen. Onze vlucht gaat morgenvroeg.'

'Ik zal er zijn.' Ze keek op haar horloge. 'Tegen vijven.'

'Ik ga geen dank je wel zeggen.'

Etty moest ondanks alles glimlachen. 'Goed zo. Moet je ook niet doen.'

Onderweg naar Glensted luisterde Etty naar de nieuwste aflevering van de podcast van Morgan en Greg, die een paar uur eerder online was gezet, terwijl Londen langzamerhand plaatsmaakte voor de bossen en velden en kalme rivieren.

Ze probeerde te luisteren zoals ze vroeger als kind door haar vingers naar dingen had gekeken en die dan maar half zag. Alsof die podcast niets met haar leven te maken had, maar een verhaal was dat lang geleden al was afgelopen.

Victor Pearce gebruikte vrijwel exact de formuleringen die ze al eerder van hem had gehoord, over plekken met een ziel, over verbijstering en rouw. Allemaal gespeeld, dacht Etty.

Na hem kwam Brian Cobbett, vanaf de brug. Hij klonk van streek. Waarom had hij toegestemd in een interview? Het was meteen duidelijk dat hij werd neergezet als een incompetente clown.

Daarna volgde een korte scène op het kerkhof met de plaatselijke dominee. Morgan zei met zachte, verdrietige stem dat Duncan hier begraven lag en dat Lottie hier ook zou hebben gelegen als haar lichaam was gevonden. Hij las de data op van de grafsteen van een vrouw die de hoge leeftijd van zevenennegentig had bereikt en was overleden rond de tijd dat Lottie vermist was geraakt.

'Ik probeer me weleens voor te stellen hoe Lottie zou zijn geweest aan het einde van het lange leven dat ze had verdiend,' zei hij. 'Net zoals mijn vader...'

De dominee sprak over de vluchtige aard van het leven en de troost van God.

Toen Morgan weer aan het woord kwam, na wat gemijmer over hoe vreemd het verglijden van de tijd was, waren Greg en hij inmiddels bij Bridget thuis. Het fragment duurde niet lang, maar Bridget was in haar element. Ze noemde zichzelf weer een archivaris bij wie elk geheim veilig was en ze zei tegen de broers dat het verdriet in het huis van de Salters duidelijk voelbaar was. Ze beweerde dat het opruimen van de spullen een manier was om oude wonden te helen en dat ze de familie daarmee kon helpen.

'Vergeet het maar,' zei Etty hardop.

Toen ze Ollies stem hoorde, omklemde ze het stuur nog steviger en reed een parkeerplek op. Ze deed aan beide kanten een raampje open en stak een sigaret op. Haar handen trilden. Ze vloekte zacht toen Ollie over Alecs verhoudingen begon. Een paar keer noemde hij haar: 'Etty en ik', zei hij dan. Hij was niet gewoon een 'ik', maar een 'wij', samen met haar. Ze dacht terug aan hun kindertijd, toen ze altijd samen waren, heel close waren, tot die verschrikkelijke tijd. Daarna hadden ze elkaar in de steek gelaten.

Die avond probeerde Etty te doen alsof ze een robot was, een geprogrammeerde computer op twee benen. Ze maakte linzensoep voor haar vader en keek naar hem terwijl hij at. Ze veegde zijn mond af. Ze bracht hem naar de wc en wachtte voor de deur tot hij klaar was. Ze bracht hem naar de slaapkamer en keek toe terwijl hij met zijn knopen prutste; uiteindelijk hielp ze hem met uitkleden en zijn pyjama aantrekken.

Toen hij in bed stapte, herinnerde ze zich dat ze om een sieraad van Lottie had gevraagd – misschien de ring met de maansteen of de gouden schakelketting voor bij het medaillon dat ze nooit afdeed. Ze trok de laatjes van de kaptafel open en zag dat die leeg waren. Ze keek in het sieradenkistje, maar daarin zat ook niets meer van Lottie.

'Aan het jatten, kreng?' zei Alec vanuit zijn bed.

'Waar zijn al haar sieraden?'

Hij keek haar aan met een uitdrukking die het midden hield tussen angstig en dreigend.

'Aan wie heb je die allemaal gegeven?'

Ze kon de gedachte niet verdragen dat hij de ringen, armbanden en halskettingen had weggegeven aan al die andere vrouwen die hij na Lottie had gehad.

Alec grijnsde. Ze had zin om hem een klap te geven, maar ze trok het dekbed wat hoger zodat hij warmer lag. 'Welterusten,' zei ze en ze verliet de kamer.

Die nacht noemde hij haar Lottie, of Lucia, en soms Etty. Hij schreeuwde het uit in zijn slaap en ze ging naar beneden vanuit haar armoedige oude kamertje, waar alleen nog het ijzeren ledikant stond en zelfs geen gordijnen meer hingen, en zei tegen hem dat het maar een droom was. Hij stak zijn hand uit, vol levervlekken en met een slappe huid rond de opgezwollen knokkels; ze deinsde terug, maar pakte hem toch vast.

Hij was in haar ogen al zo lang een monster: de man die Lottie had bedrogen en die haar misschien had vermoord. Ze wilde geen medelijden voelen, ze wilde hem ook niet over zijn kleine Etty horen praten, zijn oogappel. Ze wilde er niet aan terugdenken dat ze vroeger als kind van hem had gehouden.

Op donderdagmiddag liet ze hem achter in de woonkamer, in de enig overgebleven leunstoel bij het raam, en ging een eind lopen. Lucia nam altijd twee uur per dag vrij, dus dan kon zij dat ook wel doen. Toen ze in de richting van het centrum van Glensted liep, werd ze geroepen door een vrouw aan de overkant van de straat.

'Etty? Etty Salter!'

Het klonk niet als een groet, meer als een commando. Etty stak over naar de vrouw, die mollig was en een lichtgroene jurk droeg. Ze had geen idee wie het was. 'Ja?'

'Gemma. Gemma Thorne.'

'O. Hallo.'

'Ik hoorde al dat je hier was.'

Etty gaf geen antwoord.

'Dat verbaasde me wel, moet ik zeggen. Je komt hier nooit meer. Zelfs niet nu je vader er zo slecht aan toe is.'

Etty zweeg.

'Maar goed, je bent er.'

Ze keken elkaar aan. Etty had haar nooit gemogen.

'Ik kom hier nog vaak,' zei Gemma. 'Met mijn dochters en mijn zoon, als ze tijd hebben. Die zijn inmiddels natuurlijk al groot. Jij hebt geen kinderen, geloof ik?'

'Nee.'

'Dacht ik al.'

'Ik moet weer verder,' zei Etty.

'Wacht.' Gemma legde een hand op haar arm, wat Etty deed huiveren. 'Ik wil je iets zeggen. Ik ben je achternagekomen om je iets duidelijk te maken.'

'Wat dan?'

'Dat je mijn ouders met rust moet laten.'

Dat had Etty niet verwacht. Ze deed een stap naar achteren en keek Gemma koeltjes aan. 'Ik weet niet waar je het over hebt.'

'Ze zijn oud. Met mijn vader gaat het niet goed. Waar ben je nou eigenlijk mee bezig, met dat rondgehang van je, en met die mensen van streek maken? Als hij een hartaanval krijgt, is dat jouw schuld.'

'Ik ben absoluut niet van plan om naar jouw ouders toe te gaan.' Ze draaide zich om en liep weg, Glensted uit, langs de speeltuin, waar nu vrolijk gekleurde speeltoestellen stonden met rubbertegels eronder, langs de kerk met de scheve torenspits. Bij het hek van het kerkhof aarzelde ze. Daar ergens was een grafsteen met Pauls naam erop. Ze had zijn graf nooit bezocht, in meer dan vijfentwintig jaar niet.

Ze deed het hek open en liep het kerkhof op, tussen de graven door; sommige waren oud en bemost, andere nieuwer, met een glimmende grafsteen erop. Na een paar minuten vond ze Pauls rustplaats. Een simpele grijze grafsteen met zijn naam, zijn geboorte- en zijn sterfdatum. Maar iemand had er onlangs anemonen neergezet. Vast Penny, dacht ze. Ze kon zich wel voorstellen dat Penny voor het graf van Nialls broer zorgde, zoals ze zich ook om Nialls vader bekommerde. Dat ze deed wat haar goed leek, en daarmee probeerde het verleden wat draaglijker te maken.

Een poosje bleef ze staan kijken naar de bescheiden steen en de vrolijke bloemen; toen rechtte ze haar schouders en liep het kerkhof af, het bos in. Vanaf de top van de heuvel kon ze heel Glensted overzien: het oude centrum, de nieuwbouw, en verderop de brede, glinsterende Heming. Daar hadden de eerste achttien jaren van haar leven zich afgespeeld. Nu leek het wel een droom.

44

'Het kan toch geen kwaad om het te vragen,' zei Morgan. Hij liep met Greg over de oprit naar de boerderij van de Salters. Ze hadden hun nieuwe opnameapparatuur meegenomen.

'Ik weet het niet, hoor,' zei Greg. 'En die vrouw van de thuiszorg dan?'

'Laten we het gewoon proberen. Het zou al geweldig zijn als we een paar seconden van hem kunnen krijgen. Alleen al zijn stemgeluid. Hij is de centrale figuur in ons verhaal.'

Ze stonden voor de voordeur. Morgan keek naar zijn broer. 'Nou? Stel dat we hem kunnen laten bekennen.'

Greg dacht na. 'Ja, dat zou een perfect einde zijn.'

'Zie je wel?' zei Morgan. 'Je denkt al als een echte podcastmaker.'

Morgan klopte aan. Er kwam geen reactie. Hij klopte nog eens, langer en harder, en ze luisterden of ze voetstappen hoorden.

'Hij is er niet.' Greg was opgelucht.

Maar Morgan draaide aan de deurknop en duwde de deur open.

'We kunnen toch niet zomaar naar binnen gaan!'

'Waarom niet? Dat deden we vroeger ook altijd. Hallo? Hallo, is er iemand thuis?' Zijn stem galmde in de lege gang.

'Kom, we gaan weer,' zei Greg.

Maar toen hoorden ze een knorrige stem in de woonkamer. 'Wie is daar? Wie zijn jullie?'

Glimlachend en met een uitgestoken hand ging Morgan naar binnen. Greg kwam achter hem aan, met de apparatuur.

'Hallo, meneer Salter, Alec,' zei Morgan. 'We hebben elkaar in geen jaren meer gezien, maar ik ben Morgan Ackerley.'

Alec zat in zijn stoel met een deken over zijn knieën en keek verbouwereerd op.

'De zoon van Duncan. U herinnert zich Duncan toch nog wel?'

'Duncan,' zei Alec. 'Die tyfuslijer.'

'En dit is Greg.'

Greg stak met een ongemakkelijk gevoel zijn hand op. 'Hoe gaat het met u?'

'Er is iets heel erg mis,' zei Alec. 'Wat is er gebeurd?'

'Er is niets aan de hand.'

'Waar is Lottie?'

'Lottie?' Morgan had de opname gestart en stak de microfoon naar voren.

'Ga weg,' zei Alec. 'Laat me met rust. Ik wil dat iedereen weggaat. Behalve Etty. Waar is Etty naartoe?'

'We willen u alleen een paar vragen stellen.' Morgan praatte langzaam en duidelijk, alsof hij het tegen een dove kleuter had. 'Over wat hier dertig jaar geleden is gebeurd.'

'Wat is er dan gebeurd?'

'Toen Lottie verdween.'

'Daar weet ik niets van. Dat heb ik ook al tegen ze gezegd. Hoe vaak moet ik dat nog herhalen?'

'Denkt u dat uw vrouw dood is, meneer Salter?'

'Ik heb haar in een tuin ontmoet, toen had ze een gele jurk aan. Ik had nog nooit zo'n mooi meisje gezien. Waarom heeft ze dat nou gedaan?'

'We hadden u niet moeten storen,' zei Greg. Hij keek zijn broer verwijtend aan. 'We laten u weer met rust. Het spijt me vreselijk.'

'Niet weggaan. Iedereen gaat maar weg.'

'Wat is er met Lottie gebeurd, meneer Salter?' vroeg Morgan. En toen: 'Hebt u haar vermoord?'

Toen Etty terugkwam, zag ze dat de deur openstond. Wat slordig van me, dacht ze. Binnen meende ze stemmen te horen in de woonkamer. Gehaast liep ze ernaartoe en ze bleef bij de deur staan luisteren. Ze hoorde Morgan Ackerley met luide, vastberaden stem iets vragen. 'Wat is er met Lottie gebeurd, meneer Salter? Hebt u haar vermoord?'

En ze hoorde haar vader antwoorden: 'Natuurlijk heb ik dat gedaan! Zijn jullie net zo dom als al die anderen?'

Ze gooide de deur open. De twee broers draaiden zich geschrokken om. 'Hoe durven jullie? Hoe hálen jullie het in je hoofd!'

'Etty,' zei Morgan.

'Eruit.'

'Hij zei dat hij...'

'Ik heb gehoord wat hij zei. Wegwezen.'

Ze duwde de twee mannen zowat de woonkamer uit en begon in de gang weer tegen ze uit te varen. 'Mijn vader is dement en jullie komen hier stiekem binnen terwijl hij alleen thuis is?'

'We wisten helemaal niet dat hij alleen thuis was,' zei Morgan. 'We dachten dat zijn verzorgster bij hem zou zijn.'

'Is dat jullie smoes?'

'Hij heeft bekend dat hij Lottie heeft vermoord.'

'Hij heeft dementie.'

'En toch heeft hij bekend. Wil je dan niet weten wat er werkelijk met je moeder is gebeurd?'

'Wat er werkelijk is gebeurd? Hij kan wel zoveel zeggen.'

'Als hij Lottie heeft vermoord, dan is onze vader onschuldig.'

'Als jullie dat uitzenden, sleep ik je voor de rechter.'

'Natuurlijk gaan we dat niet doen,' zei Greg aangeslagen. Hij was lijkbleek.

'Kan dat dan zomaar, ons voor de rechter slepen?' vroeg Morgan.

'Ik ben jurist, Morgan. Mijn vader is geestelijk onbekwaam. Als jullie uitzenden wat hij heeft gezegd, zorg ik dat jullie daar heel veel spijt van krijgen.'

'Etty,' zei Greg. 'Sorry, ik...'

'Jij bent al net zo erg als Morgan. Rot op!'

45

Terwijl het theewater opstond, waste Etty een paar borden, kommen en glazen af. Ze veegde het aanrecht schoon, deed een zakje assam en een zakje earl grey in de theepot. Ze probeerde weer wat tot zichzelf te komen. Toen Greg en Morgan het huis uit waren, was ze zo kwaad dat ze iets met haar woede moest, iemand een mep wilde geven, met haar vuist tegen een muur wilde slaan. Ze overwoog om de politie te bellen en te vertellen wat ze hadden gedaan. Maar ze wist dat dat geen zin had. De politie onderzocht tegenwoordig bijna geen misdrijven meer. Een paar jaar eerder was er ingebroken in haar appartement. Ze had de politie gebeld, maar het enige wat die deed was haar een referentienummer geven. Daar vraagt de verzekering om als u een claim wilt indienen, kreeg ze te horen.

Greg en Morgan zouden hooguit schuldig zijn aan insluiping, maar ze hoefden maar te zeggen dat ze binnen waren gevraagd en de politie zou niets kunnen doen. Zou ze ze bang kunnen maken met een brief met wat juridische termen? Waarschijnlijk niet.

Ze schonk twee bekers thee in en ging naar de woonkamer.

Alec zat nog in precies dezelfde houding, alleen was zijn deken op de grond gegleden.

Ze legde de deken terug en gaf hem zijn thee aan. Hij keek ernaar alsof hij niet goed wist wat hij ermee moest, maar bracht de beker toen langzaam naar zijn mond en nam een slokje. Er klonk een kreun en hij hield de beker van zich af. Was het nog te heet? Etty pakte de beker uit zijn hand en zette hem op het tafeltje naast hem.

'Zeg het maar als je je thee wilt.'

'Waar is alles? Iemand heeft alles meegenomen.'

'Sorry van Greg en Morgan,' zei ze. 'Hebben ze je lastiggevallen?'

'Nee, ze hebben me niet lastiggevallen.'

Het antwoord klonk werktuigelijk, alsof hij een machine was die niet helemaal goed was ingesteld om de spraakpatronen van mensen te imiteren. Waarschijnlijk was hij dat interview alweer vergeten, maar hij maakte wel een onrustige indruk, hij beefde een beetje en knipperde met zijn ogen. Was dat omdat hij was geschrokken van die mensen die hij niet meer kende, en die zomaar waren binnengevallen en hem onder druk hadden gezet? Of besefte hij diep in zijn binnenste dat ze hem doorhadden?

Etty was woest uitgevaren tegen Greg en Morgan. Zelfs nu nog had ze zin om ze iets aan te doen. Maar eigenlijk begreep ze ze ook wel weer.

'Ik heb bijna medelijden met ze,' zei ze hardop. 'Ze zijn hun vader verloren en daarna kreeg hij de schuld van wat er met mama is gebeurd. Wat vind jij daar eigenlijk van? Heb jij ooit het idee gehad dat Duncan mama heeft vermoord?'

'Duncan,' zei Alec smalend. 'Was verdomme veel te dik bevriend met mijn vrouw.'

'Jij was toch zelf ook met hem bevriend?'

Alec fronste zijn wenkbrauwen alsof hij zich iets probeerde te herinneren en deed enorm zijn best om antwoord te geven, maar er kwam niets over zijn lippen.

'Weet je,' zei Etty mijmerend, tegen een man die niet meer begreep waar ze het over had. 'Die laatste anderhalf jaar hier, elke dag na school, letterlijk elke dag, dacht ik dat mama opeens terug zou komen, ook al wist ik natuurlijk dat dat niet ging gebeuren. Als ik eten voor ons kookte, zorgde ik altijd dat er ook genoeg was voor haar, voor als ze plotseling op de stoep zou staan. Dat heb ik je nooit verteld en je hebt het nooit gemerkt, maar dat deed ik. Meestal gooide ik het overgebleven eten weg voordat ik 's ochtends naar school ging. Ik ben het altijd blijven doen, zolang ik hier in Glensted woonde.'

'Jij kunt goed koken,' zei Alec. 'Ik vind het altijd lekker wat je maakt. Braadstuk bijvoorbeeld.'

Hij bedoelt Lottie, dacht Etty.

'Ik ben nu vegetariër,' zei ze. 'Ik heb al in geen twintig jaar meer vlees gebraden. Bijna dertig.' Ze slikte en vervolgde haar mijmeringen over vroeger. 'Dat was ook een van de redenen waarom ik weg ben gegaan. Telkens als de deur openging, dacht ik dat het mama kon zijn. En altijd als ik in bed lag en het licht van koplampen op het plafond zag, dacht ik dat mama terugkwam. Dat gevoel kon alleen maar stoppen als ze inderdaad terugkwam, of als ik mezelf iets doms zou aandoen. Ik heb mezelf een paar jaar inderdaad domme dingen aangedaan. En toen ben ik echt weggegaan, weg van alles wat me aan mama kon doen denken, en toen...' Ze zweeg een tijdje. 'Je hoort toch weleens over soldaten die zich vrijwillig aanmelden voor een missie omdat ze hopen om het leven te zullen komen? Zulke dingen heb ik ook gedaan, maar dan niet in een oorlog. Soms denk ik nog weleens aan de plekken waar ik midden in de nacht terechtkwam. Maar wat mensen me ook aandeden, niets was zo erg als wat ik vanbinnen voelde.' Ze snikte en veegde met de rug van haar hand haar tranen weg.

'Ik wil mijn thee,' zei Alec. 'Alsjeblieft.'

Ze gaf hem de beker aan. De thee was nu genoeg afgekoeld. Hij nam een paar slokjes, onhandig, als een klein kind. Het vocht droop uit zijn mondhoeken. Ze pakte zijn beker weer en veegde met wat keukenpapier zijn gezicht af.

'Het was niet de bedoeling dat ik zou worden zoals ik nu ben,' ging Etty verder. 'Weet je nog hoe ik was voordat het gebeurde? Ik was altijd vrolijk. Ik kon goed leren. Ik had vrienden. Ik had plezier. Iedereen ging graag met me om. Er waren jongens verliefd op me.'

Ze zei dingen die ze nooit hardop uitgesproken had. Het was alsof ze nu met haar vader een gesprek voerde dat vroeger onmogelijk was geweest. 'Ik nam me voor om hier nooit meer terug te komen. Maar nu ben ik er toch, en ik weet niet of dat wel zo'n goed idee is.'

Ze keek hem aan: hij gaf er geen blijk van dat het tot hem doordrong wat ze allemaal zei. Daarom kon ze het natuurlijk ook zeggen. Als ze de kamer uit was, wist hij niet eens meer dat ze er was geweest.

46

In het laatste weekend van mei, toen de lucht zachtblauw was en Lotties verwaarloosde stukje tuin een wildernis was van onkruid en weelderige pioenrozen, verzamelden de kinderen Salter zich voor hun laatste dagen op de boerderij. Op maandag zou Alec naar het verpleeghuis in Hemingford gaan, waar een kamer was vrijgekomen. Zijn tassen waren al ingepakt door Lucia, die met haar voet in het verband weer aan het werk was gegaan en moeizaam door de lege, hol klinkende kamers hinkte. Niall zei tegen haar dat ze het weekend vrij kon nemen. Dat zij wel voor hun vader zouden zorgen.

Alle bedden waren al weggehaald, behalve die van Alec en Lucia. Ollie en Etty hadden de vrijdagnacht op de matjes geslapen die Penny had gebracht. Etty had in haar lege kamer op de grond gelegen en het zilveren ochtendlicht zien opdoemen door het vierkante slaapkamerraam. Buiten klonk een onwaarschijnlijk gevarieerd vogelkoor.

Paul kende altijd alle vogelnamen, wist ze nog. Paul, en Lottie ook. Ze herinnerde zich nog goed de wandelingen van vroeger, dan wezen die twee haar koolmeesjes of vinkjes aan, ze zagen een groene specht of soms de blauwe schicht van een ijsvogel tussen het riet bij de Heming. Op een avond had ze met Paul urenlang in de tuin zitten luisteren naar de bosuilen in de hoge bomen.

Ze moest terug naar haar leven in Londen, dacht ze, voordat deze afschuwelijke nostalgie haar verdedigingsmuren afbrak en ze werd overspoeld door alle herinneringen aan het verleden.

Er was niet veel meer te doen. Bridget was enorm efficiënt geweest. Ze had wat spullen in de keuken achtergelaten en gezegd dat ze die nog zou ophalen als Alec weg was en zij ook waren vertrokken. Het huis zou de vrijdag erna te koop worden gezet, maar de makelaar in Glensted had gezegd dat de markt niet zo gunstig was en dat de mensen zich misschien lieten afschrikken door het achterstallige onderhoud.

Het gevoel dat het einde naderde overviel hen allemaal. Ze liepen de lege kamers door, zonder schilderijen, vloerkleden en boeken. Het licht viel naar binnen door de ramen die ze hadden opengezet om de geurige, frisse lucht binnen te laten. In de gang lagen een paar dode bijen op de houten vloer.

Etty zag het huis zoals het nu was – kaal, leeg, een plek van afwezigheid – en zoals het was geweest. Herinneringen drongen zich ongevraagd en pijnlijk aan haar op. Ze had het gevoel dat Lottie en Paul in de kamer naast de hare waren, of om een hoek, of boven. Telkens als ze de deur van de woonkamer opendeed, verwachtte ze dat ze daar zouden staan, zich allebei naar haar zouden omdraaien.

'Komen jullie ooit nog terug?' vroeg Niall plotseling, te hard.

Ollie en Etty keken hem aan.

'Nee, hè?' Zijn mond vertrok. 'Waarom zouden jullie ook?'

'Waarom blijf je hier eigenlijk?' vroeg Etty zacht.

'Ik moet de zaak leiden. Iemand moet dat doen.'

'Ja?'

'En ik heb hier mijn gezin, mijn hele leven is hier.'

'Heb je hier nooit weg gewild?' vroeg Ollie.

'Wat dacht je? Elke dag zeg ik tegen mezelf: nog een paar maanden, dan ga ik weg. Maar dat is er op de een of andere manier nooit van gekomen. En misschien is het ook maar beter zo.'

'Hoe bedoel je?'

'Jullie twee zijn wel weggegaan, en kijk eens hoe dat is afgelopen. Zijn jullie gelukkiger dan ik? Hebben jullie het verleden wél achter je gelaten?'

Ollie grinnikte geforceerd. 'Is het daar nu te laat voor?' vroeg hij.

Niemand gaf antwoord.

47

'Wie wil er nog koffie?'

Het was ongewoon druk in de keuken van de Ackerleys die zondagochtend. Frances en Lester waren er, en Lesters twee kleinkinderen, pubers, die in zijn oude camper hadden overnacht en nu gretig op de croissants aanvielen. Morgan zat aan tafel mailtjes te beantwoorden op zijn telefoon en tikte tussendoor met een vinger op het houten blad, als een metronoom. Greg zette koffie voor iedereen en terwijl hij water opschonk, kwam Katherine de keuken binnen, met slaapkreukels in haar gezicht. Ze glimlachte vaag naar de anderen en pakte een croissant. 'Is het echt al zo laat?'

'Ik wou dat ik ook zo goed kon uitslapen,' zei Morgan. 'Ik was al om halfzes op.'

'Misschien moet je eens proberen te mediteren,' zei ze.

'Morgan vindt het fijn om niet te slapen,' zei Greg. 'Hij werkt graag als wij liggen te snurken.'

'Vandaag hoef je niet te werken. Het is zondag.'

'Hoe laat zullen we gaan barbecueën?' Frances had een zwarte broek en een roomwitte blouse aan, alsof ze naar een vergadering moest.

'Hebben we alles al in huis?' vroeg Katherine.

'Ik heb gisteren de boodschappen gehaald.' Greg telde ze op zijn vingers af. 'Houtskool, check. Spareribs, check. Lamsmedaillons, check.'

'Wij zijn vegetariër,' zei een van Lesters kleinkinderen.

Greg grinnikte. 'Maiskolven, check. Halloumi, check. Grote champignons...'

'Wil je niet steeds check zeggen?' vroeg Morgan.

'Oké. We hebben grote champignons. En ijs.'

'En genoeg te drinken?' vroeg Lester. 'Er zouden best veel buren langs kunnen komen.'

'Natuurlijk.'

'Ik wilde Niall en Ollie en Etty ook uitnodigen.' Greg keek even naar Morgan. 'Als gebaar van verzoening.'

'Die komen toch niet.'

'Waarschijnlijk niet. In elk geval heb ik genoeg bier en wijn en ook... o, shit.'

'Wat?'

'Ik ben de champagne vergeten. Ik heb die wel afgerekend en gezegd dat ik de flessen later zou ophalen als ik naar de supermarkt was geweest.' Hij stond op. 'Ik ben zo terug. Een halfuur heen en terug, hooguit drie kwartier.'

'Zal ik even gaan?' bood Katherine aan, niet erg enthousiast.

'Nee, ik ga wel. Het is mijn fout.'

'Maar ik dacht dat we nu misschien samen naar de nieuwe podcast konden luisteren,' zei Morgan. 'Die is een paar uur geleden online gegaan.'

'Een nieuwe podcast? Die is er toch nog niet?'

'Wel, ik heb er een gemaakt toen jij weg was. Ik dacht dat je dat niet erg zou vinden. Ik heb materiaal dat we niet hebben gebruikt samengevoegd tot een soort verhaal en ik heb zelf de gaten opgevuld. Ik ben er best tevreden over, al zeg ik het zelf. Het heeft een beetje een weemoedige sfeer.'

'Weemoedig,' zei Greg. 'Wat bedoel je?'

'Het is een soort terugblik.'

'Je had het wel even kunnen zeggen.'

'Ik zeg het nu toch?'

'Nou, die weemoed moet maar wachten tot ik terug ben met de champagne.'

'Ik sla denk ik over,' zei Frances.

Lester pakte onder de tafel haar hand vast en kneep erin.

Etty maakte pap voor Alec, die nog in pyjama was. Ze roerde in de pan en dacht aan wat Niall de vorige dag aan Ollie en haar had gevraagd – 'Hebben jullie het verleden wél achter je gelaten?' – en Ollies reactie: 'Is het daar nu te laat voor?' Zelf zat ze ook nog erg met wat er vroeger was gebeurd, maar ze probeerde het zo goed en zo kwaad als het ging met zich mee te dragen.

De vorige dag had Nialls dochter Mia aan haar gevraagd of ze nooit had willen trouwen. Ze had geantwoord dat ze het niet zo op het huwelijk had.

'Is er nooit een speciaal iemand in je leven geweest?' had Mia gevraagd.

Die was er nooit geweest, niet op de manier die Mia bedoelde. Er waren wel een paar mannen geweest voor wie Etty was gevallen omdat ze onbereikbaar waren, en een paar met wie ze het had uitgemaakt omdat ze meer van haar wilden dan zij bereid was te geven. De vurige avontuurtjes en de trage waakvlammetjes. Maar Etty had altijd bij ieder van hen geweten dat het geen blijvertje was.

'Wilde je geen kinderen?' Mia had gebloosd om haar eigen vraag.

'Zie je het voor je, ik als moeder?'

Soms had Etty inderdaad hevig naar een kind verlangd, maar ze had er tegelijkertijd alles aan gedaan om te zorgen dat ze er geen kreeg. Die ene keer dat ze toch zwanger was geraakt had ze het laten weghalen.

Ze schepte wat pap voor Alec in een kom, controleerde of die niet te warm was en zette de kom voor hem neer. Ze stopte een lepel in zijn door jicht gekromde hand en keek toe hoe hij de lepel uiterst traag in de pap stak. Hij had een glazige blik in zijn ogen. Ze wist niet of hij begreep wat er gebeurde, waarom het huis zo leeg was, en of hij wist dat hij hier bijna weg zou gaan.

Haar mobiel ging. Het was Kim, de enige met wie ze sinds haar jeugd nog contact hield, en alleen zo nu en dan. Kim was hartelijk en hondstrouw, ze zorgde ervoor dat Etty de vriendschap niet kon laten verwateren.

'Ha, Etty, gaat het een beetje met je?'

'Ja. Hoezo? Waarom zou het niet gaan?'

'Ik heb net de laatste aflevering van de podcast geluisterd. Jij nog niet?'

'Nee. Ik wist niet eens dat er weer een nieuwe was. Zit daar iets in wat ik niet leuk ga vinden?'

'Ik weet het niet. Deze heeft een heel andere sfeer dan alle vorige. Het is best intiem, over jullie allemaal. En heel verdrietig.'

Ze wilde er in haar eentje naar luisteren, maar Ollie wilde dat per se samen doen. Dus nadat ze Alec naar zijn kamer hadden gebracht en zij een pot sterke koffie had gezet, downloadde hij de aflevering, legde zijn telefoon tussen hen in op tafel en drukte op play. Etty nam een slok van de gloeiend hete, bittere koffie en keek opzij door het raam naar de wilde rozen en de populieren in de verte, en luisterde naar Morgans stem, die zacht en somber klonk.

Het zat heel vakkundig in elkaar. Morgan vertelde over zijn jeugdherinneringen aan zijn vader, Duncan, die altijd zo vrolijk en vriendelijk was geweest, en zo handig met alles. Hij had hem aanbeden en had altijd het gevoel gehad dat hij nooit in zijn voetsporen zou kunnen treden. Hij vertelde over Duncans sterke handen, zijn zangstem, zijn blauwe lievelingstrui, en dat hij altijd zo aardig was voor mensen die problemen hadden.

Zijn verhaal werd doorspekt met herinneringen van andere mensen aan Duncan: fragmentjes van opnames van mensen uit het dorp. Verder wat pseudo-spiritueel gewauwel van Victor en een paar onthullingen van Mary en Gerry Thorne die Etty liever niet had gehoord, al verbaasden ze haar niet. Er waren een paar haperende zinnen van Greg bij, die vertelde dat Duncan hem had leren vissen en eindigde met te zeggen dat er geen dag voorbijging dat hij hem niet miste. Dat was zijn enige bijdrage aan de aflevering.

Daarna beschreef Morgan het moment waarop hij op Kerstmis het lichaam van zijn vader naast de rivier had zien liggen. Hij klonk alsof hij bijna in tranen was; Etty wist niet of dat oprecht was of gespeeld, of misschien allebei.

En toen vertelde Morgan over Lottie. Etty zat doodstil te luisteren naar zijn herinneringen aan een 'stralende' vrouw met ringen om haar vingers en een hese stem, een vrouw die altijd lekker rook; ze luisterde naar Ollie, die met trillende stem vertelde over zijn geliefde moeder die hij zo miste. Ze bleef doodstil zitten, als bevroren, toen ze Alec hoorde zeggen: 'Ik heb haar in een tuin ontmoet, toen had ze een gele jurk aan. Ik had nog nooit zo'n mooi meisje gezien.'

Daarna kwamen de dorpelingen aan het woord, ze vertelden over Lotties verdwijning en Duncans dood. Mensen die ze niet kende hadden het over haar familie, ze vertelden over Ollie, die wildebras, en over haar. Dat mooie kleine meisje, net een arm weeskind, zo diepbedroefd, het was hartverscheurend. En ze begonnen over Paul. Zijn dood. Zijn zelfmoord. De ravage. Etty verstrengelde haar vingers tot het pijn deed, ze keek haar broer niet aan en hij keek haar niet aan.

Eindelijk was het afgelopen en waren ze weer terug in het heden; Bridget Wolfe vertelde Morgan welke spullen ze uit de boerderij van de Salters had meegenomen. Ze was curator van het museum van teloorgegaan geluk, zei ze. De stoel waar Lottie altijd in zat, de foto van Lottie waarop ze vaag glimlachte, het bakblik waarin ze altijd brownies bakte, de tinnen kandelaar, een oude jas die onder Alecs overjassen en jacks had gehangen, met in een zak nog een boodschappenlijstje: al die dingen bevatten in hun simpele alledaagsheid de geheimen uit het verleden.

Etty meende even haar vaders voetstappen in de gang te horen, maar hij kwam niet de keuken binnen.

'En deze agenda,' zei Bridget. Morgan humde instemmend en aanmoedigend. 'Deze agenda, met die zachte groene kaft, waarin Lottie opschreef wat ze allemaal moest doen, waarin ze haar afspraken noteerde. Dat alles vormt een overzicht van de laatste weken van haar leven.'

'Misschien heeft niemand daar de laatste dertig jaar in gekeken,' zei Morgan. 'Wauw.'

'Er komt echt een goed beeld van haar uit naar voren,' zei Bridget. 'Ze was heel erg geïnteresseerd in het hier en nu, in de kleine problemen en vreugden van het leven. En er staan ook wat andere dingen in die ik heel interessant vind. Heel interessant. Meer kan ik er op dit moment niet over zeggen.'

Bridget zweeg. Nu sprak Morgan weer, opnieuw vanaf het kerkhof. Hij legde bloemen op Duncans graf.

'Ik voel diep vanbinnen dat wij er nog wel achter komen wat er dertig jaar geleden hier in Glensted is gebeurd,' zei hij, terwijl er muziek klonk. 'We komen steeds dichter bij de waarheid.'

De aflevering was afgelopen. Ollie drukte op de pauzeknop.

'Goh,' zei hij. 'Moeilijk om naar te luisteren.'

Etty keek hem aan. Zijn wangen waren nat van de tranen en hij leek ineens oud en verdrietig, eenzaam. Ze stak haar handen over de tafel naar hem uit.

Voor het eerst in drie decennia hielden ze elkaars handen vast.

'God, wat heb ik je gemist, Etty!'

48

'Waar is papa?' vroeg Etty tien minuten later.

'Is hij niet op zijn kamer?'

'Nee. Ook niet in zijn oude werkkamer en ook niet beneden.'

Ze keken elkaar aan.

'Ik dacht al dat ik iets hoorde op de gang toen we naar de podcast luisterden,' zei Etty. 'Zou hij er iets van hebben gehoord?'

'Hij is waarschijnlijk in de tuin.'

Maar daar was hij ook niet.

Ze zochten overal, ook waar ze al gekeken hadden. Ze riepen hem, maar hij gaf geen antwoord.

'Waar zou hij naartoe gegaan kunnen zijn?' vroeg Ollie.

'Geen idee, maar hij kan niet ver zijn. We moeten hem vinden.'

'Oké, ik ga naar het dorp, ga jij dan in de richting van de rivier.'

'O shit, Ollie, als hij maar niet naar de rivier is gegaan!'

'Zullen we Niall bellen?'

'Wacht nog maar even.'

De lamsschouder, veel te groot voor twee personen, stond in de oven en Mary en Gerry Thorne gingen in de woonkamer zitten om naar de podcast te luisteren. Het duurde even voordat ze hem hadden gevonden. Gerry zat maar te prutsen en te klagen over de internetverbinding. 'Hij is weg!'

'Hoe bedoel je, weg?'

'Hij is opeens van het scherm verdwenen.'

'Laat mij eens kijken.'

'Nee. Alsof jij zo goed bent met computers.'

'Hoor wie het zegt,' zei ze kribbig, terwijl Gerry over de laptop gebogen bleef.

Eindelijk lukte het. 'Klaar?'

'Jezus, zet nou maar gewoon aan.'

Ze zaten elk aan een kant van de bank te luisteren, zwijgend, tot het gedeelte waarin zij werden geïnterviewd. Mary Thorne knikte tevreden toen ze zichzelf hoorde zeggen dat Duncan 'de perfecte gentleman' was, altijd bereid om iemand een plezier te doen, het kloppend hart van het dorp.

'Wat ik zei heeft hij helemaal niet gebruikt,' merkte Gerry ontstemd op.

'Sst.'

Morgan sprak vervolgens over Lottie. En Victor Pearce zei dat ze zo enorm levenslustig was. Hij had het over de geruchten die na haar verdwijning in het dorp de ronde deden. Morgan vroeg hem wat hij bedoelde en hij antwoordde dat er niet alleen werd beweerd dat Duncan en Lottie geliefden waren, ook al had hij dat zelf nooit geloofd, maar ook dat Alec en een vrouw uit het dorp, die niet bij name genoemd werd, iets met elkaar hadden in de periode rond Lotties verdwijning.

Op dat moment kwam Mary Thorne aan het woord. Ze zei op hoge toon: 'Dat stelde niets voor! Ik voelde me gevangen in mijn huwelijk, ik verveelde me dood, en toen heb ik iets doms gedaan.'

Mary schoot naar voren. 'Hij had me beloofd dat hij dat niet zou gebruiken!' riep ze fel. 'Dat had-ie belóófd!'

Gerry Thorne staarde zijn vrouw aan.

'Waarom krijgt de vrouw altijd de schuld?' ging de stem in de podcast verder.

'Ik sleep hem voor de rechter.'

Toen was het de beurt aan haar echtgenoot. 'Wat er tussen mijn vrouw en Alec Salter is voorgevallen, is een privézaak. Dat heeft niets te maken met wat er met Lottie of Duncan is gebeurd.' Het bleef even stil. 'Ik heb het haar vergeven,' ging hij verder. 'Dat heeft een tijd geduurd en het was moeilijk, maar ik kan wel zeggen dat ik het haar nooit voor de voeten heb geworpen.'

'Wat een onzin,' zei Mary Thorne. Ze stond op en keek neer op Gerry, die er als een oud lijk bij zat. 'Je werpt het me elke dag voor de voeten. Als ik iets gezelligs doe met andere mensen, als ik niet doe wat jij wilt, als jij je zin niet krijgt, als we ergens over discussiëren en jij niet tegen me op kunt, dan laat je het me voelen. Alleen al door de manier waarop je naar me kijkt, je wenkbrauwen optrekt, door dat smalende lachje van je, of dat stomme gesnuif waarmee je me er weer op wijst dat je het mij hebt vergeven...'

'Doe niet zo paranoïde. Denk je niet dat dat je slechte geweten is?'

'Ik ken jou langer dan vandaag, Gerry Thorne. Doe maar niet alsof je in al die jaren niet met miljoenen kleine speldenprikjes wraak op me hebt genomen.'

'Niet zo schreeuwen. Er zit trouwens lippenstift op je tanden.'

Ze keek hem aan, haar gezicht vertrokken van woede. 'Het is waar wat ik tegen Morgan Ackerley heb gezegd. Ik voelde me gevangen en verveeld en zo voel ik me nog steeds. Zo voel ik me mijn hele huwelijk al.'

Ze zweeg. Ze hijgde van woede. In de stilte die plotseling viel hoorden ze Bridget vertellen dat ze de curator was van het museum van teloorgegaan geluk: ze noemde de stoel, de foto, het bakblik, de kandelaar, de oude jas en de groene agenda.

'Zal ik hem uitzetten?' vroeg Gerry toen Morgan weer begon te praten. 'We hebben wel genoeg gehoord.'

'Ik ga weg,' zei Mary. 'Succes met die lamsschouder.'

'Wat jij wilt.'

Gerry Thorne wachtte tot zijn vrouw weg was en toen vertrok hij ook, zonder eraan te denken om de oven uit te zetten.

Een halfuur later liep Gerry langzaam terug naar huis, hij voelde zich moe en een beetje ziek. Vlak bij de nieuwbouwwijk zag hij Alec Salter midden over straat zwalken. Hij had een geruite pyjama en pantoffels aan en hij liep met zijn ene hand te gebaren alsof hij iets duidelijk probeerde te maken.

Gerry liep naar hem toe. 'Alec, wat doe jij hier?'

Er was iets mis met hem. Zijn ogen schitterden en zijn mondhoeken trokken naar beneden. En hij rook vreemd.

'Zal ik je naar huis brengen?'

'Het is te laat.'

'Wat bedoel je?'

'Te moe. Ik moet even zitten.'

Gerry keek hulpeloos om zich heen, maar er was niemand op straat. Hij was zelf ook oud, hij voelde het in zijn lichaam. Zijn hoofdpijn kwam weer terug. 'Ik ga mijn auto halen,' zei hij. 'Blijf hier maar wachten.'

'Geen tijd.'

'Je moet hier blijven, dan kom ik je zo ophalen.'

Maar toen Gerry twintig minuten later aan kwam rijden, was Alec Salter weg.

49

Etty wist zeker dat haar vader snel gevonden zou worden. Iemand zou hem vast ergens zien en hem helpen, of anders zou hij zelf naar huis komen. Toen ze bij de rivier kwam en de motor uitzette, keek ze op haar telefoon. Geen bericht.

Ze stapte uit en liep een stuk langs het water. Ze voelde zich steeds radelozer. Hoelang was hij al weg? Twintig minuten? Een halfuur? Zelfs met zijn trage schuifelpas zou hij zomaar een kilometer ver kunnen zijn gekomen, in elke richting. En als hij inderdaad hier bij de rivier was terechtgekomen? Wat dan? Wanneer moesten ze de politie bellen? Zou die wel de moeite nemen om op zoek te gaan naar een hulpeloze verdwaalde oude man? Haar hart bonsde in haar keel. Ze moest Niall nu maar bellen. Ze probeerde hem op zijn mobiel te bereiken, maar die ging meteen over op de voicemail. Bij de volgende poging kreeg ze weer de voicemail.

Dan moest ze maar zijn vaste nummer bellen, ook al zag ze ertegen op om Penny aan de lijn te krijgen. 'Met Etty. Is Niall thuis? Hij neemt zijn telefoon niet op.'

'Hij is op het moment niet zo aanspreekbaar,' zei Penny. 'Hij luistert naar die afschuwelijke podcast. Ik snap niet dat dat allemaal maar mag. Het is onfatsoenlijk, er moet toch een manier zijn om...'

Etty onderbrak haar.

'Ik moet hem nú spreken.'

'Waar kan ik zeggen dat het over gaat?'

'Je bent verdomme toch geen receptioniste of zo? Ik moet mijn broer nu spreken.'

Penny schrok zo van Etty's toon dat ze niet wist wat ze moest zeggen. Ze hield de hoorn in de richting van Niall, die aan de keukentafel zat en al een halve fles wijn ophad. 'Je zus,' zei ze. 'Het schijnt dringend te zijn.'

Niall nam nog een slok wijn en stond toen op om de telefoon aan te nemen. 'Die kutpodcast,' zei hij. 'Heb jij die ook beluisterd?'

'Alec is weg.'

'Wat bedoel je, weg?'

'Toen ik naar zijn kamer ging, was hij daar niet meer.'

'Hij heeft zich vast opgesloten op de wc. Of hij zit in een kast en denkt dat dat de wc is.'

'Hij is nergens in huis.'

'Hoe hebben jullie dat nou voor elkaar gekregen?'

'Zullen we het later nog eens hebben over wiens schuld het is? Ollie en ik zijn hem aan het zoeken. Ik ben nu bij de rivier.'

'De rivier?' herhaalde Niall. 'Denk je dat hij in het water gesprongen is?'

'Ik denk helemaal niets. Hij is weggelopen en ik dacht dat je dat wel zou willen weten. Maar ga gerust verder met die podcast, hoor.'

Niall wilde iets terugroepen, maar Etty had al opgehangen. Hij keek naar Penny. 'Heb je het meegekregen?'

'Dat doen ze nu eenmaal,' zei ze. 'Aan de wandel gaan.'

'Dank u, dokter,' zei hij sarcastisch. 'Heel nuttig om te weten.'

'Waar zijn ze daar mee bezig? Hoe kunnen ze je vader nu zomaar laten weglopen?'

Niall keek zijn vrouw nors aan, maar hij wist niets te zeggen, niets wat de zaak er niet erger op zou maken. Hij griste de autosleutels van het tafelblad, maar ze gleden uit zijn hand. Hij moest knielen om ze te kunnen oprapen.

'Wat ga je doen?' vroeg Penny.

'Hoezo, wat ga ik doen? Ik ga mijn vader zoeken. Misschien ligt hij wel ergens in een greppel. Of in de rivier.'

'Hoeveel heb je gedronken?'

'Gewoon, een glas. Niks aan de hand. Dit is een noodgeval. Waar is mijn mobiel?'

'Hoe moet ik dat weten?'

Hij voelde in de zakken van zijn jasje.

'Ik heb hem al.' Hij belde Etty en wachtte af. 'Ze neemt niet op.'

'Je hebt haar toch net gesproken?'

'We moeten op verschillende plekken gaan zoeken. Als ze belt, zeg dan dat ik naar...' Hij dacht even na. 'Ik weet het nog niet.'

'Dat zal ik dan tegen haar zeggen.'

Hij fronste zijn wenkbrauwen.

'Hij kan toch niet ver zijn, hè? Iemand zal hem toch wel vinden.'

'Zal ik rijden? Jij hebt veel meer dan één glas op.'

'Wat? Nee, jij moet hier blijven voor het geval er iemand opbelt. Bovendien heb ik na die podcast behoefte aan frisse lucht en moet ik even alleen zijn, anders ontplof ik nog.'

Penny wilde nog zeggen dat het niet verstandig was om zelf te rijden, maar hij liep de deur al uit.

'Ik heb je in de podcast gehoord,' zei Frankie. Frankie had een tussenjaar en werkte in het café om geld te verdienen, want ze wilde gaan reizen.

'O, jij ook? Ik wist niet dat er ook mensen naar luisterden die er zelf niet bij betrokken waren,' zei Victor.

'Ik vond dat je heel goed overkwam,' zei ze. 'Ik ken niemand die ooit met zo'n rechercheonderzoek te maken heeft gehad.'

'Daar heb ik ook niets mee te maken gehad. Niet echt.'

'Wie denk je dat het gedaan heeft?' vroeg ze.

'Wat?'

'Die misdrijven. Heb jij een theorie?'

'Ik weet het niet.' Hij deed alsof hij druk bezig was met het rechtzetten van de glazen. 'De politie dacht dat het Duncan Ackerley was.'

Frankie schoot in de lach. 'Ze zouden die podcast toch niet maken als hun eigen vader het had gedaan? Ze doen het juist omdat ze willen bewijzen dat hun vader onschuldig was. Maar misschien krijgt dit verhaal nog wel een staartje.'

'Hoe bedoel je, een staartje?'

'Hij is de hoofdverdachte, ze proberen te bewijzen dat hij het niet gedaan heeft. Maar misschien blijkt dat hij het tóch heeft gedaan.'

'Volgens mij weten ze het zelf ook niet. Ze praten gewoon met wat mensen. Ze stellen vragen.'

'Ze weten het vast wel. Die podcast is maar een dekmantel. Ze doen alsof ze het onderzoeken, maar ze hebben het vast allemaal allang bedacht. Het lijkt me duidelijk dat die huizenopruimdame er meer van weet. Ze heeft vast iets ontdekt in die agenda.'

'Red jij het trouwens alleen?' vroeg Victor. 'Ik moet even weg. Even iets doen.'

Hij trok zijn jas aan en liep High Street in. Hij stak over en liep langs het oude dorpshuis en de basisschool het dorp uit, in de richting van de hei. Op het voetpad verderop zag hij een gestalte die zich langzaam voortbewoog. Hij tuurde ernaar en herkende Alec Salter. Het verbaasde hem die man daar in zijn eentje te zien schuifelen en hij vroeg zich even af of dat wel in orde was. Maar hij had iets anders aan zijn hoofd en had geen zin om nu met iemand te moeten praten, dus hij liep doelbewust de andere kant op zodat hij Alec niet zou tegenkomen.

Toen Ollie door High Street kwam, reed hij bijna Victor aan, die de weg overstak en kennelijk niet oplette. Hij stopte en deed het raampje omlaag om aan Victor te vragen of hij iets had gezien, maar die was al buiten gehoorsafstand. Iets verderop zag hij een oud echtpaar lopen, hand in hand. Hij stapte uit en liep naar hen toe. Ze kwamen hem bekend voor, zoals iedereen in Glensted hem bekend voorkwam, zonder dat hij ze bij naam kende.

'Mag ik iets vragen?' zei hij, waarop ze hem verbaasd aankeken. 'Het spijt me dat ik u stoor, maar ik ben op zoek naar mijn vader, Alec Salter. Kennen jullie hem?'

'Alec Salter?' zei de man traag, zo traag dat Ollie dacht dat hij gek werd. 'Waar ken ik die naam ook alweer van...'

'Dat maakt eigenlijk niet uit. Het gaat erom dat hij niet in orde is. Hij heeft dementie en hij is vermist. Hij loopt buiten rond in zijn pyjama. Hij is misschien in gevaar.'

'Wij wonen daar,' zei de man en hij wees de straat in. 'We zijn net op weg naar huis.'

Hopeloos, dacht Ollie, maar hij bedankte ze toch. Wat moest hij nu doen? Hij wist niet eens welke kant zijn vader op gegaan was. Hij moest eerst wat mensen bellen, daarna zou hij het dorp uit rijden, aan de noordkant. Misschien vond hij hem dan. Maar wat als dat niet zo was? Alec kon inmiddels wel ergens in een veld liggen en langzaam doodgaan.

'Gaan we nog naar die podcast luisteren?' vroeg Greg, terwijl hij de champagneflessen in de ijskast legde.

'Je kunt luisteren wanneer je maar wilt,' zei Morgan.

'Ik wil het nu wel. Ik wil graag weten waar je me buiten hebt gehouden.'

'Waarom ben je daar zo kwaad over? Je komt met een woedend gezicht binnen, alsof je je verschrikkelijk hebt lopen opwinden.'

'Ik ben helemaal niet kwaad.'

'Wie wil er nog meer luisteren?' Morgan keek naar de anderen.

'Prima,' zei Katherine. 'Ik wil het wel horen.' Ze glimlachte naar Greg. 'Je lijkt een beetje zenuwachtig.'

'Ik hoef het niet te horen, als jullie het niet erg vinden,' zei Frances.

'Ik vind het wel erg,' zei Morgan. 'De andere afleveringen wilde je ook al niet horen, kun je dan niet in elk geval met ons naar deze luisteren?'

'Goed dan, als je dat per se wilt...' Frances sloeg haar armen over elkaar en leunde achterover. 'Kan dat via de radio?' vroeg ze.

'Nee, dat kan niet via de radio,' zei Morgan. 'Het is geen radioprogramma. Ik heb een speaker en daar kan ik mijn telefoon op aansluiten, via bluetooth.'

'Ik heb geen idee wat dat is. Jij, Lester?'

Lester schudde zijn hoofd.

Greg startte de podcast.

'Ik vind het zo stom om mijn eigen stem te horen,' zei Morgan.

'Dat is niet waar,' zei Greg.

'Je hebt een prachtige stem,' zei Frances.

Greg pakte een fles witte wijn uit de ijskast en schonk een glas in.

'Ik snap niet waarom iedereen dat allemaal zegt,' zei Frances.

'Hoe bedoel je?' vroeg Morgan.

'Die privédingen. Of liever gezegd die dingen die privé moeten blijven.'

'Het is nogal cru,' beaamde Katherine.

'De mensen vinden dat leuk,' zei Morgan. 'Het is een beetje alsof ze een bekend persoon zijn. Alsof ze de hoofdrol spelen in hun eigen verhaal.'

'Wat klinkt dat cynisch,' zei Greg. 'Is dát waar we mee bezig zijn? Die vrouw, Bridget...' Hij zweeg en luisterde aandachtiger naar wat ze zei. Toen keek hij naar Morgan. 'Meent ze dat? Over die agenda? Denk je dat ze echt iets op het spoor is?'

'Volgende week spreken we haar weer,' zei Morgan. 'Dan vragen we er wel naar.' Zijn telefoon ging. Hij nam op en legde zijn andere hand op zijn oor om het geluid van de podcast te dempen. 'Wat? Weet je waar hij naartoe is? Nee, niks gezien. Wacht even.' Hij draaide zich om naar Greg. 'Het is Ollie. Hij zegt dat Alec weg is.'

'Hoe bedoel je?' vroeg Greg.

'Hij is weggelopen. Heeft een van jullie hem gezien? Toen jij die flessen ging halen?'

Greg schudde zijn hoofd.

Morgan dacht even na. 'Ik ga rondrijden,' zei hij tegen Ollie. 'Ik bel je nog.'

'Zal ik meegaan?' vroeg Greg.

'Nee, jij bent net terug. Blijf maar hier.' Hij glimlachte even. 'Zorg maar dat mama niet ook wegloopt.'

Na ongeveer driekwart kilometer draaide Etty zich om en begon ze terug te lopen. Ze werd steeds radelozer. Dit gebeurt niet echt, zei ze tegen zichzelf. Dit gebeurt niet echt. Ze besloot om naar de andere kant van het dorp te rijden en daar te zoeken, misschien zou ze hem zien, of iemand tegenkomen die hem had gezien. Haar mobiel ging. Het was Ollie.

'Ik heb hem gevonden.'

'O, gelukkig maar. Waar was hij?'

'Hij liep over een voetpad, god mag weten waarheen. Hij is in orde. Hij is wel in de war, maar verder is alles goed. Ik breng hem nu naar huis. Tot zo.'

Etty trilde, ze wist niet of het van opluchting was of van de spanning. Opeens had ze verschrikkelijk veel zin in een borrel, maar ze moest het doen met een sigaret. Een paar minuten zat ze op een omgevallen boom, haar gedachten vlogen alle kanten op. Ze wilde terug naar het huis gaan, maar tegelijkertijd besefte ze dat ze haar vader, nu ze wist dat hij in veiligheid was, niet wilde zien. Ze zou het liefst meteen terugrijden naar Londen, en alle wanorde en verdriet achter zich laten.

Maar er was nog één ding dat ze moest doen. Als Bridget echt iets wist over haar moeder wat niemand anders wist, dan ging ze niet op die stomme podcast wachten om erachter te komen wat het was. Ze wilde het zelf van Bridget horen. En wel nu meteen.

50

Gehaast liep ze langs de sportvelden en het kerkhof en ze sloeg het smalle pad in dat naar het bos leidde. Ze was nog steeds van slag door de vermissing van haar vader, en boos op zichzelf omdat ze niet goed had opgelet. Geen wonder dat Niall had gevraagd hoe ze dat had kunnen laten gebeuren. Ze zou het er later nog wel met hem over hebben en haar excuses aanbieden. Hij had aangeschoten geklonken. Ging het wel goed met hem? Misschien ging het met geen van hen echt goed.

Binnenkort, dacht ze, heel binnenkort kon ze deze ellende achter zich laten en terugkeren naar haar overzichtelijke leven, waar alles een vaste plek had: haar keurige, sobere appartement, de lange dagen gevuld met uiterst nauwgezet werk, haar strak ingekaderde relaties, het gevoel dat ze alles in de hand had.

Boven de bomen in de verte zag ze een dunne, donkere rookpluim opstijgen en op hetzelfde moment rook ze een scherpe geur. Ze bleef staan en zag dat de pluim breder werd en zich als een inktvlek door de lucht verspreidde.

Meteen begon ze te rennen. Ze raakte buiten adem op de steile helling en kreeg pijnlijke steken in haar zij, maar ze stopte pas toen ze dichterbij was en de vreselijke aanblik zag van dansende rode en oranje vlammen en grote zwarte rookwolken die zich aftekenden tegen de fletse blauwe lucht. Ze hoorde het geknetter en gebrul van het vuur. Ze pakte haar mobiel, toetste het alarmnummer in en rende verder.

'Brand,' hijgde ze. 'Er staat een huis in brand. Glensted, in het bos achter de kerk.' Ze wist niet meer hoe het huis heette. 'Van Bridget Wolfe,' zei ze. 'Enorme brand, jullie moeten meteen komen!'

Ze voelde de hitte van het vuur dat uit de boerderij en de bijgebouwen sloeg. De stank prikte in haar neus. De lucht hing vol met dwarrelende roetdeeltjes, als een zwerm krankzinnige vleermuizen.

Straks brandt het bos nog af, dacht ze. Straks staat de hele heuvel in de fik.

Plotseling veranderde de wind van richting en blies de vlammen naar achteren, waardoor ze het huis heel even duidelijker kon zien. Het was al een verkoold skelet, maar stond nog overeind. Terwijl Etty geschokt toekeek, stortte de schoorsteen als een verfrommeld stuk doek in elkaar.

Op dat moment kwam er iemand de deur uit rennen, afgetekend tegen de oranje gloed. Een gedaante bedekt met vlammetjes die vrolijk flakkerden en groter werden, feller. Er klonk een dierlijke brul.

Etty rende ernaartoe. Ze stuitte op een muur van ondraaglijke hitte, alsof ze rechtstreeks op de hel af rende, met dat verschrikkelijk felle licht waar de brandende gedaante, een vrouw, uit opdoemde. Het was Bridget.

Toen ze bij haar was, duwde ze Bridget op de grond en probeerde de vlammen op haar lichaam te doven. Ze trok haar verder weg van het huis, weg uit de hitte. Zelfs haar eigen haar schroeide en siste. Felle pijnsteken schoten door haar heen en ze besefte dat ze zelf ook vlam dreigde te vatten. Haar jas brandde al en ze voelde een verzengende gloed op haar huid. Ze schreeuwde het uit, riep om hulp, ze stikte bijna, sloeg de vlammen op haar lichaam en dat van Bridget uit. Haar longen brandden van de rook en haar ogen traanden, waardoor ze bijna niets meer zag. Waarom kwam er niemand?

Eindelijk waren de vlammen uit. En klonken er sirenes die naderbij kwamen.

Ze krabbelde overeind. Op de grond lag een verschroeid, armzalig hoopje mens. En in het zwartgeblakerde gezicht, o god, ging een oog open.

'Er komt hulp,' fluisterde Etty.

Het oog ging weer dicht.

51

De ramen van de eetkamer van de hoofdcommissaris boden uitzicht over de hoofdstad. Commissaris Craig Weller keek naar het enorme reuzenrad dat langzaam ronddraaide. Hij merkte dat er iemand naast hem kwam staan.

'Dat kloteding doet pijn aan je ogen.'

Hij keek opzij naar de hoofdcommissaris.

'De mensen schijnen het leuk te vinden.'

'Maar zij hoeven er niet elke dag tegenaan te kijken.'

Weller keek om naar de lange tafel, die voor acht personen was gedekt. 'Volgens mij ben ik te vroeg.'

'De rest komt zo. Ik wilde je even onder vier ogen spreken.'

Weller slikte zenuwachtig. De hoofdcommissaris zou hem toch niet hier ter plekke ontslaan? Nog snel even voor de lunch? De twee mannen stonden naast elkaar en keken uit over de rivier, alsof ze nog steeds geïnteresseerd waren in het uitzicht.

'Er is brand geweest, vlak bij Glensted.' Weller keek verbaasd, en de hoofdcommissaris glimlachte flauwtjes. 'Nee, daar had ik ook nog nooit van gehoord. Het ligt in de buurt van Ipswich. Er is een vrouw overleden aan haar verwondingen. De melding kwam net binnen. Het was brandstichting, dus het wordt een moordzaak.'

Weller was opgelucht. Hij kon zich niet voorstellen dat hij verantwoordelijk kon zijn voor een brand in East Anglia.

'Een van onze vrienden bij Binnenlandse Zaken heeft er al contact over opgenomen,' zei de hoofdcommissaris. 'En dat is nooit een goed teken. Iemand heeft het dossier opgediept en dat ziet er niet fraai uit.'

Weller keek verbaasd. 'Welk dossier?'

'De media duiken straks op die zaak in Glensted en dan hebben ze binnen vijf minuten door dat er dertig jaar geleden in hetzelfde dorp twee zaken speelden: een persoon verdwenen, en een persoon onder verdachte omstandigheden om het leven gekomen. En nog eens vijf minuten later zullen ze ontdekken dat het onderzoek daarnaar destijds een shitzooi was.'

'Gelukkig niet onze shitzooi,' zei Weller.

'Dat laatste had je vast niet hardop willen zeggen,' zei de hoofdcommissaris.

De glimlach op Wellers gezicht verstarde. 'Ik bedoelde er verder niks mee.'

'We hebben een informeel verzoek gehad. Het is je misschien opgevallen dat de politie de laatste jaren nogal slechte resultaten heeft geboekt?'

'Ik vind dat dat in de media sterk wordt overdreven.'

'Even dimmen, Craig. Bedenk tegen wie je het hebt. Er is mij op hoog niveau medegedeeld dat ze niet willen dat er van zo'n grote zaak weer een shitzooi wordt gemaakt, is dat duidelijk genoeg?'

'Maar het is onze zaak helemaal niet.'

'Grappig dat je dat zegt, Craig.'

Weller kreeg een angstig vermoeden. 'Willen ze advies?'

'Veel meer dan dat, Craig. Veel meer dan dat.'

'Neem me niet kwalijk, maar ik geloof dat ik het niet begrijp. Wilt u dat ík het onderzoek ga leiden?'

De hoofdcommissaris keek hem met een strakke blik aan. 'Er is ons opgedragen iemand te sturen om het onderzoek te leiden, dus dat zullen we moeten doen. Maar voor de duidelijkheid: het gaat dus ook om een vastgelopen onderzoek van dertig jaar geleden. Als jij erheen gaat en het loopt op een mislukking uit en het komt in het nieuws, dan hebben we een probleem.'

'Maar het is nog maar vierentwintig uur geleden gebeurd! Dat is toch heel kortgeleden?'

'Hoe korter geleden hoe sneller we erbij moeten zijn. Voordat we in het nieuws worden afgekraakt.'

'Maar...'

'Dit ligt gevoelig, Craig. Ik vertrouw erop dat jij het afhandelt, en snel. Ga iemand zoeken die jong is, veelbelovend...'

'U bedoelt iemand die gemist kan worden?'

'We kunnen allemaal gemist worden, Craig, op de een of andere manier.' Hij draaide zich om en legde zijn hand op Craigs schouder. 'Zin in een hapje eten?'

DEEL III

52

Maud O'Connor vond het alleen leuk om te koken als ze genoeg tijd had en niemand haar in de keuken in de weg liep. Vanavond had ze de tijd en ze had het rijk alleen, want Silas was voetballen met zijn vrienden. Hij had beloofd dat hij om zes uur thuis zou zijn, of in elk geval ruim voor zevenen, en die belofte was extra belangrijk: het was precies de juiste tijd van de maand. Haar vruchtbaarste tijd, volgens haar ovulatiekalender. Ze zouden met elkaar naar bed gaan, en ze zou er onder het vrijen niet aan denken wat er kon gebeuren: ze zou proberen om hem – en zichzelf – er zo veel mogelijk van te laten genieten. Daarna zouden ze samen opeten wat ze nu aan het maken was. De kaarsen stonden al op tafel. Ze had de playlist opgezet die Silas had gemaakt voor hun vakantie naar Zuid-Frankrijk van de afgelopen zomer.

Ze tuurde in het kookboek dat de moeder van Silas haar voor Kerstmis had gegeven. Ze volgde recepten altijd heel nauwgezet, legde voordat ze begon de ingrediënten klaar op het aanrecht. Heel anders dan Silas, die heel nonchalant te werk ging, met de Franse slag. Meestal kookte hij en ruimde zij daarna de enorme rotzooi op die hij ervan had gemaakt.

Vandaag maakte ze een aspergetaart met daarbij een tomatensalade. Het deeg stond al in de ijskast; ze haalde het eruit, strooide bloem op het aanrecht en rolde het uit tot een mooie, gladde plak.

Ze legde het in de taartvorm en zette die in de oven. Daarna brak ze de onderkanten van de groene asperges af en legde ze in de stoompan.

Ze keek op de klok. Twintig voor zeven.

Toen de asperges klaar waren, haalde ze ze uit de pan en sneed de topjes eraf. In het recept stond dat de stengels moesten worden gepureerd. Dat deed ze in de blender, waarna ze er de eieren, room en gemalen Parmezaanse kaas aan toevoegde en alles tot een groene puree draaide. Daarna maakte ze de vinaigrette.

Silas en zij waren vier jaar samen en ze hadden een halfjaar geleden besloten dat ze aan kinderen wilden beginnen. Maud, die vier broers en zussen had en al vanaf haar tienerjaren had meegemaakt dat vriendinnen soms per ongeluk zwanger raakten, had verwacht dat het meteen raak zou zijn. Een halfjaar was niet lang, hield ze zich voor – maar het voelde wel gruwelijk lang, en telkens als ze ongesteld werd, was ze er erg droevig over. Stel dat het nooit zou lukken, dacht ze weleens. Daar begon ze nooit over tegen Silas, maar ze had wel voorgesteld om het gestructureerder aan te pakken: vandaar deze date, waar hij nu nog steeds niet voor was komen opdagen.

Het was twintig over zeven en Silas was er nog steeds niet. Ze keek op haar telefoon om te zien of ze een berichtje had gemist. Hij was niet online, maar ze stuurde een berichtje. *Hoe laat ben je thuis???*

Het deeg was klaar. Ze haalde de schaal uit de oven, goot het romige mengsel erin, legde de aspergepuntjes erop, schoof de schaal weer in de oven en stelde de timer in.

Halfacht.

Weer pakte ze haar telefoon. Deze keer belde ze hem. Voicemail. Ze schonk een half glas rode wijn in, nam een slokje en nog een. Even later maakte ze een zakje chips open en stopte er een paar in haar mond.

In het tuintje van het appartement op de begane grond waren

een paar kinderen aan het spelen. Een van hen viel en begon te gillen, het klonk als een boormachine.

De timer ging. Ze haalde de taart uit de oven.

Kwart voor acht. Acht uur.

'Waar hang jij in godsnaam uit, Silas Brand?' zei ze hardop.

Ze was geïrriteerd, maar ook een beetje bezorgd. Wat als er iets met hem was gebeurd?

Halfnegen. Hij was nog steeds offline. Ze beet op haar onderlip en belde een ander nummer.

'Jonnie?' zei ze toen er werd opgenomen.

'Met wie spreek ik?' Hij klonk jolig, nogal aangeschoten.

'Met Maud.'

'Maud! Natuurlijk! Hallo, Maud.'

'Is Silas daar?'

'Silas, ben jij hier? Ja, hij is hier. We zijn hier allemaal. We doen even een drankje.'

'Oké.'

Ze stelde zich voor dat Jonnie zo tegen Silas zou zeggen dat hij naar huis moest gaan, en dat de mannen zouden grinniken: dat het vrouwtje thuis zat te wachten met het eten en bezorgd was en ging zeuren.

Ze zei niets. Het bloed gonsde in haar oren van razernij en ze kneep haar ogen dicht.

'Wacht even. Wat? Oké. Hij zegt dat hij zo thuiskomt. Dat je niet op hem hoeft te wachten.'

Niet hoeft te wachten, dacht Maud en ze legde haar telefoon met een klap op tafel. De stoom kwam uit haar oren. Was hij het vergéten?

Een minuut later begon haar telefoon op het tafelblad te trillen. Dat zal Silas zijn, dacht ze, om sorry te zeggen en te laten weten dat hij onderweg is. Ze haalde een paar keer diep adem om te kalmeren en nam op zonder op het schermpje te kijken wie er belde.

'Maud.'

Ze herkende de stem aan die ene klank. Het was Silas niet. Het was haar baas, commissaris Craig Weller. Die altijd de indruk wist te wekken dat hij op het punt stond iets veel belangrijkers te doen en dat jij hem ophield.

'Heb je even?'

Maud keek naar de gerechten die ze voor niets had bereid.

'Ja, hoor.'

'Ik heb een klus voor je.'

Terwijl hij erover vertelde, keek Maud de kamer rond, de grote en lichte ruimte die keuken, eetkamer en woonkamer in één was. Dat was ook waar Silas en zij voor gevallen waren en waarom ze het appartement hadden gekocht, hoewel het eigenlijk te duur was, vooral nadat Silas zijn vaste baan had opgezegd en met een paar vrienden een start-up was begonnen. De andere kamers waren heel klein, vooral de tweede slaapkamer, dat was eigenlijk meer een inloopkast, net groot genoeg voor een kinderbedje. Maar daar wilde ze nu niet aan denken, aan een kinderbedje.

'Wat denk je ervan?' vroeg Weller.

'Sorry?'

'Wanneer kun je beginnen? Hoe eerder, hoe beter.'

'Ik bel u over vijf minuten terug.'

Maud hing op. Het was negen uur geweest. Ze keerde de taartvorm om boven de afvalbak en de hele kledder viel tussen de troep. Het zakje met de rest van de chips gooide ze erachteraan. Ze goot de rest van de wijn in de gootsteen en waste het glas af. Ze zette de borden terug in de kast en legde het bestek in de la.

Toen belde ze haar baas.

'Ik kan meteen komen, als u wilt.'

53

'Zo, jongens,' zei inspecteur Whitman, en hij zette zijn glas met een klap op tafel en veegde met de rug van zijn hand zijn mond af. 'Pardon, mevrouw ook, natuurlijk. Ik ga mij te bedde begeven. Morgenvroeg weer fris en fruitig.'

Whitman, een zware man met een blozend gezicht, ging een beetje wankel staan en keek beneveld naar zijn ondergeschikten.

'Volgens mij kunnen we wel zeggen,' verkondigde hij, 'dat we vandaag goed werk hebben verricht. Uitstekend werk. Niks getreuzeld. Maar denk erom, mondje dicht.' Hij liep onvast naar de deur van het café en botste onderweg tegen een paar stoelen.

'Morgenvroeg zo ziek als een hond, zal hij bedoelen,' zei Micky Harrison vrolijk. 'Hij lijkt wel een meid, zo slecht kan hij tegen drank.'

'Over meiden gesproken.' Jack Lovell draaide zich een kwartslag om naar de jonge vrouw links van hem; ze had een rond gezicht, kortgeknipt haar en een lichte moedervlek op haar voorhoofd. 'Wat wil jij, Heather? Ik ben aan de beurt.'

'Ik moet ook gaan. Morgen inderdaad weer vroeg op.'

'Kun je 't niet aan?' Micky Harrison boog zich naar haar toe. Hij had volle rode lippen, enigszins uitpuilende, bleekblauwe ogen en een blonde kuif waar hij de hele tijd zijn hand doorheen haalde. 'Geen spelbreker zijn, hoor.'

'Een halfje dan,' zei ze met tegenzin.

'Jack?'

Inspecteur Lovell, een magere man met scherpe gelaatstrekken, licht haar en lichte wenkbrauwen, knikte. 'Zelfde recept. Ook al ben ik er alweer uit als jullie nog op één oor liggen, die tweeling wordt altijd wakker als de zon verdomme nog niet eens op is.'

'Nog steeds slaaptekort?' vroeg Heather Dillon.

Lovell kreunde vermoeid.

'Nou ja,' zei ze. 'Als ik de baas moet geloven is deze zaak een eitje.'

'Eerst zien, dan geloven.'

'Heb je het lijk gezien?'

Hij huiverde.

'En ze is niet snel doodgegaan, schijnt het.'

'Er wordt gezegd dat er een vloek rust op Glensted.'

Harrison kwam terug met de glazen en zette ze onhandig neer, waarbij het bier over de rand klotste. Hij keek op en zijn ogen, die een beetje bloeddoorlopen waren, begonnen te glimmen. 'Zozo,' zei hij. 'Hoe later op de avond, hoe schoner volk. Kijk die daar eens.'

Een vrouw van begin dertig kwam aanlopen met in haar ene hand een glas bier en in haar andere een bord met een dikke sandwich. Ze had een opvallend bleek gezicht en blond, krullend haar waarvan het grootste deel in een slordige paardenstaart zat. Haar rechte neus, dikke wenkbrauwen en enigszins asymmetrische mond gaven haar een knap gezicht. Ze droeg een wijde spijkerbroek, een wit T-shirt, een zwartleren jack en versleten bergschoenen. Toen ze haar glas en het bord op het tafeltje naast dat van hen zette en haar jack uittrok, zagen ze dat ze een tatoeage op haar onderarm had.

'Waar komt díé vandaan?' Harrison nam niet de moeite om zijn stem te dempen. 'Zoiets hebben ze niet in Glensted.'

De vrouw leunde achterover in haar stoel, nam met halfgesloten ogen een slok bier, pakte daarna met beide handen de dikke sandwich vast en zette haar tanden erin.

'Ze ziet er raar uit,' fluisterde Heather.

'Je bent gewoon jaloers.' Harrison draaide zijn stoel om, naar de vrouw toe. 'Goeienavond,' zei hij. 'We zeiden net tegen elkaar dat we jou hier nog niet eerder hebben gezien.'

Ze keek hem met haar grijze ogen niet onvriendelijk aan. 'Ik ben hier net,' reageerde ze met een zachte, heldere stem en een licht Londens accent. Ze nam weer een hap.

Harrison schoof zijn stoel nog wat dichter naar de hare. 'Ik ben Micky.' Ze reageerde niet. 'En dit zijn Jack en Heather. We hebben iets te vieren. Wil je bij ons komen zitten?'

'Nee, dank je.'

'Vraag je niet wat we te vieren hebben?'

'Rustig aan, Micky,' zei Jack. 'Het is een beetje te vroeg om op te scheppen.'

Maar Harrison negeerde hem. Hij schoof nog een stukje op naar de vrouw. 'Een arrestatie,' zei hij. 'Vandaar.' Hij pakte zijn glas bier, zette het aan zijn mond en dronk alsof hij uitgedroogd was. Op zijn bovenlip bleef wat schuim achter.

'Volgens mij,' zei Heather nadrukkelijk, 'moet jij een beetje op je woorden letten, Micky. De baas zei niet voor niets dat we het nog even onder de pet moesten houden.'

'En volgens mij moet jij een beetje relaxed doen, schat.' Heather werd knalrood en Harrison draaide zich weer om naar de vrouw. 'Iemand uit de buurt is twee dagen geleden in de fik gegaan en we hebben de verdachte al. Vluggertje dus!'

'Micky, klep dicht,' zei Lovell.

De vrouw stopte de rest van het brood in haar mond en stond op, ook al was haar glas nog halfvol.

'Dan laat ik jullie maar verder feesten.'

'Waar ga je heen?'

'Naar mijn kamer.'

'Logeer je hier?' Harrison kreeg een brede grijns op zijn gezicht. 'Da's handig.'

‘Welterusten,’ zei ze en ze pakte haar jack.

‘Wacht even, schat, niet zo snel. Ik ben een gentleman en ik laat dames niet alleen naar huis lopen. Ik zal je even naar de deur escorteren. Misschien nodig je me wel uit voor een slaapmutsje.’

Hij dronk zijn glas leeg, kwam moeizaam overeind en deed een stap naar voren, waardoor ze elkaar bijna aanraakten.

‘Pas op,’ zei ze en ze gaf hem een duwtje, waardoor hij zijn evenwicht verloor en weer op zijn stoel terechtkwam. Ze keek hem met een glimlach aan. ‘Micky, zei je? Nou, Micky, ik denk dat jij je morgen echt klote voelt.’

‘Leuke openingszin,’ zei Lovell met een sarcastisch lachje.

‘IJskonijn,’ zei Harrison toen ze wegliep.

‘De halve pub heeft gehoord wat je zei,’ zei Heather ontzet. ‘Wat als het bekend wordt en de baas het hoort?’

‘Kappen nou.’

‘Straks is het een journalist of zo! Die zitten overal en de baas heeft gezegd dat we daar niet mee mogen praten.’

‘Zag zij eruit als zo’n kutjournalist?’

‘Kom, Micky,’ zei Lovell. ‘Tijd om te gaan.’

‘Niks ervan. Jij bent aan de beurt voor een rondje.’

‘Het feest is afgelopen.’

Maud zat in haar kleine kamer en hoorde de geluiden van de pub beneden. Ze had hoofdpijn van de hele dag lezen, documenten doorspitten, aantekeningen maken, alles proberen te onthouden en wijs proberen te worden uit de chaos die ze op haar bordje had gekregen.

Ze had drie gemiste oproepen van Silas. Ze wachtte nog een paar minuten en belde hem toen terug. Deze keer was hij degene die niet opnam. Ze hadden elkaar de vorige dag gesproken nadat ze in de Anchor in Glensted was aangekomen, en toen was hij dronken en kwaad geweest; zij juist nuchter en beleefd op een ijzige manier die hem nog razender maakte. Hij beschuldigde haar ervan dat ze woedend het huis uit was gestormd omdat hij te laat was voor het eten, en zij had dat tegengesproken. Ze was weggeroepen voor een grote zaak en ze kon niet blijven wachten voor het onwaarschijnlijke geval dat hij nog aan kwam zetten. Ze had tegen hem gezegd dat ze hoopte dat hij een leuke avond had gehad met zijn vrienden, maar dat ze nu alweer een gouden kans hadden gemist.

'Het was maar één avond,' zei hij. 'Gaan we hier een militaire operatie van maken?'

'We hadden toch afgesproken...'

'Niet zo. Ik wil me niet schuldig hoeven voelen als ik een avond met vrienden op stap ga.'

Ze wilde vragen of hij zich soms had bedacht, maar dat deed ze niet. Ze was bang voor zijn antwoord.

Nu zat ze op het bed en trok haar leren jack en haar bergschoenen uit, schudde haar haar los en keek rond in de kamer die de komende dagen, weken, maar al te vertrouwd voor haar zou worden. Er was een schuin plafond, een tafel voor het raam dat uitkeek op High Street, een bobbelig matras dat haar deed denken aan haar oude matras van vroeger, en een grote houten ladekast, waar ze haar kleren in legde. En er was een douche, al zou ze liever een bad hebben gehad. Ze vond het heerlijk om lang in een warm bad te liggen weken, het liefst met een paar kaarsjes op de rand. Dan kon ze altijd het best nadenken.

Meestal vond ze het begin van een nieuwe zaak het leukst, dan was alles nog onbekend, een beetje spannend, en ze nam zich voor om dat niet door Silas te laten bederven. Ze zouden het wel oplossen samen.

Ze belde hem opnieuw en weer kreeg ze te horen dat ze een boodschap kon inspreken. Toen ze zijn warme, vertrouwde stem hoorde, ging er opeens een steek van heimwee door haar heen. 'Ik mis je,' zei ze. 'Bel je me terug?'

54

Om twintig voor negen de volgende ochtend bevonden zich acht mannen en drie vrouwen in de crisiskamer van politiebureau Hemingford. Sommigen zaten op een stoel of hingen tegen een bureaurand, anderen stonden. Inspecteur Lovell was er al vroeg, fris geschoren en met een pasgestreken overhemd aan; zijn lichte haar zat glad achterovergekamd, waardoor zijn gezicht nog smaller leek. Hij stond naast rechercheur Heather Dillon, die bleek zag en niet erg op haar gemak leek.

'Als ik het niet dacht,' mopperde een man die bij de deur zat. 'We moeten hier van hem allemaal op tijd zijn en meneer komt zelf niet opdagen.'

'Hij ligt waarschijnlijk nog in bed,' zei rechercheur Harrison. 'Met een knoeperd van een kater.'

'Hoe is het met die van jou?' riep Lovell naar hem. Harrison fronste zijn wenkbrauwen. Hij was ongeschoren en keek slaperig, alsof hij een paar minuten geleden pas uit zijn bed was gerold.

Eindelijk ging de deur open, en er kwam een vrouw binnen.

'Wel godskolere,' zei Harrison. Toen, harder: 'Kon je toch niet zonder me?'

Het geroezemoes verstomde en de vrouw bleef onverstoorbaar staan.

'Kan ik iets voor je doen?' vroeg een van de agenten.

'Ben je de weg kwijt, schat?' riep Harrison brutaal.

Ze keek hem aan, zonder te glimlachen, zonder antwoord te geven. Ze deed een stap opzij om ruimte te maken voor inspecteur Whitman. Naast haar leek hij nog omvangrijker dan anders. Zijn gezicht was rood aangelopen en zijn kleine ogen stonden chagrijnig. Hij zette zijn tas met een klap op zijn bureau en draaide zich om naar de anderen.

'Sorry dat ik jullie heb laten wachten.'

Hij zweeg. Iedereen wachtte af.

'Dit was niet mijn idee en laat ik het erop houden dat ik er niet gelukkig mee ben. We hebben al flinke vooruitgang geboekt in de zaak-Bridget Wolfe en ik weet dat we allemaal dachten dat we die snel konden sluiten. Maar van hogerhand is anders besloten en het is niet aan ons om daar vraagtekens bij te zetten.'

Hij zweeg weer even. Hij liep nog roder aan. Lovell vreesde dat hij een hartaanval zou krijgen. 'Ik kom jullie meedelen dat ik me per direct uit de zaak terugtrek.' Het klonk alsof hij elk woord met een pincet vastkneep. 'Er is besloten dat het beter is als er een buitenstaander op wordt gezet.' Hij zweeg weer even en slikte iets weg. 'Wat jullie daar persoonlijk ook van vinden, ik vertrouw op jullie professionele instelling.'

Hij haalde een zakdoek uit zijn zak en veegde zijn voorhoofd af. 'Mijn opvolger is inspecteur Maud O'Connor, uit Londen,' zei hij, waarbij hij het laatste woord een spottende nadruk gaf. 'Is hier gedetacheerd. Zoals jullie zien is ze nog jong. Iemand met een flitsende carrière in het verschiet. Zorg ervoor dat ik trots op jullie kan zijn.'

De aanwezigen reageerden lauw, wat vreemd was. Iedereen wist dat ze getuige waren van het einde van een carrière. Whitman keek niet naar de vrouw die naast hem stond. Hij knikte even naar de anderen, beende de kamer uit en sloeg de deur met een klap achter zich dicht.

Maud O'Connor wachtte een paar seconden nadat Whitman was

vertrokken voordat ze achter het bureau plaatsnam. Ze legde haar beide handen op het bureaublad en leunde een beetje naar voren. Ze had die ochtend een grijze flanellen broek met een eenvoudige witte blouse aangetrokken; haar haar zat strak naar achteren, er ontsnapte geen enkele krul, en als enige make-up droeg ze rode lippenstift. Ze was klaar voor de strijd.

'Ik weet dat dit nogal onverwachts komt,' zei ze en ze keek de kamer rond. 'Maar jullie zijn professionals, en dat ben ik ook. Ik ga ervan uit dat we goed zullen samenwerken. Ik ben een buitenstaander, dat klopt. Gezien wat er dertig jaar geleden in Glensted is gebeurd en gezien de manier waarop de lokale politie die zaak destijds heeft behandeld, is besloten dat een frisse blik misschien nuttig kan zijn. Goed, aan het werk.'

'De zaak is al opgelost,' riep een man achterin. 'Hebt u dat niet gehoord?'

'Ik heb gehoord dat jullie iemand in hechtenis hebben genomen, ja. Daar moeten we natuurlijk naar kijken. Daarnaast denk ik dat het onderzoek opnieuw gedaan moet worden. Vanaf het begin.'

Er klonk geïrriteerd geroezemoes.

Ze wachtte tot het wegstierf. 'Ik verwacht jullie hier morgenvroeg op dezelfde tijd terug. En dan wil ik een verslag van wat jullie tot nu toe hebben. Het komende uur krijgen jullie van mij de taakverdeling en kunnen we het onderzoek gaan opstarten.'

'U kent ons niet eens!' riep iemand boos.

Ze keek de man die dat zei aan en fronste haar wenkbrauwen. 'Frank Mason,' zei ze toen. 'Drie jaar geleden bij de politie gekomen. Zal ik bewijzen dat ik jouw dossier heb gelezen?'

Hij werd rood. 'Zo bedoelde ik het niet.'

'Je bent een techneut. Iemand die we goed kunnen gebruiken. Ik weet van jullie allemaal ongeveer wie jullie zijn en wat jullie kunnen,' ging ze verder. 'En over sommigen van jullie weet ik iets meer.' Ze keek niet naar Harrison toen ze dit zei, maar hij kromp ineen. 'Je hebt wel een beetje gelijk: ik heb mijn huiswerk gedaan, maar ik ken jullie niet persoonlijk. Nog niet. En nu, inspecteur Lovell. Jack.' Ze keek Lovell aan, haar grijze ogen kalm en onbewogen. 'Ik heb begrepen dat jij hier de hoogste in rang bent, op mij na. Ik wil nu graag de verdachte zien die jullie vasthouden.'

55

De vrouw die de verhoorkamer werd binnengeleid zag eruit alsof ze slaapwandelde. Ze stond onvast op haar benen en liep met gebogen hoofd, maar toen ze opkeek, zag Maud dat ze blaren op haar linkerwang had, een wenkbrauw miste en dat haar haar gedeeltelijk was weggeschroeid.

Ze ging zitten op de stoel die de politievrouw voor haar onder de tafel uit schoof en legde haar beide armen op de tafel. Haar ene hand zat dik in het verband. Ze was eind veertig, mooi op een ascetische manier met haar ingevallen gezicht met die hoge jukbeenderen. Maud had foto's van haar gezien, maar die waren van lang geleden, toen ze nog een tiener was met sproeten en grote ogen en een dikke bos krullen. Toen zag ze er zachter en liever uit. Nu waren haar ogen rood en opgezet; ze zag eruit alsof ze dagen had gehuild.

'Elizabeth,' zei Maud.

'Zeg maar Etty. Zo heet ik hier. Ander leven, andere naam.'

'Oké. Etty.'

'Wie ben jij?' Ze was schor en sprak moeizaam, alsof het pijn deed.

'Maud O'Connor. Ik heb sinds kort de leiding over het onderzoek.'

Nu keek de vrouw haar wel aan.

'Zo'n jonge vrouw?'

'Ben je gezien door een arts?'

'Ollie heeft me naar het ziekenhuis gebracht. Daar is mijn hand verbonden.'

'Er moet iemand naar je wang kijken. Die ziet er niet goed uit.'

Etty haalde haar schouders op.

'Wil je me vertellen wat er precies is gebeurd?' vroeg Maud.

'Nog een keer?' Etty sloot even haar ogen, opende ze weer en zei, bijna fluisterend: 'Hoe vaak moet ik dat nog doen?'

'Ik wil graag van jou horen wat er zondag precies is gebeurd.'

En dus vertelde Etty nog eens het hele verhaal van die dag. Ze had de podcast geluisterd, waarin werd gezegd dat Bridget de agenda van haar moeder had gevonden, ze was Alec gaan zoeken, ze had gehoord dat hij was gevonden en was toen in een opwelling naar Bridgets huis gegaan. 'Omdat ik het wilde weten,' zei ze.

'Wat er in die agenda stond?'

'Die was van mijn moeder.'

'En toen?'

'Toen ik daar kwam, zag ik de rook. Het huis stond in brand. Het was verschrikkelijk. De hel. Heb je ooit zoiets...'

'Nee,' zei Maud. 'Niet zo erg.'

'Ik heb de brandweer gebeld en toen ben ik naar het huis gerend. Waarom weet ik niet. Het was ontzettend heet. Mijn longen brandden. Toen zag ik haar.'

Het bleef stil. Maud zei niets. De vrouw die tegenover haar zat, pulkte aan het verband en beet op haar onderlip.

'Ze kwam naar buiten. Ze stond in brand. Naar mij toe. Alsof ik haar nog kon helpen. Ik heb geprobeerd het vuur te doven. Maar het was onbegonnen werk. Ze was stervende. Ik moet er niet aan denken wat zij heeft moeten doorstaan.'

'Heeft ze nog iets gezegd?'

'Ze deed nog heel even een oog open. Ze keek me aan. Als het donker is, zie ik het nog steeds voor me.'

Maud schoof een glas water naar haar toe en Etty nam met moeite, en met een van pijn vertrokken gezicht, een paar slokjes.

'Alles smaakt naar as,' zei ze.

'Waarom heb je niet om een advocaat gevraagd? Hebben ze je niet iemand aangeboden?'

'Ik ben zelf advocate.'

'Dan ken je dus je rechten. Je weet dat je wordt verdacht van de moord op Bridget Wolfe.'

Etty keek haar aan. 'Misschien wil ik wel de gevangenis in,' zei ze. 'Misschien zou dat een opluchting zijn.'

'Wat bedoel je daarmee?'

'Ik ben zo moe. Zo moe van steeds maar doorgaan. Het is allemaal zo verdrietig.'

'Van je moeder?'

Ze knikte.

'Van mijn moeder en van mijn broer.'

'Ja,' zei Maud. 'Dat heb ik gehoord, van Paul.'

'Nee, niet alles. Je hebt niet alles gehoord.'

'Wat bedoel je?'

Etty sprak monotoon.

'Het was precies vijf jaar na de verdwijning van onze moeder. De verjaardag van mijn vader. Laten we dat ook niet vergeten. Paul belde me. Hij zei dat hij er slecht aan toe was, dat hij het niet meer aankon. Het ging met mij ook niet zo goed. Ik zei tegen Paul dat ik hem nog terug zou bellen. Twee dagen later hebben ze zijn deur opengebroken en hem gevonden. Hij had al zijn pillen ingenomen. Die had hij opgespaard.' Ze keek Maud aan. 'Ik weet wat je wilt gaan zeggen. Dat het niet mijn schuld is. Maar ik heb erover gelezen. Als je kunt voorkomen dat iemand zich van het leven berooft, is er zeventig procent kans dat zo iemand het niet nog een keer probeert. Zeventig procent. Dus zeg dat maar niet.'

Maud zag dat Etty volschoot, maar haar tranen niet wegveegde.

'Ik heb al dertig jaar niet kunnen huilen,' zei ze. 'Ik was zo droog als een woestijn. En nu kan ik er niet meer mee stoppen. Ik ben een zee van tranen.'

Maud wachtte even. Toen vroeg ze: 'Heb jij Bridget Wolfe vermoord?'

'Natuurlijk niet.'

'Heb je iets gedaan waardoor zij om het leven is gekomen?'

'Ja. Ik heb haar in contact gebracht met mijn familie. Ik heb haar gevraagd om het huis leeg te ruimen. Als ik dat niet had gedaan, zou ze nu nog leven.'

'Dat is alles?'

'Dat is genoeg.'

'Is er iemand die jou kan ophalen?'

'Wat, nu? Mag ik gaan?'

Maud keek op haar horloge.

'We moeten je binnen niet al te lange tijd arresteren of vrijlaten. En er is geen enkele aanleiding om jou vast te houden. Maar je bent advocate, dus dat wist je zelf ook wel, toch?'

Een uur later liep Maud samen met Etty naar de uitgang van het politiebureau. Een verfomfaaide man van middelbare leeftijd met grijzend rood haar stond tegen een auto geleund nerveus te roken. Toen ze buiten kwamen, gooide hij de sigaret op de grond en liep snel op hen af. Maud zag dat zijn gezichtsuitdrukking veranderde toen hij zijn zus zag, met haar geschroeide wang en verbonden hand, en haar wankelende tred. Hij legde zijn arm om haar schouders en ze leunde even tegen hem aan.

Hij keek Maud aan. Zijn bezorgde uitdrukking maakte plaats voor woede.

'Dus jullie arresteren mijn zus zonder enige reden en dan laten jullie haar zomaar weer gaan? Gaat dat hier altijd zo?'

'Dit is Ollie,' zei Etty. 'Mijn broer.'

'Ze moet goed uitrusten,' zei Maud.

'Inderdaad. Na alles wat ze heeft meegemaakt.'

'Kan ze ergens terecht?'

'Het komt wel goed met haar, maar niet dankzij jullie.'

'Zeg, ik ben er zelf bij, hoor,' zei Etty, die probeerde te glimlachen.

'Ja, natuurlijk. Sorry. Je moet ons wel op de hoogte houden van je verblijfplaats,' zei Maud.

'Want anders?'

'Anders niks. Maar ik neem aan dat je ons wel wilt helpen, mocht dat nodig zijn.' Ollie wilde iets zeggen, maar Maud stak haar hand op en ging verder. 'Ik begrijp dat je boos bent. Als je wilt, kun je een klacht indienen bij de klachtencommissie. Maar als je mij iets te vertellen hebt, doe dat dan alsjeblieft.'

'Oké, laat mij maar eens wat zeggen,' zei Ollie. 'Het gaat dus weer precies zo. Er is iemand vermoord, we moeten dat allemaal nog eens meemaken en uiteindelijk wordt de zaak niet opgelost. Alweer niet.'

'Denk je dat de dood van Bridget Wolfe te maken heeft met die sterfgevallen van dertig jaar geleden?'

'Ja, natuurlijk.'

'Zou je daar wat meer over kunnen zeggen?'

'Hoe zou het er níét mee te maken kunnen hebben? In een kleine plaats als dit moet er wel een verband zijn.'

'Twee sterfgevallen, een door eigen toedoen en een verdwijning, zo is het toch?'

'Ik weet eigenlijk niet waarom ik met jou sta te praten,' zei Ollie. 'Wie heeft er de leiding over het onderzoek?'

'Sinds vanmorgen ben ik dat,' zei Maud.

'Jij? Je ziet eruit als twaalf.'

Maud richtte zich weer tot Etty. 'Ga maar wat eten en probeer te slapen,' zei ze. 'We houden contact.'

56

'Ze was onze belangrijkste verdachte,' zei Jack Lovell toen Maud de crisiskamer binnenkwam.

'Dat weet ik.'

'We dachten dat er een goede kans was om haar veroordeeld te krijgen.'

'Echt?' zei Maud.

'Ze had een motief: haar woede. En ze had geen alibi.'

'Ze was ter plaatse toen Bridget Wolfe overleed, als je dat bedoelt met geen alibi.'

'Moordenaars zijn meestal ter plaatse als hun slachtoffer overlijdt.'

'Vond je het geen merkwaardige manier om iemand om te brengen?'

'Er bestaat geen standaardrecept,' zei Jack Lovell. 'Geen regels waar moordenaars zich aan houden. Soms is het heel simpel. Je komt ter plaatse, er is een lijk, en er is iemand bij dat lijk aanwezig. Die vrouw, Elizabeth Salter, had ruim de gelegenheid om ons duidelijk te maken dat ze onschuldig was, maar ze zei bijna niets, en wát ze zei sloeg nergens op.'

Maud glimlachte, maar realiseerde zich toen dat Lovell het serieus bedoelde. 'Helaas werkt de wet niet zo,' zei ze. 'Zij hoeft niet te bewijzen dat ze onschuldig is. Wij moeten bewijzen dat zij schuldig is. Als dat het geval is.'

'Ja, oké, baas,' zei hij. 'Wat moeten we volgens u nu dan gaan doen?'

Maud wachtte even voordat ze antwoord gaf. Lovell was minstens tien centimeter groter dan zij en hij stond net wat te dicht bij haar. Ze wist dat hij haar uitdaagde, met elk woord dat hij tegen haar zei. Zelfs het woord 'baas' klonk ironisch, alsof hij het komisch vond om zo'n vrolijk woord tegen iemand als zij te gebruiken.

'Ik wil zelf even ter plaatse gaan kijken,' zei ze. 'Kun je me een lift geven?'

'Hebt u zelf geen auto?'

'Jawel.'

Het bleef even stil.

'Natuurlijk,' antwoordde hij.

Voordat ze instapte, moest ze snoeppapiertjes van de passagiersstoel verwijderen. Ze stopte ze in een leeg plastic tasje dat voorin lag. Lovell reed met piepende banden weg van de parkeerplaats van het politiebureau.

'Ik heb u gegoogeld,' zei hij.

Maud reageerde niet. Ze keek uit het raampje naar de huizen en de winkels waar ze langsreden.

'Ik zag dat u die zaak tegen Butler hebt geleid. Dat zal niet makkelijk zijn geweest.'

Nu keek Maud opzij naar hem. 'Waarom zeg je dat?'

'De meeste rechercheurs houden niet van een onderzoek naar collega's.'

'Ja, dat hoor je wel vaker.'

'Er zijn mensen die vinden dat hij slecht is behandeld.'

'Dat weet ik.'

'Ik bedoel, die vent verzette zich tegen zijn arrestatie. Hij had een strafblad. Ik vond de uitspraak belachelijk.'

'Mee eens,' zei Maud.

Lovell zette de auto aan het begin van de oprit naar Bridgets huis. 'Echt?' Hij klonk verbaasd.

'Als het aan mij had gelegen, zou Butler niet zijn veroordeeld wegens doodslag, maar wegens moord.' Ze keek nog eens rond in de auto. 'Even iets anders, en ik zou het niet zeggen als de rest van het team erbij was. Maar als dit een huurauto was, wat zou je daar dan van vinden?'

'Wat bedoelt u?'

'Dan zou je dit niet accepteren. Deze rotzooi.'

'Sorry,' zei Lovell, 'maar we hadden wel wat anders te doen.'

Maud leunde achterover en wees op de rommel. 'Deze auto maakt deel uit van het gezicht van dit onderzoek. Stel dat iemand door het raampje kijkt en denkt: als ze hun auto's al niet eens kunnen opruimen, wat kunnen ze dan nog meer niet? En hetzelfde geldt voor de crisiskamer. Kan ik dat aan jou overlaten?'

Lovell gaf niet meteen antwoord. Hij klemde zijn kiezen op elkaar en spande zijn kaakspieren. 'Ja, natuurlijk.'

Ze stapten uit en stonden tegenover elkaar, met de auto tussen hen in. 'O, nog één ding.'

'Wat dan?' vroeg Maud.

'Hoe moeten we u noemen?'

Ze keek verbaasd, maar dacht toen even na over zijn vraag. 'Dat kan me geen moer schelen, zolang het maar niet iets belachelijks is. Dus zeg maar Maud. En geen u graag.'

Er stonden nog meer auto's in de berm geparkeerd, waardoor de weg hier en daar bijna geblokkeerd was. Maud liep met Lovell door de poort van wat ooit het boerenerf was geweest. De aanblik van de boerderij was zo anders dan ze had verwacht dat het even duurde voordat het haar duidelijk werd wat ze precies zag. Het leek wel een combinatie van een plaats delict en een tuinfeest.

Er kwam nog steeds rook uit de zwartgeblakerde resten van het huis en de schuren aan de andere kant van het erf. De stank sloeg haar zo heftig tegemoet dat ze het gevoel had dat de rook meteen op haar huid en in haar kleren bleef kleven. Op het erf was het een drukte van belang. Hier en daar stonden groepjes mensen met elkaar te praten of alleen maar te kijken. Een man in een overall sleepte een onderdeel van een machine in de richting van de weg.

Maud keek Lovell vol ongeloof aan en liep op de man af. 'Wat bent u aan het doen?'

'Dat gaat je niks aan.'

Maud haalde haar legitimatie tevoorschijn en hield die voor zijn neus.

'Nou en?'

'Zet dat onmiddellijk neer en leg uit wat u aan het doen bent.'

'Wij zijn ingehuurd.'

'Om wat te doen?'

'Opruimen.'

'Oké,' zei Maud. 'Daar kunt u dan meteen mee ophouden. Zijn daar nog meer mensen mee bezig?'

'Een paar.'

'Jullie houden nu meteen op met wat jullie aan het doen zijn, jullie komen nergens meer aan, jullie vertrekken en komen pas terug als jullie toestemming hebben. Schriftelijk. Van mij.'

'En wie gaat onze kosten vergoeden?'

'Als jullie hier ook nog maar één vinger uitsteken, maak ik proces-verbaal op wegens verstoring van een plaats delict.'

De man mompelde iets onverstaanbaars, draaide zich om en liep naar twee mannen die een verkoold meubelstuk droegen.

Maud beende naar een paar mensen die een reportage aan het maken waren. Een vrouw met een microfoon in haar hand stond voor een camera.

'We zijn hier nog even bezig,' zei de man met de camera.

'Jullie kunnen vertrekken,' zei Maud.

'Wij hebben het recht om verslag te doen van een zaak van algemeen belang.'

'Zolang jullie je niet op dit terrein begeven. Dit is een plaats delict.'

'Waar staat dat? Ik zie geen bordje. En ik zie geen afzetlint.'

'Ik leid het onderzoek en ik zeg het.'

De irritatie op het gezicht van de vrouw maakte plaats voor belangstelling. 'Echt?' vroeg ze. 'Kunnen we dan even een snel interview doen?'

'U kunt contact opnemen met de persvoorlichter, zoals iedereen.'

Maud liep terug naar Jack Lovell, die onverstoorbaar was blijven staan. 'En?' vroeg ze.

'Wat?'

'Hoe kan dit gebeurd zijn?'

'Geen zorgen,' zei hij. 'We hebben het hele onderzoek ter plaatse al gedaan. Het sporenonderzoek, bandensporen. Alles is gefotografeerd.'

Maud knikte langzaam. 'Alles is al gedaan?'

'Inderdaad.'

'Ik dacht dat jouw baas eruit was gegooid omdat hij zijn werk niet aankon, maar misschien heeft hij die moord zelf wel gepleegd. Want ik heb nog nooit een pd gezien die zó effectief is besmet als deze. Het is bijna indrukwekkend.' Ze klapte in haar handen en riep zo hard dat iedereen die nog op het erf stond het kon horen: 'U bevindt zich op een plaats delict. Iedereen wordt verzocht onmiddellijk weg te gaan. U mag niets meenemen en zelfs niets aanraken.'

Ze wachtte tot iedereen weg was voordat ze zich ijzig kalm tot Lovell richtte. 'Twee dingen. Ten eerste: je zei dat er al een sporenonderzoek is gedaan. Waar is dan het rapport?'

'Volgens mij is dat er nog niet.'

'Misschien zou je even contact met de technische recherche kunnen opnemen en vragen of ze op willen schieten? Als ze het niet te druk hebben?'

'Ik zal het proberen.'

'Proberen is niet voldoende. Je gaat het doen. Ten tweede: het kalf is al verdronken, maar ik denk dat we toch de put moeten dempen. Zou je naar het bureau kunnen bellen en vragen of ze misschien met een afzetlint hier kunnen komen en de ingang kunnen afzetten? Als het niet te veel gevraagd is? Jij blijft hier wachten tot ze er zijn.'

'Wat ga jij dan doen?'

'Ik loop terug.'

'Helemaal naar Hemingford?'

'Ja. Dat is niet zo ver.'

'Weet je de weg?'

'Ik zal mijn best doen.'

Toen Maud de oprit af liep, zag ze de cameraploeg in een geparkeerde auto zitten en tikte ze op het raampje. Het ging naar beneden.

'Haal het niet in jullie hoofd om daar weer naartoe te gaan als ik weg ben,' zei ze.

Een eindje verderop sloeg ze een voetpad naar Glensted in. Ze pakte haar mobiel. Geen gemiste oproep van Silas, geen antwoord op haar berichtje. Hij had het kennelijk druk, maar wie had het nou te druk om een paar woorden te appen? Maud zag de dingen graag onder ogen en probeerde dan een manier te vinden om ermee te dealen. Van deze onduidelijkheid werd ze heel onrustig: ze wist niet wat ze ermee aan moest.

Ze staarde naar het schermpje van haar mobiel in de hoop dat ze zijn naam erop zou zien verschijnen. Toen belde ze hem zelf, ook al wist ze dat ze dat beter niet kon doen. Tot haar verbazing nam hij vrijwel meteen op.

'Maud.'

'Komt het niet uit?'

'Ik ga net een vergadering in.'

'Kunnen we later even praten?'

'Ik heb het heel druk. Ik bel je.'

'Is het weer oké tussen ons?'

'Natuurlijk.' Hij zei het geforceerd hartelijk.

Ze wachtte nog even en zei toen: 'Tot later dan. Hou van je.' Die laatste drie woorden voegde ze er terloops aan toe.

'Later.'

Ze ging op het gras in de berm zitten, in de schaduw van een beuk, en wachtte tot ze weer wat tot bedaren was gekomen. Ze moest zich op haar werk concentreren, zonder afgeleid te worden door kleine hobbels in haar privéleven. Na een diepe zucht rechtte ze haar schouders en streek een paar lokken uit haar gezicht. Toen toetste ze een ander nummer in. 'Kan ik de commissaris spreken?'

Even later hoorde ze zijn vertrouwde stem. 'En, hoe staat het?'

'Het is hier prachtig, dat moet ik toegeven,' zei ze. 'Ik kom net van de pd. Ik kijk nu uit op Glensted en de rivier met de draslanden.'

'Ik dacht al dat je wel een vakantie kon gebruiken,' zei Weller. 'En het onderzoek? Hoe gaat het?'

'Het is nog erger dan u dacht,' antwoordde Maud. 'Veel erger.'

'En het kon al niet erger. Ik heb het eerste rapport gezien. Hoe reageert het rechercheteam? Zijn ze blij met je?'

'Niet zo erg.'

'Hm. Kun je ze wel aan?'

'Ik red me wel. Wat ze tot nu toe hebben gepresteerd is een onschuldige vrouw opsluiten en het pd-onderzoek verknoeien.'

'Als het makkelijk was, zou die sukkel van een Whitman nog wel op de zaak zitten. De kans is groot dat iemand van de media zich erin gaat verdiepen en erachter komt dat dat stelletje idioten prutswerk heeft geleverd. Dan staan we er allemaal slecht op. Dat moet jij voorkomen.'

'De media zitten er al op. En er schijnt ook al een coldcase-podcast te zijn.'

'Godskolere. Heb je die al beluisterd? Wat zeggen ze erover?'

'Weet ik niet.'

'Verdoe je tijd dan niet met mij. Hup, aan het werk.'

57

Toen Maud terugkwam in de Anchor, stuiterde ze van de rusteloze energie, van het gevoel dat ze alle feiten en indrukken moest zien vast te houden, moest proberen te ontdekken wat ze nog miste, waar de gaten in het onderzoek zaten. Ze was op zoek naar een stevige basis, wachtte tot zich een patroon aftekende.

Ze ging naar haar kamer en nam snel een douche, trok een spijkerbroek aan en een trui, want het begon kil te worden. Toen ging ze met haar papieren en haar laptop aan het bureautje zitten. Ze dacht aan Etty en Ollie Salter, twee mensen van middelbare leeftijd, getekend door jaren van verdriet. Dertig jaar geleden was hun moeder verdwenen. Ze moesten beseffen dat ze dood was, maar misschien hoopten ze diep in hun hart dat ze toch nog thuis zou komen.

Nu had een moord dat immense verdriet weer opgerakeld en Etty had voor het eerst in tientallen jaren gehuild, gehuild als het kind dat ze vroeger was. Maud was hier om de moord op Bridget Wolfe op te lossen. Moest ze zich niet ook met die andere misdrijven gaan bezighouden? Als het al misdrijven waren.

Ze werkte twee uur door, maakte aantekeningen over de moord op Bridget Wolfe en de reactie van de politie. De rechercheurs hadden met een tunnelvisie alleen naar Etty Salter gekeken en verder niemand ondervraagd, en ze hadden bovendien de plaats delict besmet. Het was alsof de zaak meteen was opgelost en niets er verder nog toe deed. Ze dacht aan de rechercheurs die ze in de pub was tegengekomen. Aan het rapport van de patholoog dat er nog steeds niet was. Ze kreeg er hoofdpijn van.

Om negen uur ging ze naar de bar, bestelde een glas rode wijn en lasagne, die ze snel opat terwijl ze door de berichten op haar telefoon scrolde en de starende blikken van de anderen in de pub negeerde. Ze genoot er wel van om alleen te zijn, een onbekende op een onbekende plek, het gevoel van alertheid, van openstaan voor nieuwe indrukken.

Toen ze terugkwam op haar kamer, overwoog ze om Silas te bellen. Hij had tegen haar gezegd dat hij haar zou bellen, dus misschien kon ze beter afwachten. Vreemd dat ze nu de voors en tegens afwoog: normaal gesproken zou ze zich daar geen zorgen over maken en het gewoon doen.

Ze pakte haar mobiel en belde hem. Hij nam op, klonk afwezig.

'Komt het weer niet uit?'

'Ja, hoor, prima.'

'Ik wilde gewoon even weten of alles goed was.'

'Natuurlijk.' Hij zweeg. Ze zag zijn knappe gezicht voor zich, met stoppeltjes van een dag of twee, zijn ogen die bij een bepaald licht donkergrijs leken en bij ander licht grijsblauw, zijn dikke bruine haar dat in een lok over zijn voorhoofd viel en zijn brede, gulle lach. 'Sorry dat ik niet op tijd thuis was,' zei hij.

'Sorry dat ik weg ben gegaan.'

'We moeten praten,' zei hij.

'Ja, ik kan wel terugrijden voor een avond. Of wil jij misschien hierheen komen en dan blijven slapen?'

'Ik heb het heel druk, Maud.'

'We hebben het allebei druk.' Daarna zei hij niets meer, dus ze vroeg: 'Wil je niet weten met welke zaak ik bezig ben?'

'Dat weet ik al. Ik heb het op het nieuws gezien. Jij was zelf ook op het nieuws.'

'Wat zeiden ze?'

'Ze zeiden dat jij erbij was gehaald om de boel op te schudden en ook dat je niet geheel onomstreden bent. Ze hadden het eerst over de ophef over de zaak-Butler en toen lieten ze een fragment zien van nu, waarin jij tegen een paar journalisten stond te schreeuwen en ze zo ongeveer van de plek duwde waar die vrouw is omgekomen.'

'Een slechte start.'

'Je zag er wel goed uit, alsof je de situatie helemaal in de hand had.'

Maud sloot haar ogen. Dat klonk positief. Misschien was er toch niks aan de hand tussen hen.

'Als het lukt kan ik morgenavond wel jouw kant op komen.'

'Ik kan niet. Ik heb afgesproken met mijn ouders.'

Het was nooit met zoveel woorden gezegd, maar Maud wist heel goed dat de ouders van Silas op z'n zachtst gezegd ambivalent stonden tegenover zijn relatie met haar. Ze waren allebei universitair docent, terwijl Mauds vader dakdekker was. En dat was niet alles. Altijd als ze elkaar zagen, voelde Maud dat zijn ouders hun uiterste best moesten doen om vriendelijk te zijn, wat voor een deel nog werd verergerd door hun negatieve houding jegens de politie in het algemeen. Al was ze sinds de zaak-Butler wel in hun achting gestegen.

'Oké,' zei ze.

Ze wilde een paar andere dagen voorstellen, maar dat slikte ze in. Smeken wilde ze niet. Ze wachtte tot hij zelf iets zou zeggen.

'Misschien in het weekend,' zei hij.

'Silas,' zei ze. 'Als er iets is, moet je het zeggen.'

'Er is niks! Doe niet steeds alsof alles om ons draait, ik ben gewoon moe. En het gaat niet zo makkelijk op het werk.'

'Dat is vervelend voor je,' zei ze kalm. 'Maar er zijn wel dingen waar we het over moeten hebben.'

'Ik ben hier. Jij bent degene die is vertrokken.'

Maud kreeg een beklemmend gevoel in haar borst. Verwoed

probeerde ze rustiger adem te halen: haar vader zei altijd dat ze haar woede moest wegademen.

Ze namen afscheid. Daarna ging ze voor het raam staan en keek de straat in. Er was niemand te zien. De ramen van de huizen aan de overkant waren donker. Het was alsof heel Glensted al sliep. Ze verlangde naar Londen, waar de lichten nooit uitgingen, waar altijd kabaal was en je altijd mensen en auto's zag.

Hoe moe ze ook was, ze wist dat ze niet kon slapen. Ze downloadde de laatste aflevering van de podcast van Morgan Ackerley en luisterde er ingespannen naar. Zo af en toe pauzeerde ze even om aantekeningen te maken. Toen ze in bed stapte, maalden de gedachten nog door.

Terwijl ze in haar hoofd lijstjes maakte van wat ze allemaal moest doen, viel ze in slaap; ze droomde over de vermiste vrouw, maar in die droom had Charlotte Salter het gezicht van haar eigen moeder en stond ze in brand.

De volgende ochtend was het mistig. Ze haalde een mueslireep en een koffie aan de bar en reed naar het politiebureau van Hemingford. De andere teamleden druppelden binnen voor de ochtendbriefing en stonden op gedempte toon met elkaar te praten, waarbij ze af en toe een steelse blik haar kant op wierpen. Micky Harrison haalde zijn schouders op toen ze hem vroeg naar de rapporten van de patholoog en de technische recherche en begon tussen zijn tanden te pulken.

Toen Jack Lovell binnenkwam, vlak voordat de briefing zou beginnen, vroeg ze hem er ook naar, maar hij onderbrak haar en vroeg of ze klaar was voor de persconferentie.

'Welke persconferentie?'

'Die over tien minuten begint.'

'Daar weet ik niets van. Wie heeft die georganiseerd?'

'Sorry,' zei Lovell uit de hoogte, en als ze het goed zag met het begin van een glimlachje. 'Ik ging ervan uit dat je dat wel wist. We kunnen het nu natuurlijk niet meer afzeggen.'

'Prima,' zei ze zo kalm als ze kon. 'Dan doen we de bijeenkomst na afloop. Zorg ervoor dat iedereen dat weet en er dan ook is.'

'Prima.'

'En knap jezelf een beetje op. Jij gaat met mij mee.'

Maud schrok van het aantal journalisten dat op haar wachtte toen ze buiten kwam. Ze had een handjevol plaatselijke journalisten verwacht, maar er stonden tientallen mannen en vrouwen, ook van de landelijke media. Ze herkende een paar mensen die ze de vorige dag bij Bridgets huis had gezien. Camera's flitsten en er werden microfoons haar kant op gericht toen ze zichzelf en Jack Lovell voorstelde.

'Dit is mijn tweede dag hier,' zei ze. 'Er is niet bijster veel te vertellen over de voortgang van het onderzoek. Ik kan wel zeggen dat een vrouw van in de veertig...'

'Elizabeth Salter!' riep iemand. Maud negeerde het.

'Dat een vrouw van in de veertig is vrijgelaten uit voorlopige hechtenis.' Toen er luidkeels om een verklaring werd geroepen, zei ze: 'Omdat er geen reden was om haar vast te houden.'

Een van de journalisten stak haar hand omhoog, een vrouw van middelbare leeftijd met kort grijs haar en een ronde bril. 'Alice Clayton van *The Herald*.'

'Ja?'

'Kunt u uitleggen waarom inspecteur Whitman zo snel is vervangen? Dat lijkt me niet eerlijk voor de plaatselijke politie.'

'Men vond dat een frisse blik nuttig kon zijn,' zei Maud.

'Is dat een beleefde manier om te zeggen dat hij fouten heeft gemaakt?'

'Zoals ons dwars door het bewijsmateriaal laten banjeren?' riep een jonge verslaggever brutaal.

'Is het geen publiekelijke berisping om de grote jongens uit Londen hierheen te sturen?'

'Zie ik eruit als een jongen? Het is een beleefde manier om te zeggen dat een frisse blik nuttig kan zijn,' zei Maud.

'Zoals uw frisse blik in de zaak-Butler.'

'Elke zaak is uniek.'

'Audrey Jackson.' Een jonge vrouw stak haar microfoon naar voren. 'Houdt deze moord verband met wat ze hier de Glensted-raadsels noemen?'

'Dat weet ik niet,' antwoordde Maud.

'Natuurlijk wel,' hoorde ze. Ze herkende de stem en zocht hem met haar blik. Een magere man met donker haar en een kortgeschoren baardje, die links vooraan stond.

'Morgan Ackerley,' zei hij. Ook hij stak een microfoon haar kant op, een kleintje.

'Wij sluiten op dit moment niets uit.'

'Het is voor mij wel duidelijk,' zei hij met zijn zware, ernstige stem, 'dat onze podcast het verleden weer tot leven heeft gewekt. Iemand is niet blij met wat wij ontdekken.'

'Daar zou ik graag eens met u over van gedachten wisselen,' zei Maud zo vriendelijk als ze kon. 'Maar niet op dit moment.'

Alice Clayton stak haar hand weer omhoog. 'Kunt u iets zeggen over het rapport van de patholoog?'

'Helaas hebben we dat rapport nog niet ontvangen.'

'Mag ik daar iets over zeggen?' zei Jack Lovell. Hij kwam naar voren en ging naast haar staan, torende boven haar uit. 'Het rapport van de patholoog was heel duidelijk over de doodsoorzaak. Hoewel Bridget Wolfe giftige rook heeft ingeademd en haar dat uiteindelijk fataal zou zijn geworden, was dat niet de doodsoorzaak. De doodsoorzaak was de intensiteit van het vuur: daardoor trekken de zachte weefsels samen, de huid barst, het vet, de spieren en de inwendige organen krimpen.' Hij zei het allemaal met een macaber genoegen. 'Met andere woorden: Bridget Wolfe is levend verbrand.'

Maud bleef stokstijf naast hem staan. Ze dwong zich om geen enkele emotie te tonen.

'Het skelet was echter niet verbrand,' ging hij verder. 'De patholoog kon geen spoor van enig ander letsel vinden. Ze is bijvoorbeeld niet bewusteloos geslagen voordat het huis in brand werd gestoken.'

Het bleef even stil. Toen kwam er opnieuw een spervuur van vragen, maar Maud wist er bovenuit te komen. 'Dank u,' zei ze. 'Dat was het voor vandaag.'

'Kun je dit even uitleggen?'

'Ik weet niet wat je bedoelt.' Lovell keek glimlachend op haar neer, met quasiverbaasd opgetrokken wenkbrauwen.

'Ik heb gezegd dat ik dat rapport zo snel mogelijk wilde hebben. In plaats daarvan moet ik tijdens een persconferentie horen dat het er is?'

'Ik dacht dat je wel op de hoogte was.'

'Hou op met die kinderachtige spelletjes. Ik heb er genoeg van. Er is een vrouw vermoord, op de gruwelijkst denkbare manier, en in plaats van mij te helpen om erachter te komen wie dat heeft gedaan ga je me in het openbaar voor schut zetten. Is dit allemaal maar een spelletje voor jullie?'

Lovell keek geschrokken. Hij beet op zijn dunne onderlip. 'Het was gewoon een vergissing,' mompelde hij.

'O ja? Zorg er dan maar voor dat er niet nog zo'n vergissing wordt gemaakt. Begrepen?'

Hij knikte.

'Goed. Over tien minuten beginnen we met de briefing.' Hij wilde zich omdraaien, maar ze riep hem terug. 'Luister, Jack, of je werkt mee, of ik zet je uit het team. Ook prima. Op deze manier kan ik jullie allemaal missen als kiespijn.'

'Nogmaals met mij.' Maud stond bij de ingang van het mortuarium en verzamelde moed om naar het lijk van Bridget Wolfe te kijken. Die ochtend had ze een paar foto's gezien van Bridget toen ze nog leefde: een kleine, vitaal uitziende vrouw van begin veertig met een sterke kaaklijn, kortgeknipt haar en donkere, heldere ogen. Maud dacht dat ze haar vast aardig gevonden zou hebben.

'Ja?' Haar baas klonk kortaf.

'Ik wil hier een van mijn eigen mensen hebben.'

'Wat is er mis met je team?'

'Daar heb ik niks aan. Ze zijn of nutteloos of ronduit vijandig. Ik klaag niet, hoor, ik kan ze wel aan, daar heb ik geen hulp bij nodig. Maar ik wil een bondgenoot, iemand met wie ik kan sparren.' Het bleef even stil. Maud keek naar een bruin vogeltje in een lindeboom aan de overkant van de weg. Ze wist niet wat voor vogel het was; op de plek waar ze was opgegroeid, was niet veel natuur en ze herkende alleen eksters, merels en roodborstjes – en de armetierige Londense duiven natuurlijk. Een warme wind blies door haar haar. Ze voelde de woede nog steeds in haar lijf, de nasmeulende razernij van eerder die dag. 'Eigenlijk vraag ik het niet,' zei ze. 'Ik zeg het.'

Aan de andere kant van de lijn klonk plotseling een goedkeurende, bulderende lach.

Ze hing op, rechtte haar schouders en deed de deur van het mortuarium open voor de akelige aanblik van het stoffelijk overschot van wat ooit de onstuimige en excentrieke Bridget Wolfe was geweest.

58

'Kun je dit wel aan?' vroeg Niall.

Etty knikte. Haar borstkas voelde rauw, alsof hij nog gevuld was met scherpe rook. Ze had barstende koppijn en een stekende pijn in haar wang. Het was alsof haar huid aan het verschrompelen was. Ze keek haar bezorgde broer even aan en keek toen snel weg. Ze moest nu niet gaan huilen, maar het was alsof alle barrières die ze tientallen jaren lang had opgeworpen waren weggeslagen.

'Het hoeft niet, hoor,' zei hij. 'Niet na wat je hebt doorstaan.'

'Nee, het gaat prima, heus.' Ze wist zelf dat dat niet waar was, en dat wist Ollie ook, en Penny. Iedereen deed verschrikkelijk lief en bezorgd tegen haar. 'We doen het samen, oké?'

Ze stonden bij de ingang van de boerderij te wachten tot Ollie met Alec naar beneden zou komen. Alles wat Alec nodig zou hebben lag al in Nialls auto en dat leek bedroevend weinig. Na een leven van verzamelen paste wat er nog van zijn bezittingen over was in twee koffers en een weekendtas. Niall had Alecs favoriete leunstoel al naar het tehuis gebracht, al was daar bijna geen ruimte voor in de kleine kamer.

Ze hoorden geschuifel en Ollies stem en toen verscheen Alec in de deuropening. Hij leek de laatste dagen te zijn gekrompen. Hij was een kleine oude man geworden, met waterige rode ogen waarmee hij achterdochtig om zich heen keek.

'Klaar?' vroeg Niall geforceerd opgewekt.

Alec keek hem verbluft aan.

'Is het goed als ik niet meega?' vroeg Ollie. 'Ik bedoel, we hoeven toch niet alle drie mee?'

'Prima,' zei Niall.

'Oké. Nou, dag, pap.'

Ollie gaf zijn vader een schouderklopje, maar Alec keek hem dreigend aan.

'Waar brengen jullie mij naartoe?' vroeg hij aan Etty.

'Naar je nieuwe huis,' zei ze.

'Is Lottie daar?'

'Nee.' Het klonk bot, maar ze wist niet wat ze er nog meer over moest zeggen.

'Ze is er nooit,' zei Alec knorrig. 'Ik wacht mijn hele leven al op haar. Ik heb toch sorry gezegd. Vrouwen!'

Niall hielp hem op de passagiersstoel en deed hem zijn veiligheidsgordel om. Etty ging achterin zitten.

'Ik heb me bedacht,' zei Ollie; hij schoof de koffers aan de kant om ruimte te maken en perste zich naast haar op de achterbank.

'Net als vroeger,' zei hij. 'Een leuk gezinsuitje.'

Niemand reageerde. Etty kneep haar ogen dicht. Haar wang en haar hand deden pijn. Ze dacht aan Paul, aan haar moeder. Even meende ze Lotties parfum te ruiken.

Ze reden over de brug en even later waren ze in Hemingford. Niall sloeg een aantal keren af tot ze bij een roodstenen vierkant gebouw met een rij symmetrische ramen kwamen. Het stond een eindje van de weg af, met een ronde oprit ervoor.

'We zijn er,' zei hij.

'Waar?' Alec draaide zich om naar zijn dochter. 'Waar zijn we?'

Ze keek hem aan, kon haar blik niet afwenden.

'Hier ga je van nu af aan wonen,' zei Niall.

Etty zag het onbegrip in haar vaders ogen. Daarna zijn angst.

'Je vindt het er vast fijn,' zei Niall.

'Is Lottie daar ook?'

'Lottie is dood,' zei Ollie. 'Ik had toch niet mee moeten gaan,' zei hij er zacht achteraan.

Niall stapte uit en liep om de auto heen.

Etty stapte ook uit. 'Kom, dan gaan we je kamer bekijken.'

'Is het een gevangenis?'

'Natuurlijk niet,' zei Niall.

Hij pakte een koffer op en haakte zijn andere arm door die van zijn vader. Ollie stapte met tegenzin uit en liep mee, met de andere koffer. Hij keek niemand aan.

'Kom maar mee,' zei Niall tegen zijn vader.

'Ik deed het niet expres.'

'Wat bedoel je?' vroeg Etty nadrukkelijk. 'Pap?'

'Ik wil niet naar de gevangenis.'

'Het is een tehuis, pa. Je gaat hier wonen.' Niall zag eruit alsof hij elk moment in tranen kon uitbarsten.

'Laat ze dit niet doen,' zei Alec tegen Etty. 'Alsjeblieft.'

'Wat deed je niet expres?'

'Lottie,' zei haar vader tegen haar. 'Wil je het me vergeven?'

59

Maud vertrok nog voor zes uur uit het politiebureau; ze reed niet terug naar de pub in Glensted, maar in de richting van de A12. Tegen acht uur bereikte ze Oost-Londen, waar ze met een slakkengangetje vooruitkwam in het drukke verkeer. Hier was ze thuis: slecht wegdek, uitlaatgassen, drukte, mensen die dicht op elkaar leefden, de grillige skyline van de gebouwen. Glensted, met zijn weidse lucht, de velden en de draslanden was een heel andere wereld.

Ze zette de auto voor de flat en liep de gemeenschappelijke hal in, waar ze de fiets van Silas in het rek zag hangen. Mooi. Hij was thuis. Ze had niet gebeld om te zeggen dat ze onderweg was. Ze deed de deur open die naar de trap naar hun appartement leidde en liep met twee treden tegelijk naar boven.

'Hallo!' riep ze. 'Ik ben het.'

Ze bleef staan. Ze hoorde stemmen. Silas kwam de gang in, met een blikje bier in zijn hand. 'Hé, ik wist niet dat je zou komen.'

Ze sloeg haar armen om hem heen en kuste hem op de mond. Ze proefde bier. 'Ben je niet blij me te zien?'

Hij sloeg een arm om haar heen, maar niet heel stevig. Dit was niet zoals ze het zich had voorgesteld: ze had een hartstochtelijke omhelzing verwacht die zou eindigen in de slaapkamer, waar ze zouden neuken en lieve dingen tegen elkaar zouden fluisteren en sorry zouden zeggen.

‘Wie zijn er binnen?’ vroeg ze. Ze trok haar jas uit en liep naar de woonkamer.

Daar waren vijf mensen, van wie ze alleen Jonnie kende. Silas stelde de anderen aan haar voor: Paula, Mica, Sophie en Robbie – ze begroetten haar opgewekt met een opgestoken hand. Er brandden een paar kaarsen, ook al was het nog licht buiten, en op de tafel stonden een paar lege bierblikjes en een fles wodka. Er stond muziek op die ze niet kende. Ze voelde zich een vreemde in haar eigen huis.

De bel ging.

‘Nog meer mensen,’ zei ze opgewekt. ‘Geef je een feestje?’

‘Dat zal de pizza zijn,’ zei Jonnie, die opstond en de kamer uit liep.

‘Er is ook genoeg voor jou, hoor,’ zei Paula. ‘We hebben idioot veel besteld.’

‘Nee, ik blijf niet,’ zei Maud.

‘Hoezo?’ Silas keek haar aan. Hij zag een beetje rood en had een geurtje op dat ze niet herkende.

‘Ik moest hier zijn in verband met mijn werk. En ik kwam even gedag zeggen en kijken of alles goed is hier.’

‘Alles gaat prima.’

‘Mooi. Ik haal een paar dingen uit onze slaapkamer en dan ben ik weer weg.’

Hij liep achter haar aan naar de slaapkamer, waar het een rotzooi was; het bed was niet opgemaakt, er lagen vuile kleren op de grond en op het nachtkasje stonden een paar bekers. Ze trok wat shirts van de hangertjes en gooide ze op het bed.

‘Wat is er?’ vroeg hij.

‘Je bent kennelijk niet erg blij om me te zien.’

‘Het is nogal onverwachts.’

Maud draaide zich naar hem om.

‘Mag ik je wat vragen?’

‘Tuurlijk.’

‘Is het omdat je twijfelt over een kind?’

‘Wat?’

‘Hou je niet van de domme. Het gaat raar tussen ons en ik wil weten waarom. En als je van gedachten bent veranderd over onze pogingen zwanger te raken, dan wil ik dat weten.’

‘Ik heb het gewoon heel erg druk gehad...’

‘Je hebt het weleens eerder heel erg druk gehad. Kom op. Ik rij vanavond nog terug naar Glensted en ik wil graag dat je voordat ik wegga zegt waarom je zo...’ Ze zweeg.

‘Zo wat?’

‘Zo ontwijkend bent.’

‘Dat denk je maar.’

‘We hadden een dateavond afgesproken en toen kwam je niet opdagen, en als je nou zegt dat je niet wist dat dat zo belangrijk was, geloof ik je gewoon niet.’

‘Als je me toch niet gelooft, heeft het ook niet veel zin om het erover te hebben.’

‘Je hebt me niet gebeld en je beantwoordt mijn appjes niet. En je was ook niet erg enthousiast toen ik voorstelde om een nachtje terug te komen en je had ook geen zin om daarheen te gaan. En nu dit...’ Maud gebaarde om zich heen. ‘Ik voel me niet eens welkom in mijn eigen huis.’

‘Natuurlijk ben je welkom.’

‘Maar wat is er dan?’

‘Maud,’ begon hij, maar op hetzelfde moment werd er vanuit de woonkamer geroepen. ‘De pizza’s worden koud!’

Ze draaide zich om, pakte haar shirts en graaide een handvol ondergoed uit de bovenste la van de ladekast. ‘Doei,’ zei ze.

‘Ga nou niet zo weg.’

Het was een zwak protest, dat ze negeerde. Ze liep met haar spullen de trap af, trok de deur met een klap achter zich dicht en plofte in haar auto. Een paar minuten bleef ze bewegingloos zitten voordat ze startte en wegreed.

60

Dat ze voor haar werk terug was in Londen, zoals ze tegen de vrienden van Silas had gezegd, was niet eens gelogen, bedacht ze. Ze reed naar Tottenham, sloeg een smal straatje in en vond een parkeerplaats in de buurt van het appartementengebouw waar Carrie Kessler woonde.

Toen ze had aangebeld moest ze lang wachten voordat er werd opengedaan, maar ze had haar al gebeld nadat ze uit hun appartement was vertrokken en wist dus zeker dat ze thuis zou zijn.

'Hallo?' De stem klonk hees en buiten adem.

'Ik ben het.'

'Ik laat je binnen.'

Er klonk een zoemer en Maud duwde de deur open. Ze liep twee trappen op. Carrie stond in de deuropening van haar flat.

'Jemig!' zei Maud. 'Wat een enorme buik!'

Carrie glimlachte flauwtjes. 'En ik ben pas over vier weken uitgerekend.'

'Weet je zeker dat het geen tweeling is?'

'Ik mag hopen van niet.'

Maud liep achter haar aan naar een kleine keuken die uitkeek op de straat. Aan de overkant zag ze een vos in een omgevallen vuilnisbak snuffelen.

'Wil je wat drinken?' vroeg Carrie.

'Ik heb een fles vlierbloesemlimonade meegenomen en chips. Zal ik glazen pakken?'

'Ik ben niet invalide, hoor,' protesteerde Carrie, maar ze liet zich dankbaar in een leunstoel zakken.

'Is het erg ongemakkelijk?' vroeg Maud toen ze de glazen en chips op tafel zette.

'Als ik de trap op ben gelopen moet ik uithijgen, mijn ribben doen pijn, mijn borsten doen pijn, en als die kleine schopt, slaak ik van schrik een gil. Maar verder en afgezien van het probleempje dat ik single ben en per ongeluk zwanger ben geworden en de hormonen door mijn lijf gieren waardoor ik nog vaker dan anders tegen mensen uitval, gaat alles prima.'

Carrie Kessler was klein van stuk en had een slank postuur. Ze had een flinke bos donker haar dat eruitzag alsof het onder stroom had gestaan. Nu leek ze wel een cartoon van een zwangere vrouw, met haar dunne armen en benen, haar hartvormige gezicht en die gigantische bolle buik. Ze droeg een joggingbroek, een extreem wijd T-shirt en slippers. Ze nam een slok, stopte een handvol chips in haar mond en slaakte een zucht. 'Leuk dat je er bent.'

'Vind ik ook. Dus je hebt nu de hele maand vrij?'

'Inderdaad. Ze vonden mijn werk niet echt geschikt voor een zwangere vrouw die niet zonder gekreun uit haar stoel kan komen.'

Carrie was rechercheur. Jaren geleden had Maud haar leren kennen, toen ze allebei net begonnen, en ze had bij een paar zaken met haar samengewerkt. Haar mannelijke collega's noemden haar een driftkikker en een kleine draak, en vanwege haar woeste haar een wc-borstel. Maar Maud mocht haar graag, om haar droge humor, haar moed en haar trouw.

'Wat ga je dan de hele maand doen?' vroeg ze aan Carrie.

'Slapen.'

'En verder? Ik heb weleens gelezen dat een eerste kind vaak een week of twee na de uitgerekende datum wordt geboren. Dus dan duurt het nog zes weken.'

'Vrienden opzoeken. Alles kopen wat baby's kennelijk nodig hebben. En me voorbereiden op de grote verandering.'

'Ben je niet bang dat je je gaat vervelen?'

Carrie keek haar nieuwsgierig aan. 'Oké, inspecteur, vertel op, wat kom je doen?'

'Ik wilde sowieso bij je langskomen.'

'Sowieso.'

'En ik dacht dat je nu misschien wel tijd over zou hebben.'

'En?'

In het kort vertelde Maud over de zaak en over het vijandige team waarmee ze moest samenwerken. 'Ik zoek een bondgenoot.'

'Om mee daarheen te gaan?'

'Ja.'

'Ik denk niet dat ik achter boeven aan kan rennen.'

'Dat onderzoek is zo'n puinzooi. Ik heb iemand nodig die met een frisse blik met me meekijkt. En ik zou heel graag iemand hebben om tegenaan te kletsen. Ik heb daar verder niemand.'

'Denk je dat er een verband is tussen die drie zaken?'

'Dat lijkt me in elk geval een nuttige hypothese.'

'Maar je zei net dat de politie denkt dat die zaken uit 1990 zijn opgelost.'

'Klopt.'

'En wat vinden ze ervan dat jij zegt dat hun opgeloste zaken helemaal niet opgelost zijn?'

'Daar zijn ze niet blij mee.'

'Zou ik officieel bij het onderzoek betrokken worden? Als ze nu al vijandig doen tegen jou, hoe zullen ze dan reageren als je een andere buitenstaander meeneemt?'

'Ik heb de leiding. Ik heb een budget en ik kan je fatsoenlijk betalen.'

'En waar zou ik dan verblijven?'

'Ik heb al een kamer voor je gereserveerd in de pub waar ik ook zit.'

'Vanaf wanneer?'

'Vanaf morgen, maar ik weet zeker dat ik dat kan veranderen in vanavond, als je wilt. Het is niet bepaald vol.'

Carrie dacht even na. 'Die hypothese van je kan maar beter kloppen.'

'Dat niet alleen. We moeten ook nog bewijzen dat die klopt.'

Carrie keek bedenkelijk. 'Dus nu is het al "we".'

'Ja?'

'Ik heb toch niks beters te doen. Ik zie je morgen.'

61

Carrie keek de kamer rond, niet bijster onder de indruk. 'Er zijn mensen die het fijn vinden om in een hotel te slapen,' zei ze. 'Daar snap ik niks van.'

'Je hebt een bureautje, een stoel, een waterkoker en de wifi doet het vrij goed. Meer heb je niet nodig. En als je even wilt ontspannen: je kunt hier fijne wandelingen maken in de frisse lucht.'

'Maar wat als ik weeën krijg? Is er wel een ziekenhuis in de buurt?'

'In Ipswich, denk ik. En Norwich.'

'Ipswich?' Carrie pakte haar mobiel, zocht het op en keek Maud aan. 'Dan hoop ik dat jij een goede vroedvrouw bent.'

Maud wees naar het bureau. Daar lagen drie stapels dossiers, in rode, blauwe en vaalgele mappen. 'Ik zal je nog de links van de onlinebestanden sturen.'

'Is er iets waar ik speciaal op moet letten?'

'Ik heb het liefst dat je alles gewoon doorleest en dan zegt wat je ervan denkt.'

'Dat is nogal vaag.'

'Weet ik,' zei Maud. 'Begin maar met Charlotte Salter, dat is de sleutelfiguur.'

'Waarom?'

'Ze is vermist geraakt op de vijftigste verjaardag van haar man, met wie ze een ongelukkig huwelijk had. Ze kwam niet opdagen op zijn feest, ze was verdwenen. En er is een link met de andere twee zaken.'

'Denk je dat ze dood is?'

'Ik weet het niet. Maar als ze nog leeft, waar is ze dan? En als ze dood is, waar is dan haar lichaam? Het is niet zo makkelijk om een lichaam te verbergen.'

'Je zei dat ze een ongelukkig huwelijk hadden. Misschien was die vijftigste verjaardag wel een kantelpunt, kon ze er ineens niet meer tegen.'

Maud wees naar de stapel dossiermappen. 'Er staat ergens dat ze plannen had om weg te gaan.'

'Zie je wel? En in die tijd was dat nog veel makkelijker. Toen er nog geen mobiele telefoons waren, geen bewakingscamera's.'

Maud schudde haar hoofd. 'Ik weet het niet. Misschien had ze de pest aan haar man, maar toch zeker niet aan haar kinderen? Dan zou ze toch moeten beseffen wat ze die aandeed? Een van die kinderen heeft zelfmoord gepleegd. Toen ik hier kwam, zat haar dochter in voorlopige hechtenis. En die was er niet best aan toe. Ze is ongeveer van de leeftijd van mijn moeder, en ook van haar eigen moeder toen die verdween. Ik had echt met haar te doen, ik wilde haar helpen, ook al wist ik wel dat het daarvoor misschien te laat was. Maar mensen doen soms vreemde dingen. Wie weet komt Charlotte Salter op een dag terug en zal ze alles uitleggen.'

Carrie keek naar de mappen. 'Denk je dat het antwoord daar ergens in te vinden is?'

'Waarschijnlijk niet,' zei Maud. 'Maar veel meer hebben we op het moment niet.'

'En intussen is dat team van je bezig om meer informatie te verzamelen. Ik vraag me af wat ze ervan zullen vinden dat ik hier ben en hun werk zit na te pluizen.'

Maud leek zich daar niet druk over te maken. 'We staan in principe aan dezelfde kant. We willen allemaal dat de zaak wordt opgelost.'

'Tja, maar zo werkt het niet altijd,' zei Carrie. 'Ik bedoel in de echte wereld.'

Maud pakte de kleine waterkoker. 'Wil je een kopje thee?'

Carrie fronste haar wenkbrauwen. 'Mijn oma heeft me verteld dat ze zich te pletter heeft gerookt en gedronken toen ze in verwachting was van mijn moeder en dat mijn moeder er geen haar minder om is geworden. Daar ben ik nog niet zo zeker van, maar op dit moment zou ik best trek hebben in een sigaret en een gin-tonic.'

'Echt?'

Carrie lachte. 'Ik hou het toch maar bij kruidenthee.'

Maud keek in het doosje met theezakjes. English breakfast, earl grey, bosvruchten. 'Ik ga zo wel even naar de winkel om wat voor je te halen.'

Carrie pakte de eerste map. 'Dus dit is alles?'

'Alles wat ik te pakken kon krijgen. Verklaringen, rapporten van de technische recherche, een paar krantenknipsels. Als je klaar bent, kunnen we nog naar de podcast luisteren.' Ze zag de verbaasde blik op Carries gezicht. 'Nee, echt. Die is gemaakt door de twee zoons van Duncan Ackerley. De ene heet Morgan Ackerley, die documentairemaker, weet je wel?'

Carrie trok haar neus op. 'Echt? Die vind ik zó waardeloos.'

'Hij heeft best veel fans.'

'O, nog één ding,' zei Carrie.

'Wat dan?'

'Heb je de bewijsmaterialen van 1990?'

'Nog niet, die moeten ergens opgeslagen zijn. Maar je bent me voor, dat was het volgende punt op mijn lijstje.'

Toen Maud de crisiskamer binnenkwam, zat Lovell te bellen. Hij stak zijn hand op alsof hij haar duidelijk wilde maken dat hij na dit belangrijke telefoontje pas weer tijd voor haar had.

'Ja, kan zijn dat ik laat thuis ben,' zei hij.

Maud bleef gewoon staan wachten tot hij klaar was.

Lovell praatte door en keek zo nu en dan om; hij voelde zich steeds ongemakkelijker en leek de draad van wat hij zei kwijt te raken. 'Wacht,' zei hij, 'ik bel je nog terug. Ik moet even iets doen.' Hij keek om naar Maud. 'Sorry. Een huiselijk noodgeval.'

'Geeft niet,' zei Maud. 'Moet je een paar uur vrij nemen om dat te regelen?'

Lovell bloosde. 'Zo belangrijk is het niet. Dat komt later wel.'

'Is er nog nieuws?'

'Niet echt, als er nieuws was, zou ik...' Lovell maakte zijn zin niet af en het bleef even stil.

Maud glimlachte opgewekt. 'Als er nieuws was, zou je me dat vertellen,' zei ze. 'Mooi. Iets waar we het nog niet over hebben gehad zijn de bewijsmaterialen. Waar liggen die?'

'Bedoel je die van de brand?'

'Nee, die van het onderzoek uit 1990.'

'Daar hoeven we nu toch niks meer mee?'

'Waarom hoeven wij daar niks meer mee?'

'We onderzoeken de dood van Bridget Wolfe.'

'En nu we daarmee bezig zijn zou ik ook graag willen weten waar de bewijsmaterialen uit 1990 zijn.'

'Prima,' zei Lovell. 'Ik zet er iemand op.'

'Het is misschien simpeler als je dat zelf even doet,' zei Maud. 'Ik hoor het graag over een kwartier.'

'Een kwartier?'

'Wat moet je daarvoor doen? Een telefoontje plegen? Hooguit twee?'

Twintig minuten later werd er op de deur van haar kantoor geklopt. Lovell kwam binnen. Hij had zijn colbertje aangetrokken, de bovenste knoop van zijn overhemd gesloten en zijn das goed gedaan. Hij zag eruit als een zenuwachtige kostschooljongen die bij de directeur op het matje moet komen.

'Je kijkt alsof je geen goed nieuws hebt,' zei Maud.

'Het is ook niet echt slecht nieuws. Het blijkt alleen nogal ingewikkeld te zijn.'

'Hoe kan zoiets nou ingewikkeld zijn? Het spul is er of het is er niet.'

'In zekere zin, ja.'

'Hoe bedoel je, in zekere zin?'

Hij maakte een hulpeloos gebaar.

'Op dit moment wordt oud bewijsmateriaal opgeslagen in een pand in de buurt van Colchester. Ik heb met een agent daar gebeld en die zei dat ze alleen nog materiaal hebben dat niet ouder is dan acht jaar.'

'En de rest?'

'Dat was nogal ingewikkeld. Hij zei tegen me dat bewijsmateriaal van afgehandelde zaken wordt bekeken en daarna ofwel wordt bewaard ofwel wordt vernietigd.'

'Maar dit waren geen afgehandelde zaken.'

'Nee, niet afgehandeld omdat de hoofdverdachte was gestorven. Maar er was wel algemene consensus dat de zaak gesloten was.'

'Jack, ik heb de oorspronkelijke verslagen gelezen. Er was helemaal geen algemene consensus. Er waren een paar lekken naar de media, maar er is geen sprake van dat de zaak officieel is gesloten. Hij is doodgebloed. Maar niet officieel gesloten.'

'Dat weet ik niet. Maar die agent zei dat het probleem was dat de opslag is uitbesteed aan een bedrijf en dat dat bedrijf failliet is gegaan en is overgenomen door een ander bedrijf en dat de spullen over verschillende locaties zijn verspreid. Hij dacht dat ze nu zijn opgeslagen in een loods in de buurt van Hadleigh.'

'Maar er zal toch wel een administratie van zijn bijgehouden?'

'Soort van. Maar de database die wij nu gebruiken komt van weer een ander bedrijf. De bewijsmaterialen van de jaren tachtig en negentig zijn met een ander systeem gemaakt en volgens dit bedrijf is er een probleem om die boven water te krijgen.'

'Wat voor probleem?'

'We kunnen er niet bij.'

Maud leunde achterover en zuchtte eens diep.

'Dus je zegt nu dat het bewijsmateriaal van een nog lopende zaak misschien met opzet is vernietigd?'

'Het werd niet als een lopende zaak beschouwd.'

'En als het niet is vernietigd, is het kwijt?'

'Er is geen reden om dat aan te nemen.'

'Dat is dus goed nieuws. Maar als de database niet toegankelijk is en de spullen echt ergens in een loods liggen, kunnen we dus niet meer nagaan waar. Is er geen papieren archief?'

'Dat schijnt te zijn vernietigd toen alles is gedigitaliseerd.'

'Hoe groot is die opslagruimte?'

'Nogal groot. Ik geloof dat ze daar bewijsmateriaal uit de hele regio bewaren.'

'Dan moet je er maar iemand naartoe sturen.'

'Om wat te doen?'

'Om het materiaal te gaan zoeken.'

'Maar misschien ligt het daar niet eens.'

'Dat is ons werk toch? We zijn rechercheurs. We sporen iets op.'

'Niet als er niets te vinden is.'

'Probeer het gewoon. Maar stuur Dillon er niet naartoe.'

'Waarom niet? Ik dacht juist dat zij er geknipt voor was.'

Maud schoot bijna in de lach. Ze wist wel waarom hij meteen aan Dillon dacht. Omdat het een saaie klus was. Omdat het waarschijnlijk verspilde tijd was. Maar dat zei ze niet. Ze had haar carrière voor een groot deel te danken aan dingen die ze niet had gezegd.

'Ik heb iets anders voor haar in gedachten,' zei ze. 'Intussen wil ik graag dat jij iets gaat natrekken over Bridget Wolfe. Hier staat niets in.' Ze tikte op de map die voor haar lag. 'Wie waren haar familieleden, haar vrienden? Had ze een relatie? Hoe was haar financiële situatie? Ik heb geen telefoongegevens en geen bankoverzichten.'

'Ik dacht dat je geloofde dat haar dood verband hield met de zaak van Charlotte Salter en Duncan Ackerley.'

'Geloven is één ding, bewijzen iets anders. Misschien is het tijdverspilling, maar ons werk bestaat sowieso voor een groot deel uit elimineren. Laten we het dus goed aanpakken.'

Toen Heather Dillon binnenkwam, leek ze niet erg op haar gemak. Maud glimlachte naar haar en bood haar een stoel aan. 'Ik wilde je vragen of je me ergens mee wilt helpen.'

Dillons gezicht klaarde op. 'Ik?'

'Ja, jij. De agenda waar Bridget Wolfe het over had in de podcast...' Ze maakte haar zin niet af. 'Je hebt die podcast toch wel beluisterd?' Dillon knikte. 'Iedereen gaat ervan uit dat die agenda bij de brand verloren is gegaan.'

Dillon beet op haar onderlip. 'Dat denk ik ook.'

'Ik wil dat je ernaar op zoek gaat.'

'Waar moet ik dan zoeken?'

'Ik vraag je om dat te doen, ik zeg niet hoe je het moet doen. Maar is haar winkel in Hemingford bijvoorbeeld al doorzocht?'

'Dat weet ik niet.'

'Ik wel. Dat is nog niet gebeurd.'

Dillon stond op, maar bleef treuzelen.

'Ja?' Maud keek haar vragend aan.

'Gewoon... bedankt.'

'Ik vraag je om een klus te doen. Je hoeft niet dankbaar te zijn.'

62

Niall, Etty en Ollie liepen vanuit het huis het verblindende licht in. Niall deed de voordeur op slot en gooide de sleutel door de brievenbus. Ze hoorden hem op de vloer vallen.

Ze keken nog eens om naar het verwaarloosde huis waarin ze waren opgegroeid. Het was juni en in het zonlicht zag het er vriendelijker uit. Er groeiden rozen langs de voorgevel en in de gebarsten dakgoot zong een merel. Etty keek met haar hoofd een beetje scheef naar de ramen, waarachter ze bijna een gezicht meende te zullen zien verschijnen– van haar? van haar moeder?

'Ik hou jullie op de hoogte van de verkoop,' zei Niall.

Het bleef even stil.

'Ik vind het moeilijker dan ik had verwacht.' Ollies stem trilde. 'Ik weet niet of jullie het hebben gemerkt, maar ik ben niet zo goed in afscheid nemen.'

'Bedankt dat jullie erbij waren,' zei Niall bruusk. 'Zo konden we het als gezin afsluiten.'

'Voor zover we dat nog zijn.' Ollie lachte geforceerd.

'Etty?'

Ze keek Niall aan, maar zei niets. Haar ogen waren vochtig.

'Gaat het?'

'Ja.'

'Je bent nog niet echt hersteld.'

'Ik moet weer aan het werk.'

'Ook als je ziek bent?'

'Ik ben niet ziek.'

'Dat lijkt mij geen goed idee,' zei Niall.

Maar Etty stak haar verbonden hand op en lachte naar de andere twee. 'Tot ziens, broers,' zei ze. Ze draaide zich om en liep naar de auto met een naar ze hoopte vastberaden pas, al leek de grond onder haar voeten weg te zakken en zag ze het landschap voor zich door een waas.

Niall en Ollie keken toe terwijl ze de autogordel omdeed en de motor startte. De kleine auto schoot vooruit en reed te snel weg, waarbij het grind opspatte, maar vlak voordat de auto de hoek om reed, bleef hij met piepende banden staan.

'Verdomme,' zei Ollie, en ze renden allebei naar haar toe.

Etty zat over het stuur gebogen hartverscheurend te huilen. Ze keek met een betraand gezicht op toen Niall het portier opende. Ze zag er net zo verloren en hulpeloos uit als op haar vijftiende.

'Etty?' Ollie ging op zijn hurken bij het open portier zitten. 'Etty, gaat het?'

'Ik weet niet wat ik heb,' zei ze. 'Zo ken ik mezelf niet. Ik weet gewoon niet wat ik moet doen.'

'Ik wist wel dat je er nog niet aan toe was,' zei Niall. 'Kom, ga maar met mij mee.'

'Ik heb zo'n puinhoop van mijn leven gemaakt,' zei ze en ze begon opnieuw onbedaarlijk te snikken.

'Zeg dat nou niet!' zei Ollie. 'Ik kan er niet tegen als je zoiets zegt.'

'Wat moet ik nou doen?'

'Het komt wel goed.' Niall gaf haar een paar onhandige schouderklopjes. 'Je hebt een traumatische ervaring gehad en het kost tijd om daarvan te herstellen. Kom mee naar huis.'

'Ik heb geen huis.'

'Alsjeblieft, Etty.' Ollie plukte aan zijn haar, zijn ogen stonden vol tranen.

‘Kom maar mee naar Penny en mij.’

‘Ik heb al mijn hele leven heimwee.’

Twee uur later lag Etty in bed op de logeerkamer van Niall en Penny. De lakens waren kraakhelder, het kussen was dik en de gordijnen waren halfdicht tegen het felle zonlicht. Er stond een glas water op het tafeltje naast het bed, waar ze zo nu en dan een slokje uit nam in een poging de smerige smaak kwijt te raken van verbrand haar, verbrande kleren, verbrand vlees, die ze nog steeds leek te proeven. Ze hoorde dat Penny beneden in de keuken bezig was. Ergens stond een radio aan, ze hoorde een mannenstem, onverstaanbaar maar geruststellend.

Ze moest hebben geslapen, want toen ze haar ogen weer opende was het schemerig. Ze meende Mia te horen praten. Een deur sloeg dicht. Er reden auto’s langs. Ze sliep weer in. Ze bedacht hoe heerlijk het zou zijn om honderd jaar te kunnen slapen.

63

Kort na vijf uur kwamen Maud en Carrie de pub uit en liepen door High Street naar het voetpad dat het dorp uit leidde.

Carrie raakte onder het klimmen een beetje buiten adem. ‘Het wordt steeds erger,’ zei ze. ‘Straks krijg ik weeën terwijl we midden in een veld staan. Hoe denk je dat te gaan oplossen?’

‘Ik dacht dat je wel een beetje frisse lucht kon gebruiken, en wat landschappelijk schoon.’

‘Wij zijn niet gemaakt om op het platteland te wonen,’ zei Carrie smalend. ‘Wij zijn voorbestemd om in de drukte te leven, tegen elkaar aan te botsen, boven en onder elkaar te wonen. Ik heb trouwens even online die podcast nagetrokken, die is enorm populair sinds de dood van Bridget Wolfe. Er zijn mensen in Amerika die deze streek opzoeken op Google. En die hebben allerlei theorieën over de vraag of Alec Salter of Duncan Ackerley het heeft gedaan. Ik zag dat iemand op Facebook beweerde dat Charlotte Salter eerst Ackerley had vermoord en toen haar verdwijning in scène had gezet. Het is net een soap. Binnenkort kun je hier een hoop toeristen verwachten. Amateurdetectives.’

‘Dan kunnen we maar beter opschieten,’ zei Maud. ‘Heb je de dossiers gelezen?’

‘Ik heb ze doorgekeken.’

‘Is je iets opgevallen?’

'Dat het een aanfluiting is.'

'Wat bedoel je?'

'Alles, dat oude onderzoek, en het nieuwe ook. Ik heb nog nooit zoiets meegemaakt. Je moet al het bewijs opnieuw gaan onderzoeken. Maar heb je daar tijd voor?'

'Dat is niet het enige probleem,' zei Maud en ze vertelde Carrie wat ze die ochtend te horen had gekregen.

'Wat ga je nu doen?' vroeg Carrie.

'Ik zou het liefst doen wat de oude Romeinen met hun tegenstanders deden. Ik zou de hele boel tegen de vlakte willen gooien, het hele politiebureau, de aarde omploegen en er zout in strooien zodat er niets meer kon groeien, en dan helemaal overnieuw beginnen.'

'Geweldig. Maar als dat niet kan?'

Het duurde even voordat Maud antwoord gaf. 'Die podcast. Ik ben er snel doorheen gegaan, maar ik denk dat hun onderzoek beter is dan dat van de politie. Laten we zo iets te eten halen en samen die hele podcast luisteren en aantekeningen maken. Dan stellen we daarna een plan op.'

Haar telefoon ging. Ze herkende het nummer niet, maar nam toch maar op. 'Hallo...? Nee, ik ben bang dat dat niet gaat... Hoe komt u aan dit nummer? Nee, dat kan ik niet doen... Bedankt, dag.' Ze keek Carrie verbijsterd aan. 'Nou, dat duurde niet lang. Iemand uit Seattle. Of ze me kunnen interviewen voor een podcast.'

'Bedoel je die ene podcast?'

'Nee, een andere. Ze breiden zich uit.'

'Ik kan zondagmiddag wel komen als je wilt,' zei Silas.

'Wil jij dat ook?'

'Ik stel het toch zelf voor?'

'Oké, in dat geval graag,' zei Maud. 'Ik zit in de Anchor. Nogal basic.'

'Ik kan niet lang blijven.'

'Blijf je niet slapen? Of kom zaterdagavond, dat zou nog beter zijn.'

'Nee.'

Ze slikte haar teleurstelling weg en ook iets anders, een gevoel van verlatenheid, van angst, dat in haar opwelde. 'We kunnen misschien een eind langs de rivier wandelen. Het is hier best mooi, op een wat troosteloze manier. Draslanden en weidse luchten.'

'Prima.'

'Silas...'

'Ik moet ophangen.'

64

'Goed,' zei Maud de volgende ochtend. Ze was al sinds zeven uur op en had nog niet ontbeten. 'Wat heb je voor me gevonden?'

Rechercheur Harrison keek haar niet aan, maar richtte zijn blik iets naar links, alsof daar nog iemand stond, iemand die belangrijker was.

'Ik heb gedaan wat Jack me vroeg en ik ben helemaal naar die opslag in Hadleigh gereden. Dat was nogal een klere-eind voor...'

'Ik vroeg niet wat je hebt gedaan, Micky. Ik vroeg wat je hebt gevonden.'

'Niks.'

'Niks?'

'Er is geen bewijsmateriaal meer.'

'Dat is jammer.'

Harrison haalde zijn schouders op. 'Het is ook al dertig jaar geleden.'

Maud fronste haar wenkbrauwen en dacht na. 'Ik moet Sally Peck bellen,' zei ze, half in zichzelf.

'Wie is dat?'

'Dat is de agent die het grootste deel van het materiaal heeft verzameld.'

'Wat kunnen we nu nog aan haar hebben?'

'Dat weet ik pas als ik haar heb gesproken. Kun je haar voor me opsporen?'

'Ik?'

'Ja, graag,' zei Maud met een glimlach.

'Ik heb het nogal druk,' zei Harrison, die een beetje rood aanliep.

'Het duurt vast niet lang. En ik wil graag dat je er prioriteit aan geeft.'

Een halfuur later belde Maud het nummer dat Harrison op haar bureau had gegooid. 'Spreek ik met Sally Peck?'

'Ja.'

Maud legde uit wie ze was en waar ze over belde. 'Ik besef dat ik misschien een speld in een hooiberg zoek en dat er niets meer bewaard is gebleven,' zei ze. 'En dat u waarschijnlijk niets kunt doen, maar niet geschoten is altijd mis.'

Het bleef heel lang stil.

Toen zei Sally Peck: 'Ik denk dat ik misschien wel kan helpen.'

Maud hield van autorijden. Ze kauwde op haar kauwgum en luisterde naar muziek; intussen vloog het groene landschap voorbij, met hier en daar een kerktoren, kronkelende rivieren en groepjes bomen. Carrie zat naast haar, met haar handen op haar buik, haar ogen halfdicht en daarna helemaal dicht. Af en toe snurkte ze.

'We zijn er,' zei Maud toen ze stopten voor een klein huis aan de rand van het dorp waar Sally woonde.

Carrie schoot wakker.

'Ik sliep niet, hoor, ik had alleen mijn ogen even dicht,' zei ze.

Ze stapten uit en Maud belde aan. De deur ging open nog voordat de muzikale deurbel uitgeklingeld was.

Sally Peck was halverwege de vijftig. Ze zag er sterk en gespierd uit, ze had bruin haar dat hier en daar al grijs werd en rond haar ogen zaten wat lachrimpeltjes. Ze droeg een spijkerbroek en een sweatshirt met opgestroopte mouwen. Ze liep op blote voeten.

'U bent mevrouw Peck? Ik ben Maud O'Connor.'

'Ja, zeg maar Sally.' Ze gaf Maud een stevige hand en keek haar met een open blik aan.

'En dit is mijn collega, Carrie Kessler. Fijn dat we langs mogen komen.'

Sally lachte op een wat vreemde manier, waarna ze zich omdraaide en hun voorging naar de keuken, die uitkeek op een tuin vol bloemen. Ze vroeg wat Maud en Carrie wilden drinken en ging in de weer op een efficiënte manier die Maud wel beviel.

'Hou je van tuinieren?' vroeg Maud om het ijs te breken.

'Ik heb er een dagtaak aan.' Sally goot kokend water in de theepot en op de filterkoffie. 'Letterlijk. Ik ben hovenier.'

'Wat leuk,' zei Maud.

'Ik ben vooral aan het onkruid wieden, snoeien, grasmaaien voor oudere mensen. Dat past beter bij me dan politiewerk.'

'Ik heb een hekel aan tuinieren,' zei Carrie. 'Ik haat het.'

'Wanneer ben je gestopt bij de politie?' vroeg Maud.

'1993.'

'Dus dan heb je er maar kort gewerkt.'

Sally zette de bekers koffie en thee voor hen neer en een schaaltje met een paar plakken cake. Ze trok een stoel bij en ging tegenover Maud zitten.

'Ga je gang. Cake met sinaasappel, komijn en kardemom.'

'Ha, dus je bent ook nog bakker?'

'Nee, maar mijn partner wel.'

'Ik heb nog niet ontbeten,' zei Maud en ze nam een plakje. 'Waarom ben je bij de politie weggegaan?'

'Drie keer raden.'

'Bedoel je omdat je een vrouw bent?'

'Omdat ik een vrouw ben, ja. En gay. Het was afschuwelijk. Ik weet niet waarom ik dacht dat ik er wel tegen zou kunnen en ik weet ook niet waarom ik het toch nog zo lang heb uitgehouden.' Ze nam een plak cake en brak er een stukje af, rolde het tussen haar vingers tot een balletje. 'Jij bent vrij jong voor een inspecteur. Misschien zijn de dingen sinds mijn tijd wel veranderd.'

Carrie kuchte nogal hard.

'Helaas niet genoeg,' zei Maud. 'Je zei aan de telefoon dat je dacht dat je ons misschien kon helpen.' Ze pakte haar notitieboekje en bladerde naar een lege bladzijde. 'Ik zou graag iets willen vragen over het bewijsmateriaal dat is verdwenen. Ik heb begrepen dat dat onder jouw leiding is gearchiveerd.'

'Gearchiveerd, zo kun je het ook noemen.'

'Hoe zou jij het dan willen noemen?'

'Cobbett heeft zich enorm aan die zaak vertild. Hij raakte in paniek en toen ging hij om dat te compenseren als een tiran tekeer. Hij had al snel besloten dat de echtgenoot erachter zat, Alec Salter, daardoor hebben we nauwelijks nog naar andere verdachten gekeken. We hebben de verklaringen niet goed opgenomen, we hebben niet de juiste mensen ondervraagd, geen alibi's gecheckt, er was een hele stapel informatie die niemand goed heeft bekeken. Het was een nachtmerrie. Cobbett heeft geprobeerd om mij de schuld in de schoenen te schuiven.'

'Jou? Waarom?'

'Waarom niet? Ik was jong, en een vrouw, een makkelijke zondebok. En hij heeft trouwens ook tegen me gezegd dat ik dingen moest weggooien, of dat ik hem er in elk geval niet mee moest lastigvallen. Niet zozeer om iets te verdoezelen, maar omdat duidelijk werd dat we helemaal op het verkeerde spoor zaten. Charlotte Salter was die dag nog veel later gezien dan eerst werd gedacht, dus we moesten helemaal opnieuw beginnen. We hadden stapels documenten en foto's waar we geen ruimte voor hadden en die bovendien niet meer relevant leken. Een groot deel daarvan zat in kartonnen dozen die onder mijn bureau stonden. En toen Duncan Ackerley doodging, ja, toen werd het al helemáál een puinhoop. Ze hebben al die troep weggewerkt toen de zaak op de lange baan werd geschoven in de hoop dat niemand het zou merken.'

'En dat was ook zo.'

'Als mensen er al lucht van kregen, dan stoorden ze zich er in elk geval niet aan.' Sally zat nog steeds met de cake te spelen. 'Maar ik wel,' zei ze na een korte stilte.

Iets aan de manier waarop ze dat zei maakte dat Maud haar oren spitste, maar ze zei niets.

'Ik had nog nooit met zo'n soort zaak te maken gehad. Misschien dat het me daarom niet losliet. Ik raakte er geobsedeerd door, en niet op een gezonde manier,' zei ze verontschuldigend.

'Dat snap ik.'

'Die kinderen, van de familie Salter en de familie Ackerley, ik vond dat die beter verdienden.'

'Dat vind ik ook,' zei Maud. 'En dat is nog steeds zo.'

'Maar al die spullen zijn dus gewoon weggedaan?' vroeg Carrie.

'Dat niet. Het is eerlijk gezegd een beetje gênant. Kom maar mee.'

Nieuwsgierig liepen Maud en Carrie achter haar aan de trap op. Sally pakte een lange metalen stok en haakte het gebogen uiteinde in een zolderluik boven hun hoofd. Het luik ging open en er kwam een ladder naar beneden.

'Er is licht boven.' Sally keek weifelend naar Carrie. 'Jij kunt beter hier blijven.'

'Maak je geen zorgen,' zei Carrie. 'Ik was ook niet van plan om die trap op te gaan.'

Maud klom achter Sally aan naar boven en kwam op een vliering die over de hele lengte van het huis liep. Er stonden een paar kasten tegen de zijwand, er lag een opgerold kleed en er stonden wat potten verf. Tegen de verste muur stonden een aantal kartonnen dozen.

'Ik dacht dat ik ze beter kon bewaren in plaats van weggooien.'

Ze reden terug in Mauds kleine auto, die volgeladen was met de dozen. Carrie moest er een op haar schoot houden. Ze trok aan het plakband waarmee de doos was dichtgeplakt en keek er door een kier van de flap in.

'Hier zitten foto's in,' zei ze. Ze haalde er een kleine, wazige foto uit. 'Polaroidfoto's.'

Ze hield hem omhoog en tuurde ernaar. 'Moeilijk te zien wat het is. Het lijkt wel een voet.'

'Ik ben benieuwd of we er iets aan hebben. We kijken straks wel.'

'Wil je een sandwich? Carrie pakte de tas die aan haar voeten stond. 'Ik heb tonijn met mayo of kaas met chutney.'

'Maakt mij niet uit. Ik sterf van de honger.'

'Kaas en chutney is een beetje onhandig als je moet sturen.'

Carrie gaf haar een sandwich en Maud nam een grote hap.

'Wat erg, wat Sally vertelde over de politie,' zei ze toen ze het brood ophad. 'Dat het in die tijd bij de politie zo vreselijk was voor vrouwen.'

'Ze is gewoon weggepest,' zei Carrie.

'Heb jij er weleens over gedacht om ermee te stoppen?'

'Heel vaak. En jij?'

'Toen ik aan mijn vrienden vertelde dat ik bij de politie in Londen ging werken, dachten ze dat ik een grapje maakte,' zei Maud. 'Sommige vrienden verklaarden me voor gek. Mijn vader vond het ook maar niks, om verschillende redenen. Hij dacht dat ik het zwaar zou krijgen. Soms is het net zoals in zo'n droom waarin je door mul zand probeert te rennen, ken je dat? En soms is het alsof ik per ongeluk de mannenkleedkamer binnen ben gelopen. Maar ik hou gewoon van puzzels oplossen. En ik hou van dagen zoals deze, dat je ergens hard aan werkt en er ineens een sprankje licht is.'

Carrie keek opzij naar haar vriendin, met haar blonde krullen, haar grijze ogen die soms groen leken, haar scheve grijns. Ze had zomersproetjes op haar verrassend bleke huid. In haar katoenen jumpsuit en met die versleten leren sandalen zag ze er helemaal niet uit als een politieagent. Eerder als een barista.

'We hebben wel iets meer nodig dan een sprankje licht,' zei ze.

65

Toen ze bij de Anchor waren, zei Maud dat ze terug moest naar het politiebureau.

'Waarom maak jij hier niet vast een begin mee? Uitzoeken wat we hebben, een uitgebreide lijst maken?'

Carrie schudde haar hoofd. 'Een lijst lijkt me superhandig. Maar nee.'

'Wat bedoel je?'

'Dat je mij hier op eigen initiatief naartoe hebt gehaald, me hier verborgen houdt, informatie met me deelt waar iedereen toegang toe heeft, de zaak met me doorneemt, dat is allemaal prima. Maar dit gaat te ver. Je kunt niet het bewijsmateriaal dat we hebben teruggevonden in de pub achterlaten en door mij laten bekijken, dat moet naar het bureau.'

'Dat kan ik best.'

'Ja, ik bedoel niet dat je het niet kunt, maar dat je het niet mag. Ik doe er in elk geval niet aan mee. Sorry.'

Maud voelde een steek van woede, ze kneep in het stuur en wachtte tot het overging. Toen knikte ze. 'Je hebt gelijk. Oké. Kom maar mee, dan stel ik je aan het team voor.'

Ze deed haar paardenstaart strakker en startte de motor.

'Je ziet er strijdlustig uit,' zei Carrie.

Maud droeg Lovell op om zo veel mogelijk teamleden te verzamelen in de crisiskamer. Toen ze daar even later binnenkwam, merkte ze dat ze nieuwsgierig werd aangestaard. En toen Carrie achter haar aan de ruimte binnenkwam, klonk hier en daar gemompel. Een agent schoot in de lach. Carrie draaide zich naar hem om, waarop het lachen wegstierf.

'Ik heb jullie om twee redenen gevraagd hier te komen,' zei Maud. 'Ten eerste hebben we nieuw bewijsmateriaal. Daar kom ik zo op terug. En verder wil ik jullie voorstellen aan brigadier Carrie Kessler.'

Het werd meteen muisstil.

'Carrie is vanuit Londen hierheen gekomen om ons met deze zaak te helpen,' zei Maud koeltjes. 'Zoals ik al eerder heb gezegd willen we allemaal resultaat boeken en daarbij kunnen we alle hulp gebruiken die we kunnen krijgen.'

De teamleden keken haar geïrriteerd en vol ongeloof aan, en hier en daar klonk protest. Ze maande hen tot stilte met een handgebaar.

'Wat is het probleem?'

Micky Harrison stak zijn hand op.

'Ja?'

'Dat kunnen we beter aan jou vragen. Als jij vindt dat we ons werk niet goed doen, kun je dat beter rechtstreeks tegen ons zeggen.'

Maud zweeg even. Ze vond inderdaad dat ze hun werk niet goed deden en de verleiding was groot om dat ook te zeggen. Misschien zou het iets helpen. Maar ze wist dat het soms beter was om in te slikken wat ze werkelijk dacht, of in elk geval een deel daarvan, en dat ging ze nu ook doen.

'Ik begrijp dat jullie het lastig vinden om weer een nieuw gezicht te zien. Maar als wij resultaat kunnen bereiken is dat goed voor het hele team. Als iemand het een probleem vindt om met mij samen te werken, kom dan even naar me toe, dan regel ik overplaatsing.'

Het bleef een tijdje stil, tot Heather Dillon haar keel schraapte. 'Je zei dat er nieuw bewijs was?'

'Ja. Carrie, mag ik jou het woord geven?'

Carrie knikte. 'We hebben het bewijsmateriaal achterhaald van de zaak-Salter en -Ackerley,' zei ze. Ze sprak op ferme, zakelijke toon. 'Het zit in dozen in Mauds auto. Het zijn er nogal veel, dus als een paar van jullie ze even kunnen halen? Ik doe niet mee.'

Maud gooide haar sleutelbos naar Harrison, die de sleutels niet opving maar op de grond liet vallen. Maud trok haar wenkbrauwen op en keek de man die naast hem stond aan. 'Frank?'

Het bleef even stil. Toen bukte Frank zich en raapte de sleutels op. 'Kom mee, mannen,' zei hij. Drie collega's liepen met hem mee.

Een paar minuten later stonden er in de crisiskamer zeven dozen op de grond.

'Frank en Carrie,' zei Maud. 'Jullie krijgen de leiding. Kies een paar collega's en ga met elkaar alles doorspitten. Maak een uitgebreide lijst van wat je tegenkomt. Foto's graag op het prikbord. Ik hoor de resultaten wel als ik weer terug ben.'

'Waar ga je naartoe?' vroeg Lovell.

'Wij. Ik ga meneer Salter ondervragen. Jij gaat met me mee.'

66

'Meneer Salter.' Maud sprak duidelijk, maar de oude man in de leunstoel keek niet op. Het was zacht weer en Maud vond het erg warm in de kamer, maar Salter had een dikke corduroy broek aan en een vest met grote knopen. 'Ik ben inspecteur Maud O'Connor.'

'Hij hoort alleen wat hij wil horen,' zei Penny.

Maud had Niall gevraagd om bij het gesprek aanwezig te zijn en hij had zijn vrouw meegenomen: hij zei dat niemand zijn vader zo goed kende als Penny. Lovell opende zijn notitieboekje en pakte zijn pen.

'Meneer Salter,' herhaalde Maud wat luider. 'Ik ben rechercheur. Begrijpt u wat ik zeg?'

'Heb ik iets gedaan?' Hij klonk nerveus en greep gespannen de leuningen van zijn stoel vast.

'Natuurlijk niet,' zei Niall.

'Ik wil u graag een paar vragen stellen over uw vrouw, meneer Salter,' zei Maud. 'Ik voer gesprekken met iedereen om erachter te komen wat er vroeger gebeurd kan zijn.'

Hij keek haar plotseling aan, met een sluwe blik waardoor ze even van haar stuk werd gebracht. 'Je kunt haar toch niet vinden!'

'Weet u wat er met uw vrouw is gebeurd?'

'Met Lottie?'

'Ja. Weet u wat er met haar is gebeurd en waarom ze niet meer thuis is gekomen?'

‘Ze komt altijd te laat,’ zei hij. ‘Vrouwen… die vinden dat hun gerecht… hun recht…’ Hij zweeg en keek verward. ‘Klopt iets niet.’

‘Hij bedoelt dat hij niet op het woord kan komen,’ zei Penny.

‘M’n reet,’ zei de oude man.

‘Pap!’ riep Niall verwijtend uit.

‘Wat? Wat moet je van me?’

‘Meneer Salter,’ zei Maud. ‘Herinnert u zich…’

‘Iedereen is weg,’ zei hij.

‘Ik niet,’ zei Niall. ‘Penny en ik zijn er nog.’

Alec wierp hem zo’n minachtende blik toe dat Maud het bijna niet kon aanzien.

‘Waar is Etty?’

‘Die is niet helemaal in orde.’

‘Mooie meid. Wel een beetje wild, maar daar groeit ze wel overheen.’

‘Uw vrouw is op 22 december 1990 verdwenen,’ zei Maud. ‘Ze is niet op uw verjaardagsfeest verschenen en niemand heeft haar daarna nog gezien.’

‘Iedereen is gek op Lottie,’ zei Alec op boze toon. ‘Lottie voor en Lottie na. Brave vrouwen, ik word er kotsmisselijk van. Nee, dan Mary.’ Hij lachte naar Maud en gaf met zijn handen de contouren van een vrouwenlichaam aan. Toen zei hij: ‘Die kon er wel mee door. Jij bent zelf ook niet verkeerd. Een beetje lippenstift misschien en een paar hoge hakken.’

‘Kunt u me vertellen wat er met uw vrouw is gebeurd?’

‘Dat vraagt iedereen de hele tijd aan me,’ zei hij, nu weer geïrriteerd en knorrig.

‘Hebt u haar die avond nog gezien, meneer Salter?’

‘Ben jij van de politie?’

‘Ja. Ik ben rechercheur en ik onderzoek de verdwijning van…’

‘Ik ben niet gek, hoor. Er is iets aan de hand en ik ben niet gek. Iedereen praat maar tegen me alsof ik een klein kind ben. Een baby. Ik weet dingen.’

'Wat weet u dan?'

'Je vindt het nooit.'

'Wat vind ik nooit?'

'Ik zeg niks tegen jou. Ik bewaar...' Op zijn gezicht verscheen weer die plotselinge blik van totale verwarring.

'Bedoelt u het lichaam van uw vrouw?'

'Wat?'

'Bedoelt u...?'

'Waar is Etty?'

'Pap...' zei Niall.

'Ga weg. Ik word doodziek van jou.'

Penny stond abrupt op en trok het raam open. Ze draaide zich om, boog zich naar de oude man toe en zei heel kalm: 'Nou, wij worden allemaal ook doodziek van jou.'

'Penny,' zei Niall. Hij leek niet in staat om meer dan één woord uit te brengen en bloosde van schaamte.

'Niall is bij jou gebleven,' ging Penny verder tegen Alec. Ze sprak luid en langzaam. 'Alle anderen zijn weggegaan, maar hij is gebleven omdat hij vond dat hij dat behoorde te doen. Hij heeft jouw bedrijf gered. Wij hebben voor je gezorgd nu je zo oud bent omdat er niemand anders was die dat deed. En nooit ook maar één woord van dankbaarheid.'

'Laat nou maar, Penny.'

'Ik denk dat we maar moeten stoppen met dit gesprek,' zei Maud.

67

Greg stopte voor het treinstation van Hemingford, boog zich naar zijn vrouw toe en gaf haar een kus op de wang. 'Ik ben snel weer thuis.'

Katherine legde haar hand tegen zijn wang en keek hem onderzoekend aan. 'Je kunt ook nu mee naar huis gaan,' zei ze. 'Je hoeft dit niet te doen, dat weet je. Ik snap ook niet goed waarom je het wilt.'

'Ik heb het Morgan beloofd.'

'Morgan zit op rozen,' zei Katherine. 'Hij is dolgelukkig met hoe alles is gelopen.' Ze trok haar wenkbrauwen op. 'Denk je niet dat hij ergens een klein beetje blij is dat Bridget Wolfe zo om het leven is gekomen? Nu is hij wereldberoemd.'

'Kathy!'

'Ik vind de hele gang van zaken niet prettig. Het is net voedertijd in de dierentuin. Overal journalisten, andere podcastmakers, iedereen wil een stuk van de taart en Morgan is de ster. Glensted wordt beroemd, straks komen er nog rondleidingen. Het is...' Ze trok haar neus op. 'Het is een beetje morbide. We hebben het wel over je vader.'

'Weet ik.'

'Morgan heeft jou niet meer nodig. Hij heeft je al heel lang niet meer nodig. Wanneer dringt dat tot je door? Hij is een beroemde tv-persoonlijkheid en nu is hij een nog beroemdere podcastmaker...'

'En ik mag de klusjes opknappen, ik weet het.' Het leek Greg nauwelijks te deren. 'Ik denk dat je je vergist. Ik denk dat hij me meer nodig heeft dan hij zelf weet. Hij is een beetje opgefokt. Dat doet me denken aan hoe hij was toen papa net dood was.'

'Daar maak ik me juist zorgen over. Alles wordt weer opgerakeld. Ik zie het aan je gezicht.'

'Wat zie je dan?'

'Je lijkt zo aangeslagen,' zei ze.

'Ik blijf nog maar een paar dagen.' Hij keek op zijn horloge. 'Ga maar gauw, anders mis je je trein.'

Morgan ijsbeerde door de slaapkamer die hij als werkkamer had ingericht. Greg kon de energie bijna van zijn lichaam voelen stromen.

'Snap je het niet?' vroeg hij. 'Alles is nu anders. Wij hebben nu de touwtjes in handen.'

'Welke touwtjes?'

'Van het onderzoek. Wij zetten de route uit. En de politie volgt in onze voetsporen.'

'En dat vind jij góéd?'

'Dat is fantastisch! Volgens mij moeten we nu die nieuwe rechercheur gaan interviewen.'

'Ik dacht dat zij ons wilde ondervragen.'

'Exact. Ze denkt dat ze ons gaat ondervragen, maar feitelijk interviewen wij haar. Het is net als met het larsen-effect.'

'Wat?'

'Audiofeedback. Positieve feedback ofwel meekoppeling…'

'Hou op.' Greg stak zijn hand omhoog.

'In elk geval moeten we die inspecteur hebben, Maud O'Connor.' Morgan bleef even staan en keek door het raam naar de draslanden en naar de zee daarachter. 'Ze is wel een kleurrijke figuur, vind je niet?'

'Ze is jonger dan ik had verwacht.'

'Geweldige kleren ook,' zei Morgan enthousiast.

'Morgan, denk je niet...'

'En ik heb gehoord dat ze een hulpje heeft verstopt in de pub. Misschien moeten we daar wat gaan drinken of eten vanavond, even ons licht opsteken.'

68

Toen Maud die avond terugkeerde in de Anchor, zag ze de broers Ackerley aan een tafeltje in de hoek zitten. Een vrouw had Morgan aangeklampt en stond met hem te praten, en Greg dronk zijn bier. Maud dacht even na en nam toen een besluit. Ze liep op hen af.

'Inspecteur O'Connor,' zei Morgan en hij kwam overeind. Maud zag wel waarom mensen hem zo charmant vonden, hij had iets nonchalants, met zijn doorleefde gezicht en die donkere ogen waarmee hij haar blik vasthield.

'Leuk om u gesproken te hebben,' zei hij tegen de vrouw, ten teken dat ze moest gaan; ze wierp hem nog een laatste bewonderende blik toe en maakte zich toen uit de voeten.

'We hoopten je hier al te zullen treffen,' zei hij.

'O ja?'

'We zouden graag een keer met je willen praten. Voor de podcast. Greg en ik zijn die begonnen als een klein projectje, eigenlijk alleen voor onszelf. Maar het lijkt nu vanzelf tot iets groots uit te groeien. Het loopt een beetje uit de hand.' Hij lachte met een lach vol zelfspot, die ze voor geen cent vertrouwde. 'En daarom zouden we graag een redelijke en verstandige mening willen horen.'

'Het gaat hier om een lopend onderzoek,' zei Maud. 'Het is geen amusement.'

'Natuurlijk. Ik zou ook nooit iets vragen waar je uit hoofde van je beroep niet aan kunt meewerken. We zouden alleen graag je algemene indruk willen horen. Ik denk dat het publiek recht heeft op informatie van de politie.'

Maud glimlachte om zijn hoogdravende toon. 'Ik zal erover nadenken.'

'Als het kan voor de volgende aflevering,' zei Morgan. 'Misschien helpt het jullie ook wel. Misschien dat er getuigen zijn die zich zullen melden.'

'Ik zal erover nadenken. Maar eerst zou ik graag even met je broer spreken.'

'Met mij?' vroeg Greg.

Hij ging staan en gebaarde uitnodigend naar de stoel tegenover hem.

'Ik heb nu geen tijd. Maar zouden we morgen bij de rivier kunnen afspreken, begin van de middag?'

Hij schrok zichtbaar. 'Waarom?'

'Ik begrijp dat het pijnlijk voor je moet zijn, maar ik zou graag willen dat je nog eens precies vertelt wat er allemaal gebeurde op de dag waarop je het lichaam van jullie vader vond. Ik vraag Etty Salter om ook te komen.'

'Mag ik ook mee?' vroeg Morgan, bijna smekend.

'Dat is niet nodig, maar ik kan je niet tegenhouden,' zei ze.

Hij grinnikte. 'Prima.'

69

'Het lag in die bus,' zei rechercheur Dillon. 'In het handschoenenkastje, bij de handleiding en een pakje zakdoekjes.'

'Was die bus dan niet eerder doorzocht?' vroeg Maud.

'Hij is eigenlijk van een man die haar af en toe helpt.'

Maud zuchtte. Het had geen zin om daar opnieuw over te klagen.

'Wil je het zien?'

'Kom maar naar het bureau.'

'Wanneer?'

'Nu meteen, natuurlijk.'

Dillon keek toe terwijl Maud plastic handschoentjes aantrok. 'Die had ik natuurlijk ook aan moeten doen.'

'Inderdaad,' zei Maud.

'Ik dacht dat het niet nodig was. We weten al dat Bridget Wolfe het in handen heeft gehad omdat het dus in die bus lag.'

'Het handige aan regels,' zei Maud, 'is dat je er niet elke keer weer over na hoeft te denken. Je volgt ze gewoon altijd op.' Ze opende het goedkope agendaatje en zag op de eerste bladzijde de naam Charlotte Salter staan, in een fraai cursief handschrift. Ze bladerde erin met van opwinding trillende vingers. Dit was de heilige graal geweest, want dit was – nam ze aan – wat Bridget Wolfe het leven had gekost. De reden waarom haar huis in brand was gestoken.

Maar toen ze bladzijde na bladzijde vol boodschappenlijstjes, afspraken, notities en telefoonnummers zag, verdween die opwinding al snel.

'Staat er iets in over dat ze weg wilde gaan?' vroeg Dillon.

'Nee, het is een agenda, geen dagboek,' zei Maud.

Ze bladerde sneller, zocht naar langere teksten, iets wat een aanwijzing kon zijn voor haar plannen of gevoelens, maar ze vond niets.

'Ik zie niks waar we iets aan hebben.'

'Dus het was overdreven wat Bridget Wolfe zei?' vroeg Dillon.

'Ik denk het. En waarschijnlijk heeft haar dat het leven gekost.' Ze schoof het agendaatje van zich af. 'Misschien moeten we nog eens goed kijken, namen en telefoonnummers natrekken, dat soort dingen. Maar ik vrees dat het weer een dood spoor is.' Ze glimlachte zuur. 'Wat is dat toch met deze zaak?'

Een uur later stond Maud tegen de rand van haar bureau geleund tegenover haar team. 'We moeten voortmaken, vrees ik,' zei ze. 'Ik heb een afspraak en het is weekend, ik snap dat jullie ook nog een privéleven hebben.'

'Waar is Micky?' vroeg iemand.

'Die zit niet meer op deze zaak,' zei ze neutraal. 'Ten eerste: de dozen met bewijsmateriaal. Wat hebben we?'

Carrie knikte naar Frank Mason. Hij schraapte zijn keel en haalde een geprinte lijst uit een doorzichtige map. 'Over die polaroids,' zei hij. 'We hebben ze op het prikbord gehangen, zoals je zei.' Iedereen kwam wat dichter bij de vervaalde en omgekrulde foto's staan. 'Het zijn er zevenenveertig. Ze zijn genomen op het verjaardagsfeest van Alec Salter op de dag waarop Charlotte Salter verdween. We hebben geprobeerd ze een beetje te categoriseren. In het begin zie je de foto's van het buffet, je ziet pratende mensen, mensen die een speech houden, er wordt wat gedanst. En dan hier' – hij wees naar de onderste rij foto's – 'de foto's van het einde van het feest, er ligt iemand op de grond, stapels vuile borden, sigarettenpeuken die zijn uitgedrukt in een soort soeplepel.'

'Ja, ik zie het,' zei Maud bedachtzaam. 'Goed gedaan.'

'We hebben niet van iedereen de identiteit kunnen vaststellen,' vertelde Carrie.

'Het is ook lang geleden.' Maud bekeek de verzameling foto's. 'Maar dat is Alec Salter, hij zal daar wel zijn verjaardagsspeech houden, neem ik aan. En dat is Duncan Ackerley. Hij lijkt sprekend op zijn zoons. En dat zijn de kinderen Salter; volgens mij is dat Greg Ackerley op de achtergrond met een glas bier. En daar Etty Salter, zo jong nog.' Ze tikte met haar wijsvinger op een van de foto's. 'En daar ook... Ze kijkt bezorgd. Ze zal zich wel hebben afgevraagd waar haar moeder bleef.' Ze legde haar vinger op de foto en dacht dat Etty er heel anders uitzag dan haar moeder, maar tegelijkertijd ook heel erg op haar leek.

'Verder zat er van alles in die dozen,' zei Carrie. 'Het is net een museumpje. Dit bijvoorbeeld.' Ze hield een poster omhoog. '"Heeft iemand Charlotte Salter gezien?" Ik neem aan dat de kinderen die hebben gemaakt en aan lantaarnpalen en zo hebben opgehangen.'

Maud pakte de poster aan en bekeek hem eens goed. 'Mooie foto,' zei ze.

'En er zijn allerlei bewijsstukken.' Frank hield een in plastic verpakte wollen jas omhoog. 'Dit was de jas van Charlotte Salter, die is bij de rivier gevonden. Er zijn daar twee dingen aangetroffen, dit ook.' Hij pakte een klein ingepakt voorwerp. 'Dit is de bril van Duncan Ackerley. Die zou op een brug hebben gelegen verder stroomopwaarts van de plek waar zijn lichaam is gevonden.'

Maud bekeek de bril en trok verbaasd haar wenkbrauwen op.

'Dat lijkt er één te veel, vind je niet?'

'Hoe bedoel je?' vroeg Carrie.

'Twee verschillende zaken en in beide gevallen één voorwerp dat bij de rivier is gevonden.'

'Ik snap niet wat je bedoelt,' zei Dillon.

'Laat maar, het is waarschijnlijk niks,' zei Maud. 'Ga verder.'

'Dan zijn er nog verscheidene lijsten en rapporten,' zei Frank. 'Het verslag van de patholoog over Duncan Ackerley. Hij is verdronken, maar hij had wel een wond aan de zijkant van zijn hoofd.'

'Wat voor wond?'

'Dat is niet duidelijk. Dit is de transcriptie van het verhoor van Alec Salter.' Hij pakte een mapje. 'Ze hadden ontdekt dat Charlotte Salter een koffer voor haar dochter had ingepakt.'

'Verder nog iets?'

Carrie hield een stapeltje papier omhoog.

'Een paar getuigenverklaringen. Degene die Charlotte Salter het laatst heeft gezien is volgens deze verklaringen een vrouw die haar op de avond van het feest nog heeft zien lopen. Ene Gwyneth Mayhew.'

'Wat deed ze toen?'

'Ze liep – in die jas die Frank net heeft laten zien – in de richting van het feest.'

'En hoe ver was ze daar nog vandaan?'

'Dat weet ik niet, maar die vrouw woonde in Glensted, Hazelwood Avenue 23, dus niet heel ver.'

'Dat lijkt me iemand met wie we even moeten gaan praten.'

'Ik heb het uitgerekend,' zei Carrie. 'Als ze nog leeft, is ze minstens honderdtwintig.'

Maud kreunde.

'En verder waren er nog allerlei roddels,' ging Carrie verder. 'Alec zou een affaire met een vrouw uit de buurt hebben gehad.'

'Dat is geen roddel. Dat was zo.'

'En Charlotte Salter zou zelfs twee verhoudingen hebben gehad. Naar het schijnt.'

'Ja, met Victor Pearce, de cafébaas, en met Duncan Ackerley.' Maud trok een gezicht. 'Die geruchten moeten we nog natrekken.' Ze liep weer naar haar bureau en richtte zich tot het hele team.

'Dertig jaar geleden ging de politie er dus van uit dat Alec Salter achter de verdwijning van zijn vrouw moest hebben gezeten. Dat bleek later een tunnelvisie te zijn. Vervolgens gaat Duncan Ackerley dood. Ze komen een paar weken niet verder en dan bedenken ze dat hij het moet hebben gedaan en dat hij zich in een vlaag van wroeging van het leven beroofde. Maar Duncan Ackerley heeft Bridget Wolfe niet vermoord. Dat is in elk geval één ding waar we zeker van kunnen zijn.'

'Zou Alec Salter het niet gedaan kunnen hebben?'

'Ik heb hem ontmoet. Het lijkt me onwaarschijnlijk. Hij is oud en fragiel en mentaal verzwakt. Maar laten we het niet uitsluiten.'

Maud zweeg en liep terug naar het prikbord. Ze raakte voorzichtig een van de polaroids aan: drie sigarettenpeuken in een soeplepel, met op een ervan de afdruk van lippenstift.

'Dit is interessant,' zei ze. Het was niet duidelijk of ze het tegen hen of tegen zichzelf had.

Carrie glimlachte. 'Dat vond ik ook al, ja.'

Maud liep terug naar haar bureau en ging erop zitten, leunde wat voorover en zwaaide haar benen met haar stevige bergschoenen heen en weer.

'Goed,' zei ze. 'Dat is dus het nieuwe oude bewijsmateriaal. En verder? Hebben jullie nog meer gevonden? Jack?'

'Sorry,' zei hij. 'Maar ik heb wel mijn best gedaan. Ik heb geprobeerd het leven van Bridget Wolfe uit te kammen. Dat was nogal kleurrijk. Haar beide ouders leven niet meer. Ze had een broer, die woont in Londen. Hij schijnt volledig van de kaart te zijn door de dood van zijn zus – en ik heb de indruk dat hij van haar manier van leven ook niets begreep. Haar neef, die het stoffelijk overschot heeft geïdentificeerd, woont in Norwich en die zag Bridget af en toe wel. Hij vertelde dat ze altijd al een buitenbeentje was, een zonderling. Volgens zijn vrouw zat ze ergens op het spectrum.' Hij haalde zijn schouders op. 'Ze had kennelijk een moeilijke tijd achter de rug. Maar hij zei dat ze de laatste keer dat ze elkaar zagen heel opgewekt was, ze had gezegd dat ze kippen wilde gaan houden. Ze woonde hier nog maar een paar jaar. Ze was een beetje een ontheemd type. Een paar jaar geleden zat ze bij die groep mensen die zichzelf aan bomen vastketenden om te voorkomen dat er een snelweg zou worden aangelegd. Ze had veel geld op de bank staan en ze gaf heel weinig uit. Ze had geen relatie en volgens haar broer en haar neef had ze ook al in geen jaren meer een relatie gehad. In 2018 bleek dat ze borstkanker had, maar daar was ze vroeg bij. We hebben haar telefoongegevens nageplozen, maar daar was niets bijzonders aan te ontdekken. Frank heeft nog de sociale media afgezocht.'

'Daar was ik zo mee klaar,' zei Frank. 'Er viel niet veel te melden. Ze zat niet op Facebook en niet op Twitter. Wel op Instagram, daar zette ze zo nu en dan foto's op van huizen die ze leegruimde. Maar niets van de Salters. En ze had niet veel volgers.'

'Dank je,' zei Maud. 'Ja, Fred?' Een slungelige man had zijn hand opgestoken. 'Het is niet echt een vraag, maar iets wat ik heb gehoord. Waarschijnlijk niet eens relevant.'

'Vertel.'

'Ik ben met Mary en Gerry Thorne gaan praten, zoals je me had gevraagd, en zij zei iets over Victor Pearce en Elizabeth Salter, dat die iets met elkaar hadden gehad.'

'Elizabeth Salter? Niet Charlotte?'

'Dat zei ze. En ze zei ook dat ze had gezien dat Elizabeth Salter een glas wijn naar Victors hoofd had gegooid.'

'Wanneer? Dertig jaar geleden?'

'Nee, nu. Een paar dagen geleden.'

'Ben je al met Victor Pearce gaan praten?'

'Nee, ik dacht...'

'Waar wacht je op? Ga maar doen. Tot slot kan ik jullie vertellen dat Dillon de agenda van Charlotte Salter heeft gevonden, die waar Bridget Wolfe het in de laatste aflevering van de podcast over had.'

Er klonk gemompel en Maud stak haar hand op om het team tot stilte te manen. 'Ja, ik weet het,' zei ze. 'We dachten dat dat de sleutel tot de oplossing zou zijn.' Ze zweeg even. 'Jullie voelen nu zeker een "maar" aankomen. In die agenda staan vooral boodschappenlijstjes en telefoonnummers. Dillon gaat er nog naar kijken, maar het ziet er niet veelbelovend uit. We zijn dus nog lang niet klaar.'

Maud sprong op de grond. Ze was blij dat Carrie en Frank het goed met elkaar leken te kunnen vinden. De sfeer in het team voelde vanmorgen anders, lichter. 'Goed,' zei ze. 'We gaan als volgt te werk. Ik denk dat we te maken hebben met drie zaken die eigenlijk met elkaar een en dezelfde zaak vormen. We zoeken dus naar één verklaring. Iemand die hier dertig jaar geleden ook bij betrokken was, voelde zich genoodzaakt, misschien doordat er sprake was van die agenda, om nog een moord te plegen. Daarom lijkt het me goed om dit team in drieën op te splitsen. Jullie...' Ze wees een paar mensen aan. 'Jullie gaan verder met het onderzoek naar de verdwijning van Charlotte Salter. Heather, jij neemt de leiding.'

Heather Dillon knikte.

'En jullie...' Ze wees naar de teamleden in het midden van de ruimte. 'Jullie onderzoeken de dood van Duncan Ackerley. Jack neemt de leiding. De rest gaat verder met de zaak-Bridget Wolfe. Frank, jij coördineert dat. Ik wil dat jullie de alibi's natrekken van iedereen die betrokken is geweest, ook al is het heel zijdelings, bij die twee zaken van dertig jaar geleden. Dat zijn: Victor Pearce, het echtpaar Thorne, en natuurlijk de families Salter en Ackerley. Oké? O, en vraag ook of ze de podcast hebben beluisterd en op welke dag en hoe laat ze dat deden. Met andere woorden, maar dat zeggen jullie natuurlijk niet: hebben ze dat gedaan toen Bridget nog leefde? Oké?'

Er klonken instemmende geluiden. Dillon stak haar hand op. 'Geldt dat ook voor de oude meneer Salter?'

'Hij was dertig jaar geleden de hoofdverdachte, maar ze zijn niet verder met hem gekomen. Hij is nog steeds verdacht.' Maud streek haar krullen naar achteren. 'Jack, wil jij vanochtend iemand naar Frances Ackerley sturen en haar hiernaar vragen?' Ze reikte hem het zakje aan dat nog op haar bureau lag. 'Die bril van Duncan

Ackerley. Vraag hoe vaak hij die droeg. En probeer die vrouw een beetje te peilen, probeer te voelen of er iets vreemds mee is.'

Jack knikte.

'En neem die foto mee van die soeplepel met peuken. Kijk of ze zich daar iets van herinnert.'

'En Heather,' zei ze tegen rechercheur Dillon. 'Die oude vrouw, Gwyneth Mayhew, heeft Charlotte Salter dus aan het begin van de avond waarop ze verdween nog gezien, voor zover we weten als laatste. Ik wil dat er iemand van jouw team naar Hazelwood Avenue 23 gaat en in een normaal wandeltempo daarvandaan naar de schuur bij de rivier loopt. Ik wil weten hoelang die wandeling duurt.'

Ze wees naar de plattegrond die ze die ochtend op de muur had geplakt.

'En dan via deze route. En terug hierlangs. O, en kijk of er straatlantaarns staan – het moet in die tijd van het jaar stikdonker zijn geweest. Als die er staan, zoek dan uit of ze er dertig jaar geleden ook al stonden. En iedereen geeft alle informatie door aan Carrie, zij coördineert alles. Duidelijk? Zijn er nog vragen?'

'Ja,' zei een agent die bij de deur stond, met zijn handen in de zakken. 'Sommigen van ons willen weten of we wel iets opschieten met al dat gegraaf in het verre verleden.'

'Goeie vraag,' zei Maud. 'Ik denk van wel.'

70

Maud reed naar het huis van Niall Salter en parkeerde achter zijn busje. Toen ze uitstapte kwam hij net met een metalen ladder om het huis lopen.

'Je bent te vroeg,' zei hij.

Maud keek op haar horloge. 'Vier minuten.'

'Ik weet niet of Etty al klaar is.'

'Ik wacht wel.'

'Ik vraag me af of ze het aankan.'

'Ze zei van wel toen ik haar vanmorgen sprak.'

'Ze kan wel zoveel zeggen.'

Maud knikte en keek eens goed naar Niall. Hij was stevig, had zandkleurig haar dat al wat dunner werd en een rond, blozend gezicht. Je kon zien dat hij vaak buiten was. De rimpels op zijn voorhoofd leken er door tientallen jaren van ongewisheid en zorgen in te zijn gebeiteld. 'Kun je het zelf wel aan?' vroeg ze.

'Om naar de schuur te gaan? Ik ben daar al tientallen keren langsgekomen, honderden keren zelfs.'

'Hoe gaat het nu met je zus?'

'Ze zit onder de brandwonden en blaren. Penny zei dat ze wel gemarteld lijkt, zo ziet haar lichaam eruit.'

'Wat vreselijk,' zei Maud. 'Ze heeft geluk gehad dat ze het heeft overleefd. Het was heel dapper dat ze heeft geprobeerd Bridget te redden.'

'Ze huilt de hele tijd. Jij denkt natuurlijk dat dat normaal is, na wat ze heeft meegemaakt. Maar dat is het niet. Toen ze voor het eerst weer terug was in Glensted leek ze wel van steen.'

De voordeur ging open en Penny Salter kwam naar buiten. Maud stelde zich voor en stak haar hand uit, maar Nialls vrouw keek haar alleen maar aan. 'Ik hoop dat jij weet wat je doet,' zei ze. 'Want als het niets oplevert om Niall en Etty weer met al die herinneringen te confronteren, behalve onnodig veel verdriet...'

'Laat nou maar, Penny.'

Etty was er ook bij komen staan. Ze droeg een wit T-shirt en een zwarte broek en haar haar was nog nat van het douchen. De brandwond op haar wang was een lelijke rode plek geworden.

'Zullen we lopen?' vroeg Maud. 'We kunnen ook met de auto.'

'Lopen,' zei Etty. Ze zette een zonnebril op.

Niall ging voorop, tot de weg die naar de schuur leidde; daar bleef hij even staan tot de twee vrouwen hem hadden ingehaald.

'Vertel alles maar precies,' zei Maud. 'Voor zover jullie het nog weten. Zijn jullie allebei lopend naar het feest gegaan?'

'Ik wel,' zei Etty. 'Ik kwam bij een vriendin vandaan. Het was de laatste schooldag voor de vakantie en ik had bij haar gelogeerd, ik was de hele dag bij haar gebleven. Ik had geen zin in het feest; daar had niemand van ons zin in. Een hoop dronken oude mensen die zichzelf voor schut zetten.' Ze trok haar wenkbrauwen op, maar Maud kon haar uitdrukking niet goed peilen. 'Net zo oud als ik nu. Ik ben nu van mijn moeders leeftijd. Daar moet ik vaak aan denken.'

'Ik was met de auto,' zei Niall, die de peinzende toon van zijn zus ongemakkelijk leek te vinden. 'Die had ik daar neergezet.' Hij wees naar een veld.

'Hoe laat waren jullie hier?'

'Ik weet alleen wat ik telkens weer heb gezegd, maar of dat klopt weet ik niet meer. Waarschijnlijk hebben jullie daar wel een verslag van.'

'Ja,' zei Maud.

Etty keek haar aan, glimlachte bijna. 'Oké, dan zeg ik het nog een keer. Ik was hier toen het feest net begon. Ik weet dat mijn vader er was. En Niall – die kwam vlak voor of vlak na mij.'

'Vlak voor jou, volgens mij,' zei Niall.

'Jij was foto's aan het maken.'

'Heb jij die foto's gemaakt?' vroeg Maud.

'Ik had een polaroidcamera geleend. Ik heb er niet zoveel gemaakt. Iemand anders heeft dat van me overgenomen.'

'En jullie twee broers?'

Ze zag dat die meervoudsvorm bij allebei hard aankwam.

'Volgens mij was Paul er ongeveer tegelijk met ons,' zei Etty langzaam. 'Maar dat kun je wel opzoeken. En Ollie iets later, dacht ik. Vraag het hem zelf maar.'

'Ik heb hem een paar uur geleden gebeld. Hij dacht vlak voor zeven uur, dat heeft hij destijds ook tegen de politie gezegd. Maar hij zei ook wat jij zei: het is een herinnering aan een herinnering aan een herinnering.'

'En toch lijkt het alsof het gisteren is gebeurd,' zei Etty. 'Of bijna ging gebeuren.'

Ze staarde naar de schuur, die in de steigers stond.

'Lang geleden, voordat ik werd geboren,' zei Niall, 'stonden hier koeien. Daarna werd er stro opgeslagen, en landbouwmachines. Het was een fijne plek om feesten te geven. En nu gaan ze er een woonhuis van maken dat iemand hier uit de buurt nog in geen honderd jaar kan betalen. Allemaal glas en eiken vloeren, het wordt waarschijnlijk een vakantiehuis voor iemand uit Londen.'

'Jullie weten dus nog dat jullie vader er al was toen jullie op het feest kwamen, en Paul ook. Van welke mensen weten jullie nog meer heel zeker dat ze er al waren?'

'Iedereen van de familie Ackerley,' zei Etty.

'Heel zeker?'

'Volgens mij wel. Behalve Morgan, ik weet niet precies wanneer hij er was. Hij zat bij Ollie en zijn vrienden wiet te roken.'

‘En Frances,’ zei Niall. ‘Die was er ook niet.’

‘Zij kwam nooit op feestjes,’ zei Etty. ‘Je weet dit waarschijnlijk wel, maar ze is jarenlang zwaar depressief geweest.’

‘Om de een of andere reden,’ vulde Niall aan, ‘is ze wonderbaarlijk goed opgeknapt, na een paar jaar. Door de schok, denk ik,’ zei hij vaag. ‘Misschien heeft dat iets in haar systeem veranderd. Wakker geschud, als een soort reset.’

Etty zuchtte geïrriteerd.

‘Mary Thorne was er al vroeg,’ zei ze. ‘Ik weet zeker dat zij er was. Ik zag dat mijn vader zijn hand op haar rug legde.’ Ze huiverde.

‘Er zijn twee ingangen,’ zei Maud, die naar de schuur keek. ‘Dus mensen konden zonder dat het opviel binnenkomen maar ook weer weggaan.’

‘Zou kunnen.’

‘En niemand heeft jullie moeder gezien?’

‘Dat weet je toch. Waarom vraag je het dan?’

‘Had ze gezegd hoe laat ze zou komen?’

‘Ze had er vanaf het begin moeten zijn,’ zei Etty. ‘Zij had het voor het grootste deel georganiseerd.’

‘Wanneer begonnen jullie je zorgen te maken?’

‘Tegen acht uur,’ zei Niall. ‘Of negen uur.’

‘Eerder,’ zei Etty. ‘Ik wist gewoon dat er iets aan de hand was. Het was niks voor haar om zo laat te komen. Onze vader zei steeds maar dat je niet op haar kon rekenen, maar dat sloeg nergens op.’

‘Je hebt gezegd dat je er bent gebleven tot het afgelopen was,’ zei Maud tegen Etty. ‘Maar je bent wel weggegaan om te bellen.’

‘Dat klopt. Morgan is met me meegegaan,’ zei Etty. ‘Hij was er in elk geval bij toen ik belde.’

Ze herinnerde het zich nog goed: de munten in de gleuf en dan wachten tot ze de stem van haar moeder hoorde, terwijl ze wist dat dat niet ging gebeuren. En dat Morgan toen zei dat ze de politie moest bellen.

‘En jij?’ vroeg Maud aan Niall. ‘Ben jij nog weg geweest?’

Hij schraapte zijn keel. 'Ik was buiten met mijn vrouw. Mijn toekomstige vrouw. We hadden het uitgemaakt. Ze was naar me toe gekomen omdat ze heel erg ontdaan was.'

'Verder niet meer?'

'Ik ben geloof ik nog een eindje gaan wandelen met iemand.'

'Met iemand?'

'Is dat belangrijk?' Hij bloosde.

'Zeg het maar gewoon,' zei Etty. 'Waar je je ook voor schaamt, na dertig jaar nog. Gooi het er gewoon uit.'

'Met een ander meisje.'

'Een meisje?'

'Die vriendin van jou, Etty.'

'Welke vriendin?'

'Je weet wel. Gemma.'

'Jij met Gemma Thorne? Nee toch!'

'We hebben gewoon een eindje gewandeld. Om even een frisse neus te halen.'

'Ze was net zo oud als ik! Vijftien.'

'Ik was van streek.'

'En jullie broer Paul, was hij er ook de hele avond?'

Maud kende alle antwoorden natuurlijk al, maar door te luisteren naar hun herinneringen aan die avond kon ze zich beter inleven, werden de abstracte feiten werkelijker.

'Hij is vroeg naar huis gegaan,' zei Etty. 'Hij had een hekel aan zulke feestjes. Hij was thuis toen ik belde om te kijken of Lottie daar misschien was.'

'Maar je hebt hem niet zien vertrekken?'

'Dat zegt niets. Hij zal waarschijnlijk ongemerkt weg zijn gegaan, dat deed hij wel vaker. Stilletjes, zonder gedoe.'

'Waarom vraag je dit allemaal eigenlijk?' vroeg Niall. 'Het is al zo lang geleden. De politie heeft ons er uitgebreid over verhoord. Toen hebben we alles al verteld.'

'Zullen we even snel binnen gaan kijken?' Maud liep naar de

dubbele deuren van de schuur. Ze werden dichtgehouden met een lange balk, die ze optilde. Niall en zij trokken de krakende deuren open en ze stapten gedrieën de holle, donkere ruimte in. Het licht viel schuin door de hoge ramen en door een paar gaten in het dak boorde het zonlicht zich in bundels naar binnen.

'Dit wordt nogal een klus,' zei Niall, die om zich heen keek.

'Is het hier erg veranderd?' vroeg Maud.

'Het is nog ongeveer hetzelfde. Ik weet dat ze buiten afvoerpijpen en elektriciteitskabels hebben gelegd, dat soort dingen. Maar binnen is het nog net zoals het tientallen jaren geleden al was. Wat meer vervallen, dat wel.'

Etty zei niets. Ze zette haar zonnebril af en liep langzaam door de schuur, waarbij ze met haar hand langs het ruwe hout streek.

'Het was helemaal verlicht,' zei Niall. 'Dat hadden Duncan en Greg gedaan. En daar stond een lange schragentafel.' Hij wees. 'Voor de drank. En aan de andere kant stond een tafel met het eten. Daar stond de stereo. Er werd gedanst. En toen was het ineens voorbij.'

'Gingen jullie allemaal tegelijk terug naar jullie huis?' vroeg Maud.

'Ollie en ik liepen terug, want papa was veel te ver heen,' zei Etty. 'Hij ging met de auto.'

'En mijn auto stond hier, dus ik heb zelf gereden,' zei Niall. 'Ik weet nog dat ik tegelijk met die jonge politieagent aankwam.'

'Die zo waardeloos was,' vulde Etty aan.

'En jullie broer Paul was er al toen je daar aankwam?'

'Ja.'

'Wie bleef er dan op het feest?'

'Alle anderen,' zei Niall. 'Maar ik denk dat ze wel vrij snel naar huis zijn gegaan na onze dramatische aftocht.'

'Wat hebben jullie vijven gedaan toen de politie weer weg was?'

'We hebben heel lang zitten wachten.' Etty liep terug naar de deur, de andere twee liepen mee. 'Papa maakte ruzie met Paul. Afschuwelijk was dat.'

'Ollie en Paul zijn toen geloof ik naar hun kamer gegaan. Papa in elk geval wel.'

'Nadat hij Mary Thorne had opgebeld en allemaal intieme dingen tegen haar had gefluisterd,' zei Etty. Ze raakte met haar vingertoppen haar rauwe, opgezette wang even aan. 'God, zo klink ik weer als een meisje van vijftien, zeker?'

'En jullie beiden?'

'Ik heb wat rondgereden,' antwoordde Niall.

Maud vond dat hij er ineens beroerd uitzag. 'Waarheen?'

'Naar Hemingford. Ik ben ergens uitgestapt om te roken. De ene sigaret na de andere. Om de tijd te doden, denk ik.'

'Ik heb in de keuken zitten wachten tot ze thuiskwam,' zei Etty. 'En toen was het de volgende dag en was ze er nog steeds niet.'

71

Buiten, in het felle zonlicht, keek Niall op zijn horloge. 'Ik moet naar een klant, anders ik kom te laat.'

De twee vrouwen keken hem na. Maud besefte dat het ondertussen al middag was. Over vier uur zou ze Silas zien. 'Ik heb nog een verzoek,' zei ze tegen Etty.

Etty zette haar zonnebril weer op. 'Wat dan?'

'Ik wil dat Greg Ackerley en jij nog een keer met mij naar de rivier gaan en me dan precies vertellen wat jullie je nog herinneren van het moment waarop jullie Duncan Ackerley vonden.'

'Wanneer?'

'Nu. Greg heeft al toegestemd en ik geloof dat Morgan ook mee wil.'

'Ja, dat zal wel.'

'En?'

Etty haalde haar smalle schouders op. Maud zag hoe scherp haar sleutelbeenderen zich aftekenden. 'Ik zal Greg laten weten dat we eraan komen.'

Ze belde hem. Daarna draaide ze zich om naar een geel bord dat bij de ingang van de schuur op de muur gespijkerd was: J. FLYNN AND SONS, BUILDING COMPANY. QUALITY BY DESIGN. Maud belde het nummer dat eronder stond.

Toen er werd opgenomen stelde Maud zich voor aan de vrouw. 'Ik sta bij de schuur van Mason's Farm. Jullie doen toch die renovatie? Dat moet per direct stoppen.' De vrouw begon te protesteren, maar Maud praatte door. 'Nee, nee, luister. Er mag daar niets meer gebeuren, het is een plaats delict. U krijgt er nog een brief over.'

De vrouw bleef bezwaar maken.

Maud hield haar telefoon een eindje van haar oor af en keek Etty met een licht geamuseerde blik aan. 'Dan zegt u maar tegen uw baas dat hij me op dit nummer kan bellen,' zei ze ten slotte. 'En dan zal ik tegen hem zeggen wat ik net tegen u heb gezegd.'

Ze beëindigde het gesprek en de twee vrouwen liepen naar de rivier.

'Denk je echt dat je die drie zaken tegelijk kunt oplossen?' vroeg Etty.

'Die drie tegelijk of anders niet één.'

'En ik ben geen verdachte?'

'Mag ik je iets vragen?'

'In plaats van antwoord te geven op mijn vraag? Ga je gang.'

'Wat is er gebeurd tussen jou en Victor Pearce?'

Etty vertraagde haar pas niet en Maud kon haar gezichtsuitdrukking niet goed zien omdat ze haar zonnebril ophad, maar ze voelde dat Etty schrok.

Een paar seconden lang gaf ze geen antwoord. 'Heb jij eigenlijk geen hekel aan je werk?' vroeg ze toen. 'Je neus in andermans leven steken, mensen herinneren aan dingen die ze jarenlang verborgen hebben gehouden, ze weer confronteren met hun zelfhaat en hun schaamte?'

'Schaam je je dan?'

'Toen wel en nu ook, ook al is híj degene die zich zou moeten schamen, maar hij is altijd heel blij met zichzelf, al is hij nu misschien zo slim om spijt te hebben. We hebben bijna een jaar... iets gehad. Seks, bedoel ik. Ik was zestien, dus het was officieel niet eens illegaal. Hij wachtte eerst een paar weken totdat ik zestien was geworden. Volgens mij was hij verliefd op mijn moeder, hij voelde in elk geval wel iets voor haar. Dus toen zij weg was, werd ik een soort raar substituut voor hem.'

'En hoe was dat voor jou?'

'Voor mij was die tijd de hel en hij maakte dat nog erger. Misschien was dat juist wel wat ik wilde, ik weet het niet. Ik heb enorm mijn best gedaan om er niet meer aan te denken.'

'Tot je terug was in Glensted.'

'Tot ik terug was in Glensted.'

'Wat kan ik voor je inschenken?' vroeg Victor.

Hij droeg een T-shirt met felle kleuren die pijn deden aan Carries ogen.

'Tomatensap graag, als je het lekker pittig kunt maken.'

Hij glimlachte. 'Dat kan ik zeker.'

'En de spaghetti puttanesca graag.'

'Een spaghetti puttanesca, Poll,' riep hij naar de keuken. 'Wanneer ben je zover?'

Carrie dacht even dat hij het over de spaghetti had. 'O,' zei ze. 'Ja. Zo meteen.'

'Jij bent toch de vriendin van die rechercheur? Ik heb je met haar gezien.'

Carrie maakte een onbestemd geluid.

'Het heeft jaren geduurd voordat we in Glensted over Lottie en Duncan heen waren,' zei Victor. 'Tientallen jaren. Dus dit is heel pijnlijk.'

'Jij kende Charlotte Salter geloof ik goed, toch?'

'Ik zou zeggen dat ik een van de weinige mensen was die haar begreep.'

'Dat zei je ook in die podcast.'

'Ze was een mooi mens.'

Dat had Carrie hem ook horen zeggen.

'Jouw kroeg is zeker echt het centrum van de gemeenschap, hè?' zei ze. 'Hoelang zit je hier al?'

'Vierendertig jaar,' zei Victor. 'Wie had dat gedacht, hè? De tijd vliegt.' Hij schudde vol verbazing zijn hoofd.

'Dan heb je zeker wel goed in de gaten wat hier allemaal speelt.'

'Mensen vertellen me weleens wat,' zei hij. 'Ze weten dat ze me kunnen vertrouwen.'

'Snap ik.'

'In die kamer, bijvoorbeeld.' Hij maakte een hoofdbeweging naar achteren. 'Daar heeft die journaliste Etty geïnterviewd, toen Lottie nog maar net vermist was. Ik heb gehoord dat ze haar hart bij die vrouw uitstortte.'

'Welke journaliste?'

'Alice heette ze, geloof ik. Van *The Herald*. Daar werkt ze nog steeds voor. Ze schrijft nu ook over het nieuwe drama.'

'Die is al lang bezig dan.'

'Volgens mij is ze er een tijd uit geweest en pas onlangs weer begonnen.'

'Wat zei Etty in dat interview?'

'Volgens mij is het nooit gepubliceerd.'

Terwijl Carrie op haar puttanesca wachtte, ging ze op zoek en ze vond op Twitter een journaliste van *The Herald* die Alice Clayton heette. Ze stuurde haar een bericht. Een paar minuten later zag ze al een reactie op haar scherm: een berichtje met een mobiel nummer erbij.

72

Toen ze bij de rivier kwamen, ging Etty steeds langzamer lopen.

'Gaat het?' vroeg Maud.

'Waarom zou het niet gaan?'

'Je hebt hier dertig jaar geleden een lichaam gevonden. Iemand om wie je gaf en die was overleden. Dat moet vreselijk moeilijk te verwerken zijn geweest. En een paar dagen geleden is er een vrouw in jouw armen gestorven.'

'Hoor eens,' zei Etty. 'Het hoort vast bij je nieuwe invoelende recherchetechniek om een soort emotionele band met mensen te smeden. Maar ik heb liever dat je gewoon vraagt wat je wilt weten.' Ze gebaarde om zich heen. 'En wat heeft dit te betekenen? Moet dit een goede atmosfeer scheppen of zo? Ik weet dat ik er beroerd uitzie en ik voel me ook best beroerd, maar ik wil dit liever professioneel aanpakken. Als je mij wilt verhoren, dan heb ik liever dat je dat in een verhoorkamer doet, dat het wordt opgenomen, zo nodig met een advocaat erbij.'

Ze bleef staan en keek naar Maud, die met haar rug naar haar toegewend stond en schijnbaar alleen maar naar de rivier keek. 'Sorry, hoor,' zei Etty. 'Luister je eigenlijk wel?'

Maud draaide zich om. 'Dit is geen verhoor,' zei ze. 'We kunnen trouwens nog niet terug naar het bureau. Ik zei toch dat we met de Ackerleys hebben afgesproken?'

'En gaan die jou interviewen voor die podcast?'

'Dat weet ik niet. Wat denk jij?'

'Waarom vraag je dat aan mij?'

'Omdat ik wil weten wat jij denkt.'

'Dat zal ik je vertellen. Een rechercheur die in het openbaar over een lopende zaak spreekt vind ik echt niet kunnen.'

'Heb je die podcast beluisterd?'

'Ja.'

'Wat vond je ervan?'

'Heeft iemand weleens zonder toestemming in jouw dagboek gelezen?' Etty keek Maud strijdlustig aan, maar die gaf geen antwoord. 'Is er weleens bij je ingebroken? Zoiets voelt niet als zomaar een misdrijf. Ik had het gevoel dat ik werd overvallen, onder de voet werd gelopen, aangerand.'

'Maar als zij de zaken zouden oplossen, zou je er dan anders over denken?' vroeg Maud.

'Jij bent rechercheur. Jij bent toch degene die ze moet oplossen?'

'Het maakt mij niet uit wie ze oplost. Als ze maar worden opgelost.'

'Waar heb je precies afgesproken?'

'Bij de brug, waar de bril van Duncan Ackerley is gevonden.'

Etty wierp terwijl ze doorliepen een zijdelingse blik op de rechercheur, op de krullen rond dat alerte, slimme gezicht, en haar tengere gestalte; wat was ze nog jong en wat zag ze er zelfverzekerd uit.

'Er komt trouwens ook nog iemand van mijn team,' zei Maud.

'Nou en?'

'Misschien brengt het nare herinneringen naar boven. Je hebt hem waarschijnlijk al eens ontmoet, toen je werd ondervraagd. Jack Lovell heet hij.'

'Kan ik me niet herinneren. Maakt ook niet uit.'

Ze zagen de twee broers bij de brug staan, ze stonden met elkaar te praten. Lovell stond een stukje bij hen vandaan.

Etty keek weer naar Maud. 'Zijn wij gewoon een soort schaakstukken voor je die je maar wat rondschuift in de hoop dat het iets oplevert?'

'Geef me nou maar een kans,' zei Maud. 'Misschien levert het wel iets op.'

Ze praatte op een geruststellende toon. Etty herkende die toon, het was zoals een volwassene een ongehoorzame peuter toespreekt. Ze wilde er iets van zeggen, maar slikte het in. Maud was niet de agent die haar had gearresteerd en haar in de cel had gestopt. Ze probeerde zich ineens voor te stellen welke indruk ze op haar moest maken: die van een angstige, beschadigde, oudere vrouw die zich tegen alles en iedereen verzette. 'Ik weet niet wat ik er nog aan toe kan voegen,' zei ze zo kalm mogelijk. 'Het is al zo lang geleden.'

Toen ze dichterbij kwamen, draaiden de twee broers zich naar hen om. Morgan keek opgewekt en geanimeerd, Greg was eerder somber, hij stond er gespannen en met opgetrokken schouders bij.

'Etty!' zei Morgan. Ze voelde dat hij naar de brandwond op haar wang keek. 'Goed je te zien. Hoe gaat het met je? Ik wilde nog bij je langsgaan, maar Greg dacht dat we je beter even konden laten bijkomen. Wat vreselijk, vréselijk wat er is gebeurd.'

Greg kwam naar haar toe en stak zijn hand uit. 'Gaat het?' vroeg hij.

'Een beetje,' zei Etty terwijl ze Maud zag doorlopen naar Lovell. Ze drukte hem even de hand, heel kort. 'Niall en Penny zorgen goed voor me. Over een paar dagen ga ik weer weg.'

Hij knikte. 'Het is echt goed klote voor je. Net nu je weer thuis bent. Ik vind het zo naar voor je.'

'Het is mijn thuis niet meer.'

'Nee. Nee, natuurlijk niet.'

'Ik snap trouwens niet goed waarom we hier zijn,' zei ze.

Greg haalde zijn schouders op. 'Ze zei dat ze een goed beeld wil krijgen.'

'Heb jij er dan nog een goed beeld van?'

Greg knikte. 'Eigenlijk wel,' zei hij. 'Ik kan me elke minuut van die dag nog herinneren. Zoiets vergeet je niet, hoe oud je ook wordt. Er is altijd een ervoor en een erna.'

Etty draaide zich om. Ook zij voelde weer de wind en de kou, de beklemmende angst in haar borst toen ze met Greg de boot door de modder trok, het ijskoude water in. Ze zag weer dat lichaam op de rivier drijven. En Duncans dode ogen die haar aankeken.

Jack Lovell keek Maud wat verbaasd aan, duidelijk op zijn hoede. 'Je vroeg of ik hierheen wilde komen. Het is weekend, mijn vrouw was razend en de tweeling lag te brullen, maar goed, ik ben er. Waarom precies?'

'Weet je wat dit is?' Maud wees naar de brug.

'De brug waarop Duncan Ackerley zijn bril heeft neergelegd voordat hij sprong.' Maud zei niets, dus Lovell praatte door. 'Ik dacht dat dat nu net het enige puzzelstukje was waar we het over eens waren.'

'Oké. Vertel dan eens precies waar iedereen het over eens is.'

De twee rechercheurs liepen omhoog, naar het midden van de brug. Maud keek om zich heen, naar de rivier en naar de zee in de verte aan de andere kant.

'Wat is er precies gebeurd?' vroeg ze.

'Duncan Ackerley voelde wroeging en daarom...'

Maud onderbrak hem. 'Ik bedoel niet wat hij voelde. Vertel alleen wat hij deed.'

Jack Lovell klemde zijn tanden op elkaar en spande zijn kaakspieren een paar keer voordat hij antwoord gaf. 'Hij loopt naar het midden van de brug. Hij zet zijn bril af en legt die op de rand. Ongeveer hier.'

Hij tikte op de reling.

'Waarom?'

'Ik dacht dat ik niets mocht zeggen over zijn gevoelens. Maar wat had hij anders kunnen doen?'

'Hij had de bril op kunnen houden. Of in zijn zak kunnen stoppen.'

'Maakt dat dan iets uit?'

'Misschien niet.'

'Oké, hij had zijn bril op kunnen houden of in zijn zak kunnen stoppen, maar dat deed hij niet. Misschien wilde hij niet zien waar hij heen ging. Het is een heel eind naar beneden. Hij legde zijn bril hier neer, hij klom op de reling en sprong in het water.'

'Hij had een hoofdwond,' zei Maud. 'Ongeveer hier.' Ze wees met haar vinger boven haar linkeroor.

'Misschien heeft hij toen hij sprong een van de pijlers geraakt. Dan zou hij misschien bewusteloos of half bewusteloos zijn geweest toen hij in het water viel. Daardoor zou het waarschijnlijk sneller zijn gegaan. Of misschien heeft hij een rotsblok geraakt in het water, of iets scherps.' Hij keek Maud aan en wachtte op haar reactie. 'En wat nu?'

Maud knikte naar het groepje onderaan de brug. 'Ik wilde samen met hen een eindje langs de rivier lopen.'

'Moeten we daar onze tijd aan besteden? Aan het enige waar we zeker van zijn?'

Maud knikte. 'Ik denk dat dit essentieel is,' zei ze. 'Alleen begrijp ik het nog niet helemaal.'

'Ik heb geen idee waar je het over hebt.'

Ze liepen terug naar de oever, waar Etty, Greg en Morgan stonden te wachten. De broers waren druk met elkaar in gesprek en Etty stond met haar rug naar hen toe gekeerd naar het water te staren.

'Ik wilde het met jullie hebben over wat er met Kerstmis 1990 is gebeurd,' zei Maud. 'En het leek me goed om dat hier te doen. Op deze plek is op 29 december de bril van jullie vader gevonden, en de recherche heeft daaruit afgeleid dat hij zich van het leven heeft beroofd. Zullen we een stukje stroomafwaarts lopen naar de plek waar hij is gevonden?'

Ze zetten zich in beweging, het ongemak was voelbaar. Maud

liep voorop met Etty, daarna volgden Greg en Morgan, en Jack Lovell liep achteraan. Maud praatte eerst met Etty, maar ze keek telkens om naar de broers Ackerley. 'Je was rond één uur bij de Ackerleys, klopt dat?'

'Ja.'

'Waar was de rest van jullie gezin?'

Etty schermde het vlammetje van haar aansteker af met haar hand en stak een sigaret op. Ze inhaleerde diep voordat ze antwoord gaf, waarbij ze strak voor zich uit keek. 'Het was een nare ochtend. Alec was een eind gaan lopen.'

'Met iemand?'

'Hij zei dat hij alleen wilde zijn. Paul was op zijn kamer. Hij was er slecht aan toe. Niall was geloof ik weggegaan. Ik weet niet meer waar Ollie was. Hij is in elk geval niet meegegaan.'

'En toen je daar kwam, was Duncan er niet, toch?'

'Hij was al eerder weggegaan,' zei Morgan achter hen.

'Wie waren er wel?'

'Frances was met de kerstlunch bezig,' zei Etty. 'En Greg was haar aan het helpen.'

'Ik was net terug van een eind lopen,' zei Greg.

'Ja, dat heb ik in het dossier gelezen,' zei Maud. 'Met iemand?'

'Nee.'

'Waarom?'

'Waarom wat?'

'Waarom ben je in je eentje gaan wandelen?'

'Ik weet niet. Ik wilde mijn hoofd leegmaken. Ik ben die kant op gelopen, naar zee.'

'Het valt je zeker wel op dat niemand een alibi heeft,' zei Morgan, bijna vrolijk. 'Daar wilden we misschien een speciale aflevering over maken. Over alibi's en het ontbreken daarvan.'

Een vrouw met een dalmatiër kwam hun tegemoet en ze moesten wat opzij gaan om haar te laten passeren. Ze keek duidelijk nieuwsgierig naar hen, vooral naar Morgan, die ze leek te herkennen.

Maud wachtte tot ze een eind verder waren voordat ze het gesprek voortzette. 'Dat is niet helemaal waar,' zei ze. Ze keek naar Etty. 'Jij had wel een alibi. Je broer Paul.'

'Niet toen ik erheen liep,' zei Etty. Ze herinnerde zich dat Pauls schoenen vies waren geweest die ochtend, maar die herinnering verdrong ze. Niemand had een goed alibi, zelfs zij niet.

'En Greg had een alibi,' zei Lovell. 'Dat heb ik in het dossier gelezen. Een gezin met een hond. Bowden heetten ze, geloof ik.'

'De familie Bowden,' zei Greg. 'Dat was ik vergeten.'

Etty bleef abrupt staan, waardoor Morgan tegen haar aan botste. Ze keek naar de kleine aanlegsteiger en slikte iets weg. De steiger zag er verweerd uit, delen ervan waren weggerot, maar de herinnering die de aanblik opriep was niet visueel, eerder lichamelijk. Ze voelde weer hoe het was geweest, de kou, het groeiende besef dat ze die vorm in het water herkende, het gevoel dat zich door haar buik en borst verspreidde.

Ze liepen allemaal van de oever de houten steiger op.

'Voorzichtig,' zei Greg. 'Ik weet niet of hij stevig genoeg is.'

Ze staarden zwijgend naar het water.

'Dus hier hebben jullie het lichaam zien liggen?'

'We zagen hem – Duncan – vanaf de oever,' zei Etty. 'Hij was daar.' Ze wees. 'Hij zat vast aan een boei. Zo'n gek idee: dat is misschien wel dezelfde boei, na al die jaren. Dezelfde boei, dezelfde rivier die naar zee stroomt.'

'Wat hebben jullie gedaan toen jullie het lichaam zagen?'

'We wisten eerst niet wat het was,' zei Greg, terwijl hij Etty aankeek. 'Maar we dachten het denk ik wel.'

'Ik dacht dat het mijn moeder was,' zei Etty. 'Daar was ik van overtuigd.'

'Ik ook, geloof ik,' zei Greg. 'Ik zei tegen Etty dat ze niet mee moest gaan, maar dat wilde ze per se wel.'

'Ik moest het zien. Ik moest het weten.'

Ze vertelden het als een soort duet, wisselden elkaar af, terwijl ze intussen naar het traag stromende water keken.

'Ik roeide erheen,' zei Greg. 'En zij keek uit.'

'Toen zag ik het. Het was mama niet. Ik...' Etty wierp een snelle blik op Greg en keek toen weer naar de rivier. 'Ik voelde me heel even opgelucht. Toen zag ik dat het Duncan was. Ik zag zijn open ogen die me aanstaarden.'

Morgan keek van de een naar de ander, alsof hij voor het eerst het hele verhaal hoorde.

'Greg was heel rustig,' zei Etty. 'Hij zei dat ik de riemen moest overnemen en toen probeerde hij Duncan in de boot te hijsen, maar hij was te zwaar. Daarom hield hij hem vast en trok hem mee terwijl ik probeerde terug te roeien. Maar dat lukte me niet. De stroming was te sterk. Dus toen zijn we van plaats geruild, ik hield Duncan vast en Greg pakte de riemen en zo kwamen we aan de kant.'

'Ja, klopt, ik was heel rustig,' zei Greg. 'Ik voelde toen nog niets. Ik wist alleen dat ik hem uit het water moest zien te krijgen.'

'We trokken hem op de kant.'

'En we probeerden hem te reanimeren.'

'Maar hij was dood.'

Ze zwegen. De golfjes kabbelden zacht tegen de modderige oever. Een paar vogels krijsten.

'Oké,' zei Etty ten slotte. 'Je hebt ons allemaal weer meegenomen naar de plek die ons al dertig jaar achtervolgt. Een van de plekken die ik voor me zie als ik 's nachts niet kan slapen.'

'Weet je?' Eindelijk zei Morgan iets, zonder ook maar een spoor van zijn gebruikelijke theatrale toon. 'Het was niet alleen dat onze vader was doodgegaan. Of dat Lottie weg was. Maar alle fijne dingen van daarvoor waren ook verpest. Vroeger hield ik van de rivier. We gingen hier altijd zwemmen.' Hij stootte Greg even aan. 'En we zaten hier vaak te vissen. Soms kwam papa er dan ook bij, al vond hij er volgens mij niet veel aan.'

Maud glimlachte naar hem. 'Ik ging vroeger ook vaak met mijn vader vissen. Wat vingen jullie hier?'

'Krabbetjes, meestal. Maar soms ook makrelen. Die namen we mee naar huis om te bakken.'

Maud trok haar wenkbrauwen op. 'Makrelen? Dat had ik niet gedacht, in een rivier.'

'Maar dit is niet zomaar een rivier. Dit is al bijna de zee.'

Maud hurkte en liet het water over haar hand stromen.

'Het is koud,' zei ze, en ze stond op en bracht haar vingers naar haar mond. Ze glimlachte ineens. 'En zout.'

Toen tuurde ze in de verte. 'Wie staat daar naar ons te kijken?' vroeg ze. 'Weer een journalist?'

Etty keek om. 'Nee, dat is Ollie. Waarom is hij teruggekomen?'

73

Maud was bijna te laat. Ze haastte zich naar haar kamer in de Anchor, waste haar gezicht, trok een wijde spijkerbroek en een mouwloos T-shirt aan, en schudde haar haar los tot een wilde bos krullen. Toen stak ze haar hoofd om de deur van Carries kamer en zei tegen haar dat ze een eindje ging wandelen met Silas en later terug zou komen.

Hij belde om te zeggen dat hij er bijna was, dus liep ze vast naar buiten om hem op te wachten. Toen hij aan kwam lopen, was het even alsof ze een vreemde zag: een knappe man met brede schouders en een snelle pas. Hij was naar de kapper geweest en droeg een paars overhemd dat ze niet herkende. Toch had ze hem nog maar een paar dagen geleden gezien.

Ze liep naar hem toe; hij stak zijn hand op en lachte zijn mooie, spontane lach. Ze voelde zowel zenuwen als verlangen opwellen in haar buik, maar ze probeerde daar niets van te laten merken.

'Maud,' zei hij en hij gaf haar een kus.

Flitslicht van een camera.

'Fuck,' zei ze. Toen ze opzij keek, zag ze een kleine man met een grote camera, hij grijnsde naar haar.

'Kom mee.' Silas pakte haar bij de arm en ze liepen samen Glensted uit.

'Waar zullen we naartoe gaan?'

‘Hoeveel tijd heb je?’ vroeg Maud.

‘Een paar uur.’

‘Kun je echt niet blijven slapen? We kunnen een stuk langs zee lopen, het kustpad, en dan samen iets eten…’

‘Sorry,’ zei hij. ‘Ik heb een paar dingen die ik niet kan afzeggen. Ik moet werken.’

‘Op zondag?’

‘Inderdaad.’

Ze zag een koppige trek om zijn mond verschijnen.

‘Laten we dan maar een stukje langs de rivier lopen,’ zei ze. ‘Je kunt daar een rondje maken.’

Ze liepen in de richting van de plek waar ze eerder al met Etty, Morgan, Greg en Lovell was geweest. Het water stond hoger, bijna tot aan het pad. De wind blies steeds een paar lokken voor haar gezicht.

‘Hoe gaat het met je?’ vroeg hij.

‘Ik maak me zorgen.’

‘Wat vervelend.’

‘Over ons, Silas.’

‘Ik heb toch uitgelegd…’

‘Weet ik. Dat je het druk had. Maar bedoel je nou dat ik me alleen maar verbeeld dat er iets heel erg fout zit?’

‘Ik heb echt heel veel stress door mijn werk,’ zei hij. ‘En ik denk dat ik daardoor…’ Hij bleef staan.

‘Wat?’

‘Niks.’

‘Silas, zeg nou alsjeblieft wat er is, wat je voelt. Die onzekerheid is het ergste.’

Maar terwijl ze dit zei, wist ze ook dat er misschien iets veel ergers was.

‘Ik weet het niet, Maud.’

‘Wat weet je niet?’

‘Ik weet het gewoon niet.’

‘Heb je het over ons?’

Ze stonden tegenover elkaar. Hij hief zijn handen op, een gebaar van radeloosheid. ‘Mijn werk, dat is allemaal zo nieuw, en dat is spannend, maar ook eng.’

Ze wachtte af.

‘En we hebben samen een appartement gekocht. En dan ook nog...’

Hij zweeg weer. Ze zei niets.

‘Dat we proberen een kind te krijgen. En moeten plannen wanneer we seks hebben en zo. Ik weet niet, dat voelt zo... Snap je?’

‘Nee. Hoe voelt dat?’

‘Alsof alles tegelijk gebeurt, misschien is de timing gewoon niet goed.’

‘Bedoel je dat je het voorlopig wilt uitstellen, zwanger proberen te worden?’

‘Ik weet het niet.’

‘Als we het een paar maanden uitstellen, zou dat dan schelen?’

‘Ik wéét het niet.’

‘Wát weet je niet?’

‘Ik voel me gewoon klote.’

‘Waarom heb je daar dan niks over gezegd? Waarom loop je ervoor weg?’

Hij stopte zijn handen in zijn zakken en keek uit over de riviermonding, meed haar blik. Ze keek naar zijn gezicht, met pijn in haar hart.

‘Omdat ik misschien eigenlijk bedoel... Misschien gaat het me allemaal te snel, Maud.’

‘Maar we zijn al vier jaar samen.’

‘Ik bedoel de timing.’

‘Zeg je nou dat je niet weet of je een kind wilt of is er meer, Silas?’

‘Ik weet het niet.’

‘Moet ik nou degene zijn die het zegt?’ Maud streek een vochtige lok haar uit haar gezicht.

Hij draaide zich naar haar toe. Ze zag dat het hem moeite kostte om haar aan te kijken, maar ze bleef zijn blik vasthouden, zonder een spier te vertrekken.

'Ik vind dat we even op de pauzeknop moeten drukken.'

'De pauzeknop waarvan?'

'Ik wil het niet uitmaken,' zei hij. 'Ik bedoel alleen... dat we even een pauze nemen. Alles op een rijtje zetten.' Hij zag haar wit weggetrokken gezicht en pakte haar hand. 'Ik hou echt van je,' zei hij. 'Je moet niet denken dat ik niet meer van je hou.'

Maud keek naar een zeilbootje op het water, met daarin een klein silhouet aan de helmstok, afgetekend tegen het zonlicht. Ze bedacht een paar dingen die ze kon zeggen, maar zei ze niet. Wat had het voor zin? Ze was niet van plan om te gaan smeken.

'Maud?'

'Ja.'

'Ik ga denk ik een tijdje bij mijn ouders zitten, dingen overdenken.'

'Oké.'

'Een paar weken maar.' Hij liet haar hand los.

'Misschien moet je dezelfde weg terug lopen,' zei ze. 'Ik loop nog een stuk door, ik maak het rondje af.'

'Gaat het?'

'Doe niet zo stom, Silas. Ga nou maar.'

74

'Hoe was het met Silas?' vroeg Carrie toen ze in de bar zaten, zij met haar pittige tomatensap en Maud met een groot glas rode wijn die, zo hoopte ze tevergeefs, de scherpe randjes van haar verdriet zou halen.

'Druk met werk,' zei ze kortaf.

Carrie keek haar even verbaasd aan.

'Ik ben vandaag bij Victor geweest,' zei ze na een tijdje.

'De smeerlap,' zei Maud.

'Hoezo?'

'Hij was verliefd op Charlotte Salter en toen ze nog maar net was verdwenen verleidde hij haar puberdochter.'

'O, echt? Dat is niet fraai. Maar die smeerlap vertelde me wel dat Etty kort na de verdwijning van haar moeder is geïnterviewd door een journaliste.'

'Toen het nog maar net was gebeurd?'

Carrie knikte. 'En met haar ben ik gaan praten.'

'Met die journaliste?'

'Alice Clayton heet ze.'

'Die naam komt me vaag bekend voor.'

'Ze heeft ook over de moord op Bridget Wolfe geschreven.'

Maud herinnerde zich een wat oudere vrouw met grijs haar en een wakker gezicht, die haar op die onverwachtse persconferentie een microfoon had toegestoken en een vraag had gesteld over de incompetentie van de politie.

'Ze heeft het interview niet gepubliceerd. Ze had ontdekt dat Etty minderjarig was, dus daar zou ze problemen mee hebben gekregen.'

'Maar?'

'Ze heeft me de opname gegeven. En een recordertje om de cassette mee af te spelen.'

'Wauw.'

'Ze was eigenlijk van plan om Etty nog eens op te zoeken en te proberen haar opnieuw te interviewen, maar daar twijfelt ze over. Ze vertelde dat het destijds zo pijnlijk intiem was en dat het daarom verkeerd voelt om er nu op terug te komen.'

Maud dronk haar glas leeg en stond op. 'Dat lijkt me een aardige vrouw. Zullen we gaan luisteren?'

Ze gingen naar Carries kamer. Maud trok haar schoenen uit en ging op het bed zitten, Carrie nam de leunstoel bij het raam en zette het cassetterecordertje aan.

Het interview verliep in het begin heel stroef. Etty vertelde over de familie van haar moeder, over haar moeders werk, haar hobby's, haar uiterlijk. Maar de sfeer veranderde, werd minder gespannen. Maud en Carrie luisterden naar de jonge, enthousiaste stem waarmee het meisje dertig jaar geleden over haar moeder vertelde: dat ze een gele bikini aanhad in Cornwall, dat ze elke keer moest huilen als ze samen naar *Dumbo* keken, met haar zoons voetbalde, Etty's voorhoofd vasthield terwijl die over de wc-pot gebogen zat te kotsen toen ze de eerste keer dronken was geweest. Iedereen vond haar moeder aardig, zei ze, omdat zij iedereen aardig vond. Ze gaf anderen het gevoel dat ze bijzonder waren.

'Arme meid,' zei Maud toen Etty's stem brak.

Etty vertelde over de avond van het feest en de afschuwelijke dagen die daarna volgden, de politie die huiszoeking kwam doen en in de vijver dregde, over Duncans lichaam dat ze met Kerstmis hadden gevonden, de koffer vol met kleren voor Etty.

'Ik weet zeker dat ze nog leeft,' zei ze. 'Ik weet het zeker. Echt. Als ze dood zou zijn, zou ik dat voelen.'

Maar even later zei ze dat ze zeker wist dat haar moeder dood was, omdat ze nooit zonder Etty weg zou zijn gegaan.

'Weet je wat ik het allerergste zou vinden?' zei ze geëmotioneerd. 'Als mijn moeder nooit wordt gevonden en ik nog twee jaar alleen met mijn vader hier moet wonen. En dat we er nooit achter komen of ze nog leeft of dood is, en ik haar de rest van mijn leven elke dag moet missen. Ik denk niet dat ik daar tegen zou kunnen.'

'En dat is dus precies zoals het is gegaan,' zei Maud toen Carrie de recorder had uitgezet.

'Zijn we iets nieuws te weten gekomen?'

'Dat Charlotte Salter over het gevaarlijke vermogen beschikte om mensen het gevoel te geven dat ze bijzonder zijn. En voor zover we het nog niet wisten: dat we echt moeten uitzoeken wat er met haar gebeurd is.'

De twee vrouwen zwegen een tijdje, totdat Maud plompverloren zei: 'Ik denk dat Silas en ik uit elkaar gaan.'

'Ach, Maud.'

'Dat wil zeggen: dat hij het wil uitmaken.'

Carrie hees zich overeind en ging op het bed naast haar vriendin zitten.

'Wat erg voor je,' zei ze. 'Ik wist niet dat dit speelde.'

'We probeerden zwanger te worden,' zei Maud triest. 'Ik denk dat hij koudwatervrees heeft.'

Carrie legde haar hand op haar schouder, maar Maud was gespannen en afwerend. 'Doe maar niet zo aardig tegen me,' zei ze. 'Ik wil eerst deze zaak oplossen, daarna stort ik wel in.'

75

'Jack, schrijf jij maar,' zei Maud en ze wees naar de flip-over. 'Niemand kan mijn handschrift lezen. We beginnen met Charlotte Salter. Wat hebben we?'

'Dat ze een ongelukkig huwelijk had en dat haar man haar bedroog. Dat ze van plan was om weg te gaan, met haar dochter Etty, en dat ze een sollicitatiegesprek had in Londen. Dat ze bijna de hele dag thuis was geweest. Dat Gwyneth Mayhew zei dat ze haar tussen zes uur en kwart voor zeven op de dag van het feest nog heeft gezien.'

'Op maximaal tien minuten afstand van de schuur,' zei een van de agenten. 'Waarschijnlijk zelfs maar zes of zeven. En er waren toen inderdaad ook al straatlantaarns: die getuige moet het duidelijk hebben kunnen zien.'

'Het lijkt er dus op dat Charlotte op weg was naar het feest en dat ze er op z'n laatst rond zeven uur had kunnen zijn.'

'Er is dus iets gebeurd tussen het huis van die oude vrouw en de schuur waar het feest was?' vroeg Mason.

'Je vergeet die soeplepel. Al, heeft Frances Ackerley die herkend?'

'Ze dacht dat het die van haar was. Maar ze zei ook dat het een gewone soeplepel was, niets bijzonders. En dat het dertig jaar geleden was.'

'Ja, maar als je naar de tijdlijn kijkt, dan zie je dus dat Charlotte

Salter op de dag van het feest aan het begin van de middag naar het huis van de familie Ackerley is gegaan en een soeplepel heeft geleend van Duncan.'

Het bleef even stil.

'Ik snap het niet,' zei Lovell langzaam.

Maud glimlachte naar hem. 'Jawel toch, Jack?'

'Nee, ik kan het niet volgen.'

'Let maar op. We weten inmiddels dat vrijwel niemand een waterdicht alibi had. Bijna iedereen is op een bepaald moment even weggegaan tijdens dat feest, ook de jarige job zelf.' Maud streek haar haar uit haar gezicht. 'Wat Duncan Ackerley betreft: er werd dus gezegd dat hij een verhouding had met Charlotte Salter, ze waren in elk geval goed bevriend. Hij is op kerstochtend weggegaan en niemand heeft hem nog gezien, totdat Etty Salter en Greg Ackerley hem zijn gaan zoeken en zijn lichaam in de rivier vonden, waar hij was blijven haken aan een boei. En voor zijn vermoedelijke tijdstip van overlijden had ook niemand een alibi, maar dat maakte niet meer uit omdat de politie tot de conclusie kwam dat hij in een vlaag van wroeging zelfmoord had gepleegd.'

Ze keek Lovell aan. 'Vanochtend zei je dat we in alle chaos en onzekerheid in elk geval één ding zeker wisten, en dat was hoe hij om het leven is gekomen: hij was van die brug af gesprongen. Waarom denken we dat?'

'Waarom?'

'Ja?'

Hij wreef over zijn neus. 'Omdat zijn bril daar gevonden is.'

'Wanneer is die gevonden?'

'Op 29 december.'

'Vier dagen na zijn dood. Wat zei Frances Ackerley over die bril?'

'Al?' zei Lovell. 'Heb jij dat gevraagd toen je haar naar die soeplepel vroeg?'

Al haalde zijn schouders op. 'Ze zei alleen dat het zijn oude bril was.'

'Heb je haar gevraagd hoe vaak hij die droeg?'

'Ja, maar daar deed ze nogal vaag over. Ze zei: altijd als hij zijn andere bril niet kon vinden.'

'En waar is die andere bril?'

'Dat heb ik niet gevraagd. Maar het is ook dertig jaar geleden!'

'Oké, dan nu over Bridget Wolfe, die dertig jaar later is doodgegaan – let wel: toen de families Ackerley en Salter voor het eerst sinds die dubbele tragedie allemaal weer in Glensted waren. Een podcast van de gebroeders Ackerley gaat zondagochtend 29 mei van start, en daarin onthult Bridget – nogal opgewonden – dat ze een agenda van Charlotte Salter heeft gevonden. Later die dag wordt haar huis in brand gestoken en komt ze om het leven. Heather en Frank, jullie hebben de alibi's nagetrokken.'

'Het probleem,' zei Heather Dillon, 'is dat het nogal een chaos lijkt.'

'Alec Salter was weggelopen,' vulde Mason aan. 'Zijn familie was naar hem op zoek.'

'Allemaal?'

'Ze zeiden van wel. Alleen wist Niall nog niet meteen dat zijn vader ervandoor was.'

'Morgan Ackerley zei dat hij ook is gaan zoeken,' zei Dillon.

'En Greg?'

'Greg was in het huis van zijn moeder, met zijn vrouw en Frances. Hij was alleen even weggegaan om champagne te gaan halen voor de familiebarbecue.'

'Victor Pearce kon niet zeggen waar hij was,' zei Dillon. 'Hij wist nog wel dat hij de oude man langs zijn café had zien lopen. Hij zegt dat hij rond het tijdstip van de brand even weg is gegaan omdat hij een paar dingen moest doen.'

'Nogal vaag.'

'En Gerry Thorne heeft Alec gevonden, maar raakte hem weer kwijt toen hij zijn auto ging halen.'

'En wat zeiden ze allemaal over wanneer ze naar die podcast hebben geluisterd?'

'De Ackerleys hebben er samen naar geluisterd toen Greg weer terug was uit Hemingford. Elizabeth en Oliver Salter hebben er 's ochtends naar geluisterd, rond de tijd dat Alec Salter wegliep.'

'En Elizabeth Salter zei dat haar vader er makkelijk iets van kan hebben opgevangen. Dat hij langs de keuken moet zijn gekomen terwijl ze die podcast aan hadden staan.'

'Aha.'

'Niall was thuis met zijn vrouw, hij luisterde er net naar toen zijn zus opbelde om te zeggen dat Alec was verdwenen.'

'En meneer en mevrouw Thorne beweren allebei dat ze er helemaal niet naar hebben geluisterd,' zei Mason. 'Nog steeds niet.'

'Je zegt het alsof je ze niet gelooft,' zei Maud.

'Ze zijn er allebei voor geïnterviewd. Het lijkt me logisch dat ze dan even willen weten hoe ze overkomen – dat was trouwens niet zo best. En ze gedroegen zich heel vreemd.'

'En Victor Pearce?'

'Pearce zei dat hij er die ochtend naar had geluisterd, dat wist hij nog omdat hij het erover heeft gehad met het meisje dat hem in het café helpt.'

'Dus iedereen heeft die podcast beluisterd op een moment waarop Bridget nog leefde, behalve de familie Ackerley – Morgan natuurlijk uitgezonderd aangezien hij zelf de maker was. En meneer en mevrouw Thorne, die we misschien niet moeten geloven,' zei Maud.

'Dat klopt.'

'Frank, kom straks even bij me. Ik heb een technische vraag voor je.'

Ze stond op en gebaarde dat ze klaar waren. 'O, en wat we verder nog moeten hebben,' zei ze, terwijl ze haar jack aantrok, 'is een lijk. We moeten Charlotte Salter vinden.'

76

'Zeg dat je goed nieuws hebt,' zei Weller.

'Geen goed nieuws,' zei Maud. 'Maar ook geen slecht nieuws.'

'Als het geen goed nieuws en geen slecht nieuws is, wat is het dan?'

'Het is meer een waarschuwing.'

'Een waarschuwing? Dat klinkt niet best.'

'U zei dat ik u op de hoogte moest houden.'

'Ja, het liefst van arrestaties en tenlasteleggingen.'

'Daar zijn we nog niet helemaal aan toe.'

Weller schraapte zijn keel om iets te zeggen, maar bedacht zich.

'Sorry, wat wilde u zeggen?' vroeg Maud.

'Nee, Maud, jij belde mij op om me iets te vertellen, me te waarschuwen, dus ga je gang.'

'Maar... Nee, u eerst graag.'

Het bleef even stil en toen hoorde Maud iets wat op een zucht leek.

'Maud,' zei hij ten slotte, 'ik vraag niet om je medeleven, want het is mijn taak om beslissingen te nemen en daar de verantwoordelijkheid voor te dragen. Maar het is niet niks om iemand van een lopende moordzaak te moeten halen. Dat is iets waar collega's zich erg over kunnen opwinden.'

'Ja, dat snap ik,' zei Maud. 'Maar wat heb ik daarmee te maken?'

'Er zijn mensen die mij willen laten boeten voor wat zij beschouwen als verraad aan het team. En een van de manieren waarop ik zou kunnen boeten is dat jij faalt. Luister, Maud, ik wil geen stuurman aan de wal zijn. Ik zeg niet dat ik het beter weet. Maar heb je niet iets wat ik die mensen kan vertellen over de voortgang van het onderzoek? Heb je geen kluif waarmee ik ze zoet kan houden?'

'Op het moment nog niet,' zei Maud.

'Nou, ik kan niet zeggen dat je niet recht voor z'n raap bent. Maar heb je echt nog niets, Maud? Ben je überhaupt wel verder gekomen?'

'Ik heb een paar ideeën.'

'Je hebt een paar ideeën? En zou je misschien bereid zijn om die met mij te delen?'

'Ik denk dat het beter is om eerst te kijken of ze ergens toe leiden.'

'En het heeft zeker geen zin om te vragen of je echt niet wat meer kunt vertellen?'

'Het spijt me. Ik snap dat u onder druk staat. Maar aan halve waarheden hebt u ook niets.'

Het bleef even stil. Maud wist dat Weller meer van haar had verwacht.

'Dat is goed, Maud,' zei hij, maar het klonk eerder alsof hij het tegenovergestelde bedoelde. 'Laat ik alleen zeggen dat een resultaat voor ons allebei goed zou zijn.'

'Een kloppend resultaat.'

'Dat is uiteraard wat ik bedoel,' zei hij, wat scherper nu. 'Maar waar wilde je me voor waarschuwen?'

'Het gaat over die podcast, over de moord. Die van de twee zoons van Duncan Ackerley, daar bent u van op de hoogte, neem ik aan?'

'Natuurlijk. Ik heb er net een stuk over gelezen in de *Daily Mail*. Die schijnt viral te zijn gegaan. Allerlei mensen in allerlei uithoeken van de wereld vragen zich af waarom de Britse politie die moord nog niet heeft opgelost. Echt iets waar we op zaten te wachten.'

'Ik heb toegezegd dat ze mij ook mogen interviewen.'

'Hoe bedoel je? Hoe dan precies?'

‘Gewoon, zij stellen vragen en ik geef antwoord, als ik het weet en als ik dat opportuun vind.’

‘Waarom zou je in vredesnaam? Ik snap best waarom ze de leider van het onderzoek willen interviewen, maar wat heb jij eraan?’

‘Dat weet ik nog niet precies. Maar het zou iets kunnen opleveren. Zoiets als wanneer een rechercheur op tv getuigen oproept.’

‘Maar die rechercheurs hebben meestal mediatraining gehad. Jij ook?’

‘Nee.’

‘Kijk dan maar uit, Maud. Wat zij willen is niet hetzelfde als wat wij willen.’

‘We willen allemaal hetzelfde: we willen weten wat daar gebeurd is.’

‘Misschien,’ zei Weller. ‘Maar zij zijn er ook op uit om jou meer te laten zeggen dan je zelf wilt.’

‘Ik heb toch niet veel wat ik achter kan houden,’ zei Maud.

‘En daar moet ik blij mee zijn? Ik ben geneigd om nee te zeggen. Vastlopen in die zaak is één ding, maar afgaan terwijl miljoenen mensen over de hele wereld toekijken, of luisteren, of wat ze ook maar doen, is iets anders.’

‘U kunt me vertrouwen, echt.’

‘Maar wees op je hoede. Eén verspreking en je staat overal op internet.’

‘Er zijn mensen die meer weten. En ik denk dat dit een goede manier is om die uit te roken.’

‘Ik weet het niet,’ zei Weller. ‘Een collega van mij die aan een moordzaak werkte heeft een keer een vraag van een onschuldig uitziende misdaadverslaggever beantwoord, dat was een antwoord van vijf seconden. Voor zover ik weet werkt hij nu ergens in een callcenter.’

77

Morgan en Greg waren al op het kerkhof van de St. Peter toen Maud en Carrie aan kwamen lopen, tussen de graven door. Ze bekeken de namen op de stenen.

Carrie wees naar een groepje grafstenen met de naam Harcourt, uit het begin van de negentiende eeuw. Op een afgezonderd deel stonden rijen identieke witte stenen: daar lagen gesneuvelde mariniers uit de Tweede Wereldoorlog begraven, de meeste nog geen twintig jaar.

Toen Maud en Carrie dichterbij kwamen, keken de broers op.

'Wat een prachtige plek,' zei Maud. 'Vooral op zo'n mooie dag. Maar waarom wilden jullie hier afspreken?'

'We moeten het niet te veel voorbereiden,' zei Morgan.

'Ik weet niet waar je het over hebt,' zei Maud.

'Die regel hanteer ik altijd bij interviews. Als je een voorbereidend gesprek hebt over alles wat je wilt bespreken, dan loop je het risico dat het bij de echte opname niet meer fris klinkt. Ik wilde nu eerst even je microfoon opdoen en dan kunnen we daarna meteen beginnen, gewoon alsof we vrienden zijn die een gesprekje voeren.'

Greg keek naar Carrie, die buiten adem was. 'Wil je misschien even ergens zitten?'

'Nee, het gaat wel,' zei Carrie. 'Ik ben zwanger, niet ziek.'

Hij bloosde.

‘Ik hoorde dat de podcast steeds beter wordt beluisterd,’ zei Maud.

‘Het is een gekkenhuis,’ zei Morgan. ‘We zijn net benaderd door een bedrijf. Ze willen ons overnemen. Ze willen ons opnemen in hun imperium. Zo noemden ze het. Hun imperium.’

‘En willen ze daar veel voor betalen?’

‘Dat kun je wel zeggen, ja.’

Maud lachte. ‘Dus jullie worden rijk?’

De twee broers keken elkaar aan.

‘Dat zou verkeerd voelen,’ zei Greg alleen maar.

‘Ja, wat Greg bedoelt,’ zei Morgan, ‘is dat het hier gaat om een verdrietig onderwerp, we vragen mensen om iets te vertellen over wat ze hebben meegemaakt, over hun pijn. En het zou niet goed voelen als wij dan reclame maken voor matrassen of zoiets en daar tienduizend per aflevering voor zouden vangen.’

Maud keek verbluft. ‘Tienduizend per aflevering?’

‘Ik zal niet zeggen dat het niet verleidelijk was.’

‘Maakt dat het voor jullie ook heel anders?’ vroeg Maud. ‘Het idee dat er zoveel mensen naar luisteren?’

‘Voor Morgan niet,’ zei Greg. ‘Hij maakt tv-programma’s waar miljoenen mensen naar kijken, dus hij is er wel aan gewend om in de supermarkt te worden herkend.’

‘En hoe is dat voor jou?’

Greg dacht hier even over na voordat hij antwoord gaf. ‘Voor mij is het anders, ik ben niet beroemd,’ zei hij. ‘Ik word op straat niet herkend.’

‘Ik ben weleens bang dat de mensen niet goed begrijpen waar we mee bezig zijn,’ zei Morgan. ‘Dat ze denken dat wij als een soort Hercule Poirot bewijzen aan het verzamelen zijn en dan in de laatste aflevering met een briljante oplossing komen. Maar daar gaat het helemaal niet om.’

‘Waar gaat het dan wel om?’

‘Dat is moeilijk uit te leggen,’ zei Morgan ernstig. ‘Misschien over de chaos van het leven. Dat er geen plan is. Er gebeuren dingen die niet hadden moeten gebeuren. Je zit met vragen waar je geen antwoord op kunt vinden en daar moet je mee leren leven. Maar laten we het daar in het gesprek niet over hebben.'

Hij bevestigde een pas aangeschaft microfoontje ter grootte van een vingernagel op de kraag van Mauds jack. Greg en hij zetten allebei een koptelefoon op.

'Even een snelle soundcheck,' zei Morgan. 'Vertel eens wat je voor ontbijt hebt gehad.'

'Een kopje koffie,' zei Maud.

'En verder?'

'Verder niets. O ja, een appel, geloof ik.'

Greg schudde afkeurend zijn hoofd.

'Het ontbijt is de belangrijkste maaltijd van de dag.'

'Ja, dat schijnt zo te zijn.'

'Oké, we beginnen,' zei Morgan met een geruststellende glimlach. 'Doe gewoon alsof we wat kletsen. En het is niet erg als je je vergist, dat kunnen we er later wel uit knippen.'

Toen Morgan begon, viel het Maud op dat hij een iets andere toon had. Hij zette zijn professionele stem op.

'Ik sta op het kerkhof van de St. Peter, bij het graf van mijn vader.'

Maud keek naar de eenvoudige grijze steen: DUNCAN ACKERLEY 1947-1990.

'Samen met Maud O'Connor,' ging Morgan verder. 'Of, om volledig te zijn: inspecteur Maud O'Connor. Goed dat je er bent, Maud.'

Maud zei niets. Ze wist ineens niet goed wat de juiste toon zou zijn. Ze kon moeilijk beamen dat het goed was om hier te staan, alsof het een gezellige talkshow was.

'Je bent nog maar kortgeleden op de zaak gezet. Waarom was dat?'

'Ik denk dat ze een buitenstaander wilden met een frisse blik.'

'Ik begrijp dat je beperkt bent in wat je over het onderzoek mag zeggen, maar kun je misschien iets vertellen over hoe het gaat?'

'Er zijn interessante ontwikkelingen, maar inderdaad, ik kan daar op dit moment niet iets specifieks over zeggen.'

Morgan glimlachte spijtig. 'Zoals je weet maken wij deze podcast niet als professionele journalisten. We zijn hier als nabestaanden, twee rouwende zoons. We dragen deze tragedie al meer dan de helft van ons leven met ons mee. Begrijp je dat Greg en ik en de mensen in deze gemeenschap een zekere woede voelen over het feit dat de politie in dertig jaar maar zo weinig heeft bereikt? En dat "interessante ontwikkelingen" wel erg vaag klinkt?'

'Zou je misschien nader kunnen omschrijven wat je met "een zekere woede" bedoelt?' vroeg Maud.

Morgan leek verrast door die tegenvraag en hij dacht een paar seconden na over zijn antwoord.

'Weet je, voor mijn broer en mij gaat het niet alleen om onze familie, maar ook over deze plaats. Bij het maken van de podcast besteden we veel tijd aan het bedenken van de locaties. We willen dat onze luisteraars als het ware met ons door Glensted wandelen, langs de rivier. En toen we wisten dat we met jou zouden gaan praten, stelde Greg voor om dat hier te doen, op het kerkhof, vlak bij het slachtoffer. Onze vader ligt nog geen twee meter van de plek waar wij nu staan en we dachten dat die nabijheid jou misschien iets duidelijk zou maken.'

Maud realiseerde zich dat dit een soort hinderlaag was. Dat hij haar hiermee wilde overvallen in de hoop dat ze zich erover zou opwinden, boos zou worden, iets zou zeggen wat ze eigenlijk niet wilde of mocht zeggen, iets zou onthullen wat voor de podcast een sensatie zou opleveren.

Ze keek opzij naar Greg, glimlachte, en keek weer naar Morgan. 'Wat denk je zélf eigenlijk?' vroeg ze.

'Hoe bedoel je?'

'Mijn werk bestaat vooral uit luisteren, niet uit praten. Jullie maken deze serie. Jullie hebben de mensen hier in Glensted gesproken. Waarom is jullie vader volgens jullie gestorven?'

Het interview duurde niet lang. Maud ontweek beleefd Morgans vragen en Morgan begon van de weeromstuit steeds weer over het graf van zijn vader. Greg stond er opgelaten bij.

'Volgens mij zijn we wel klaar,' zei Morgan al snel.

'Ik denk dat het zo gaat regenen,' zei Carrie. 'Het is zo drukkend.'

Ze zat op een wat hogere grafsteen naast het graf van Duncan, haar benen uitgestrekt en haar handen op haar buik.

'Gaat het?' vroeg Maud bezorgd. 'Je gaat toch niet...'

'Nee,' onderbrak Carrie haar geïrriteerd. 'Ik heb het gewoon warm. Het zou eens moeten gaan onweren.'

'Zou je een foto van ons kunnen maken voor onze tijdlijn op Twitter?' vroeg Morgan.

Carrie kwam moeizaam overeind en keek nog even naar de steen waar ze op had gezeten.

'Doris Winters,' zei ze. 'Mooie naam, die hoor je niet veel meer tegenwoordig. Ze is zevenennegentig geworden.'

Ze nam Morgans camera aan en Maud ging tussen de twee broers staan. Carrie nam een paar foto's en gaf de camera terug aan Morgan.

'Mag ik je iets vragen, off the record?' Greg hurkte om de opnameapparatuur in zijn tas te stoppen. 'Zit er al schot in de zaak?'

Maud keek uit over de graven, sommige grijs en bemost, andere nieuw en glimmend. 'Misschien,' zei ze.

'Misschien?'

'Dat is off the record en meer zeg ik niet.'

Maud liep terug naar het centrum van Glensted via de lange route, langs de rivier. De vloed kwam snel opzetten. Plotseling bleef ze staan, ze staarde naar het kolkende water dat landinwaarts stroomde en slaakte een verbaasde kreet.

Ze pakte haar mobiel.

'Jack,' zei ze. 'Wat ben ik toch een sukkel. Kun je voor mij de getijden van december 1990 opzoeken? Snel, graag.'

78

'Waarom ben je teruggekomen?'

Etty, Ollie, Niall en Penny zaten in de tuin. Ze lunchten met brood, kaas en een salade. Etty had een glas witte wijn. Binnen klonken slaande deuren en een boze schreeuw.

'Mia is gezakt voor haar rijexamen,' zei Niall sip. 'Dat betekent dat ik mijn leven weer op het spel moet zetten.'

'Volgens mij gaat het regenen,' zei Penny. Ze keek naar de lucht, die dreigend paars kleurde.

'We kunnen wel een regenbui gebruiken,' zei Niall.

Mia kwam het huis uit gestormd, haar gezicht stond ook op onweer.

'Waarom kijken jullie allemaal zo somber?' vroeg ze. Ze pakte een sneetje brood en sneed een groot stuk kaas af. 'Ik heb tenminste een reden om een slecht humeur te hebben. Klootzak.'

'Wie?' vroeg haar moeder.

'De klootzak die mij heeft laten zakken.'

'Doe niet zo raar. Je bent hartstikke druk met je studie, dus het is helemaal niet gek dat je niet in één keer bent geslaagd.'

Mia keek haar boos aan en liep weer weg.

'Waarom, Ollie?' vroeg Etty weer. 'Moet je niet werken?'

'Ik heb een paar dagen vrij genomen.'

'Waarom?'

'Ik heb toch de pest aan mijn werk.'

'We zijn al heel lang niet meer allemaal samen geweest,' zei Etty. 'Tientallen jaren niet. En nu...' Ze haalde haar dunne hand, zonder ringen, door haar haar. 'Nu is het alsof we hier niet meer weg willen.'

'Ik dacht gewoon...' begon Ollie. 'Ik blijf niet lang,' zei hij. 'Ik kan wel op de bank slapen.'

'Het is prima,' zei Niall. 'Blijf maar zo lang als je wilt. Die brie vind ik een beetje te zacht trouwens.'

'Ik ben blij dat jullie eindelijk hebben besloten om weer eens bij elkaar te komen,' zei Penny.

'Dat hebben we niet echt besloten,' zei Etty. 'Het is vanwege de omstandigheden.'

'En jij moet natuurlijk ook opknappen,' zei Niall. 'Voel je je al wat beter?'

'Ja,' zei Etty. Maar eigenlijk wist ze dat niet. De wereld waarin ze had geleefd voordat ze hier was teruggekomen, leek oneindig ver weg, een andere wereld die ze niet meer bewoonde, en ze had het vreemde gevoel dat ze uiteen begon te vallen, dat de verschillende onderdelen waaruit ze bestond van elkaar losraakten. Ze voelde zich er klein en hulpeloos door. Ze moest veel denken aan Lottie en Paul, en dan werd ze overspoeld door verdriet.

'Ik heb het gevoel...' begon Ollie. Maar hij maakte opnieuw zijn zin niet af en keek alsof hij zelf ook niet goed wist wat hij wilde zeggen. Hij pakte een sneetje brood.

'Wat?'

'Een soort angstig gevoel,' zei hij na een tijdje. 'Alsof er iets heel ergs gaat gebeuren.'

'Ben je daarom teruggekomen?'

'Ja.'

'Omdat je weer bij jullie gezin wilde horen,' zei Penny.

Ollie keek haar peinzend aan.

'Ja, zoiets. Hoe raar het met ons gezin ook gelopen is.'

'Wat voor ergs bedoel je?' vroeg Etty.

'Dat weet ik niet. Hebben jullie dat niet?'

'Nee,' zei Niall. 'Het komt vast omdat er onweer in de lucht hangt.' Hij stond op. 'Nou, ik moet weer aan het werk.'

'Ik ook,' zei Penny. 'Ik moet facturen de deur uit doen.'

'Wij ruimen wel op,' zei Etty.

Ze keken Niall en Penny na.

'Eigenlijk zijn ze wel een leuk stel,' zei Ollie.

'Ja.'

'Ik vond Niall altijd een beetje belachelijk, maar eigenlijk gaat het met hem het best van ons allemaal.'

Etty knikte. Ze had hoofdpijn.

'Ik heb dat ook,' zei ze. 'Het gevoel dat er iets gaat gebeuren.'

79

'Kijk, ik heb ze voor je uitgedraaid.'

Lovell legde een vel papier voor Maud neer. Ze bekeek de cijfers, gleed met haar vinger langs de rijen.

'Ik snap niet waarom dit zo belangrijk is,' zei Lovell. 'In elk geval was het opkomend water rond halftwaalf die ochtend.'

'Aha.'

'Heb je daar wat aan?'

'Ja, Jack. Dat is precies wat ik nodig heb.'

Jack Lovell wachtte af tot ze meer zou vertellen, maar er werd geklopt en Frank Mason stak zijn hoofd om de hoek van de deur. 'Ben je bezig?'

'We zijn net klaar.'

'Ik wil je even iets laten zien.'

'Wat kijk je tevreden.'

'Ik heb die opname.'

'Echt? Geweldig.' Maud kwam snel overeind en knikte naar Jack. 'Ik leg het straks wel even uit.'

'Dat zou fijn zijn,' zei hij, 'als je daar even tijd voor kunt vrijmaken.'

Maar ze leek zijn sarcastische toon niet op te merken.

‘Ik denk dat jullie nu wel zo ongeveer klaar zijn,’ zei Frances Ackerley tegen haar zoons toen ze samen aan de keukentafel zaten. Buiten kletterde de regen tegen de ramen, de grote druppels spetterden als kleine bommetjes op het terras.

‘Wat bedoel je?’ Morgan zat geconcentreerd een mango te schillen, maar nu legde hij hem neer en keek haar vragend aan.

‘Lester en ik zeiden tegen elkaar dat het tijd werd dat jullie weer verdergingen met jullie normale leven,’ antwoordde ze kalm.

‘Mama wil ons niet meer over de vloer hebben,’ zei Greg met een glimlach tegen Morgan, maar er klonk verbittering door in zijn stem.

‘Ik bedoel alleen dat jullie hier al zo lang zijn,’ zei ze. ‘Voor dat podcastgedoe.’

Morgans gezicht betrok.

‘En Katherine zal jou ook wel weer eens willen zien,’ zei ze tegen Greg.

‘Ze zit niet thuis op me te wachten,’ zei Greg. ‘Ze is aan het werk.’

‘Nou ja, maar toch.’

‘Je bedoelt dus echt dat we weg moeten gaan?’ vroeg Morgan. Hij had weer iets van een puber, verongelijkt, vol zelfmedelijden.

‘Nee, dat niet. Ik bedoel gewoon dat jullie er nu niet veel meer aan toe te voegen hebben. Volgens mij hebben jullie wel zo ongeveer alles gezegd wat erover te zeggen valt. Meer zelfs.’

‘Je klinkt alsof je ons dat kwalijk neemt…’ begon Morgan.

‘Nee, Morgan, ik neem het jullie niet kwalijk. Ik zeg alleen dat jullie nu met iedereen hebben gesproken, dat jullie de zaak uitgebreid hebben behandeld en binnenstebuiten hebben gekeerd, geheimen van vroeger hebben blootgelegd, zout in oude wonden hebben gestrooid.’

‘Mam!’ zei Greg.

Hij boog zich naar haar toe, maar ze deinsde abrupt terug. Haar ogen vonkten op een manier die akelig sterk aan vroeger deed denken.

'Jullie hebben allerlei privédingen openbaar gemaakt, jullie zijn door ons leven gebanjerd alsof het entertainment is. Gisteren kwam er een journalist naar me toe die vroeg of ik mijn verhaal wilde delen. Ik word opgebeld door mensen die me willen interviewen. Als ik in Glensted kom, heb ik het gevoel dat iedereen me aanstaart en dan is het weer net als vroeger. Snap je niet hoe dat voelt?'

'Dan had je moeten zeggen dat je het niet wilde, die podcast.'

'Ik heb gezegd dat ik er niets mee te maken wilde hebben.'

'Ik denk dat mama gelijk heeft,' zei Greg. 'We moeten er een eind aan breien.'

'Er zomaar mee stoppen, bedoel je?'

'Lester wil het huis weer voor onszelf hebben,' zei Frances koppig.

'Dat snap ik wel,' zei Greg. En tegen Morgan zei hij: 'We hebben dat interview met de inspecteur gedaan, dus als jij nu een paar van je geweldige bespiegelingen eraan toevoegt, dan is dat een mooie afronding.'

'Geweldige bespiegelingen? Doe niet zo flauw.'

'Nou ja, zo bedoel ik het niet.'

'Maar luister nou,' zei Morgan, bijna smekend. 'We kunnen niet zomaar stoppen. We zijn een fenomeen!'

'Misschien wil ik wel helemaal geen fenomeen zijn,' zei Greg.

'Bovendien begint het volgens mij uit de hand te lopen,' zei Frances.

'Hoezo?'

'Die indruk krijg ik tenminste.'

'Van wie?' vroeg Greg. 'Van wie krijg je die indruk?'

'Doe niet zo opgefokt. Jullie waren vroeger ook altijd al zo opgefokt.'

'Alsof jij daar iets van hebt gemerkt,' zei Greg zacht maar verstaanbaar.

Frances keek hem aan. 'Je weet best dat ik een zware tijd heb doorgemaakt toen jullie jong waren. Ik weet dat ik geen goede moeder voor jullie ben geweest. Maar nu zijn jullie volwassen. Jullie worden al ouder. Het is tijd om het los te laten en door te gaan met jullie leven.'

'Loslaten?' Morgan lachte vol ongeloof. 'Doorgaan?'

'Net als jij hebt gedaan, bedoel je,' zei Greg. 'Toen papa dood was.'

'Ja. Inderdaad, Greg. En ik laat me geen schuldgevoel aanpraten omdat ik mijn leven weer heb opgebouwd nadat papa uit het leven was gestapt. Of had je liever gewild dat ik een rouwend wrak was gebleven?'

'Je hebt niet zomaar je leven weer opgebouwd,' zei Morgan. 'Je werd veel gelukkiger toen hij dood was. Dat was echt moeilijk voor ons. Het leek wel alsof je blij was dat hij dood was. Maar hoe denk je dat het voor ons voelde?'

'Je klinkt alsof je weer vijftien bent,' zei Frances.

'Toen ik vijftien was, hebben we er nooit over gepraat. Omdat jij zíék was.'

'Je doet net alsof ik me aanstelde.'

'Wij hadden een moeder nodig die voor ons zorgde,' zei Morgan. 'In plaats daarvan moesten wij voor jou zorgen.'

Greg stond op en liep naar het raam. Hij keek uit over de riviermonding en de draslanden, ze gingen schuil achter een gordijn van regen.

'Als ik hier ben,' zei hij, 'gaat er geen uur voorbij waarin ik hem niet mis.'

Morgan knikte. 'Snap ik. Maar is het zo erg om aan hem terug te denken?'

'Ik weet het niet.'

'Misschien moeten we in gezinstherapie.'

'Dat is een heel slecht idee,' zei Frances.

Het bleef stil. De regen drupte buiten van de bladeren, gorgelde door de goten. Morgan stond op en ging naast zijn broer voor het raam staan.

'Denk je dat die inspecteur iets weet?' vroeg hij, zo zacht dat Frances het niet kon horen.

'Geen idee.'

'Was het een slecht idee, die podcast?' Hij vroeg het bijna smekend. Greg keek hem niet aan, maar tuurde naar het verdronken landschap.

'In elk geval heeft het iets in beweging gezet,' zei hij. 'En ik denk niet dat we dat nog kunnen terugdraaien.'

80

Maud kreeg het idee dat er iets niet goed ging. Misschien had ze de route verkeerd doorgegeven. Maar even later kwam er een wit busje de hoek om en stopte naast haar. Er stapte een lange, slanke man uit. Hij had sluik bruin haar en droeg een oversizede trui met een druk patroon, een spijkerbroek en sneakers.

'Hé, Matt, was het druk onderweg?'

Matthew Moran glimlachte. 'Je bent net m'n vader,' zei hij. 'Als er mensen langskomen vraagt hij nooit hoe het met ze gaat. Hij vraagt alleen of het druk was op de weg en hoe ze zijn gereden.'

'Goed dan. Hoe gaat het?'

'Ik ben verbaasd,' zei Matt.

'Hoezo?'

'Je hebt hier toch ook technische rechercheurs?'

'Het is niet helemaal hun fout, maar het team hier maakt er een gewoonte van om dwars door de sporen te banjeren. Het lijkt wel een lokale traditie, een soort folkloristische dans. Bovendien heb ik om de een of andere idiote reden veel ontzag voor jouw talent. Dus ik hoop dat jij iets kunt vinden wat andere mensen over het hoofd zien.'

Matt keek haar een beetje achterdochtig aan. 'Als ik ooit een referentie nodig heb, weet ik bij wie ik moet zijn, maar een besmette plaats delict kan ik niet ontsmetten.'

'We zullen zien.'

'Was jouw moord trouwens niet in een afgefikt huis ergens buiten of zo?'

'Dat is maar één van de moorden die ik onderzoek. Ik wil graag dat je hier even naar kijkt.'

De deur van de schuur was inmiddels afgesloten met een groot hangslot. Maud haalde een sleutelbos uit haar zak en probeerde de sleutels totdat het slot openklikte. Ze trok de grote deur open en ze liepen naar binnen.

In de schuur hing een muffe, bedompte lucht.

Matt keek om zich heen. 'Wat zijn ze hier aan het doen?'

'Aan het verbouwen, het wordt een woonhuis. Maar dat ligt nu even stil.'

'Vertel maar waar het om gaat,' zei Matt.

In het midden van de ruimte stond een grote ruwhouten tafel. Maud haalde een paar foto's uit haar tas en spreidde ze uit. Het waren de polaroids van het feest.

Matt bekeek ze aandachtig. 'Zijn die hier genomen?'

'In december 1990,' zei Maud. 'Op het feest voor de vijftigste verjaardag van Alec Salter. Als ik het goed heb begrepen moeten er een stuk of honderd mensen zijn geweest. Behalve één persoon. Alec Salter was ongelukkig getrouwd met Charlotte Salter. Zij zou ook op het feest komen, maar ze was er niet en niemand heeft haar sindsdien gezien.'

Ze keek opzij naar Matt, die met zijn handen in zijn zakken naast haar stond. Hij keek verbaasd, maar ook een beetje verveeld.

'Zoals je op die foto's kunt zien,' ging ze verder, 'stond er een lange tafel tegen deze muur...' Ze wees naar de muur bij de deur waardoor ze binnen waren gekomen. 'Daar stond de drank. Op die foto's zie je de gebruikelijke dingen: flessen wijn, bier, water en een schaal punch.' Ze wees naar de andere kant van de ruimte. 'En daar stond een tafel met eten. Chips, dipsaus, dat soort spul. Maar dit...' Ze wees naar de plek waar de tafel met drank had gestaan. 'Dit vind ik interessanter.'

'Je snapt zeker wel wat ik ga zeggen.'

Maud glimlachte. 'Ik heb een donkerbruin vermoeden.'

'Ik vond het vooral interessant dat je "dertig jaar geleden" zei. En ook dat het over een feest ging en dat hier honderd mensen door die deur naar binnen zijn gekomen.' Hij schudde zijn hoofd. 'En dat die vrouw op dat feest niet is komen opdagen. Als technisch rechercheur heb ik geen flauw idee wat ik daarmee moet.'

'Ik heb niet gezegd dat ze hier niet is komen opdagen.'

'Dat zei je net letterlijk.'

'Nee, ik zei dat ze niet op het feest was.'

Nu keek Matt pas echt verbaasd.

'Sorry, hoor, maar ik zie het verschil niet. Ik ben maar een arme domme technisch rechercheur die sporen op een plaats delict onderzoekt.'

'Volgens mij is dit dus een plaats delict,' zei Maud.

'Wat?'

'En ik denk dat dit de enige plaats delict is die niet is verpest doordat er allerlei mensen doorheen zijn gewandeld.'

'Ga je nog uitleggen waar je het over hebt?'

'De Salters hadden een vreselijk huwelijk. Om precies te zijn: Alec koeioneerde Charlotte en hij was haar ontrouw. En er zijn aanwijzingen dat ze bij hem weg wilde gaan. De politie heeft zich vooral daarop gericht. Maar er is ook bewijs dat ze wel naar het feest wilde komen. Ze had zich erop gekleed. Er is een getuige die heeft gezien dat ze hiernaartoe liep en al vlakbij was. En we hebben dit.'

Maud tikte op een van de foto's. 'Kijk maar.'

Matt boog zich voorover. 'Wat moet dat voorstellen?'

'Dit was geen chic feest met catering. Iedereen nam iets mee. En volgens het dossier had Charlotte een soeplepel geleend die ze zou meenemen voor de punch.' Ze tikte op de foto. 'Deze lepel.'

Matt keek weifelend. 'Weet je zeker dat het dezelfde is?'

'De eigenaar zegt dat ze hem herkent.'

'Dus jij denkt dat ze hier is vermoord?'

'Ja.'

'Die soeplepel is dus hierheen gebracht.' Matt dacht even na. 'Kan het niet zo zijn dat iemand haar ergens anders heeft vermoord en toen die lepel hierheen heeft meegenomen om te doen alsof ze hier wel is geweest?'

Maud schudde haar hoofd. 'Dat is te vergezocht. Niemand zou denken: hé, daar is die soeplepel, ze is ergens op het feest, dus we hoeven ons geen zorgen te maken. Nee. Ik ben ervan overtuigd dat ze hier wel is gekomen en niet is weggegaan.'

Matt keek haar vol ongeloof aan. 'Bedoel je dat je denkt dat haar lijk hier nog ergens is?'

'Ik denk dat het in elk geval hier is geweest.'

Hij maakte een hulpeloos gebaar. 'Wat wil je dan van mij?'

Maud fronste haar wenkbrauwen. 'Een of meer mensen hebben Charlotte Salter hier in deze schuur vermoord. Het lijk ligt hier, de feestgangers kunnen elk moment komen. Waar zou jij het lijk dan verstoppen?'

'Hoe weet je dat het lijk hier verstopt werd? Misschien hebben ze het wel mee naar buiten genomen. In de struiken verstopt, of in de kofferbak van een auto.'

'Dat is mogelijk,' zei Maud nadenkend. 'Als de moordenaar – of de moordenaars – dat heeft gedaan, ziet het er hopeloos uit en verdoe ik mijn tijd en de jouwe. Maar misschien lukte dat niet meer. Het feest zou al bijna beginnen, dus er konden mensen in aantocht zijn. Wat zou jij dan doen?'

Matt liep langzaam door de ruimte. Hij bewoog een beetje sloom, maar Maud herkende die nonchalante houding. Hij was uiterst geconcentreerd. 'Overal bakstenen muren,' zei hij. 'Was dat in 1990 ook al zo? Kan er toen een betimmering of een tussenschot zijn geweest?'

'Nee, het was precies zoals nu.'

'Of was er een soort podium, een verhoging, iets waar je een lichaam onder kon verbergen?'

'Alleen de tafel voor de drank en de tafel met eten. Maar daar kon je niets onder verbergen, dat zou je zo kunnen zien.'

Matt keek omhoog naar het dak, de gebinten.

'Heb ik ook aan gedacht,' zei Maud. 'Maar daar kun je alleen met een ladder komen. En een lijk een ladder op hijsen is niet zo makkelijk. Bovendien kun je het daar nergens verbergen.'

'Kan er niet een kist of een grote doos of zo zijn geweest?' vroeg Matt. 'Iets waar ze spullen voor het feest in hebben gebracht?'

'Op de foto's is daar in elk geval niets van te zien.'

Matt deed zijn handen in zijn zakken en liep terug naar Maud. 'Is dit eigenlijk officieel?'

'Wat?'

'Dat ik hier ben.'

'Ik leid het onderzoek. Als ik iets autoriseer, is het officieel.'

'Is de rest van het team op de hoogte?'

'Als ik vind dat ze het moeten weten, dan vertel ik het.'

Matt schudde zijn hoofd. 'Ik ben hier toch niet als je laatste strohalm, hoop ik?'

'Nee, hoor,' zei Maud lachend. 'Ik heb nog een paar andere laatste strohalmen in gedachten.'

Hij keek naar de grond. 'Wat is dit eigenlijk?'

Hij wees naar een goot die langs de hele muur liep.

'Het is een koeienstal geweest,' zei Maud. 'De koeien stonden met hun kont die kant op. Dus hun mest werd in die mestgoot verzameld.'

'Die heb ik op de foto's niet gezien. Zou die goot hier later gemaakt zijn, na 1990?'

'Dat lijkt me niet.'

Ze bogen zich weer over de tafel en keken aandachtig naar de foto's. Matt wees naar een hoekje van een ervan.

'Kijk, daar liggen planken, die hebben ze natuurlijk over die goot gelegd om te voorkomen dat mensen erin zouden vallen.'

Ze keken elkaar aan. Er brak een trage glimlach door op Mauds gezicht.

‘Dat bestaat toch niet,’ zei Matt. ‘Dat kunnen ze toch niet hebben gedaan.’ Hij keek nog eens goed. ‘Het zou wel passen, denk ik. Maar terwijl er hier een feest aan de gang was? En er mensen bovenop stonden? Of dansten?’

Maud keek Matt hoopvol aan. ‘Zouden er nog sporen kunnen zijn?’

‘Er zijn altijd sporen, hoe dan ook. Maar het is wel dertig jaar geleden. Kans van één op honderd dat we iets vinden. Van één op duizend.’ Hij knielde en keek in de goot. ‘Hebben er hier na het feest nog koeien gestaan dat je weet?’

‘Al minstens vijftig jaar niet meer.’

‘En andere feesten?’

‘Dat heb ik nagevraagd. Het was het laatste feest dat hier is gegeven en de schuur is daarna niet meer gebruikt. Totdat ze een paar weken geleden met de verbouwing zijn begonnen. Dus dat zal wel wat stof hebben gegeven.’

Matt mompelde iets, alsof hij in zichzelf praatte. Hij kwam overeind. Hij keek ontevreden en schudde langzaam zijn hoofd. ‘Ik kan het niet geloven... Nee, ik geloof er niks van.’

‘Maar je gaat het wel proberen, toch?’

‘Waarschijnlijk is het pure tijdverspilling. Van mij en van jou. Maar anders ben ik voor niks helemaal naar de *middle of nowhere* gereden, dus laten we maar een poging wagen.’

Vijf minuten later had hij zijn complete werkoutfit aan, helemaal wit, compleet met handschoenen en schoenhoezen. Hij had zijn spullen op tafel gelegd: scalpels, borsteltjes, pincetten, zaklampjes en plastic zakken voor bewijsmateriaal.

‘Dit kan even gaan duren,’ zei hij. ‘Je kunt wel iets anders gaan doen als je wilt. Koffiedrinken, of iets doen wat wél kans van slagen heeft.’

‘Ik wacht wel,’ zei Maud.

Matt keek de lange goot in. ‘Is er een bepaalde plek die je het meest in aanmerking vindt komen?'

'Ik zou het niet weten.'

Hij pakte een hoofdlamp uit zijn tas, bevestigde die met een elastieken band en knipte hem aan.

'Dan zijn we hier wel een paar uur zoet mee.'

Matt ging heel nauwgezet te werk en nam rustig de tijd; hij inspecteerde de mestgoot centimeter voor centimeter met zijn kleine meetwieltje, zijn fijne borsteltje en een pincet, waarmee hij schijnbaar onzichtbare dingen vastpakte en in plastic kokertjes en zakjes stopte. Hij maakte zorgvuldig aantekeningen en nam foto's van alles wat hij verzamelde.

Het was vreemd geruststellend om hem zo geduldig en geconcentreerd aan het werk te zien. In de schuur was het warm en droog, buiten klonk vogelgezang en in de verte was een vaag verkeersgeruis te horen. Toen Maud een poosje naar Matt had gekeken, trok ze haar spijkerjack uit en legde het op de grond. Ze ging er in kleermakerszit op zitten, in een baan zonlicht, en pakte haar notitieboekje uit haar rugzak. De bladzijden stonden vol met aandachtspunten, tijdstippen, doorgestreepte woorden, pijlen die verschillende kanten op wezen en situatieschetsjes van de omgeving, met opmerkingen erbij. Bridgets huis achter de kerk, tussen een paar getekende bomen. De rivier, de boerderij van de familie Salter, het huis van de Ackerleys, de kroeg van Victor.

Maud pakte haar pen en staarde naar haar gekrabbel. Het was alsof de moordzaak een foto was die in een donkere kamer werd ontwikkeld: heel langzaam doemden er vage contouren op en de beelden werden langzamerhand helder. Gruwelijk helder.

Ergens vloog een bromvlieg rond. De zon verdween even achter een wolk en kwam weer tevoorschijn. Ze hoorde zachte geluiden van Matt, die ingespannen bezig was: het bijna onhoorbare ruisen van het borsteltje, het schrapen van de scalpel, het geluid van een afsluitbare plastic zak die werd dichtgemaakt, het geklik van zijn camera.

Ze dacht aan de soeplepel die Lottie van Duncan had geleend. Aan de zoute smaak van het rivierwater en de tijden van het opkomende en afgaande water. Aan de beelden van de bewakingscamera die Frank Mason en zij de vorige dag hadden bekeken, en hoe dat alles haar geen gevoel van triomf had gegeven, maar juist verdrietig had gemaakt. Ze dacht aan Charlotte Salters charmante gezicht op de oude posters, aan de stem van de vijftienjarige Etty bij het interview, haar rauwe verdriet.

Ze deed de dop van haar pen en schreef eindelijk de naam op die nu al dagen door haar hoofd spookte. Ze staarde er een tijd naar en deed toen haar notitieboekje dicht.

'Volgens mij ben ik wel klaar,' zei Matt. Hij deed zijn hoofdlamp af en borg de zakjes en buisjes op in zijn tas.

'En?'

'Ik weet nog niks, maar ik heb wel iets waar ik mee verder kan.'

'Wat dan?'

'Vezels. Vlekken. Ik neem aan dat jullie haar DNA-profiel hebben?'

'Zeker.'

'Mooi, dat heb ik nodig.'

'Bedankt, Matt.'

'Ik zou er maar niet te veel van verwachten.'

81

Bij de ochtendbriefing stond Maud in de crisiskamer voor het verzamelde team. Ze wachtte tot het weer stil was en keek de kamer rond.

'Dat was het. Jullie hebben hard gewerkt,' zei ze.

Ze zweeg. De spanning steeg. Ze kreeg ineens een droge keel en nam een slok water uit het glas dat voor haar stond. 'Heather en Jack, zijn jullie er klaar voor?'

Heather Dillon en Maud reden met Jack Lovell mee in zijn auto, die, zag Maud tot haar tevredenheid, nu smetteloos schoon was. Ze reden Hemingford uit, over de brug waar de bril van Duncan Ackerley was gevonden, en namen de weg naar Glensted.

'Daar linksaf,' instrueerde Maud. Ze sloegen een smal weggetje in.

Het water stond heel laag en op de slikken stapten steltvogels met sierlijke bewegingen door de kleine stroompjes en poeltjes.

'Stop hier maar,' zei Maud toen ze bij het pad kwamen.

Lovell parkeerde in de berm. Dillon veegde haar voorhoofd af, dat glom van het zweet. Niemand zei iets.

Ze liepen samen over het paadje naar het huis. Maud bleef voor de deur staan, verzamelde moed en klopte aan. Dillon en Lovell stonden achter haar. Lovell kuchte even. De deur ging open.

'Mevrouw Ackerley,' zei Maud.

Frances staarde haar aan. Ze zag er ineens oud uit, een vrouw van bijna tachtig die een moeilijk leven achter de rug had en bij wie de angst nu in de ogen stond te lezen.

'Is er iets gebeurd?' vroeg ze. 'Waar komen jullie voor?'

'We zijn hier niet voor u,' zei Maud. Lovell vond dat ze ongewoon vriendelijk klonk.

'Voor wie dan?'

'Ik denk dat u dat wel weet.'

Frances deed een stap naar achteren. Haar lichaam leek ineens ontwricht, als een marionet waarvan de touwtjes kapot zijn. Ze legde haar hand op de deurpost en zei niets.

'Mam?'

Frances keek om en zag Morgan staan. De glimlach op zijn gezicht bevroor toen hij hun ernstige gezichten zag.

'Hallo,' zei hij. 'Kom maar verder.'

'We zijn hier voor je broer,' zei Maud.

'Greg? Die is bij de rivier.' Morgan probeerde nonchalant te klinken en glimlachte zelfverzekerd. 'Hij probeert een nieuw visplekje uit, na ons gesprek van gisteren.'

'Bij de steiger?'

'Ja. Maar kan ik jullie niet...?'

'Ik wil graag dat je hier blijft,' zei Maud.

Ze liep met de twee andere rechercheurs om het huis heen. Aan het einde van de tuin maakte ze het hek open en ze liepen achter elkaar aan over het smalle voetpad naar de riviermonding. Daar zagen ze iemand staan, met de rug naar hen toe. Maar hij was niet aan het vissen. Hij stond met zijn handen in de zakken over het water uit te kijken.

Hun voetstappen op het zand waren nauwelijks hoorbaar, maar hij hoorde hen toch aankomen, want hij draaide zich om. Hij bleef met zijn handen in de zakken staan en keek niet verbaasd of geschrokken. 'Hallo,' zei hij.

‘Greg Ackerley,’ zei Maud. Ze bleef vlak bij hem staan. ‘We willen graag even met je praten.’

‘Oké, kan dat hier? Ik wilde net weer eens een lijntje uitwerpen. Dat heb ik in geen jaren, in geen tientallen jaren meer gedaan.’

‘Het is beter als we dit wat officiëler doen,’ zei ze.

‘De auto staat bij jullie huis,’ zei Lovell.

Ze draaiden zich om en liepen over het paadje omhoog. Maud liep voorop, gevolgd door Greg. Ze liepen door het hek, door de tuin en om het huis heen, langs de voordeur, waar Morgan en Frances roerloos en geschrokken stonden toe te kijken. Morgan wilde naar hen toe komen, maar Greg stak zijn hand op. ‘Maak je geen zorgen,’ zei hij. ‘Ik ben zo weer terug.’

‘Gregory James Ackerley,’ zei Maud langzaam en duidelijk toen de opname was gestart. ‘Je wordt verhoord in verband met je mogelijke betrokkenheid bij de dood van Charlotte Salter, Duncan Ackerley en Bridget Wolfe. Je bent niet verplicht te antwoorden. Maar het kan je verdediging schaden als je desgevraagd iets niet meldt waar je je later bij de rechtbank op beroept. Alles wat je wel zegt kan als bewijs dienen.’

Hij keek haar aan alsof hij aan haar gezonde verstand twijfelde en schudde langzaam zijn hoofd.

‘Ik had niet gedacht dat mensen zoiets in het echte leven ook zeiden.’

‘Wij wel.’

‘Dit is belachelijk.’

‘Je hebt recht op een advocaat, wil je daar gebruik van maken?’

‘Waarom zou ik een advocaat willen? Hoe had ik die mensen volgens jullie moeten vermoorden? Mijn vader heeft zelfmoord gepleegd, en zelfs als dat niet zo zou zijn geweest: ik was niet eens in de buurt toen hij stierf. Er zijn getuigen die mij hebben gezien. Een heel gezin. Bridget Wolfe is bij een brand omgekomen en jullie weten heel goed dat ik niet eens in Glensted was toen dat gebeurde.

En wat Lottie betreft: jullie weten niet eens zeker of ze wel dood is. Ze is nooit gevonden.'

'Laten we de zaken even in de juiste volgorde bespreken,' zei Maud. Ze keek hem aan. 'Op de ochtend waarop je vader stierf, ben je gezien langs de oever van de rivier waar die uitmondt in zee. Klopt dat?'

'Precies.'

'We zijn er altijd van uitgegaan dat Duncan is gestorven nadat hij van de brug was gesprongen – of gevallen – waarop later zijn bril is gevonden.'

'Ja.'

'Zijn tweede bril. Zijn reservebril.'

'Ja, dus?'

'Die pas een paar dagen na zijn overlijden is gevonden.'

'Omdat niemand daar had gezocht.'

'Of omdat hij er pas later is neergelegd. De politie is ervan uitgegaan dat zijn lichaam in de rivier naar de zee dreef, want dat is wat rivieren doen, ze stromen naar zee. Er werd gedacht dat hij vast was komen te zitten achter de ketting van een boei, vlak bij de steiger achter jouw ouderlijk huis. En dat hij nooit zou zijn gevonden als dat niet was gebeurd.'

Maud boog zich wat naar voren. 'Om halftwaalf die dag was het hoogwater.'

'Als jij het zegt.'

'Je moet wel enorm geschrokken zijn toen je je vader daar aantrof,' zei Maud. 'Met Etty. Dat moet een nachtmerrie voor je zijn geweest.'

'Natuurlijk was ik enorm geschrokken, natuurlijk was het een nachtmerrie. Het was mijn vader.'

'Toen ik gisteren mijn vingers in de Heming stak en eraan likte, proefde ik zout. Ik ben een stadsmeisje. Ik heb er nooit bij stilgestaan dat het water in de monding van een getijdenrivier twee kanten op kan stromen. Ik wist wel dat de Theems ook een getijdenrivier is, maar ik heb er gewoon nooit bij stilgestaan.'

Maud zweeg en wachtte af. Maar Greg zei niets. Hij fronste zijn wenkbrauwen, alsof hij verbaasd was.

'Als jouw vader dichter bij zee in de rivier terecht is gekomen, laten we zeggen ongeveer op de plek waar jij die dag de familie Bowden bent tegengekomen, dan kan hij verder de rivier in zijn gedreven, in de richting van de brug, niet naar zee.'

'Dat slaat nergens op.'

'Je dacht heel slim te zijn,' zei Maud. 'Toen jullie het lichaam daar vonden, dacht je dat je een perfect alibi zou hebben als je het deed voorkomen alsof je vader verder landinwaarts bij die brug in het water terecht was gekomen. Maar dat alibi klopt dus niet.'

'Dat is belachelijk.'

'Wil je nu misschien wel een advocaat?'

82

Twee uur later was Maud terug in de verhoorkamer. Greg en de piketadvocate, Tania Broughton, een jonge vrouw met een paardenstaart en een intelligent gezicht vol sproetjes, zaten tegenover haar. Jack Lovell zat naast Maud en startte de opname. Maud herhaalde de cautie, meldde dat het verhoor werd voortgezet en noemde het tijdstip: 11.35 uur.

'Je zei dat je niet in Glensted was toen Bridget Wolfe overleed.'

'Dat klopt.'

'En daar blijf je bij?'

'Het is de waarheid.'

'Zou je me willen vertellen wat je die ochtend precies hebt gedaan?'

'Ik herhaal alleen wat ik al heb gezegd. Ik ben vroeg opgestaan en heb ontbeten met mijn vrouw, mijn broer, mijn moeder en Lester, en Lesters twee kleinkinderen. We hadden het over de barbecue die we die dag wilden houden, het was een soort familiereünie. Toen ik tegen de anderen zei wat ik daar de vorige dag voor in huis had gehaald, realiseerde ik me ineens dat ik was vergeten de champagne op te halen die ik had gekocht. Dus ik moest terug naar Hemingford.'

'En dat heb je toen gedaan?'

'Ja.'

'Hoe heet die winkel?'

'Sol en Fender.'

'Ga door.'

Greg haalde zijn schouders op. 'Ik ben erheen gereden, ik heb de champagne opgehaald en toen ben ik teruggereden. Morgan was er nog, en mijn moeder en Lester ook. Ik weet niet waar de kinderen waren, die hingen ergens rond. En toen hebben we samen naar de podcast geluisterd, die met dat interview met Bridget Wolfe, waarin ze beweerde dat ze Lotties agenda had gevonden...'

'Die had ze ook gevonden,' zei Maud.

'O.' Greg likte zijn lippen af, het eerste teken van nervositeit dat Maud bij hem zag. 'Toen hoorde ik voor het eerst over die agenda. Ik was er eerlijk gezegd nogal geïrriteerd over.'

'Geïrriteerd?'

'Morgan en ik hadden afgesproken om die podcast samen te maken.'

'En toen?'

'Toen belde Ollie op en vertelde dat zijn vader weg was. Morgan is gaan helpen zoeken en ik bleef thuis, bij mijn moeder.'

'Dank je,' zei Maud.

Greg leunde achterover. 'Dus zie je wel,' zei hij.

'Heb je er nog iets aan toe te voegen?'

Greg keek naar zijn advocaat en toen weer naar Maud. 'Niet dat ik weet.'

'Dus je houdt vol dat je die ochtend de champagne bent gaan halen in Hemingford?'

'Morgan kan dat bevestigen. En mijn vrouw ook.'

Maud knikte naar Lovell, die opstond en even later terugkwam met een laptop.

'Ik wil graag dat je hier even naar kijkt,' zei Maud. 'Het is een beetje wazig, maar het is duidelijk genoeg.'

Jack startte de opname. Op het scherm waren korrelige zwartwitbeelden te zien van een kleine parkeerplaats met wat auto's. Na een paar seconden kwam er iemand in beeld die een doos droeg. Maud zette de opname stil.

'Herken je die man?'

Greg lachte kort. 'Natuurlijk. Dat ben ik.'

'Inderdaad.'

Ze zette de opname weer aan. De figuur liep naar een auto, liet de doos op zijn knie steunen terwijl hij een sleuteltje uit zijn zak haalde, deed de kofferbak open, zette de doos erin en deed de kofferbak weer dicht. Toen stapte hij in zijn auto en reed een paar seconden later weg, het beeld uit.

'Heb je hier iets over te melden?' vroeg Maud.

'Hoezo?'

'Dit lijkt te bevestigen wat meneer Ackerley zojuist heeft verklaard,' zei Tania Broughton.

Maud wees naar een paar kleine witte cijfertjes onderaan in beeld.

'Kun je even voorlezen wat hier staat?'

'Ik?' Greg bracht zijn hand naar zijn hoofd en streek zijn haar naar achteren.

'Kun je lezen wat er onder in beeld staat? Daar staat 28-05-22. Dat is de datum. En verder 15.37.21. Dat is de tijd. Dus die champagne heb je op zaterdag 28 mei om twintig voor vier in de middag opgehaald. En niet op de ochtend van zondag 29 mei, zoals je zojuist beweerde. Je hebt geen alibi voor de dag waarop Bridget Wolfe werd vermoord, alleen een vals alibi. Heb je daar iets op te zeggen?'

Hij gaf geen antwoord.

'Wat deed je echt die ochtend, Greg, toen je zei dat je de champagne ging halen die je de vorige dag al had gehaald?'

Greg sloeg zijn ogen neer en staarde strak naar zijn handen, die ineengeklemd op het tafelblad rustten.

'Waarom loog je daarover, en waarom loog je later ook tegen de politie?'

Greg keek even op, maar bleef zwijgen.

'We weten allemaal dat je in werkelijkheid naar Bridgets huis bent gereden en het in brand hebt gestoken. Terwijl zij binnen was.'

'Nee.'

'Ze is een verschrikkelijke dood gestorven,' zei Maud.

'Je kunt niks bewijzen, je verzint het gewoon maar,' zei Greg. 'Allemaal veronderstellingen. Zoals die rivierstroming, en dat verzonnen scenario bij Bridgets huis. Misschien heb ik die champagne inderdaad wel de dag ervoor gehaald...' Hij negeerde de waarschuwende hand van zijn advocaat. 'Misschien was ik dat gewoon vergeten. Maar wie zegt dat ik met een jerrycan benzine bij het huis van die vrouw ben geweest? En dat ik mijn vader heb vermoord, of dat hij geen zelfmoord heeft gepleegd? En wat Lottie betreft, er is niet eens een lijk. Jullie weten niet eens of ze dood is.'

Jack keek naar Maud. De beelden van de bewakingscamera waren veelzeggend. Dat valse alibi zou er in een rechtszaak niet goed uitzien voor Greg. Maar was het genoeg? Als Maud had verwacht dat Greg nu zou instorten en alles zou bekennen, dan had ze zich vergist. Maar Maud keek niet teleurgesteld, alleen nadenkend.

Op dat moment werd er op de deur geklopt en voordat iemand kon reageren kwam er een geüniformeerde agent binnen.

'Agent Forest komt de verhoorruimte binnen,' zei Maud. 'Om de een of andere reden.'

'Sorry, maar er is iemand voor u,' zei de jonge agent. 'Ene Matthew Moran. Hij zei dat het dringend was. Ik zei dat u niet mocht worden gestoord, maar hij zei dat ik dat toch moest doen.'

'Ik onderbreek dit verhoor,' zei Maud en ze zette het opnameapparaat uit.

'Kan Greg Ackerley naar huis?' vroeg de advocate.

'Nee, hij kan niet naar huis.' Ze keek naar Lovell. 'Ga je mee, Jack? Maar vraag eerst even aan een agent om Greg gezelschap te houden.'

83

Zodra Maud op de gang stond, belde ze Carrie, die nog in de crisiskamer was, en vroeg haar om meteen te komen. Ze draaide zich om, maar moest een stap achteruit doen omdat agent Forest vlak achter haar stond.

'Wat is er?' vroeg ze.

'Hij is in het opslaghok,' zei hij. 'Ik dacht dat jullie misschien wat privacy wilden.'

Maud schoot in de lach. 'Ja, inderdaad.'

In het hok stond Matt Moran naar de afgedankte kantoormeubels en oude elektronische apparatuur te kijken die tegen de achterwand stonden opgestapeld. 'Mooi kantoor heb je hier.'

'Ha, Matt, wat een verrassing. Als je helemaal hiernaartoe bent gekomen heb je vast iets interessants voor me.'

'Het is nog maar voorlopig,' zei hij. Hoofdschuddend lachte hij. 'Maar ik kon het zelf nauwelijks geloven. Ik dacht echt dat je hier in de wildernis gek was geworden, met die theorie van je.'

'Heb je een bloedspoor?'

'Ja.'

'Genoeg voor een DNA-bewijs?'

'Zeker. Dat zou dertig jaar geleden wel een probleem zijn geweest. Zal ik mijn verhaal over de polymerasekettingreactie afsteken?'

'Bewaar je college maar voor de rechtbank. Ik wil alleen weten of mijn theorie klopt: lag Charlotte Salters lichaam verborgen in die schuur?'

Matt aarzelde even.

'Ik kan alleen zeggen dat de bloedsporen die ik heb gevonden van Charlotte Salter zijn. Of, preciezer gezegd, het spoor dat ik in de schuur heb gevonden komt overeen met het DNA van Charlotte Salter dat ik van jou heb gekregen.'

Maud wilde iets zeggen, maar werd onderbroken doordat de deur openzwaaide en Jack en Carrie binnenkwamen. Maud stelde hen voor aan Matt.

'En?' vroeg Carrie.

'Ze is daar geweest,' zei Maud. 'Tijdens dat feest lag ze daar, terwijl de feestgangers over haar heen liepen.'

Er verscheen een grijns op Carries gezicht, alsof ze een perfect uitgevoerde goocheltruc zag.

'Fuck,' zei Jack, die begon te blozen. 'Ik bedoel, echt waar?'

Het bleef een volle minuut stil, iedereen leek in gedachten verzonken.

'Ik wilde graag jullie gezichten zien, maar ik moet nu weer terug,' zei Matt.

'Wacht even,' zei Maud.

'Is dit een vergadering?' vroeg Carrie. 'Want als dat zo is, kunnen we dan naar een fatsoenlijke kamer gaan zodat ik kan zitten?'

'Als we dat doen,' zei Maud, 'dan komt de rest van het team erbij en worden we steeds gestoord en moeten we een agenda opstellen en dan duurt het allemaal eindeloos lang. We pakken een stoel voor je uit die berg troep daar en dan houden we het even onder ons.'

Met enige moeite wisten Matt en Jack een bureaustoel achter een paar opgestapelde oude bureaus vandaan te halen waarop Carrie kon zitten. De anderen bleven staan of leunden tegen de muur.

'We weten dus dat het lichaam van Charlotte Salter tijdens het feest in de schuur verborgen lag,' zei Carrie. 'Wat nu?'

'Goeie vraag,' zei Maud. 'Trouwens...' Ze keek Jack aan. 'Wil jij even de map met polaroids van het feest halen?'

Hij liep het hok uit. Matt keek op zijn telefoon. 'Heb je me hier echt nog nodig?' vroeg hij.

'Geef me nog vijf minuten,' zei Maud.

Jack kwam weer terug en gaf de map aan Maud. 'De anderen vragen zich af wat er aan de hand is. Ik wist niet wat ik moest zeggen.'

Maud leek hem niet te horen.

'Je zit met een lijk dat je snel moet verstoppen omdat er mensen in aantocht zijn,' zei ze. 'Je legt het in een mestgoot onder een paar planken. Je bent ten einde raad, dus je moet iets improviseren, maar goed, het lukt. Wat dan? Wat doe je er daarna mee?'

'Geen idee,' zei Carrie. 'Het is dertig jaar geleden. Dan moeten de meeste bewijzen allang verdwenen of vernietigd zijn.'

'Weet ik,' zei Maud. 'Daarom moeten we het doen met de bewijzen die we nog wel hebben.'

'Er is iets wat we wel weten,' zei Jack.

'Ja? Wat dan?'

'Ze hebben haar jas bij de rivier gevonden, dus dat wijst erop dat het lichaam in het water gegooid is en naar zee is gedreven.'

'Het is een theorie,' zei Maud.

'Maar die ligt toch voor de hand?'

'Als je je van het lijk wilt ontdoen en het daar in het water gooit, waarom zou je dan die jas op de oever achterlaten? De bril van Duncan Ackerley is op die brug gelegd om de valse indruk te wekken dat hij daar in het water is gesprongen. Misschien is de jas om dezelfde reden daar achtergelaten, om te suggereren dat ze zelfmoord zou hebben gepleegd?'

'Of de moordenaar heeft hem laten vallen,' zei Jack.

Maud reageerde niet op die suggestie. Ze streek met haar vinger over de dossiermap. 'Wacht, ik denk ineens...' begon ze, maar ze maakte haar zin niet af. Ze dacht half hardop, mompelde iets tegen zichzelf, was diep in gedachten verzonken. 'Ja,' zei ze toen ze weer opkeek, schijnbaar verbaasd om te zien dat de anderen er nog waren. 'Ja.'

'Heb je een idee, Maud?' vroeg Carrie.

'Wat is de beste plek om een lijk te verbergen?'

De andere drie keken elkaar vragend aan.

'Is dat een quizvraag?' vroeg Matt. 'Of gewoon een algemene vraag?'

'Een algemene vraag. Wat is over het algemeen genomen de allerbeste plaats om een lijk te verbergen?'

In de hoek van het hok stond een oud, aftands bureau. Maud liep erheen, deed de dossiermap open en begon de polaroidfoto's erop uit te spreiden.

'Er waren op de dag van het feest twee doden in Glensted.'

'Wat bedoel je?' vroeg Carrie.

Maud pakte een van de polaroids en gaf die aan haar.

Carrie tuurde naar de foto.

'Waar moet ik naar kijken?'

'Achter die twee mensen, op die tafel, zie je nog een stukje van een bloemstuk.'

Carrie hield de foto wat dichter bij haar gezicht, en nog wat dichter.

'Dat lijkt wel een grafkrans.'

'Ja. Hier zie je hem weer.' Ze gaf haar een andere polaroidfoto. 'Die was per ongeluk naar het feest gestuurd. Ik heb het nagevraagd. Hij was bedoeld voor een begrafenis die de dag na het feest zou plaatsvinden. Van een vrouw uit Glensted, Doris Winter.'

'Ik heb op haar graf gezeten,' zei Carrie.

'Ja.' Maud keek naar de anderen. 'Weten jullie nog wat voor baantje Greg Ackerley dat jaar had, voordat hij ging studeren?'

'Moet je mij niet aankijken,' zei Matt.

'Hij hielp zijn vader, dode bomen omhakken en zo, maar hij werkte ook in het dorp en voor de kerk,' zei Carrie. 'Allerlei hoveniersklusjes, grasmaaien, enzovoort.'

Jack fronste zijn wenkbrauwen. 'Bedoel je dat Greg Ackerley de lijken heeft verwisseld?'

Maud glimlachte. 'Daar zou hij niet veel aan hebben gehad, hè. Want dan moest hij nog van het lichaam van Doris Winter af zien te komen.' Ze keek naar Matt. 'Wat denk je, kun jij een team bij elkaar krijgen?'

Matt dacht even na. 'Oké,' zei hij. 'Als jij een verzoek om exhumatie aanvraagt.'

'Dat heb ik nog nooit gedaan.'

'Ik wel,' zei Matt. 'Hoort bij m'n vak.'

'Waar moet ik dat doen?'

'Misschien moet iemand dit even opschrijven,' zei Matt en hij knikte naar Jack. Die haalde zijn aantekenboekje tevoorschijn. 'Eerst moet je toestemming vragen bij het OM. Je baas kan dat wel voor je regelen als je vertelt waar het om gaat. Verder moet er toestemming komen van een familielid van die overleden vrouw. En je zei dat het een graf bij een kerk is, dus geen gemeentelijke begraafplaats?'

'Klopt.'

'Dan heb je ook toestemming van de kerk nodig. Daar is een technische term voor, die weet ik even niet meer. Maar ze willen zeker weten dat je het lichaam niet voor een of ander satanisch ritueel gaat gebruiken.'

'Dat is het?'

'Nee. Je moet ook nog een verzoek bij de gemeente indienen. Ze willen hoogstwaarschijnlijk iemand van de gezondheidsinspectie sturen om erbij aanwezig te zijn. Soms hebben ze een ambtenaar die verantwoordelijk is voor de begraafplaatsen en crematoria in de gemeente. Die wil er dan toezicht op houden. En er moeten schermen worden geplaatst voor de privacy. Ik zal een team voor de opgraving samenstellen. Kan zijn dat het 's nachts moet gebeuren. Vanwege de privacy.'

'Godschristus,' zei Maud. 'Dat wordt een heel circus.'

'Ja, maar het is nu eenmaal een gevoelige zaak.'

'Ik wil dat het vandaag nog gebeurt,' zei Maud. 'Of vannacht, als ze dat willen.'

'Ga maar naar je baas. Als je hem kunt overtuigen gaat de officier van justitie ook wel akkoord. En je moet op zoek naar een familielid van die vrouw. Dat lichaam wordt niet verplaatst, dus ze zullen wel geen bezwaar maken, maar mensen kunnen soms heel moeilijk doen.'

'Goed,' zei Maud. 'Ik bel mijn baas. Jack, jij gaat op zoek naar een begrafenisondernemer en een familielid.'

84

Het werd inderdaad een heel circus, maar dan een circus uit een nachtmerrie. Om één uur 's nachts stonden er een paar busjes langs de muur van het kerkhof geparkeerd. Enkele jonge mannen zetten metalen buizen in elkaar en binnen de kortste keren stond er een tent over het graf van Doris Winter. De omtrek van het hele kerkhof was afgezet door geüniformeerde agenten. Daarbinnen stonden mensen in groepjes bijeen. Maud liep overal langs om te controleren of er geen journalisten of andere nieuwsgierigen naar binnen waren geglipt.

Een grote vrouw in een degelijke anorak kwam met een vrolijk gezicht op Maud af. 'Zoiets als dit maken we hier zelden mee,' zei ze. 'Of liever gezegd nooit.'

'En u bent?'

'Terry Tofton,' zei ze. 'Gezondheidsinspectie. Ik val in voor een collega, zij is met zwangerschapsverlof. Ik hou me normaal gesproken bezig met het controleren van het sanitair op scholen en dat soort dingen. Ik moest wel even opzoeken wat hier precies de bedoeling is.'

'Volgens mij spreekt het wel zo'n beetje voor zich,' zei Maud.

'Jullie moeten allereerst goed nagaan of jullie het juiste graf hebben. Of eigenlijk moet ík dat nagaan.'

'Dat weten we zeker.'

'Ik moet zorgen voor maximale privacy. Daarom doen we het ook op dit onchristelijke uur.'

Maud keek naar de tent, die een griezelige gloed verspreidde nu er lampen in brandden. Ze vond dat de tent nu veel meer opviel dan wanneer ze dit overdag zouden doen.

'Ik moet ook vragen of jullie ervaring met dit soort zaken hebben,' ging Terry Tofton verder. 'Lijken, moordzaken, enzovoort. En jullie houden misschien wel van een beetje galgenhumor, dat hoort bij jullie vak, lijkt me. Maar ik moet erop toezien dat er met respect wordt omgegaan met het graf en het lichaam.'

'We zullen ons best doen.'

'Ik moet toegeven dat het wel iets van een horrorfilm heeft. Straks komen er nog een paar zombies uit het donker opdoemen. Ik krijg er de bibbers van.' Tofton grinnikte even. 'Wat denken jullie hier trouwens aan te treffen?'

'Het is in het kader van een lopend onderzoek,' zei Maud zo neutraal mogelijk.

Het was duidelijk dat Tofton nog veel meer wilde vragen, dus Maud zei dat ze weer verder moest. Ze ging de tent in, waar ze even werd verblind door het licht, dat zo fel was dat de kleuren van het gras en de berg aarde ervan verbleekten.

Het was een hele klus. Er waren vier grafdelvers ingehuurd, twee uit een andere gemeente. Vier grafdelvers die dubbel betaald werden voor deze overuren: Maud probeerde even niet te denken aan wat dat voor haar budget zou betekenen. Ze liep naar Matt Moran, die aan de rand van het graf stond en naar beneden keek. De vorm van de kist tekende zich al duidelijk af, maar het hout was gebarsten en half vergaan, viel bijna uit elkaar.

'Wil je een kijkje nemen in de kist van Doris Winter?' vroeg Matt.

'Ik ben vooral benieuwd of er iets onder ligt.'

'Dan halen we die kist eerst weg, dat kan nog wel even duren. Het stoffelijk overschot zal nogal...' Hij aarzelde en keek haar met een flauwe glimlach aan. '... fragiel zijn. Kan best een bende worden.'

'Probeer in elk geval wat er eventueel onder ligt zo weinig mogelijk te beschadigen.'

'We doen ons best.' Matt keek naar de anderen. 'Oké, jongens, daar gaan we.'

Terwijl Maud naar de mannen keek die gewapend met een groot stuk plastic, een takel en een lijkenzak aan het werk waren, kreeg ze met die arme Doris Winter te doen. Zij had hier ook niet om gevraagd. Ze had na haar lange leven hier eeuwige rust willen krijgen en het voelde verkeerd om haar overblijfselen op te graven. We zorgen dat je weer een echte begrafenis krijgt, zei ze in zichzelf, hoe belachelijk ze dat eigenlijk ook vond klinken.

'Oké,' zei Matt na een halfuur toen de overblijfselen van Doris Winter in de zak waren gelegd en samen met de restanten van haar kist door de mannen het graf uit waren getild. 'We zijn er.'

De grafdelvers klommen het graf uit, dat nu meer op een archeologische vindplaats leek. Matt en zijn teamleden zaten op de bodem gehurkt en gingen aan het werk met kleine schepjes en troffels, die meer op laboratoriuminstrumenten dan op tuingereedschap leken. Het was heel stil, er werd af en toe iets gefluisterd. Volgens de formulieren die Maud had ondertekend moest het werk 'respectvol' gebeuren en iedereen leek zich daaraan te houden.

Moe en gespannen ijsbeerde Maud door de tent. Toen ze even bij de ingang stilstond, hoorde ze een kreet vanuit het graf, een kreet waarvan ze schrok omdat die de serene stilte verstoorde. Ze draaide zich om en zag Matts hoofd boven de grond uitsteken. Hij had een mondkapje op, maar zijn ogen schitterden.

'Kom maar kijken,' zei hij.

Ze liep naar het graf en keek in het gat in de aarde dat hij had vrijgemaakt. Daaronder was een stukje te zien van iets wat vuil en vergaan was, een andere kleur en structuur had. Ze tuurde ernaar. Het was klein, maar het was duidelijk een stukje stof.

'Je had gelijk,' zei Matt. 'Een kerkhof is de perfecte plek om een lijk te verbergen.'

85

Op donderdagochtend 9 juni om twintig over zeven stond Etty onder de douche. Ollie lag nog te slapen op de bank in de kamer die van de oudste dochter van Niall en Penny was geweest en Niall stond met zijn vrouw in de keuken de vaatwasser uit te ruimen toen de bel ging.

'Wie kan dat zijn?'

'Een pakje, denk ik,' zei Penny.

Niall keek uit het raam, met een bord in zijn hand.

'Het is geen pakje. Het is die inspecteur.'

'Zal ik opendoen?'

'Nee, ik ga wel.'

Maar hij kwam niet in beweging.

'Niall?'

Hij zette het bord voorzichtig op het aanrecht en streek zijn haar naar achteren.

'Ik vraag me af wat ze zo vroeg komt doen.'

Penny keek naar hem zoals hij daar als aan de grond genageld stond, met een bijna grappige blik van verbazing op zijn nog slaperige gezicht. Hij zag er oud uit en tegelijkertijd leek hij een weerloze jongen.

'Er is maar één manier om daarachter te komen,' zei ze.

'Ja. Ja, natuurlijk.'

Toen er weer werd aangebeld kwam Etty in haar badjas en met nat haar de trap af. 'Ik doe wel open,' zei ze en ze liep naar de voordeur.

'Het is die inspecteur,' zei Niall.

Etty draaide zich om, met de deurknop in haar hand, en keek even naar de andere twee. Toen trok ze de deur open.

'Etty.' Maud glimlachte niet. Ze zag er ernstig en moe uit. Achter haar stond brigadier Lovell, magerder en getekender dan ooit.

'Wat komen jullie zo vroeg doen?'

'Mogen we even binnenkomen?'

'Natuurlijk.'

Etty deed een stap opzij en liet de twee rechercheurs binnen. Ze ging hun voor naar de keuken, waar Niall nog steeds bij de vaatwasser stond, naast zijn vrouw.

'Jullie hebben iets gevonden,' zei hij.

'Is jullie broer hier ook?'

'Ollie? Ik geloof het wel.'

'Hier ben ik.'

Ollie kwam naar beneden, met een slaperig en ongeschoren gezicht. Hij had een broek en een T-shirt aangetrokken, maar liep nog op blote voeten.

Penny zette een beker koffie voor hem op de keukentafel en hij ging zitten.

'Willen jullie ook?' vroeg ze aan Maud en Jack.

'Nee, dank je.'

'Wat hebben jullie gevonden?' vroeg Niall.

Maud keek naar de drie Salters. Etty en Niall gingen als vanzelf dichter bij Ollie staan, aan weerszijden van hem.

'We hebben vannacht een lichaam gevonden,' zei Maud.

'Mama?' Ollie hield met beide handen zijn beker vast, maar die trilden zo erg dat de dampende koffie bijna over de rand klotste. Zijn ogen waren rood en vochtig. 'Bedoel je het lichaam van onze moeder?'

'Dat is mogelijk,' zei Maud. 'We gaan dat nog controleren aan de hand van haar gebit. Maar we hebben enkele voorwerpen aangetroffen die jullie misschien herkennen.'

Geen van de drie kinderen Salter zei iets. Er viel een geladen stilte.

'Ik begrijp dat dit heel moeilijk voor jullie is,' zei Maud.

'Wat voor voorwerpen?'

'Jack?'

Lovell legde een kleine, doorzichtige hoes op de tafel. Daarin zaten, tussen kluitjes aarde, een paar sieraden. Maud legde er een andere plastic hoes naast en haalde toen heel voorzichtig, alsof ze bang was dat ze uit elkaar zouden vallen, de sieraden eruit. Een verlovingsring met een diamant, een gouden trouwring, een sterk aangetast paar oorbellen, die op zilveren tranen leken, een even sterk aangetaste zilveren halsketting, de schakels vol modder.

'Herkennen jullie deze sieraden?'

'O god,' zei Niall. 'Ach...'

Penny, naast het fornuis, legde haar hand op haar borst en wachtte af.

'Ik weet het niet,' zei Ollie. 'Ik weet het niet.'

Maar Etty wist het wel.

Ze was weer kind, zat naast haar moeder aan de kaptafel en keek toe terwijl zij die oorbellen in deed, waarna ze zich naar haar omdraaide en naar haar lachte. Ze zag dat haar moeder haar blonde haardos opstak met een clip van schildpad, en de ketting om haar hals deed. Etty wist nog dat ze vaak aan die gouden trouwring om haar moeders vinger zat te draaien terwijl ze aan het kletsen waren.

Ze kon haar moeders parfum weer ruiken en de geur van vers gemaaid gras, zoals die dertig jaar eerder door het open raam naar binnen waaide. Het licht dat in een brede gouden baan door het raam viel, was het licht van haar jeugd.

'Die zijn van mama,' zei ze.

'Weet je het zeker?'

Etty keek op naar Maud, maar die had niet de indruk dat ze haar echt zag.

'Heel zeker.'

Ollie zakte voorover met zijn hoofd op zijn armen, en Etty legde haar hand op zijn schouders. Niall sloeg zijn arm om Etty's middel.

'Jullie hebben haar gevonden,' zei Etty. 'Na al die jaren hebben jullie onze moeder gevonden.'

'Ik vind het heel erg voor jullie,' zei Maud.

Lovell, die naast haar stond, maakte een vaag geluid diep in zijn keel en wiebelde ongemakkelijk van zijn ene op de andere voet.

Penny kwam naar Niall toe en pakte zijn hand vast, bracht die naar haar lippen.

'We wisten al dat ze dood was,' zei hij.

'Niet echt,' zei Ollie schor. 'Ergens dacht ik altijd nog...'

'Waar was ze?' Etty was heel bleek geworden, het litteken op haar wang stak er felrood bij af.

'Op het kerkhof.'

'Dus daar is ze al die tijd geweest,' zei Etty zacht. 'We hebben overal gezocht, maar ze was hier dus vlakbij.'

'Hoe bedoel je, op het kerkhof?' vroeg Penny.

'Ze lag in het graf van een oude vrouw die een paar dagen eerder was overleden.'

Ze wachtte op de vraag die onvermijdelijk zou volgen. Penny was degene die hem stelde.

'Weten jullie wie haar heeft vermoord?'

'We hebben iemand aangehouden voor verhoor.'

'Wie dan?' Ollie stond op, de stoelpoten krasten over de vloer. Hij keek verbijsterd. 'Wie houden jullie vast? Wie heeft onze moeder vermoord?'

'Die informatie kunnen we helaas...' begon Lovell, maar Maud onderbrak hem.

'Greg Ackerley,' zei ze.

'Greg? Grég?'

'Hij is nog niet officieel in staat van beschuldiging gesteld,' zei Lovell.

'Wij denken dat hij jullie moeder heeft vermoord, en zijn eigen vader, en ook, dertig jaar later, Bridget Wolfe.'

'Greg?' Ollie deed een paar onvaste stappen naar haar toe. 'Jezus christus. O, mijn god.'

'Heeft ze pijn gehad?' vroeg Etty. Wat Maud had onthuld leek niet tot haar door te dringen; ze keek nog steeds naar de ringen, de oorbellen en de halsketting, met grote, donkere ogen, haar gezicht leek wel gekrompen.

'We denken van niet,' zei Lovell.

'Greg?' Niall ging moeizaam zitten op de stoel waarvan Ollie was opgesprongen. 'Ik kan het niet geloven.'

'We weten nog niet hoe ze om het leven is gekomen,' zei Maud tegen Etty. 'Er wordt autopsie verricht om de doodsoorzaak vast te stellen.'

'Ik ga hem vermoorden. Ik ga hem wurgen, met mijn blote handen.'

'Jullie moeten goed begrijpen,' zei Lovell met een afkeurende blik naar Maud, 'dat we meneer Ackerley nog niet in staat van beschuldiging hebben gesteld. We houden hem in voorlopige hechtenis en zijn bezig met het verhoor.'

'Mogen we haar zien?' vroeg Etty aan Maud.

'Het lichaam?'

'Onze moeder. Ik wil haar zien.'

Maud dacht aan het skelet van Charlotte Salter, de tanden die nog intact in haar schedel zaten, de botten onder de gerafelde kleding: ze was bijna iets abstracts geworden, iets uit een ver verleden.

'Dat begrijp ik,' zei ze.

'Waarom?' vroeg Niall. 'Waarom heeft hij dat gedaan? Drie mensen! Zijn eigen vader. Ik snap niet...' Hij wreef over zijn gezicht, alsof hij er spinrag vanaf veegde. 'Ik snap het niet.' Hij keek vol wanhoop naar Penny.

'Ik was ervan overtuigd dat Paul het had gedaan,' zei hij tegen haar, alsof de anderen er niet bij waren. 'Ik dacht dat hij daarom zelfmoord had gepleegd.'

'Weet ik,' zei ze. Ze boog zich over hem heen.

'Maar dat heb ik je nooit verteld. Ik heb het niemand verteld.'

'Maar ik wist het toch.'

Ze legde haar hand op zijn verkrampte gezicht en hij begon te huilen. Met haar duim veegde ze de tranen weg.

'We moeten haar zien,' herhaalde Etty. 'We hebben zo lang op haar gewacht. Ons hele volwassen leven wachten we al tot ze thuiskomt.'

'Waarom zei je dat nou?' vroeg Lovell aan Maud toen ze weer buiten waren.

'Bedoel je dat we denken dat Greg hun moeder heeft vermoord?'

'Natuurlijk bedoel ik dat.'

'Omdat ze dat moeten weten. We moeten nog aan ze vragen wat zij zich van hem kunnen herinneren, op dat feest en ook toen met Kerstmis.'

'We hebben geen echt bewijs tegen hem.'

'Hij was in die schuur voordat de rest er was, want hij hielp met de voorbereidingen. Het enige logische scenario is dat Charlotte Salter er ook al vroeg was, anders zouden meer mensen haar hebben gezien.'

'Scenario is het juiste woord. Het is maar een veronderstelling.'

'En hij had ook een goed excuus om er na afloop nog te blijven toen iedereen weg was, om op te ruimen.'

'Dat is wel zo, maar het is en blijft alleen steunbewijs.'

'Hij was op de hoogte van het graf voor Doris Winter.'

'Dat is lang niet genoeg.'

'En hij was precies op de juiste plek toen zijn vader werd vermoord.'

'Je weet niet eens zeker of Duncan Ackerley wel is vermoord.'

'Duncan moet erachter zijn gekomen dat zijn zoon Charlotte Salter had vermoord...'

'Dat is pure speculatie.'

'En Greg had de gelegenheid om de reservebril van zijn vader te pakken en die op de brug te leggen, de brug waar Duncan niet vanaf is gesprongen.'

'Je bent gewoon aan het...'

'Weet ik, het is geen onomstotelijk bewijs. Maar het telt op, Jack, alles bij elkaar. En dan is er ook nog het valse alibi dat hij heeft gegeven voor het tijdstip waarop Bridget Wolfe werd vermoord. Hij moet die podcast al meteen toen die live ging hebben beluisterd, hij moet hebben gedacht dat hij in gevaar was door de vondst van die agenda, ook al bleek dat daar niets in stond wat naar hem wees. Daarom wilde hij haar huis in brand steken, met haar erbij. Die arme vrouw.'

'Het is een erg doorzichtig alibi.'

'Hij had geen tijd om iets beters te bedenken. Hij moet totaal in paniek zijn geweest.'

'Ik vind het nog steeds niet genoeg,' hield Lovell koppig vol.

'Het is meer dan jouw oude baas had toen hij bedacht dat Etty Salter de moordenaar was.'

'Ja, maar zij was daar ter plaatse.'

'Hij is het, Jack. Ik weet het zeker.'

'Het OM gaat het niet geloven.'

Maud zuchtte, ze probeerde wat rustiger te worden. 'We zullen zien,' zei ze. 'We gaan hem weer aan de tand voelen. En hem vertellen dat we het lichaam hebben gevonden van de vrouw die hij dertig jaar geleden heeft vermoord.'

86

‘Heb je daar iets op te zeggen?’ vroeg Maud.

Greg Ackerley keek van de inspecteur naar zijn advocaat en terug. ‘Ik weet niet wat je bedoelt. Ik heb er niks op te zeggen. Ik ben gewoon blij dat...’ Zijn stem stokte, als een stotteraar, alsof hij het woord niet over zijn lippen kon krijgen. ‘Dat haar lichaam is gevonden. Lijkt me fijn voor de familie om het een, ik weet niet, een...’

De zin bleef onaf in de lucht hangen.

‘Een plekje te geven?’ vroeg Maud. ‘Is dat het cliché waar je naar zocht?’

Tania Broughton boog zich naar voren. ‘Wat Greg denk ik probeert te zeggen is dat als u specifieke vragen stelt, hij daarop zal antwoorden. Voor zover ze relevant zijn.’

‘Weet je wánneer de familie de zaak misschien een plekje kan geven? Als je hiermee ophoudt en gewoon bekent wat je hebt gedaan.’

Maud en Broughton keken allebei naar Greg, maar hij gaf geen antwoord, schudde alleen zijn hoofd.

‘Je was op de plek waar Charlotte Salter is gestorven, op het moment dat ze stierf. Het lichaam is aangetroffen in een graf dat net was gedolven op de plek waar jij soms klussen deed.’

‘Daar kon iedereen komen,’ mompelde Greg.

‘Je bent gezien op of vlak bij de plaats waar het lichaam van je vader te water is geraakt. Er is een bril uit je ouderlijk huis meegenomen en op de brug gelegd om het te doen voorkomen dat het lichaam daar in het water moest zijn beland.'

Greg staarde naar het tafelblad.

'Je hebt een vals alibi gegeven voor het tijdstip waarop Bridget Wolfe werd vermoord. Dat ziet er allemaal niet best voor je uit, hè?' Maud wachtte af. 'Heb je daar niets op te zeggen?'

Greg keek naar Broughton. 'Dat klopt toch niet? Jij moet toch zeggen dat ik mijn onschuld niet hoef te bewijzen? Zij moet bewijzen dat ik schuldig ben.' Hij keek weer naar Maud. 'Maar ik ben niet schuldig.'

Broughton leek zich te herpakken.

'Greg heeft gelijk,' zei ze, 'zoals u natuurlijk wel weet. Als u over specifieke bewijzen beschikt, dan dient u duidelijk te maken welke dat zijn. En als u specifieke vragen hebt, dan dient u die te stellen. Maar we komen zo langzamerhand op een punt waarop u Greg of in staat van beschuldiging moet stellen of moet laten gaan.'

Er had zich een menigte verzameld bij het kerkhof, dat nog was afgezet met politielint. Er waren veel journalisten op afgekomen. De beelden zouden die middag al op het nieuws komen. In Victors café werd nergens anders over gesproken.

Frances en Morgan Ackerley hadden de hoorn van de haak gelegd en hun mobiel uitgezet. Ze hadden de gordijnen gesloten en deden niet open toen iemand van de lokale tv-zender aanbelde.

'Je weet toch wel dat het allemaal onzin is, hè?' zei Morgan tegen zijn moeder.

Frances keek nerveus om zich heen, te gejaagd om haar ogen op iets te laten rusten. Haar zoon kon ze niet aankijken. Ze zag er oud en fragiel uit, maar tegelijkertijd deed ze Morgan ook sterk denken aan de moeder uit zijn jeugd, door haar gespannen, rusteloze manier van doen.

'Mam,' herhaalde hij, nadrukkelijker maar ook angstiger. 'Je weet toch dat het niet waar is?'

87

De kamer van Alec Salter keek uit op een groot, goed onderhouden grasveld en een paar oude eikenbomen. Maar hij zat alleen maar voor zich uit in het niets te staren.

'Hallo, pap,' zei Niall.

Alec keek op met nietsziende ogen. Met zijn linkerhand krabde hij aan de armleuning.

'Hoe gaat het?' vroeg Ollie.

'Ik wil mijn eten. Jullie zijn laat.'

'Het is helemaal geen etenstijd.'

'Hoe vaak moet ik het nog zeggen? Ik wil hier niet zo lang zitten wachten.'

De drie kinderen Salter keken elkaar even aan. Toen liep Etty naar haar vader toe. Ze keek neer op de oude man, naar de verslapte huid van zijn gezicht, zijn knokige handen die beefden en krabden, zijn ontevreden gezichtsuitdrukking. Hij had grijze stoppels op zijn wangen, van een paar dagen oud. Witte kruimels in zijn mondhoeken. Haar vader.

'We komen je iets vertellen,' zei ze.

Hij keek haar wezenloos aan.

'Ze hebben mama gevonden,' zei ze. Hij reageerde niet. 'Lottie. Ze hebben haar eindelijk gevonden.'

'Lottie?'

'Ja,' zei Ollie. Hij klonk schor en zijn ogen waren rood en opgezet van het huilen.

'Zeg tegen haar dat ik wil eten.'

'Pap.' Niall legde even zijn hand op zijn vaders schouder, maar trok hem toen weer terug. 'Lottie is dood.'

Alec reageerde niet en staarde weer voor zich uit.

'Ik wil mijn eten,' zei hij toen opeens. 'Ik wil gebakken eieren met spek.'

'Weet je zeker dat Greg het heeft gedaan?' vroeg Etty aan Maud. Niall en Ollie waren teruggegaan naar Glensted, maar Etty was nog in Hemingford. Ze had rusteloos rondgelopen en was toen naar het politiebureau gegaan en had naar Maud gevraagd.

'Het ligt wel wat ingewikkelder. Ik ga zo mijn verslag naar het OM sturen en als zij denken dat er een gerede kans is dat hij kan worden veroordeeld krijgen we toestemming om hem van de moorden te beschuldigen.'

'Ik vroeg niet hoe het precies werkt. Ik ben advocaat, ik weet hoe het werkt, dat kan me trouwens niet schelen. Wat ik wil weten is of je zeker weet dat Greg het heeft gedaan.'

Maud aarzelde. Eigenlijk was het een vraag waar ze geen antwoord op mocht geven.

'Hij heeft het gedaan. We weten dat hij op de plaats delict van de eerste twee moorden was en voor de derde heeft hij een vals alibi gegeven.' Ze zuchtte. 'Maar ik zal heel eerlijk tegen je zijn, Etty, dus bereid je maar voor. Ik denk zelf dat we genoeg hebben om hem veroordeeld te krijgen, maar iemand die bij het OM achter een bureau zit, kan daar anders over denken. En als dat zo is en er genoeg twijfel wordt gezaaid, dan kan het moeilijk worden.'

'Jullie hebben niks, hè? Niet genoeg.' Etty keek haar doordringend aan.

Maud vond het vreselijk om het hardop te moeten zeggen. 'We hebben geen echt fysiek bewijs, nee. Dat hoeft geen probleem te zijn, maar je weet het nooit.'

Ze verwachtte dat Etty boos zou worden of in tranen zou uitbarsten, maar ze keek gelaten.

'Wat maakt het ook uit? Het is toch te laat.'

'Waarom zeg je dat?'

Met een diepe zucht liep Etty naar het vierkante raam dat uitkeek op de hoofdstraat. Ze staarde naar buiten en vroeg, zonder zich om te draaien: 'Zal ik je twee verschrikkelijke dingen vertellen?'

Maud gaf geen antwoord. Het was alsof Etty tegen zichzelf praatte.

'Ik was bijna teleurgesteld dat Alec het niet had gedaan. Volgens mij had hij dat wel gewild. Misschien wel meer dan Greg. Greg hield van onze moeder, misschien zelfs wel te veel, en toen moet er iets heel erg mis zijn gegaan. Maar Alec haatte haar echt. Het zou beter zijn geweest als Alec haar had vermoord. Dat zou beter kloppen.'

'En wat is het tweede?'

Nu draaide Etty zich om, maar omdat ze tegen het licht stond, kon Maud haar gezicht niet goed zien.

'Ik was vroeger vaak kwaad op mijn moeder. Omdat ze zoveel van mijn vader pikte. Ze bleef altijd zo aardig tegen hem. Waarom verzette ze zich niet? En ik was kwaad omdat ze was verdwenen.'

Maud zat op hete kolen. Ze moest ervandoor, er moest nog zoveel gebeuren. 'Dat soort gevoelens hebben we allemaal weleens,' zei ze. 'Zulke dingen hebben soms tijd nodig.'

Etty lachte schamper. 'Tijd? Volgens mij hebben we inmiddels tijd genoeg gehad.'

'Heb je iemand met wie je daarover kunt praten?'

'Ik praat toch met jou.'

'Ik bedoel...' Voordat Maud kon zeggen wat ze bedoelde, ging haar mobiel. Het was Matt Moran. Ze keek verontschuldigend naar Etty. 'Mag ik even?'

'Tuurlijk,' zei Etty.

Terwijl Maud luisterde naar wat Matt haar te vertellen had, hield ze haar gezicht in de plooi en liet niets merken.

'Je klinkt niet erg enthousiast,' zei Matt.

'De dochter van Charlotte Salter staat hier naast me,' zei Maud.

'Ik begrijp het. Wil je hierheen komen? Dokter Searle wil het je graag zelf laten zien.'

'Is er nieuws?' vroeg Etty toen Maud het gesprek had beëindigd.

'We zullen zien. Misschien dat je moeder zich toch wel heeft verzet.'

Niet veel later stonden dokter Searle, Matt Moran en Maud bij het skelet op de onderzoekstafel.

'Weet je hoe ze is gestorven?'

Searle haalde een pen uit zijn borstzakje en gebruikte die als aanwijsstokje.

'Er is waarschijnlijk een korte worsteling geweest. Ik zie wat breuken in de vingers van de linkerhand, kijk, daar. Ontstaan door afweer. Zo.' Hij hield zijn linkerhand voor zijn gezicht, met de handpalm naar buiten. 'Ze heeft een schedelfractuur, die haar waarschijnlijk fataal is geworden. Maar de rechterhand is het interessantst. Je ziet dat de hand gekromd is, met verkrampte vingers, zoals bij iemand met ernstige artritis. Dat kan soms na een overlijden gebeuren, maar dat is hier niet het geval. In de laatste momenten van haar leven heeft ze iets proberen vast te grijpen. Haar hand is in die houding blijven staan, dertig jaar lang.' Hij wees naar een tafel. 'Daar ligt het, in die plastic zakjes. Haar.'

'Maar daar kan geen DNA-profiel uit worden gehaald, toch?' vroeg Maud.

'Dat kan moeilijk zijn,' zei Matt. 'Behalve als de haarwortel intact is.'

'Dat moet wel pijnlijk zijn geweest voor de dader,' zei Searle.

Maud dacht aan de polaroidfoto's.

'Greg had op het feest een pet op.'

'Dat verklaart veel.'

'Hopelijk is er een match. Maar dan hebben we eerst DNA-materiaal van Greg Ackerley nodig.'

88

‘Gregory James Ackerley, je wordt beschuldigd van de moord op Charlotte Salter, Duncan Ackerley en Bridget Wolfe. Je bent niet tot antwoorden verplicht. Maar het kan je verdediging schaden als je desgevraagd iets niet meldt waarop je je later bij de rechtbank beroept. Alles wat je wel zegt, kan als bewijs dienen.’

Greg keek vermoeid op en schudde zijn hoofd.

‘Het DNA-materiaal dat we met jouw toestemming hebben afgenomen komt overeen met het DNA uit de haren die we in de rechterhand van Charlotte Salter hebben gevonden.’

‘Dat kan niet kloppen,’ fluisterde hij.

‘Ze heeft zich verzet en haar uit je hoofd getrokken. Dat was het laatste wat ze deed.’

‘Nee.’

‘Je droeg een pet om de wond te verbergen en zoals Ollie Salter in de podcast heeft gezegd moest je die avond overgeven. Je zult wel ongelofelijk bang zijn geweest.’

‘Ik was dronken,’ zei hij. ‘Gewoon dronken.’

‘Je hebt haar in de schuur in de mestgoot verborgen en toen het feest afgelopen was, heb je haar begraven in het graf dat al was gedolven voor Doris Winter. Je hebt haar bedekt met een dun laagje aarde en je wist dat er de volgende dag een doodskist bovenop zou komen. Daarna heb je haar jas op de oever van de rivier gegooid.’

'Nee.'

'Je vader moet iets hebben vermoed. Misschien is hij je op kerstochtend achternagegaan toen je een eind ging wandelen en heeft hij tegen je gezegd dat hij wist wat je had gedaan. Je hebt uitgehaald met... een steen misschien? Toen heb je hem in het water geduwd. Maar hij dreef met de stroming mee terug in de richting van jullie huis, niet naar zee.'

'Nee.'

Dat was het enige woord dat hij nog leek te kunnen uitbrengen.

'Maar de politie ging ervan uit dat hij met het getij naar zee was gedreven en achter die boei was blijven steken. Daar heb jij handig gebruik van gemaakt door de familie Bowden aan te voeren als je alibi en door de bril als bewijsmateriaal op de brug te leggen, zodat de politie zou denken dat hij zelfmoord had gepleegd. En dat dachten ze inderdaad.'

Greg schudde zijn hoofd weer. De advocaat fluisterde iets tegen hem, maar hij schoof een stukje bij haar vandaan.

'Je dacht dat je ermee weg was gekomen, totdat de kinderen Salter hun ouderlijk huis gingen opruimen en Bridget Wolfe een agenda vond. Ze heeft het belang daarvan in de podcast sterk overdreven. Je had haar helemaal niet hoeven vermoorden. Maar dat wist je niet, dus verzon je een alibi door te zeggen dat je die champagne moest halen, en op de ochtend van zondag 29 mei goot je benzine tegen de muren van haar huis en de bijgebouwen en stak ze in brand. Zonder je erom te bekommeren dat zij binnen was.'

'U hebt hem al beschuldigd,' zei Tania Broughton, 'u dient het verhoor te beëindigen.'

Maud keek naar Greg. Hij keek van haar naar zijn advocate en weer terug naar Maud. Het bleef een tijdje stil en in die stilte leek hij steeds nerveuzer te worden.

'Laten we hier gewoon mee stoppen,' zei Maud.

'Goed,' zei Greg. 'Ik wil ook stoppen.'

'Dat bedoel ik niet. Ik wil dat je stopt met stommetje spelen.'

‘Ik speel geen stommetje.’

Maud zag dat zijn handen op het tafelblad rustten. Ze boog zich naar hem toe en legde haar beide handen op de zijne, alsof hij een kind was dat gekalmeerd moest worden.

‘Ik wou dat ik Charlotte Salter had gekend,’ zei ze zacht, bijna alsof ze het tegen zichzelf had. ‘Dat klinkt misschien stom, maar ik heb begrepen dat ze altijd zo aardig was voor iedereen. Ze mocht iedereen en iedereen mocht haar. Behalve haar man.’ Maud zweeg even, en toen leek haar iets te binnen te schieten. ‘En jij, natuurlijk.’

‘Je snapt er niks van,’ mompelde Greg bijna onhoorbaar.

‘Wat zei je?’

‘Ik zei dat je er niks van snapt. Ik vond haar natuurlijk ook aardig. Iedereen was dol op Lottie. Ze lachte naar iedereen en ze flirtte met iedereen en toen ze...’

Hij zweeg en keek naar Tania Broughton. Ze schudde driftig haar hoofd.

Maar Maud zag dat hij een besluit nam. Ze zag zijn gezicht verkrampen, alsof hij zich niet meer kon beheersen en het eindelijk opgaf. Ze zei niets, wachtte af. Toen hoorde ze hem geëmotioneerd ademhalen.

‘Het maakt nu toch niks meer uit.’ Hij keek Maud aan. ‘Wil je het weten? Goed dan.’ Zijn stem werd luider, duidelijker, en hij keek verontwaardigd, bijna boos. ‘Ze flirtte met mij. Ze lachte naar me. Ze raakte me aan, ze zat de hele tijd aan me, ze sloeg haar arm om me heen, pakte mijn hand vast. Expres, ze wist precies wat ze deed. En op de avond van het feest kwam ze vroeg in de schuur en zei dat ze me iets moest vertellen. Dat ik niet meer zo raar tegen haar moest doen, dat ze oud genoeg was om mijn moeder te zijn. En dat vond ze grappig, alsof ze een val voor me had gezet en ik erin was gelopen. Ze lachte me uit. Ze lachte me keihard uit.’

‘En daarom heb je haar gestraft, omdat ze je uitlachte?’

‘Ik heb haar niet gestraft,’ zei hij boos. ‘Het werd rood voor mijn ogen, alsof ze vol bloed stroomden. Ik kon niks meer zien, ik wist niet wat er gebeurde, en toen dat voorbij was, lag ze op de grond, met open ogen die me aanstaarden. Ik wist niet wat er was gebeurd, ik... Het was alsof iemand anders het had gedaan.'

'En je vader? Ging het bij hem ook zo, ook alsof iemand anders het deed?'

'Ik voelde me alsof ik in brand stond, alsof mijn hersens brandden, ik kon het bijna niet meer uithouden. Maar dat zou wel over zijn gegaan, alleen kwam hij me toen met Kerstmis achterna en begon vragen te stellen over die stomme soeplepel, hij zei dat hij wist dat ze naar de schuur was gegaan. Hij ging er maar over door en keek me steeds aan alsof hij dwars door me heen kon kijken. Ik wilde alleen maar dat hij daarmee op zou houden, dat hij zijn mond hield. Het was echt niet mijn bedoeling. Hij viel en hij verwondde zijn hoofd.'

'En Bridget Wolfe? Was dat ook niet je bedoeling?'

Greg leunde achterover. Hij zag er vermoeid uit. Dodelijk vermoeid.

'Ik wilde alleen maar...' Zijn stem stierf weg.

'Je wilde alleen maar haar huis platbranden, bedoel je dat?'

'Ja.'

'Maar ze was thuis.'

'Ja,' zei Greg. 'Ze was thuis.'

'Kreeg je toen ook weer een rood waas voor je ogen?'

'Dat is het enige excuus dat ik heb. Ik raakte mijn zelfbeheersing kwijt.'

'Net zoals bij je vader?'

Maud zag de woede in zijn ogen opvlammen. Zijn ongecontroleerde drift.

'Had dat rotwijf zich er ook maar niet mee moeten bemoeien... Door haar werd alles weer opgerakeld. Al het oude verdriet kwam weer boven, bij iedereen.'

'Behalve bij je vader, bij Lottie en Paul Salter, voor hen was het te laat. Je bedoelt bij Niall, Ollie en Etty Salter.'

Greg keek haar met een bijna smekende blik aan. 'Je moet me geloven. Dit was allemaal niet mijn bedoeling. Zo ben ik niet echt. Ik ben geen slecht mens.'

'Nee, het kwam allemaal doordat je dertig jaar geleden dacht dat je werd uitgelachen door een vrouw.'

Maud zag een valse, dreigende blik op zijn gezicht verschijnen. Ze keek op haar horloge. 'Ik beëindig dit verhoor.'

89

Ollie en Niall wilden Lotties donker verkleurde botten niet zien, dus Etty ging in haar eentje naar het mortuarium.

Maud ging met haar mee, maar bij de deur zei Etty: 'Dank je, maar dit wil ik alleen doen.'

'Natuurlijk.'

Ze ging de koude ruimte binnen waar het skelet lag. Een man in een witte jas tilde het laken eraf en trok zich terug.

Ze keek naar de botten, naar de grijnzende schedel. Dat was haar moeder niet, haar moeder was ergens anders: in de herinneringen en de harten van haar kinderen, in de lucht die ze ademden.

Ze keek naar de hand die gebald was in een doodskramp. Heel voorzichtig raakte ze hem aan.

'Je hebt hem gepakt,' zei ze. 'Je hebt gevochten voor je leven, dat is je niet gelukt, maar je hebt gezorgd dat wij de dader te pakken hebben.'

Ze legde een kleine wilde roos in die hand.

'Goed zo,' zei ze. 'Goed gedaan. Zoals je alles altijd goed hebt gedaan. Je hele leven. Ik vind het zo verschrikkelijk.'

Toen Maud door het vierkante ruitje in de deur keek, zag ze dat Etty de bloem tussen de botjes van haar moeders hand legde. Haar lippen bewogen. Daarna legde ze haar hand op het kleine medaillon om haar hals, met een uitdrukking op haar gezicht vol liefde en verdriet. Toen draaide ze zich om.

Maud opende de deur voor haar en samen liepen de twee vrouwen naar buiten, het zonlicht in.

90

Op de dag van haar vertrek plukte Etty een paar rozen uit de tuin van Niall en Penny en liep naar het kerkhof. Ze legde de bloemen op het graf van Paul en ging er even naast zitten. Ze wilde eigenlijk iets tegen hem zeggen, afscheid nemen, zeggen hoe erg ze het vond, maar dat deed ze niet. Hij was daar niet, hij kon haar niet horen. Ze zou alleen tegen de wind praten. Binnenkort zou hun moeder naast hem komen liggen. Hun geliefde moeder.

Maud stuurde een appje naar Silas. *Ik ga naar huis. Ben jij er?* Ze kreeg geen antwoord.

Ze reageerde niet op de tientallen mailtjes en berichtjes van mensen die haar feliciteerden, om een interview vroegen, om een quote voor een artikel waarmee ze bezig waren. Dat kwam allemaal later wel.

Ze reed met Carrie terug naar Londen en zette haar af bij haar flat.

'Bedankt voor alles,' zei ze toen Carrie zich vloekend en puffend uit de auto wurmde.

'Graag gedaan. Je had gelijk, wat had ik anders tijdens mijn zwangerschapsverlof moeten doen?' Ze lachte naar Maud van oor tot oor. 'Goed gedaan, hoor. Je baas zal wel dolblij zijn.'

'Vooral enorm opgelucht.'

Carrie legde haar hand op haar buik. 'Je hoort nog van ons.'

'Graag. Dan kom ik op kraambezoek.'

Het was alsof ze maanden weg was geweest, maar het waren nog geen twee weken. Ze hing haar tas over haar schouder, deed de toegangsdeur van hun flat open en liep naar hun eigen voordeur.

'Hallo!' riep ze terwijl ze de trap op liep.

Maar toen ze boven kwam, zag ze meteen dat hij er niet meer was. Zijn jassen hingen niet aan de kapstok, zijn schoenen stonden niet meer op het schoenenrek, behalve een paar afgetrapte sandalen.

Maud zette haar tas neer en liep naar de woonkamer. Er ontbraken boeken uit de kast, een schilderij en een paar foto's waren van de muur gehaald, het drankkastje dat hij op internet had gekocht en dat in de hoek van de kamer had gestaan was weg.

Hij had de keuken netter achtergelaten dan anders. De vaatwasser had gedraaid en kon leeggehaald worden. Het gestreepte roze schort dat hij altijd droeg hing niet meer aan het haakje en zijn lievelingsbeker waar hij altijd thee uit dronk was weg.

Maud liep de slaapkamer in. Ze nam niet de moeite om de kledingkasten open te doen, want ze wist wat ze daarin niet meer zou aantreffen. Ze trok de gordijnen dicht en ging op haar kant van het grote bed liggen. Hun sportterrein, zoals Silas het een keer had genoemd. Ze duwde haar gezicht in het kussen. Hij was voorgoed weg, het was voorbij. Nu kon ze pas huilen.

Maar ze huilde niet. Ze dacht aan de kinderen Salter die wachtten tot hun moeder thuiskwam, zo lang wachtten dat er krassen op hun ziel waren gekomen, krassen die nu een deel vormden van wie ze waren. Ze zag weer voor zich hoe ze dicht bij elkaar waren gaan staan toen ze hun had verteld dat het lichaam van hun moeder was gevonden. En dat ze met dat kleine groepje eindelijk een hecht gezin leken te vormen. Ze dacht aan de hand van Charlotte Salter, die het haar van haar moordenaar had vastgegrepen, en dat dertig jaar lang was blijven vasthouden.

Ze stond op, plensde koud water in haar gezicht, trok een schoon shirt aan en liep het appartement uit, rechtstreeks naar de lokale pub, waar ze een biertje en een zakje chips bestelde en aan de bar bleef staan.

Het was karaokeavond. Ze zou niet gaan huilen. Ze ging nummers meeblèren tot ze een schorre keel had en haar hart niet langer in stukjes dreigde te breken.

91

Etty deed het raam van de woonkamer open en liet de nachtgeluiden naar binnen stromen. Toeterende auto's, een ruziënd stelletje, dichtslaande deuren; ergens klonk muziek, met een zacht dreunende bas.

Het had geregend en zelfs hier, in het centrum van de stad, rook ze dat de herfst in de lucht hing. Er dwarrelden al bladeren uit de platanen in haar straat, ze kleurden goudgeel in het licht van de straatlantaarns. Het einde van de zomer.

Ze pakte haar telefoon en legde die klaar op tafel, schonk een glas rode wijn in en nam een slok. Ze was extreem moe, maar het was een vermoeidheid die haar hoofd helder maakte, alsof alles scherp omlijnd en verlicht werd. De herinneringen kwamen in haar op alsof er een film werd afgespeeld in haar hoofd. De weken die ze achter de rug had, de brand, de tranen, de botten in het mortuarium, die vingerkootjes, nog gebald tot een vuist. De stroming van de getijdenrivier. Een vervallen huis en een vader die was gereduceerd tot zijn ware grootte: geen monster meer, maar een kwetsende en gekwetste man.

Ze verdrong haar herinneringen aan Greg en dacht aan zijn vader, Duncan, die in haar herinnering altijd die dode man in het water was gebleven die haar met verstarde ogen aankeek. Hij was een vriendelijke man geweest. Ze dacht aan haar broers – de broers die nog leefden en de broer die er niet meer was. Ze dacht aan Lottie, zo intens dat het was alsof ze bij haar in de kamer was, alsof ze nog een laatste glimp van haar kon opvangen voordat ze verdween.

Toen dacht ze aan zichzelf, Etty Salter, jong en hoopvol, en voor het eerst had ze te doen met dat bange, eenzame meisje.

Misschien kon ze eindelijk leren om zichzelf te vergeven. Misschien was het niet te laat om opnieuw te beginnen en het deze keer beter te doen. Ze kon dat in elk geval proberen.

Ze pakte haar telefoon en startte de podcast. Morgans zachte stem vulde de kamer.

Dertig jaar geleden, in een dorp in East Anglia waar het land wordt opgeslokt door slik en draslanden en waar een harde zeewind waait, raakte een vrouw vermist.

Het was winter, er viel natte sneeuw en het was donker, maar Kerstmis was in aantocht. Er hingen feestelijke lichtslingers in de hoofdstraat, overal stond een versierde kerstboom achter het raam en kringelde er rook uit de schoorsteen. En in een grote schuur aan de rand van het dorp kwamen de mensen samen voor een feest.

Maar één persoon kwam niet opdagen – en daardoor veranderde het leven in dat doodgewone dorpje voor altijd. Haar verdwijning was het begin van een reeks vreselijke gebeurtenissen die het leven van twee families meer dan drie decennia lang vergalden.

Dit is een verhaal over duistere geheimen die een mensenleven geleden werden begraven, maar die hun invloed nooit zijn verloren, over de greep die het verleden op het heden heeft.

Het is het verhaal van de mensen wier leven zich vanaf die winterdag ontvouwde: zoons en dochters, broers en zussen, partners en vrienden.

Het is het verhaal van een vrouw. Ze is echtgenote, moeder, vertrouweling. Ze is impulsief, hartelijk en levenslustig. Als mensen haar beschrijven, gebruiken ze woorden als 'stralend', 'vitaal', 'genereus' en 'optimistisch'. Ze is een vrouw met voorliefdes: ze houdt van eten, van rode wijn, van urenlang in een warm bad liggen. Ze houdt van dansen. Van wandelen, weer of geen weer. Van legpuzzels. Roddelen. Sentimentele films. Mooie kleren. Warme broodjes. Marmelade. Toevallige ontmoetingen. Pioenrozen en lathyrus. Kaarsen. Schurftige honden. Hopeloze gevallen.

Ze houdt van het leven. Ze houdt van mensen. En bovenal houdt ze van haar vier kinderen.

Haar naam is Charlotte Salter.